Antje
Donkels

Jahrhundertwehen

novum pro

www.novumverlag.com

Bibliografische Information
der Deutschen Nationalbibliothek:

Die Deutsche Nationalbibliothek
verzeichnet diese Publikation in
der Deutschen Nationalbibliografie.
Detaillierte bibliografische Daten
sind im Internet über
http://www.d-nb.de abrufbar.

Gedruckt in der Europäischen Union
auf umweltfreundlichem, chlor- und
säurefrei gebleichtem Papier.

© 2023 novum Verlag

ISBN 978-3-99131-657-2
Lektorat: Alexandra Eryiğit-Klos
Umschlagfotos: Fam. Antje Donkels;
Gadost, Amandee, Alfio Scisetti,
Casaalmare | Dreamstime.com
Umschlaggestaltung, Layout & Satz:
novum Verlag
Innenabbildung: Antje Donkels
Autorenfoto: Portraitstudio Groos

www.novumverlag.com

Im Andenken an meine Großeltern
und für meine Familie

Bis auf die geschichtlichen Ereignisse und die historischen Personen ist die Geschichte dieses Buches frei erfunden, ebenso wie die darin handelnden Personen.

1. Buch

1904-1932

Personenverzeichnis

Familie Siebert

Paul Siebert	Polier
Margarethe Siebert	Ehefrau von Paul
Alwine Siebert	Tochter

Andere

Hedwig	Freundin von Margarethe
Richard	Ehemann von Hedwig
Gerda	Freundin von Alwine
Emmi	Freundin von Alwine
Metha	Freundin von Alwine
Franz Seibel	Freund von Alwine
Hermann Zierke	Kriegskamerad von Paul
Alfred	Kriegskamerad von Paul
Walter	Kriegskamerad von Paul

Familie Landsberg

Friedrich Landsberg	Hofmeister Gut Brunnenhof
Maria Landsberg	1. Ehefrau von Friedrich
Otto Landsberg	Sohn von Friedrich und Maria
Emma Landsberg	2. Ehefrau von Friedrich

Andere

Ernst August v. Luckenberg	Gutbesitzer vom Brunnenhof
Elisabeth v. Luckenberg	seine Ehefrau
Anton von Liebenau	Gutsverwalter
Henriette von Liebenau	seine Ehefrau
Frieda	Magd auf dem Gut

Emil	Freund von Otto
Helene	Freundin von Otto
Gertrude Wernicke	Vermieterin von Otto

Familie Ohme

Gottfried Ohme (Fritz)	Tuchhändler
Mathilde Ohme	Ehefrau von Fritz
Antonia Ohme	Tochter
Arthur Ohme	Sohn

Andere

Hannah Rosenberg	Freundin der Familie Ohme
Sarah	Cousine von Hannah
Claus Bernsdorf	Kriegskamerad von Fritz
Karl Senftenberg	Kompaniechef von Fritz
Lotte Meier	Freundin von Antonia
Alfons	Freund von Arthur
Walter	Freund von Arthur
Albert Krause	Freund von Mathilde

Prolog

Vor dem Fenster ihres Zimmers dämmerte der Abend. Die letzten Strahlen der Sonne fielen noch auf den Boden, aber der Himmel im Osten fing schon an, sich dunkel zu färben, und hüllte einen Teil des Zimmers bereits in Dunkelheit.

Sie mochte diese Zeit, wenn die Hektik des Tages zu weichen begann. Ihre Schwester hatte diese Zeit immer „auf Nacht" genannt, und das hatte immer so etwas Beschützendes.

Sie war tief in Gedanken versunken.

Morgen würde sie ihren sechzigsten Geburtstag feiern. Wenn sie daran dachte, grauste es ihr. Sie mochte keine Feiertage und auch schon lange keine Geburtstage mehr.

Das übliche Programm ließ sich nicht vermeiden. Eine große Party wurde schon lange nicht mehr gefeiert. Manchmal ging ihr Geburtstag in der Hektik des Berufsalltags fast ganz unter.

Also der kleine Kreis.

In den Kindertagen deckte die Mutter schon immer früh den Geburtstagstisch mit dem Kranz für die Kerzen, den Blumen und den verpackten Geschenken. Blumen gab es immer, obwohl die in der DDR natürlich auch Mangelware waren. An diesem Tag war sie auch weniger streng und auch sonst waren alle besonders lieb zu ihr.

Sechzig Jahre! Was für ein langes Leben! Und wie viele Jahre blieben noch? Viele Wendungen, Zufälligkeiten und Begegnungen gab es in dieser Zeit. Einige waren tief in ihrem Herzen vergraben.

Sie nahm das Familienalbum in die Hand und begann zu blättern. Die alten vergilbten Fotos hatte sie schon immer gemocht. Lächelnde Menschen schauten in die Kamera. Ihre lieben Großeltern wurden in Erinnerungen wieder lebendig. Die, die so vieles erlebt und gesehen hatten. Vom Kaiserreich bis zur Bundesrepublik, mit den Tiefen der dunklen Zeiten und der Hoffnung auf Besseres. Nicht nur ihr eigenes Leben war turbulent, auch das ihrer Familie und Ahnen war gezeichnet von den Wendungen der Geschichte.

Wie kostbar diese Fotos waren! Manche waren fast hundert Jahre alt. Geschossen, als noch jedes Foto separat entwickelt wurde und die Entwicklung teuer war.

Sie sah die Bilder ihrer Mutter. Eine starke Frau. Tiefe Trauer überkam sie. Ihre Mutter war vor einigen Monaten verstorben. Ihre Mutter, zu der sie eine so tiefe Bindung hatte. Die Frau, die sie für ihr emanzipiertes Denken immer so bewunderte.

Sie musste sich alles merken, alles aufschreiben und der Familie weitergeben. Sonst würde eines Tages niemand mehr die ganze Geschichte kennen.

Die kleine unbedeutende Familie, die in den Strudeln der Geschichte ums Überleben gekämpft hatte. Die Großmutter und die Mutter, die starken Frauen, und die Männer, die in den Krieg ziehen mussten!

Eine freudige Unruhe packte sie und die Bilder in ihrem Kopf begannen sich zu formieren.

Mit diesem Entschluss, das alles niederzuschreiben, wollte sie das neue Lebensjahr willkommen heißen.

1

Der Platz vor dem Haus der Sieberts war um diese Tageszeit, die Mittagszeit, leer. Die Kastanien auf der Südseite des Platzes hatten wieder ihr frisches grünes Blattwerk bekommen und würden bald in Blüte stehen. Dann versprühten sie den wunderbaren Duft, der bei Wind auch an ihrer Haustür vernehmbar war. Die prächtigen Bäume mit den kerzenhaften Blüten machten die schmucke Villa dahinter im Frühling noch schöner.

Der Platz, der Kaiser-Otto-Platz, war umsäumt von hübschen kleinen Steinhäusern mit einer Grünanlage in der Mitte. Die meisten Häuser waren eingeschossig und hatten ein spitzes rotes Dach.

Nördlich des Platzes standen zwei prachtvolle Häuser. Eines hatte hohe Sprossenfenster mit Schlagläden und ein großes Walmdach. Links daneben stand ein gelb verputztes Haus mit großen weißen Fenstern.

Die Sieberts bewohnten ein kleines Reihenhäuschen an der östlichen Seite des Platzes, im Schatten der mächtigen Kirche. Insgesamt gab es fünf dieser Reihenhäuser, allesamt mit kleinen Fenstern und grünen Schlagläden, um die Wärme im Sommer und die Kälte im Winter draußen zu lassen. Die Haustür war fast ebenerdig und hatte einen schmalen Tritt, um in den engen Flur zu gelangen. Ein kleiner Hof auf der Rückseite des Hauses bot Platz für die Wäscheleinen, ein paar Kaninchen und eine Holzbank mit einem kleinen Tisch. Eine rote Ziegelmauer zäumte das Grundstück ein und trennte es vom Kirchplatz.

Das Haus war nichts Besonderes, aber Margarethe und Paul Siebert liebten ihr Zuhause.

Margarethe Siebert war eine zierliche Frau mit blondem, welligem Haar, das sie im Nacken zusammengesteckt hielt. Ihre blauen Augen waren von langen schwarzen Wimpern umrahmt und ihre helle Haut hatte fast einen alabasterhaften Ton. Sie war von kleiner Statur und sehr schlank, was ihr ein mädchenhaftes Aussehen verlieh. Auf den ersten Blick schien sie eher still und zurückhaltend, dennoch hatte Margarethe einen starken Charakter. Wann immer es nötig war, zeigte sie ihre starke Seite. Sie war als Einzelkind sorgenfrei und behütet aufgewachsen, bis sie nach ihrem achtzehnten Geburtstag ein furchtbarer Schicksalsschlag traf.

Ihre Eltern waren vor zwei Jahren, im Sommer 1901, kurz nacheinander und sehr plötzlich verstorben. Zuerst hatte ihre Mutter einen tödlichen Schlaganfall erlitten und kurz darauf starb auch ihr Vater an einem Herzinfarkt. Margarethe glaubte, dass der frühe Tod der Mutter ihrem Vater das Herz gebrochen hatte.

Über ein Jahr hatte der Schmerz sehr tief gesessen und Margarethe hatte sich von der Welt zurückgezogen. Auch ihre Freundin Hedwig fand kaum Zugang zu ihr. Aber nach einem Jahr legte sie die dunklen Kleider ab und fing wieder an, am Leben teilzuhaben.

Noch sehr jung musste sie nun als Vollwaise zurechtkommen. Aber wo Schatten ist, da ist bekanntlich auch Licht.

Vor einem Jahr hatte sie ihren Paul geheiratet. Das junge Paar war nicht wohlhabend, aber es ging ihnen besser als vielen anderen und Paul war geschickt und fleißig. Er hatte bei der Baufirma „Ottokar Hahn – Havel Bau" Arbeit als Polier gefunden. Eigentlich wäre er gerne Architekt geworden, denn er liebte es, Gebäude entstehen zu sehen, und hatte immer Bilder und Ideen im Kopf, sie noch schöner zu machen. Aber ein solcher Berufswunsch war unter seinen familiären Verhältnissen unmöglich. Paul hatte eine harte, traurige Kindheit und Jugend gehabt. Seine Mutter starb wenige Tage nach seiner Geburt im März 1881 am Kindbettfieber. Sein Vater war mit der Erziehung überfordert und wurde aus Gram über den frühen Tod seiner Frau zum Trinker. Paul war bei seiner Tante, der Schwester seiner Mutter, aufgewachsen. Seine Tante hatte selbst auch zwei Jungen und Paul fühlte sich geduldet, aber nicht geliebt. Die Familie seiner Tante war nicht wohlhabend und Geld für eine höhere Schule war nicht vorhanden. So blieb ihm nur eine Maurerlehre.

Innerhalb kürzester Zeit hatte sich Paul vom Maurer zum Polier hochgearbeitet und war für die Leitung von Baustellen oder Bauabschnitten zuständig.

Paul war von großer kräftiger Statur mit einem kräftigen Nacken und wachen blauen Augen und einer Güte, die jeden einnahm. Er war ein ausgeglichener Charakter und ihn brachte fast nichts aus der Ruhe. Dennoch war Paul durchsetzungsstark, was bei der Führung der Arbeiter auf der Baustelle auch vonnöten war. Niemand wagte es, sich seinen Anordnungen zu widersetzen.

Die schöne Margarethe hatte er lange umworben, bevor sie ihn erhörte.

Vor zweieinhalb Jahren musste die alte Domschule saniert werden und Paul hatte die Mauerwerksanierung geleitet. So war er jeden Tag am Häuschen der Familie Uchtenhagen, wie Margarethe mit Mädchennamen hieß, vorbeigekommen. Oft waren sie sich nachmittags über den Weg gelaufen. Margarethe arbeitete im Bekleidungsgeschäft in der Stadt und nahm immer den Weg über die Domtreppe. Rechter Hand erhob sich dann der mächtige Dom und linker Hand befand sich die alte Domschule.

Margarethe gefiel der junge Mann mit dem freundlichen und offenen Lächeln. Er nickte ihr immer zu und grüßte sie stets mit einem „Guten Tag!". Dem anfänglichen scheuen Grüßen folgten dann einzelne Worte und später auch kleine Plaudereien. Paul hatte sich schon mit dem einen oder anderen Mädchen getroffen, aber keine hatte sein Herz erobern können. Bei Margarethe hatte ihn bisher jedes Mal der Mut verlassen, sie nach einem Treffen zu fragen. Nach zwei Monaten, an einem sonnigen Maitag, traute sich Paul endlich, Margarethe anzusprechen. „Guten Tag", sagte er, „wie geht es Ihnen heute?" „Danke, gut", antwortete Margarethe. „Ich hoffe, Ihnen geht es auch gut." Paul nickte. Margarethe wollte ihren Weg schon fortsetzen, da fasste Paul sich ein Herz und fragte sie. „Würden Sie mal mit mir ausgehen?" Margarethe schaute erstaunt. Dass er sie so direkt fragen würde, damit hatte sie in diesem Moment gar nicht gerechnet. Schon öfter hatte sie es sich gewünscht, aber nun kam die Frage doch überraschend. Sie schaute ihm in die Augen und nickte bejahend.

„Dann vielleicht Sonnabendnachmittag?", fragte er weiter. „Ja, gerne", sagte sie knapp, aber ihr Herz fing an zu rasen. „Gut, dann hole ich Sie hier ab. Ich freue mich", lachte er verschmitzt und innerlich erleichtert, zog seine Mütze und ging Richtung Stadt davon.

Sie verlebten einen wunderbaren Nachmittag. Paul lud Margarethe zuerst ins „Café Kronprinz" in der Langen Straße ein und dann schlenderten sie zum Wasser und saßen lange am Ufer der Havel. Sie redeten und redeten und trennten sich erst am Abend.

Als Margarethe abends in ihrem Bett lag, rief sie sich jede Minute des Nachmittags ins Gedächtnis zurück.

Paul war sich sicher, die Frau seines Lebens gefunden zu haben. Aber er nahm sich vor, es ruhig anzugehen. Dem ersten folgten dann weitere Treffen. Sie gingen spazieren und auch tanzen und genossen ihre junge Liebe, bis plötzlich Margarethes Eltern starben. Nach der Beerdigung ihres Vaters fand Margarethe einen Brief von Paul in ihrem Briefkasten. Mit zitternden Händen öffnete sie den Umschlag und las die Zeilen.

Liebste Margarethe,
ich mag mir nicht vorstellen, wie schwer Dich dieser zweite Schicksalsschlag getroffen hat. Ich kann es vielleicht auch gar nicht, da ich ja nie so eine glückliche Familie hatte. Es tut mir so unendlich leid. Nimm Dir die Zeit, die Du brauchst, um die Trauer zu verarbeiten. In Gedanken werden Deine Eltern immer bei Dir sein. Wenn Du mich brauchst, ich werde für Dich da sein.

In Liebe
Dein Paul

Die ersten Wochen verkroch sich Margarethe und war wie gelähmt in ihrer Trauer. Dann versuchte sie, ins Leben zurückzufinden.

Nach dem Trauerjahr fing Margarethe wieder an, mit Paul auszugehen. Paul bemerkte Margarethes Veränderung. Sie war ernster und erwachsener geworden, was ihm aber gut gefiel. Ein halbes Jahr später kniete er vor ihr nieder. „Margarethe, willst du meine Frau werden und mit mir den Rest meines Lebens verbringen?" „Ja", hauchte Margarethe überglücklich und sank in Pauls Arme.

Ihre Eltern hatten ihr das Häuschen hinterlassen und ein wenig Geld. Margarethes Vater, Gustav Uchtenhagen, war Lehrer für Deutsch und Geschichte an der städtischen Schule. Ihre Mutter Karoline war, wie fast alle Frauen ihrer Generation, Hausfrau.

Als sie noch lebten, hatten sie Margarethe immer wieder versucht, Paul auszureden. Ginge es nach ihnen, sollte ihre Tochter eine gute Partie machen. Vielleicht einen Rechtsanwalt oder einen Zahnarzt heiraten, aber keinen Maurer. Wie bei allen Eltern sollte ihr Kind es einmal besser haben.

Margarethe und Paul heirateten am 20. Juni 1903 im Dom zu Havelberg. Die Hochzeit war schlicht und wurde nur im kleinen Kreis gefeiert. Nicht so, wie es sich ihre Eltern für sie gewünscht hatten, aber dennoch sehr feierlich und schön.

Paul wartete mit Freunden vor dem Portal des Domes. Seine Nervosität nahm von Minute zu Minute zu. Keine zwei Stunden mehr und dann würde Margarethe seine Frau sein. Er schritt vor den Altar und strich mit den feuchten Händen an seinem langen Gehrock entlang. Sein schwarzer Rock war doppelreihig geknöpft und stand ihm ausnehmend gut. Dazu trug er ein weißes Hemd mit einer dunkelroten Krawatte und passende schwarze Hosen. Sein Knopfloch am Revers zierte ein Myrtenzweig.

Dann endlich ertönte die Orgel und Margarethe schritt den Gang zum Altar entlang.

Da ihr Vater nicht mehr lebte, führte Richard, der Mann ihrer Freundin Hedwig, die Braut zum Altar.

Das schwarze Taftkleid, das Margarethe am Tag ihrer Hochzeit trug, war fein geschnitten und hochgeschlossen. Das Vorderteil war mit Spitzeneinsätzen verziert. Ihre Freundin Hedwig hatte ihr das Haar kunstvoll aufgesteckt. Als Brautschmuck trug Margarethe einen hübschen Kranz aus Myrte und weißen Blüten, welche ihr Gesicht wunderschön aussehen ließen.

Als sie neben Paul am Altar kniete, konnte er kaum die Augen von ihr lassen. Für Paul war sie die schönste Braut, die er je gesehen hatte. Er schwor sich in dieser Sekunde, alles zu tun, um

Margarethe glücklich zu machen. Als sie die Kirche verließen, war Paul der glücklichste Mensch der Welt. Margarethe schaute ihren Mann verliebt an und blickte voller Zuversicht in die Zukunft. Sie feierten bis tief in die Nacht und lachten fröhlich und ausgelassen. Dennoch dachten die Brautleute zwischendurch immer wieder an die bevorstehende Hochzeitsnacht. Hedwig hatte Margarethe so gut es ging darauf vorbereitet und ihr erklärt, was sie erwartete.

Als Hedwig ging, flüsterte sie Margarethe noch ins Ohr: „Du musst keine Angst haben, lass dich einfach fallen und genieße es, dass du so einen tollen Mann gefunden hast."

Auch Paul nahm sich vor, Margarethe so behutsam wie möglich zu behandeln. Sie ist so zierlich, dachte er bei sich.

Hedwig sollte recht behalten …

✴✴✴

Im ersten Jahr ihrer Ehe hatte Paul das Haus gestrichen und alles ausgebessert, was im Laufe der Jahre marode geworden war. Die Schlagläden präsentierten sich im frischen Grün und die hölzerne Haustür war ebenfalls frisch aufgearbeitet.

Nach einem knappen Jahr erwarten sie nun ihr erstes Kind.

„Paul, ich glaube, es geht los!", sagte Margarethe und strich mit schmerzverzerrtem Gesicht über ihren gewölbten Bauch. Paul war sofort bei ihr und strich ihr sanft über den Kopf. „Soll ich die Hebamme holen?", fragte er. „Ja, es ist vielleicht besser, wenn sie nach mir sieht. Und sage bitte auch Hedwig Bescheid."

Hedwig war Margarethes beste Freundin und wohnte mit ihrem Mann Richard zwei Häuser weiter.

Paul war so aufgeregt. Seine angefangene Arbeit würde er heute nicht vollenden können. Schließlich wurde man nicht jeden Tag Vater.

Margarethe starrte an die Decke ihres Schlafzimmers. Sie betrachtete das gestreifte Muster der Tapete, das durch das spärliche Licht der Petroleumlampen sichtbar war. Die Dunkelheit hatte schon Einzug gehalten und Margarethe krümmte sich bei jeder Wehe. Viele Stunden ging das nun schon so. Sie fragte sich, ob ihre Kraft reichen würde. Hedwig hielt ihre Hand und legte immer wieder feuchte Tücher auf ihr Gesicht. Sie hatte schon mehreren Geburten beigewohnt und wusste, dass das lange dauern konnte. Die Nachttischlampen spendeten spärliches Licht. Die Haare klebten Margarethe am Kopf und das leinene Nachthemd war schon durchgeschwitzt.

Die Hebamme, Frau Elisabeth Block, war eine ältere und sehr erfahrene Frau. Sie war vor drei Stunden schon einmal bei Margarethe gewesen und hatte ihr gesagt, es sei alles in Ordnung, aber es würde noch dauern. Nun war sie wieder da und die Wehen kamen schon in kurzen Abständen.

Paul hielt die Warterei nicht mehr aus und beschloss, vor die Türe zu gehen, da er seiner Frau ja doch nicht helfen konnte und die Sorge ihn ganz nervös machte. Sein Weg führte ihn vorbei an den schönen Häusern bis zu dem Platz, wo man einen schönen Blick auf die Stadt und den Fluss hatte. Vor dem schönsten Haus blieb er stehen.

Die Villa mit ihren großen Fenstern und dem prächtigen Aufgang hatte ihn schon immer in ihren Bann gezogen. Hier wohnten die reichen Leute, eine Unternehmerfamilie. Warmes Licht fiel durch die großen Fenster in den Vorgarten. Gerne wüsste er, wie es drinnen aussah.

In seinen Träumen würde er mit Margarethe auch mal ein größeres Haus bewohnen und er wüsste genau, wie er es bauen würde. Große Fenster würde es haben und eine breite steinerne Treppe. Er blieb noch ein wenig am Rand des Platzes stehen und genoss den Blick auf die Steintorbrücke, die Havel und die dahinterliegende Spülinsel. Mit Gedanken an die Zukunft machte er sich wieder auf den Heimweg.

Die Hebamme weilte bei Margarethe und war nun tief besorgt. Ein Doktor müsse kommen, meinte sie. Sie fürchtete, der Kopf des Kindes sei zu groß und Margarethe würde zu viel Blut verlieren. Es dauerte schon zu lange und die langen Wehen waren für die kleine zarte Frau zu viel.

Paul machte sich auf den Weg zu Dr. Heinemann und bat ihn gleich mitzukommen.

Dr. Heinemann tastete Margarethes Bauch ab und schaute auf ihren Unterleib. „Frau Siebert, ich kann das Kind schon sehen. Sie müssen noch einmal kräftig pressen. Ich helfe Ihnen. Mit aller Kraft presste Margarethe noch einmal und Dr. Heinemann drückte auf ihren Bauch und zog das Kind heraus. Er nabelte das Kind ab und gab es der Hebamme. „Es ist ein gesundes Mädchen", sagte er zu Margarethe, die erschöpft in die Kissen sank.

Als Paul den ersten Schrei hörte, traten ihm Tränen in die Augen.

Nach einer gefühlten Ewigkeit kam Hedwig aus dem Schlafzimmer. Paul sah ihr zufriedenes Gesicht. „Herzlichen Glückwunsch, Paul! Du hast eine gesunde Tochter! Nun darfst du zu deiner Frau, aber gönne ihr Ruhe. Sie hat viel Blut verloren."

Überglücklich nahm Paul erst Margarethe und dann das Baby in den Arm. Lange betrachtete er seine Tochter. Es kam ihm wie ein Wunder vor.

„Danke, Gretchen", sagte Paul und küsste Margarethe sanft auf die Stirn. „Wie wollen wir sie nennen?", fragte er.

„Alwine", erwiderte Margarethe.

„Das ist ein schöner Name und passend für unsere Prinzessin", stimmte Paul zu. „Ja, Alwine, so soll sie heißen."

Paul saß auf der Bank vor seinem Haus und sah die Sonne an diesem 12. Mai 1904 blutrot untergehen. Er dachte an seine wunderbare Frau und seine kleine Tochter und daran, dass er nie glücklicher war.

***

Paul sauste mit dem Fahrrad die Lindenstraße entlang und bog dann links ab, um zum Domplatz zu gelangen. Seine Jacke flatterte im Wind.

Er stellte sein Fahrrad ab und hängte die Jacke an den Haken im kleinen Flur. Wie fast immer, hatte Paul ein gestreiftes Hemd unter einer dunklen Weste an. Sommers wie winters hatte Paul die Ärmel seines Hemdes aufgekrempelt, sodass man seine braun gebrannten, muskulösen Unterarme sah. Margarethe kam in den Flur und hauchte ihrem Mann einen Kuss auf den Mund. „Es gibt Neuigkeiten!", sagte Paul. „Die bauen einen neuen Wasserturm und haben mir die Leitung übertragen."

Margarethe blickte auf und Paul sah sofort, dass etwas nicht in Ordnung war. Ihre sonst so fröhlichen Augen schauten traurig, und als er sie ansah, quollen Tränen daraus hervor. Die kleine Alwine schlief friedlich in ihrem Bettchen, das ein umnähter Wäschekorb war.

„Was ist passiert?", fragte Paul. Margarethe schluckte und sagte dann mit erstickter Stimme: „Ich war bei Dr. Heinemann und er sagte mir, dass ich keine weiteren Kinder mehr bekommen könnte. Die Gebärmutter ist bei der Geburt verletzt worden, sodass ich keine weiteren Kinder austragen kann. Wir haben doch immer von einer größeren Familie geträumt." Hinter Margarethes dichten Wimpern schimmerten erneut Tränen. Paul nahm sie schweigend in den Arm. „Ach Gretchen, das ist wirklich traurig und es wäre schön gewesen, wenn Alwine noch ein Geschwisterchen bekommen hätte. Aber manches kann man nicht haben und wir haben zum Glück unsere kleine Wine (so nannten sie Alwine meistens). Sie ist ein Geschenk und vielleicht soll es so sein." Er nahm Margarethe in den Arm und drückte sie an seine Brust. Sogleich fühlte sich Margarethe etwas besser. Wenn Paul sie in den Arm nahm, war alles gut.

Beim Abendessen, das sie zusammen in der kleinen Küche einnahmen, berichtete Paul vom neuen Wasserturm. Er sollte als Polier die Arbeiten überwachen und das Wappen entwerfen und mauern. Höher und schöner würde der neue Turm werden und schon von Weitem sichtbar sein! Noch ganz gefesselt von der neuen Aufgabe, machte Paul abends am großen Holztisch in der Küche erste Entwürfe für das neue Wappen.

Ein halbes Jahr später wurde damit begonnen, das Fundament auszuheben. Vierzig Meter hoch sollte der Turm werden, aus roten Ziegeln. Dann können die umliegenden Häuser an das Wassernetz angeschlossen und mit den neuen Pumpen mit frischem Trinkwasser versorgt werden.

Dreißig Mitarbeiter waren Paul unterstellt. Es erfüllte ihn mit Stolz und Freude, so eine wichtige Aufgabe übertragen bekommen zu haben. Dieses Bauwerk würde seinen Stempel tragen. Mit dem neuen Wasserturm würde sich der Lebensstandard vieler Menschen verbessern. Man hatte das Gefühl, dass eine zuversichtliche Zukunft Einzug in das kleine Städtchen Havelberg hielt.

***

Der kleine Ort Havelberg ist mit seinen wunderschönen Flussauen und seinen roten Backsteinbauten ein hübscher Ort und durch seine Werft für die Binnenschiffer auf der Strecke Hamburg–Berlin strategisch gut gelegen.

Die Altstadt, die auf einer Insel liegt und von der Havel umflossen wird, besteht aus kleinen Häusern, die sich kreisförmig um den Marktplatz reihen. In der Nähe des Rathauses erhebt sich die Altstadtkirche Sankt Laurentius. Mit ihrer ungewöhnlichen Turmhaube ist sie schon von Weitem sichtbar. Es ist ein wunderschöner Ort, der mit seiner Insellage seinesgleichen sucht.

Rote Dächer und Kopfsteinpflaster bestimmten das Stadtbild. Binnenschiffer holen Getreide aus den Kornspeichern an der Flussseite und bringen andere Waren und Güter in die kleine Stadt. Eine Vielzahl von Gasthäusern laden die Binnenschiffer zum Verweilen ein. Auf dem Berg erhebt sich der mächtige Dom mit seinem imposanten Westwerk. Alles erinnert an die ehemalige Bischofsresidenz und die beeindruckende Geschichte dieser Stadt.

Bereits im 7. Jahrhundert von Slawen besiedelt, begann die Entwicklung Havelbergs mit der Christianisierung und der darauffolgenden Gründung des Bischofssitzes und dem Bau des Domes um 1150 unter der Herrschaft des Markgrafen von Brandenburg. Straßennamen des Dombezirks, wie Müllertor, Krugtor oder Amtstor, zeugen noch heute von der Befestigungsanlage rund um den Dombezirk. Die größeren und prächtigen Häuser der Stadt liegen meist auf dem Domberg, im oberen Teil, der durch zwei Brücken mit der Stadtinsel verbunden ist.

In den folgenden Jahrhunderten entwickelten sich Holz- und Getreidehandel sowie der Schiffbau. Anfang des 18. Jahrhunderts hatte Havelberg einen berühmten Gast. Der russische Zar Peter I. soll auf der Werft das Schiffbauhandwerk erlernt haben. Einige Jahre später besuchte er die Stadt ein zweites Mal, um mit dem preußischen Soldatenkönig Friedrich Wilhelm I. einen Handel abzuschließen. Zar Peter I. tauschte mit Brief und Siegel seine zwei Meter großen Soldaten, die „Langen Kerls", gegen das legendäre Bernsteinzimmer ein.

Anfang des 20. Jahrhunderts war das Leben in Havelberg betriebsam. Viele kleine Betriebe hatten sich angesiedelt. Es gab Möbeltischlereien, Mühlen, eine Ziegelei, eine Schlosserei und alle möglichen Firmen für die Verarbeitung von landwirtschaftlichen Produkten. Die Altstadt war bunt mit kleinen Läden und Geschäften sowie Kneipen und Restaurants. Das Schickste, was der kleine Ort zu bieten hatte, war das „Café Kronprinz" in der Langen Straße, ein wunderschönes und elegantes Kaffeehaus.

Der kleine Ort wurde größer und auch der neue Wasserturm wuchs und wuchs und die kleine Alwine tapste schon durch die vertraute Gegend. Ihre wasserblauen, wachen Augen hatte sie eindeutig von ihrem Vater geerbt.

Eines Nachmittags kam Paul, der sonst immer aufrecht ging, mit gesenktem Kopf und hängenden Schultern nach Hause. Es war noch früher Nachmittag. Sonst kam er meist immer erst am späten Nachmittag oder sogar erst abends heim. Als Margarethe ihren Mann mit hängenden Schultern ankommen sah, ahnte sie, dass etwas Schreckliches passiert sein musste. Schweigend hängte Paul seine Jacke an den Haken und setzte sich an den Küchentisch, stützte seine Arme auf und legte sein Gesicht in seine Hände.

Margarethe trat an ihren Mann heran und legte ihm eine Hand auf die Schulter. „Was ist denn passiert?", fragte sie. Paul drehte sich zu ihr um und nahm sie in die Arme. Sie setzten sich an den großen Küchentisch und Paul erzählte ihr die tragische Geschichte.

2

Der Frühherbst 1906 war noch sehr warm. Das altmärkische Rittergut Brunnenhof, unweit der Elbe und der Stadt Stendal, lag in flirrender Hitze. Von der Elbe kommend, erstreckten sich weite Felder rechts und links der Straße. Zum Rittergut gehörten nicht nur weite Ackerflächen, sondern auch etwas Waldbestand.

Das weiße Herrenhaus befand sich am Ende einer kleinen, schmalen Dorfstraße. Man erreichte es, wenn man die Häuser und Stallungen, die zum Gut gehörten, hinter sich gelassen hatte. Das prächtige Haus war ein zweigeschossiges Haus, mit einem Vorbau und einem großen Balkon darüber. Das runde Eingangsportal des Vorbaus erreichte man über wenige Stufen. Konnte man die Vorderfront des Herrenhauses fast als klassisch schlicht bezeichnen, so strotzte die Rückseite des Herrenhauses richtiggehend vor architektonischer Schönheit. Mit einem spitzen Giebel über der prächtigen Veranda, die von vier dorischen Säulen getragen wurde, präsentierte sie sich majestätisch. Dahinter erstreckte sich der Park. Das Dach der Veranda bot Platz für einen gleich großen Balkon. Sowohl die Veranda als auch der darüberliegende Balkon wurden von einem wunderschönen schmiedeeisernen Gitter eingezäunt. Die Fenster der oberen Etage zierten klassizistische Simse. Hinter dem Haus befand sich ein schöner Park mit dichtem Baumbestand. Nach ein paar Hundert Metern erreichte man das Ufer der Elbe. Rechts und links vom Gutshaus befanden sich die Wirtschaftsgebäude, Ställe und Scheunen, sowie weitere Wohnhäuser der Angestellten. Zum Herrenhaus führte eine kurze Auffahrt, die dann in einem großen Platz mündet und den Blick auf die gesamte Vorderfront des Hauses freigab.

Hier, unweit der Elbe, ist das Land flach und geprägt von der Auen- und Uferlandschaft des Flusses. Es ist eine schöne, aber arme Gegend und die meisten Menschen haben ein hartes Leben.

Auf dem Gut herrscht immer geschäftiges Treiben. Die adligen Herrschaften, Ernst August und Elisabeth von Luckenberg, verbringen meistens nur wenige Monate auf dem Gut. Den Rest des Jahres bleiben sie in Berlin, wo sie eine hochherrschaftliche Wohnung besitzen. Dann genießen sie die Annehmlichkeiten und die Abwechslung der Großstadt. Die Sommermonate und die Weihnachtszeit verbringen sie fast immer auf dem Brunnenhof.

Ernst August von Luckenberg ist eher ein Stadtmensch und beschäftigt sich gern mit der Kunst der Antike und den schönen Künsten. Er hat die fünfzig überschritten und hatte nie viel für die Landwirtschaft übrig. Er ist zwar auf dem Brunnenhof geboren, aber ihn hat es schon früh in die Stadt gezogen. Seine Frau Elisabeth ist etwas jünger und eine sanfte und aparte Dame. Sie liebt das Theater und spielt wunderbar Klavier. Sie wollten den Brunnenhof gut geführt wissen, auch im Hinblick auf ihren vierzehnjährigen Sohn Konstantin, der künftige Erbe des Besitzes.

Das Wohl und die Führung des Gutes haben die von Luckenberg ihrem Gutsverwalter Anton von Liebenau anvertraut. Anton von Liebenau ist ein hochgewachsener und sehniger Mann mit schütterem, mittelblondem Haar und einem kantigen Gesicht. Eine goldgeränderte Brille, die er wegen seiner Kurzsichtigkeit trägt, unterstreicht sein intellektuelles Aussehen. Er lebt mit seiner Frau Henriette seit nunmehr acht Jahren auf dem Gut und bewohnt das schöne Gutsverwalterhaus neben dem Herrenhaus.

Seele des Gutes aber ist Friedrich Landsberg, von allen nur Friedrich genannt. Friedrich Landsberg, ein großer Mann mit dünnem, feinem, braunem Haar und einem Schnurrbart war der bestellte Hofmeister des Gutes. Ihm oblag die Leitung der Hauswirtschaft und aller Angestellten hierfür. Friedrich hatte sein Büro in einem der Wirtschaftsgebäude eingerichtet. Seine Tür stand für jedermann offen und er nahm die Sorgen und Nöte der Leute auf dem Gut ernst.

Erst im letzten Jahr hatte er die hübsche Maria geheiratet. Maria war im Herrenhaus angestellt und arbeitete für die Herrschaft. Sie kümmerte sich um die gesamte Wäsche des Herrenhauses, einschließlich derer der von Liebenaus, sowie um die Säuberung und Pflege des Herrenhauses.

Maria war beileibe das hübscheste Mädchen in der ganzen Umgebung. Sie war recht groß, aber schlank und hatte brünettes Haar, das sie immer zu einem Zopf gebunden hatte. Ihr Gesicht war ebenmäßig und von einer Zartheit, wie man es auf dem Lande selten fand. Einzig ihre hellen blauen Augen lächelten fast nie und hatten immer einen melancholischen Blick.

Maria war Waise und wohnte, bevor sie auf den Brunnenhof kam, bei ihrer Tante Bertha in Sandau. Sie hatte ein stilles und bescheidenes Wesen und drängte sich nie in den Vordergrund. Sie war fleißig, zuverlässig und diskret. Die Mitbewohner auf dem Gut mochten sie. Als Maria vor zwei Jahren erfuhr, dass man auf dem Gut jemanden für das Herrenhaus suchte, stellte sie sich vor. Sie war geschickt, konnte gut nähen, stricken sowie andere Handarbeiten und war sich für keine Arbeit zu schade. So verließ sie ihre Tante, um sich ein eigenes Leben aufzubauen.

Maria war sechs Jahre jünger als Friedrich. Friedrich heiratete ohnehin sehr spät. Seine Großeltern, Vilma und Karolis Landbergis, wie sie damals noch hießen, waren aus Litauen nach Preußen umgesiedelt. Infolge der Teilung Polens im 18. Jahrhundert waren die Deutschen auf dem litauischen Gebiet, das dann russisch wurde, eine Minderheit. Sie fühlten sich Deutschland zugehörig und entwickelten als Minderheit zunehmend Besorgnis unter der russischen Herrschaft. Zudem war das Leben in dem wesentlich ärmeren Land sehr hart und bot wenig Hoffnung auf eine bessere Zukunft.

So entschied die Familie die Heimat zu verlassen und machte sich auf den langen und mühsamen Weg in das deutsche Kaiserreich, um hier ihr Glück zu suchen. Mit guten Kenntnissen der Landwirtschaft hat es sie bis über die Elbe in die Altmark verschlagen, wo neben den großen Gütern in Mecklenburg, Pommern und Holstein ebenfalls große Gutshöfe und Besitze lagen. In Deutschland angekommen, haben sie dann deutsche Namen angenommen und sich Karl und Wilma Landsberg genannt. Friedrich war recht gut ausgebildet, denn sein Vater Karl hat dafür gesorgt, dass er Lesen und Schreiben gelernt hat. Auch Karl war des Lesens und Schreibens kundig und so war es nur natürlich, dass er diese Kenntnisse auch für seinen Sohn wollte.

Viele Mädchen hatten Friedrich Avancen gemacht, aber er hatte lange keine Lust, sich zu binden. Sein Wissendrang und seine Neugier waren immens. Er war mittlerweile auch schon Mitte zwanzig. Natürlich war da die eine oder andere Liebelei, aber nichts Ernstes.

Als Maria mit achtzehn Jahren auf das Gut kam, hatte sich Friedrich sofort in sie verliebt. Auch Maria gefiel der junge, gut aussehende und charakterstarke Mann. Nach einem halben Jahr hatte Friedrich Maria einen Heiratsantrag gemacht.

Die Hochzeit war *das* Ereignis auf dem Brunnenhof! Die Frauen hatten Girlanden aus Tanne und Blumen aufgehängt und alles geschmückt. Mit einer offenen Pferdekutsche fuhren sie zur Kirche nach Schwarzholz, wo die Brautleute getraut wurden. Danach gab es auf dem Brunnenhof ein ausgelassenes Fest mit viel Fröhlichkeit, Musik und Tanz. Das lag jetzt ein gutes Jahr zurück. Gern erinnerte sich Maria an diesen schönen Tag. Ihren Kranz und Schleier bewahrte sie in ihrer Kommode auf. Vielleicht würde sie ja eine Tochter bekommen, dachte sie.

„Maria", sagte Friedrich, „es ist ein so schöner Tag und wer weiß, wie viele sonnige und warme Tage es dieses Jahr noch gibt. Wir haben schon Anfang Oktober und es kann schnell kalt und nass werden. Vielleicht können wir später noch an den Elbauen spazieren gehen. Was meinst du?" Friedrich liebte es, mit Maria hinunter an den Fluss zu laufen, im tiefen Gras zu liegen und den blauen Himmel über sich oder die schöne Maria neben sich anzuschauen. Es gab ihm ein unglaubliches Gefühl von Jugend und Freiheit. Er wusste auch, dass Maria gerne am Fluss war und der sanften Strömung nachschaute. Dann überlegten beide laut, wo der Fluss wohl überall vorbeikam, und malten sich die schönsten Orte und Gegenden aus. Maria fragte Friedrich dann immer: „Friedrich, wo würdest du gerne mal hinreisen?" Und er gab ihr immer die gleiche Antwort: „An die See, Maria." Beide liebten die Elbe, gingen jedoch nie in ihr schwimmen, da in den gefährlichen Strömungen schon so mancher den Tod gefunden hatte.

„Heute nicht, Friedrich. Mir geht es heute nicht so gut", antwortete Maria. In der Tat wirkte Maria etwas blasser als gestern.

„Maria, was ist mit dir? Ich muss mir doch hoffentlich keine Sorgen machen?", fragte Friedrich. „Nein, es ist nichts, ich bin heute nur etwas müde." „Was hat dich denn heute so erschöpft?", fragte Friedrich. „Die Herrschaft hat sich kurzfristig angekündigt und Johanna ist krank. Da nun die Köchin ausfällt, müssen das jetzt Martha und ich übernehmen. Es fehlen auch noch Vorräte. Wir müssen nach Osterburg fahren und die fehlenden Lebensmittel einkaufen." „Das kriegen wir schon hin. Ich kann mit dir fahren und Martha kann sich um den Rest kümmern. Sie ist erfahren und wird das schon schaffen. Weiß man, was Johanna fehlt?", fragte Friedrich.

Ein längerer Ausfall von Johanna würde eine Lücke aufreißen. „Sie hat eine Fehlgeburt erlitten. Zum Glück hat sie schon zwei Kinder. Sie muss sich aber die nächsten Tage schonen. Martha und ich kümmern uns um sie, wenn sie etwas braucht." „Das ist gut", sagte Friedrich und war mit den Gedanken schon wieder bei der Arbeit.

Seit über sechs Wochen hatte Maria nicht geblutet. Die leichte Übelkeit am Morgen konnte sie bisher vor den meisten auf dem Gut verbergen. Bald würde sie es genau wissen, ob sie ein Kind erwartete. Sie wollte es Friedrich erst sagen, wenn sie ganz sicher war. Wenn sich ihr Verdacht bestätigte, würde das Kind zur übernächsten Sonnenwende, im Sommer, kommen.

***

Weihnachten stand vor der Tür und wurde auf dem Gut immer festlich begangen. In der Mitte des Platzes vor dem Herrenhaus wurde eine große Tanne aufgestellt, die schon Monate vorher im nahen gelegenen Wald ausgesucht wurde. Die Frauen des Gutes ließen es sich Jahr für Jahr nicht nehmen, den prächtigen Baum mit Strohsternen zu schmücken. Jedes Jahr bastelten sie neue Sterne in den langen dunklen Abenden im November und Dezember.

Im Herrenhaus gab es auch einen Weihnachtsbaum für die Familie, der immer am Heiligen Abend von Elisabeth von Luckenberg mit Wachskerzen geschmückt wurde. Wenn es geschneit hatte, fuhr die herrschaftliche Familie mit dem Schlitten zur Kirche. Die Mägde und Knechte gingen zu Fuß, aber die Kinder durften im Bollerwagen fahren. „Maria, gehst du bitte und holst meine Eltern? Sie fahren im Brennabor von Anton von Liebenau mit. Das ist bequemer für sie. Wir nehmen den Einspänner, es ist ja nicht so weit." Friedrich hatte das Privileg, einen Wagen zu besitzen, sodass auch Maria in ihrem Zustand nicht laufen musste. Ihre Knie wurden von einem warmen Wollplaid geschützt und ihre Hände steckten in Fäustlingen. Sie trug eine dunkelblaue wollene Jacke und einen dunklen langen Rock. Das aufgesteckte Haar versteckte sie unter einem kleinen Hut. Auch Friedrich hatte seine Sonntagskleider an: ein langer schwarzer Gehrock mit passenden Hosen und ein weißes Hemd.

Nach der Andacht kamen die Leute, die auf dem Gut wohnten, zum Herrenhaus und versammelten sich bei der großen Tanne. Der Baron trat mit seiner Frau Elisabeth vor das Herrenhaus auf den Platz, wo die Tanne stand. Die Baronin war in einen wertvollen Pelz gehüllt. Der Baron trat, gekleidet in einen doppelreihig geknöpften Wollmantel mit einem Pelzkragen, vor seine Belegschaft.

„Heute feiern wir das Weihnachtsfest", sagte Ernst August von Luckenberg. „Ein hartes Jahr liegt hinter uns, aber wir haben es geschafft, eine gute Ernte einzufahren und gute Erträge beim Verkauf unserer Tiere zu erwirtschaften. Ich möchte euch allen dafür danken. Möget ihr nun ein friedliches Weihnachtsfest mit euren Familien feiern. Als Dank haben wir ein paar Gaben für das Weihnachtsfest vorbereitet. Bleibt gesund und zuversichtlich."

Dann verteilte die Baronin an jeden ein Päckchen mit Lebensmitteln und anderen kleinen Gaben. Sie standen noch ein wenig beisammen, bevor die Familien in ihre Häuser zurückkehrten.

Auch Maria und Friedrich kehrten mit Friedrichs Eltern, die bei ihnen wohnten, in ihr warmes Häuschen zurück, das ganz in der Nähe der Wirtschaftsgebäude lag, und aßen zu Abend. An Heiligabend gab es Kartoffelsalat und am ersten Weihnachtsfeiertag die traditionell gebratene Gans. Die Leckereien aus der Küche waren der Höhepunkt des Weihnachtsfestes nach der Messe.

Vilma Landsberg war eine exzellente Köchin und es machte ihr Freude, ihre Schwiegertochter zu unterstützen.

Friedrichs Eltern gingen dann bald schlafen und das junge Paar blieb noch auf. Die Kerzen auf dem Adventskranz brannten. Nachdem Maria alles aufgeräumt hatte, traten sie vors Haus und sahen in einen samtenen Nachthimmel. Sie bestaunten den Großen und den Kleinen Wagen am Nachthimmel, als plötzlich Friedrich ihre Hand festhielt, sie ansah und sagte: „Maria, nächstes Weihnachten werden wir schon zu dritt sein. Ich kann es kaum erwarten und freue mich so sehr! Vielleicht wird es ein Sohn, aber wenn es ein Mädchen wird, dann sollte es die Schönheit seiner Mutter besitzen."

Maria lächelte und sah ihren Mann mit großen Augen an. Was habe ich doch für ein Glück gefunden!, dachte sie bei sich. Bald habe ich die Familie, die ich mir immer gewünscht habe.

Sie strich über ihren Bauch und sah Friedrich an. „Es wird nicht mehr lange dauern, bis es deutlich sichtbar sein wird", sagte Maria. „Immerhin ist mir seit einiger Zeit nicht mehr übel und im Großen und Ganzen geht es mir gut." „Ja, zum Glück", sagte Friedrich. „Du hast mir richtig leidgetan."

Die Weihnachtstage gingen vorüber und der Silvesterkarpfen wurde geschlachtet und verzehrt.

Der Neujahrstag brachte frischen Schnee, der der Auftakt für einen langen, harten Winter war. Ende März taute der Schnee endlich langsam weg und das Frühjahr hielt Einzug. Die Saat wurde in den Boden gebracht und es wurde gepflügt und gepflanzt. Nachdem das Elbhochwasser abgeflossen war, wurden die Tage wärmer und die Sonne nahm täglich an Kraft zu.

Am 31. Mai feierte Friedrich seinen sechsundzwanzigsten Geburtstag. Nun würde es nicht mehr lange dauern, bis das Kind kam.

***

Der Hof lag noch im Dunkeln, als Maria Friedrich weckte. Das Ziehen hatte schon kurz nach Mitternacht eingesetzt, aber Maria hatte Friedrich nicht geweckt. Sie wollte ihm den erholsamen Schlaf lassen und biss die Zähne zusammen.

Bevor die Morgendämmerung einsetzte, stieß Maria ihren Mann sanft an. „Friedrich, die Wehen werden immer stärker. Unser Kind wird bald da sein." Sie hielt sich den großen schweren Bauch und wartete mit schmerzverzerrtem Gesicht, dass die Wehe vorüberging.

„Was? Warum hast du mich denn nicht geweckt? Du musst dich doch nicht allein quälen." Besorgt schaute er Maria an. „Ich sage Frieda Bescheid, dass es so weit ist", sagte Friedrich, stieg schnell in seine Hosen, die über dem Stuhl lagen, nahm seine Jacke vom Haken und verließ das Haus.

Frieda, die schon viele Kinder auf die Welt gebracht hatte, nahm Marias Hand und sprach ihr gut zu: „Wir schaffen das zusammen!" Maria lächelte, aber ihr Lächeln erstarb, denn eine weitere Wehe überkam sie. Maria quälte sich nun schon viele Stunden. „Maria", sagte Frieda, „nun hast du es bald geschafft. Beim ersten Mal dauert es immer lange, aber bei den nächsten Kindern geht es schneller." Ich wäre froh, wenn dieses nur bald da wäre, dachte Maria.

Der Morgen war angebrochen und auf dem Gut herrschte bereits reger Betrieb, der bis in das Schlafzimmer zu hören war. Frieda brachte immer wieder frisches Wasser und kühlte Marias Stirn, ihre Arme und ihre Hände. Frieda war schon immer da. Sie gehörte sozusagen zum Inventar des Gutes. Sie war auf dem Brunnenhof zur Welt gekommen und nie fortgegangen. Frieda hatte geholfen, die meisten Kinder auf die Welt zu holen, und war für die Frauen eine wichtige Stütze.

Als Mägde und Knechte ihrer mittäglichen Arbeit nachgingen und die Sommersonne schon hoch am Himmel stand, drang ein langer qualvoller Schrei durch das Hofmeisterhaus.

Friedrich war gerade dabei, sein Büro zu verlassen und Anton von Liebenau aufzusuchen, als er das Schreien eines Babys hörte. Für eine Sekunde blieb er stehen und rannte dann über den Platz in Richtung seines Hauses. Vor seiner Haustür blieb er mit klopfendem Herzen stehen. Dann ging er in die Küche und setzte sich auf einen Stuhl.

Maria sank erschöpft in die Kissen ihres Ehebettes und Frieda gab ihr das frisch gewaschene Neugeborene in den Arm.

Frieda kam nach einer gefühlt unendlich langen Zeit aus dem Schlafzimmer in die Küche und sagte: „Friedrich, ich gratuliere dir, du hast einen gesunden Sohn. Maria geht es gut, du kannst jetzt zu ihr."

Er eilte ins Schlafzimmer, nahm die noch schwache Maria in die Arme und warf einen ersten Blick auf seinen Sohn.

„Schau, Maria, wie hübsch er ist!", sagte Friedrich. „So kleine Hände, es ist wie ein Wunder."

Maria lächelte und schaute glücklich in das Gesicht ihres Sohnes.

So wurde Otto Friedrich Landsberg am 17. Juni 1907, wenige Tage vor der Sonnenwende, geboren. Er sollte ein ereignisreiches Leben vor sich haben.

3

Paul prüfte die Zeichnungen und machte sich dann auf den Weg zur Baustelle. Es war schon später Vormittag und der neue Wasserturm wuchs schon erkennbar in die Höhe. Es zu sehen, erfüllte ihn mit Stolz und Zufriedenheit. Wenn alles so weiterging, würden sie ihn im kommenden Jahr einweihen können.

Er sprach mit seinem Vertrauten, dem Vorarbeiter Konrad, und ging mit ihm die nächsten Bauschritte durch. Als er sich umdrehte, um zu gehen, hörte Paul einen Knall und kurz darauf einen furchtbaren Schrei.

Paul und Konrad sprangen herbei und sahen das schreckliche Unglück. Dann machten sie sich auf den Weg in die Tiefe, dorthin, wo der bewegungslose Körper lag. Einer der Arbeiter war von Gerüst gestürzt. „Hol einen Arzt!", sagte Paul zu Konrad, noch bevor sie über die vielen Leitern unten ankamen.

Der Arbeiter lag auf dem Rücken und starrte aus leblosen Augen in die Höhe. Der Arzt konnte wenig später nur noch den Tod feststellen.

„Wie konnte das passieren?", fragte Paul Konrad und die umstehenden Arbeiter. Einer der Anwesenden, ein junger Mann namens Joseph, sagte: „Ein Brett hat sich gelöst und ist beim Drauftreten nach oben geschnellt. Rudolf hat dann das Gleichgewicht verloren und ist abgestürzt."

Die Arbeit wurde sofort eingestellt. Dann wandte sich Paul an die Arbeiter. „Alle anderen, die von Konrad nicht gebraucht werden, machen Schluss für heute." Konrad blieb bei Paul.

Pauls Gedanken rasten. Ihm war sofort klar, dass nicht noch einmal nachgeprüft worden war, ob alles fest verankert war. Er sah Konrad an. „Das gesamte Gerüst muss auf Festigkeit und Sicherheit überprüft werden. Das darf nicht wieder passieren! Es darf keine weiteren Unfälle auf der Baustelle geben." „Ja", sagte Konrad, „ich kümmere mich darum."

Oft hatte er schon von tödlichen Unfällen auf Baustellen gehört. Zum Glück hatte er diese Erfahrung bisher nicht machen müssen. Wir müssen die Sicherheit hier und für die Zukunft verbessern, dachte er sich und machte sich auf den Weg zur Familie des Verunglückten. Es würde ein schwerer Gang werden. Das wusste er. Der Verunglückte hatte eine Frau und einen Sohn.

Margarethe sah Paul sofort an, dass etwas passiert sein musste. „Wir hatten einen tödlichen Unfall auf der Baustelle", sagte Paul, bevor Margarethe etwas fragen konnte. „Wie konnte das passieren?", fragte sie ihren Mann. Paul erzählte ihr die furchtbare Geschichte und schwor sich, die Sicherheit auf dem Baugelände zu seiner Sache zu machen.

Die Beisetzung des toten Arbeiters fand auf dem nahe gelegenen Domfriedhof im Beisein der Familie und aller Kollegen statt. Der Pfarrer hielt eine würdige Predigt und beim Beerdigungskaffee wurde beraten, wie man die Familie in der schweren Zeit unterstützen konnte. Von nun an wollten alle noch mehr Obacht geben, damit es kein weiteres Unglück mehr gab.

Schlank, mit spitzer Turmhaube und aus rotem Backstein ragte der neue Wasserturm gut ein Jahr später in den Himmel. Die kleine Stadt hatte nun ein weiteres Wahrzeichen, das schon von Weitem sichtbar war. Das wunderschöne Wappen, das den Turm zierte, war ein Entwurf von Paul. Er hatte es selbst angefertigt.

Die Einweihung fand im nächsten Sommer statt und wurde ein großes Volksfest. Es gab viel Platz drum herum, sodass Schausteller, Gastwirte und Händler ihre Buden aufstellen konnten. Die Bürger kamen in ihrem Sonntagsstaat: Der Bürgermeister hielt eine Rede und dankte auch Paul und den Arbeitern und vergaß nicht dem Toten zu gedenken, der für das Bauwerk sein Leben lassen musste. Eine Kapelle spielte Blasmusik. An Buden wurden Getränke und Zuckerwatte für die Kinder verkauft. Die Menschen vergnügten sich mit Tanz und Musik und viele dachten gerne an diesen besonderen Tag zurück.

***

Die kleine Alwine war der Sonnenschein ihrer Eltern und der ganze Stolz ihres Vaters. Sie fand es aufregend, wenn sie auf seinem Schoß sitzen durfte und er ihr von den Häusern und Bauten berichtete oder wenn er die Zeichnungen auf dem großen Tisch anschaute. „Vati, ich möchte später auch einmal Häuser bauen oder am besten ein Schloss für die Prinzessin", sagte sie stets. Paul lächelte dann und strich ihr über das blonde Haar.

Das kleine Haus am Kaiser-Otto-Platz war erfüllt mit Leben.

Im Sommer saßen die Sieberts, oft auch mit den Nachbarn, im Hof zusammen und genossen die langen hellen Tage. Der Hof am Haus war an der rechten Wand umgeben von einer Ziegelmauer und an der linken Wand und an der Stirnseite mit einem Holzzaun. In der hinteren rechten Ecke stand ein Apfelbaum und daneben gab es zwei Johannisbeersträucher. Der Boden im Hof war festgestampfter Lehm. An der Hauswand hatte Paul eine Steinterrasse gebaut, auf die eine Holzbank mit einem Holztisch davor stand. Bei schönem Wetter holten die Sieberts noch weitere Holzstühle aus dem Haus und das Leben verlagerte sich in den Hof. Da der Hof nach Osten lag, war es hier im Sommer angenehm kühl und schattig. Es gab außerdem noch einen kleinen Garten, unweit des Hauses, wo sie allerlei Obst und Gemüse anbauten und ernteten.

Im Winter hielt Paul den kleinen Platz vor dem Haus frei von Schnee, denn davon hatte es in den letzten Wintern reichlich gegeben.

Unweit des Platzes gab es einen langen Berg, der in die Stadt führte und der sich für die Kinder im Winter vortrefflich zum Rodeln eignete.

Rund um die große Kirche gab es für die kleine Alwine viele interessante Orte zum Fangen- und Versteckenspielen. Mit den Nachbarskindern ging sie auf Erkundungstour, auch wenn die Mutter ihr verbot, sich allzu weit vom Haus zu entfernen.

Paul baute für Alwine einen Roller mit einem schönen Holzrahmen. Mit dem Roller sauste sie umher, war doch das Fahren um so vieles besser. Alwine konnte nun mit ihrem Roller die Umgebung erkunden und ihre blonden Zöpfe im Wind flattern lassen.

Morgen würde Alwine sechs Jahre alt werden. Sie lag in ihrem Bett und konnte vor Aufregung nicht schlafen. Was würde sie wohl geschenkt bekommen? Und würden morgen auch Kerzen und Blumen auf ihrem Geburtstagstisch stehen? Vor Vorfreude und Spannung schlief sie dann irgendwann ein.

Als sie erwachte, fielen Sonnenstrahlen durch die Ritzen der Schlagläden. Sie stand auf und tapste auf Zehenspitzen in die Wohnstube.

Da brannten Kerzen auf dem Tisch und ein Tulpenstrauß stand neben einem eingepackten Geschenk. Ihre Mutter kam ins Zimmer und sagte: „Alles Gute zum Geburtstag, mein Schatz!", und hauchte ihr einen Kuss auf die Stirn. Als sie das Geschenk öffnete, fand sie darin schwarze Lackschuhe. „Au, sind die schön! So schöne Schuhe habe ich ja noch nie gesehen!" Alwine zog die neuen Schuhe an und stolzierte die ganze Zeit mit den neuen Schuhen durch das Haus.

Am Nachmittag kamen zwei Nachbarskinder zur kleinen Geburtstagsfeier, Hildegard vom letzten Haus am Platz und Hedwigs

Sohn Oskar. Die Kinder spielten und lachten miteinander und fielen über Margarethes selbst gebackenen Kuchen her.

Im Herbst würde Alwine die Schule besuchen, aber erst einmal stand ihr ein wunderbarer unbeschwerter Sommer bevor. An allem interessiert und von schneller Auffassungsgabe, konnte Alwine es kaum erwarten, in die Schule zu gehen. Ihr Vater versuchte ihr, so gut es ging, alles zu erklären und ihren Wissendurst zu stillen. Sie würde Bücher und Hefte bekommen und dann endlich das Lesen und Rechnen lernen.

Als Ende August erste, einzelne Blätter im Laub der Bäume schon eine gelbe Färbung zeigten, erahnte man den baldigen Einzug des Herbstes.

Endlich war es so weit. Alwine konnte vor Aufregung nicht einschlafen, denn morgen endlich würde sie eine Schülerin sein. Als die Strahlen der Morgensonne ins Zimmer fielen, schlüpfte sie aus ihrem Bett und ging auf Zehenspitzen zum Schrank, dort, wo ihr Schulranzen stand. Sie hob in leise an und strich über das wunderbare Leder und roch daran.

Das Frühstücksbrot musste sie sich runterzwingen, so aufgeregt war sie. Dann wurde sie von ihren Eltern in die Schule begleitet. Die Mutter hatte ihr ein neues Kleid genäht, blau mit weißen Blenden, ein wenig im Matrosenstil. Zu ihrem ersten Schultag durfte sie zu dem schönen blauen Kleid auch weiße Söckchen und die schwarzen Lackschuhe anziehen. Ihre blonden Zöpfe zierten blaue Schleifen. Alwine war mächtig stolz und ging aufrecht an der Hand ihres Vaters zur Schule. „Wird der Lehrer auch nett sein?", fragte sie ihren Vater. „Und meine Mitschüler auch?" „Ganz bestimmt", brummte Paul. Der Lehrer, Albert Heinrichs, nahm die neuen Schüler an der Schultür in Empfang. Alwine fand, dass er streng aussah. Nicht so freundlich wie ihr Vater oder Onkel Richard. Aber vielleicht sah er ja auch nur so aus, tröstete sie sich.

Alwine hatte eine bunte Schultüte mit Süßigkeiten bekommen. Nun war sie endlich eine Schülerin. Immer wieder sah sie ihre Fibel und das Rechenbuch an und wünschte sich, dass sie das alles schon verstehen könnte. „Das wird schon", sagte ihre

Mutter. „Du wirst sehen, schon bald kannst du lesen und schreiben." „Wie schnell ist denn bald?", bohrte sie weiter. „Vielleicht Weihnachten", sagte Margarethe. „Weihnachten ist gut", befand Alwine dann und war mit der Aussage zufrieden.

Kurz nach der Einschulung, Anfang September, gab es den traditionellen Jahrmarkt oder Pferdemarkt, wie er in Havelberg genannt wurde, mit Pferden, Buden, einem Zauberkünstler und auch einem Karussell.

Alwine ging an der Hand ihres Vaters. „Vielleicht sehe ich meine Schulkameraden dort", sagte sie. „Und gibt es ganz bestimmt ein Karussell?", löcherte sie weiter. „Ganz bestimmt", antwortete Paul.

Schon von Weitem sah sie das sich drehende Karussell und die bunten Buden. Ihr Herz schlug höher. Den Jahrmarkt gab es nämlich nur einmal im Jahr.

„Vati, wie oft darf ich fahren?", fragte sie ihren Vater. Paul schaute in ihre runden strahlenden Augen, lachte und sagte: „Für zwei Fahrten reicht das Geld bestimmt, Kleines."

„Hallo, Paul", hörte Paul jemanden hinter sich rufen und drehte sich um. „Grüß dich, Richard. Wie geht es dir? Bist du allein hier? Ich sehe Hedwig nicht." „Hedwig ist zu Hause geblieben. Sie hat Kopfschmerzen. Ich bin mit zwei Kollegen hier. Wir haben uns auf ein Bier getroffen. Der eine soll sich für seinen Bruder nach einem Pferd umsehen. Aber er hat das Passende noch nicht gefunden. Ich mag das Treiben hier. Und du, was machst du hier?" „Ich habe Alwine das Karussell versprochen. Sie sitzt da auf dem weißen Pferd. Margarethe ist froh, wenn sie mal ein paar Stunden für sich hat. Sie ist auch zu Hause geblieben."

Richard nickte und schaute auf seine Uhr. „Nun muss ich aber los. Hedwig hat mir aufgetragen, einen geräucherten Aal mitzubringen." „Die gibt es da vorne am Eingang", sagte Paul.

„Kommt doch gerne mal wieder zu uns. Vielleicht nächsten Sonnabend?", sagte Paul noch, bevor Richard seinen Weg fortsetzte. „Gute Idee. Gerne, das machen wir." „Passt es euch Sonnabend?", fragte Paul. „Ja, da haben wir nichts vor." „Also dann Sonnabend", bestätigte Paul noch einmal die Verabredung.

Er traf noch den einen oder anderen Bekannten, wechselte viele Worte und machte sich dann am späten Nachmittag mit Alwine auf den Heimweg. Es wurde ein schöner Tag für sie beide, denn Paul konnte ihre bescheidenen Wünsche erfüllen.

Alwine stürmte zur Haustür herein. „Mutti, Mutti, ich durfte drei Mal Karussell fahren, auf einem schönen weißen Pferd. Und Zuckerwatte hat mir Vati auch gekauft!", strahlte sie. „Na, hoffentlich kriegst du keine Bauchschmerzen davon", sagte ihre Mutter. „I wo", verneinte Alwine und schüttelte heftig den Kopf. „Es war so schön", schwärmte sie.

„Gretchen, ich habe Richard getroffen. Er war auch ohne Hedwig unterwegs. Ich habe die beiden eingeladen, nächsten Sonnabend zu uns zu kommen. Ich hoffe, es ist dir recht. Es war eine spontane Idee von mir." Margarethe stellte sich hinter Paul, der am Küchentisch auf einem Stuhl saß, schlang ihre Arme um ihn und küsste seine Wange. „Das war eine gute spontane Idee, Paul. Ich freue mich, wenn sie kommen", sagte sie.

„Was hast du eigentlich mit deiner freien Zeit angestellt?", fragte Paul. „Ich habe ein wenig im Garten gearbeitet und ein wenig aufgeräumt."

Als Alwine später ins Bett sank, dachte sie noch mal über den wunderbaren Tag nach. Sie sah vor ihrem geistigen Auge die bunten Stände und das sich drehende Karussell. Irgendwann schlief sie zufrieden ein.

Es war ein ereignisreiches Jahr und das Leben war einfach wunderbar.

Es hätte für die kleine Familie immer so weitergehen können, aber außerhalb ihres kleinen Kosmos brauten sich gefährliche Sturmwolken zusammen.

4

Die Bäume waren schon fast kahl. Es war Ende Oktober und das Jahr 1911 ging langsam seinem Ende entgegen.

In der hübschen Stadt Weimar, unweit des Thüringer Waldes, herrschte im Hause des Stoffwarenhändlers Gottfried Ohme große Geschäftigkeit. Gottfried Ohme, genannt Fritz, und seine Frau Mathilde bewohnten ein hübsches Stadthaus im Zentrum von Weimar. Das gelb verputzte Haus zog sich über drei Etagen. Die drei Fenster, die zur Straße hinausgingen, zierten hübsche weiße Fenstersimse. Im Erdgeschoss befand sich die große Küche, in den Räumen darüber der Salon und das Arbeitszimmer von Fritz. Im zweiten Stock befanden sich das Schlafzimmer von Fritz und Mathilde und das Kinderzimmer. Mathilde hatte mit ihrem guten Geschmack das kleine Haus hübsch und gemütlich eingerichtet. Alle Fenster zierten geschmackvolle Vorhänge. Die schönen Holzmöbel waren dekorativ und praktisch.

Der Stoffhandel der Familie, den sich Fritz in den letzten Jahren aufgebaut hatte, florierte. Im Rahmen der Industrialisierung zog es immer mehr Menschen vom Land in die Stadt. Das aufstrebende Bürgertum und die wachsende Stadtbevölkerung wollten gut eingekleidet sein. Fritz hatte das Geschäft von seinem Vater Gustav übernommen, der sich nach einem Schlaganfall aus der Firma zurückgezogen hatte. Fritz' Mutter, Klara Ohme, eine kränkliche Frau, kümmerte sich nach besten Kräften um den Vater. Sie hatte nie viel Sinn für das Geschäft gehabt, sodass recht schnell die Entscheidung getroffen wurde, Fritz die Leitung des Unternehmens zu übergeben. Bei der Übernahme waren die Umsätze noch gering, hatte sich sein Vater doch auf althergebrachte Bezugsquellen verlassen. Fritz war längst klar geworden, dass nur eine Expansion ihnen auf lange Zeit die Existenz sichern konnte. Daher hatte er sich auf den Weg gemacht und neue Lieferanten im In- und Ausland akquiriert. Vor drei Tagen war Fritz nach Ypern in Flandern gereist, um dort neue Stoffe einzukaufen. Mittlerweile hatte er sich einen Namen in der Stadt und in der Region gemacht und es war bekannt, dass er Stoffe von allerbester Qualität und Güte in seinem Sortiment hatte. Wer das Besondere suchte, für den war Fritz Ohme immer die erste Adresse.

Fritz Ohme war groß und schlank und auffallend attraktiv. Er hatte schwarzes, dichtes Haar, was ihm ein südländisches Aussehen verlieh. Sein Gesicht war ebenmäßig und hatte feine Züge. Wenn er lachte, konnte man seine schönen, weißen Zähne sehen. Er war nicht nur bei Frauen beliebt. Seine offene Art und sein sportliches Auftreten brachten ihm auch bei Männern Sympathien ein.

Die Familie betrieb neben dem Lager, das etwas außerhalb lag, auch einen Stoffladen in der Innenstadt von Weimar, wo jedermann Stoffe für alle Anlässe kaufen konnte. Zuerst hatte Mathilde den Laden selbst betrieben, aber im Zuge ihrer Schwangerschaft hatten sie jemanden dafür eingestellt. Sie fanden eine zuverlässige und kompetente Dame namens Hannah Rosenberg, welche die Familie Ohme sofort ins Herz geschlossen hatte. Die beiden Frauen verstanden sich auf Anhieb gut, war Hannah doch nur wenig älter als Mathilde und Fritz. Hannah selbst hatte keine Kinder und war so ganz für die Familie Ohme da.

Mathilde, die nun kurz vor der Niederkunft stand, hoffte, dass Fritz rechtzeitig zurück sein würde. Sie führte derweil das Kaufmännische im Geschäft in Weimar weiter, so gut sie eben konnte. Fritz setzte großes Vertrauen in seine kluge und schöne Frau. Mathilde war mittelgroß und sehr schlank. Ihre dunklen Augen zierten lange schwarze Wimpern. Ihr brünettes, volles Haar, das von kupferfarbenen Strähnen geziert wurde, fiel ihr bis über die Schultern. Meistens trug sie es zusammengesteckt, aber abends, wenn sie es bürstete, konnte Fritz den wunderbaren Glanz darin bewundern. Er liebte seine schöne Frau über alles und sie erwiderte diese Liebe.

Jeden Tag ging Mathilde noch in den Laden und hatte mit Hannah einen Austausch, außerdem tat ihr der tägliche Spaziergang gut.

Die letzten Sonnenstrahlen hatten gerade das Zimmer verlassen und Dunkelheit machte sich rasch breit. Jetzt, Ende Oktober, waren die Nachmittage und die Zeit der Dämmerung kurz. Bald würde es dunkel sein. Inständig hoffte Mathilde, dass Fritz bald heimkommen würde. Sie hatte sich gerade mit einer Tasse Tee hingesetzt, um in ihrem Buch weiterzulesen, als sie ein Ziehen im Unterleib bemerkte. Sie freute sich auf das Kind und hoffte, dass es ein Junge würde, der dem Vater zur Hand gehen und ihm dann später im Geschäft nachfolgen könnte. Als das Ziehen immer häufiger und stärker wurde, bat sie das Hausmädchen Hildegard, die Hebamme zu holen. Mathilde hatte sich mittlerweile hingelegt, denn die Wehen wurden immer stärker. Die Hebamme, Frau Arendt, hatte ihr gesagt, dass es noch dauern würde, sie würde in einer Stunde noch einmal wiederkommen.

Nicht fähig, etwas zu lesen, lag Mathilde auf ihrer Seite des Ehebettes und dachte an Fritz. Sie dachte an die Zeit ihres Kennenlernens in Weimar, als sie über eine kaputte Bordsteinplatte gestolpert war und fast gefallen wäre, wenn Fritz sie nicht aufgefangen hätte. Sie erinnerte sich an ihre Treffen unter dem sommerlichen Sternenhimmel, an ihren ersten Kuss und ihre heimlichen Treffen. Sie dachte an ihre Hochzeit. Fritz hatte ihr Brüsseler Spitze für ein weißes Brautkleid geschenkt. Viele Bräute trugen Schwarz, um das Kleid hinterher noch zu anderen Anlässen tragen zu können, aber wer es sich leisten konnte, trug Weiß. Das bräutliche Weiß begann sich mehr und mehr durchzusetzen. Sie dachte an die Kutsche und die Glocken von St. Peter und Paul, die geläutet hatten, und an ihre glücklichen Gesichter, als sie als Eheleute Ohme die Kirche verlassen hatten. Ich habe das große Glück gefunden, dachte Mathilde. Mehr kann man sich nicht wünschen. Und nun sollten sie auch noch ein gemeinsames Kind haben.

Die Zeiger der Uhr in ihrem Schlafzimmer schoben sich gegen Mitternacht und die Wehen drohten ihr den Leib zu sprengen. Frau Arendt sprach ihr Mut zu. Ihre ruhige Art und ihr einfühlsames Wesen hatten schon vielen Gebärenden geholfen und auch Mathilde vertraute ihr. Sie hielt Mathildes Hand und kühlte ihre schweißnasse Haut. Die Wehen wurden immer stärker und Mathilde hatte Sorge, dass ihre Kraft nicht reichen würde. Frau Arendt schaute in Mathildes besorgtes Gesicht, nachdem eine erneute Wehe abgeklungen war. „Das Kind wird gleich da sein. Ich kann es schon sehen. Sie müssen jetzt pressen, und zwar mit aller Kraft." Mit einem letzten starken Aufbäumen und einem Schmerz, der mit nichts zu vergleichen war, schob sich das Kind aus ihrem Leib. Die Hebamme nahm es und nabelte es ab. Lächelnd sah sie Mathilde an und sagte: „Sie haben eine wunderschöne, gesunde Tochter!" Danach versorgte sie erst das Baby und dann Mathilde und legte ihr das Kind in den Arm. Überglücklich schaute sich Mathilde ihre Tochter an und war gar nicht traurig, dass es kein Junge war.

Am nächsten Nachmittag kam Fritz von seiner Reise nach Hause. Als er vor der Haustür stand, hörte er die Schreie eines Babys. Ein unbeschreibliches Glücksgefühl durchströmte ihn. Er raste die Treppe nach oben. Mathilde lag in ihrem Bett und hielt das Baby in den Armen. Er blieb einen Moment stehen und schaute seine Frau mit aller Zärtlichkeit an. Dann schloss er sie und sein Kind überglücklich in die Arme. „Es ist leider kein Junge geworden. Aber wir haben eine wunderschöne Tochter. Ich möchte, dass wir sie Antonia nennen", sagte Mathilde. Fritz betrachtete das hübsche Baby. „Den Namen hast du gut gewählt, ich bin absolut einverstanden", sagte er.

So wurde Antonia Annette Ohme am 28.10.1911 geboren. Sie wurde Antonia gerufen, sollte eine Schönheit werden und achtzehn Monate später noch einen Bruder Arthur bekommen.

5

Der Sommer des Jahres 1913 war sehr heiß. Sengende Hitze lag auf dem Land und den umliegenden Feldern. Das Getreide stand hoch und die aufsteigende Hitze flirrte auf den Wegen. Die Elbe floss gemächlich nach Norden und führte, wie so oft im Sommer, wenig Wasser. Die Menschen auf dem Land waren dankbar für ein wenig Schatten oder einen Schauer, der mit einem Gewitter einherging. Ihre Gesichter waren von den vielen Stunden und Tagen in der Sonne braun gebrannt.

Von den großen Ereignissen der Weltgeschichte bekam man in diesem Teil Deutschlands, der Altmark, nur am Rande etwas mit und das Leben auf dem Lande nahm seinen gewohnten Lauf.

Siebenhundert Kilometer weiter westlich, im belgischen Gent, wurde drei Monate zuvor die 28. Weltausstellung eröffnet, um der Weltgemeinschaft das Neueste, was es an Produkten gab, zu präsentieren. Die Deutschen stellten ihre wegweisenden Produkte aus Landwirtschaft und Maschinenbau aus. Hier, auf dem Lande, war das alles weit weg, denn das Leben war hart und wurde von den Jahreszeiten und der damit verbundenen Aussaat und Ernte geprägt.

Baron und Baronin von Luckenberg verbrachten für gewöhnlich den Sommer auf dem Land und kehrten erst Anfang September nach Berlin zurück. Im Herbst und Winter fanden dann die prächtigen Bälle statt, die Theaterpremieren sowie andere kulturelle und gesellschaftliche Ablenkungen.

Es war üblich, dass sich die Adligen auf ihre Güter oder an die Ostseeküste zurückzogen, um der Hitze der Stadt zu entfliehen. Das gesellschaftliche Leben fing für gewöhnlich auch erst nach Ende des Sommers wieder an. Dieses Jahr kam die Familie von Luckenberg spät an, denn Berlin war im Mai Blickpunkt des Weltinteresses.

Am 24. Mai 1913 heiratete Viktoria Luise, einzige Tochter des Kaisers Wilhelm II., in Braunschweig den Welfenprinz Ernst August. Zuvor gab es in Berlin die große Parade und das Galaessen.

Zur Eheschließung der Kaisertochter reisten Gäste aus höchsten Rängen aus dem In- und Ausland an, wie das britische Königspaar George V. und Mary sowie der letzte Zar Nikolaus I. von Russland. Es wurde das letzte große Aufeinandertreffen gekrönter Häupter vor dem Ausbruch des Ersten Weltkrieges, ein prunkvolles Fest, das an diesen Tagen im Mai noch nicht die Anzeichen des drohenden Desasters erkennen ließ.

Natürlich ließ sich auch der Adel dieses Ereignis nicht entgehen. Das war zugleich ein gutes Parkett für Absprachen, Allianzen und mögliche Eheschließungen in Adelskreisen. Die von Luckenberg hatten immerhin auch einen Sohn, Konstantin, der in nicht allzu weiter Ferne im heiratsfähigen Alter sein würde.

***

Seit einiger Zeit kamen die Herrschaften mit dem Automobil aus Berlin. Sie schickten ein Telegramm an Anton von Liebenau, damit für ihre Ankunft alles vorbereitet werden konnte.

Der kleine Otto war mittlerweile sechs Jahre alt. Seine blauen Augen hatte er von seiner Mutter geerbt. Seine blonden, welligen und ständig wuscheligen Haare gaben ihm ein verschmitztes Aussehen. Otto war immer fröhlich und an allem interessiert und hielt sich am liebsten draußen auf. Im Sommer lugten unter seinen kurzen Hosen meist aufgeschürfte Knie heraus, da er auf alles kletterte, was für seine Größe machbar war. Auf dem Gut war er der Liebling aller Angestellten, da die Kinder der anderen Bewohner entweder viel älter oder jünger waren.

Wenn die Herrschaft mit dem Automobil kam, konnte Otto kaum den Blick von dem wundervollen Gefährt lassen. Immer wieder schlich er um das Auto herum, verschwand hinter dem großen Kühlergrill und strich behutsam über die chromglänzenden Kotflügel.

Wenn ich da nur einmal drinsitzen könnte!, dachte er bei sich. Sein Traum wäre es, einmal damit fahren zu können. Letztes Weihnachten hatte er ein kleines Spielzeugauto aus Holz bekommen, sein größter Schatz.

„Otto", rief die Mutter, „komm mir helfen!" So riss er sich denn los und trottete zum Haus zurück. Es wurden ihm schon kleinere Arbeiten übertragen, schließlich würde er in ein paar Wochen in die Volksschule gehen.

Otto freute sich schon auf die Schule, auf die Hefte und Bücher und die neuen Freunde. Immerzu sprach er davon und erzählte es jedem, der ihm über den Weg lief.

Es war schon Nachmittag und eine drückende Schwüle lag über dem Gut. In der Ferne färbte sich der Himmel dunkel. Friedrich inspizierte drinnen die Speicher, als er ein heftiges Grollen hörte. Anton von Liebenau war in die Stadt gefahren und würde erst später zurückkommen. Friedrich rannte nach draußen und schaute besorgt zum Himmel. Unverkennbar zog ein starkes Gewitter auf. Die Frauen waren noch auf dem Feld. Besorgt ließ er alles stehen und liegen, sattelte den braunen Hengst und machte sich auf den Weg. Das Gewitter kam schnell näher und die Blitze fuhren auf die Erde nieder.

Er fand fünf der Frauen unter einem Baum sitzend. Nur eine war noch draußen auf dem Feld. Sie hatte die Parzelle weiter im Norden bearbeitet und hatte den Aufbruch der anderen nicht mitbekommen. „Die Adele ist noch draußen", sagte eine der Frauen. „Ich hole sie", erwiderte Friedrich. „Es ist zu gefährlich, wir müssen hier schnellstens weg, ihr dürft nicht unter dem Baum bleiben! Hockt euch flach aufs Feld!" Die Frauen schauten besorgt, bot der Baum doch nur vermeintlichen Schutz. Als Friedrich die halbe Strecke hinter sich gebracht hatte, fuhr ein mächtiger Blitz hernieder. Friedrich spürte noch den Schlag, der an der Hüfte in ihn eindrang, fiel vom Pferd und sank auf den trockenen Feldboden nieder. Einer der Frauen entfuhr ein lauter Schrei, war ihr Blick doch auf den davoneilenden Friedrich gerichtet. „Er ist vom Blitz getroffen worden! Ich habe es gesehen. Wir müssen ihm helfen!"

Der Gefahr trotzend, eilten die Frauen aufs Feld, zu der Stelle, wo Friedrich zuletzt gesehen wurde. Friedrich lag bewusstlos auf dem trockenen Feldboden. Aus einer Wunde am Arm sickerte Blut und färbte die Erde darunter rot. Vorsichtig luden die Frauen den bewusstlosen Friedrich auf den Feldwagen und banden sein Pferd davor.

Adele war mittlerweile herbeigeeilt. Obwohl das Gewitter noch nicht abgezogen war, machten sich die Frauen mit dem verletzten Friedrich auf den Weg zurück zum Gut und beteten.

Das Gewitter zog einfach nicht ab, dennoch erreichten die Frauen das Gut, völlig durchnässt und zitternd vor Kälte und

Sorge. „Holt schnell den Doktor und sagt Maria und Herrn von Liebenau Bescheid, sobald er da ist!", sagte eine der Frauen zu Gerhard, einem herbeieilenden Knecht.

Adele suchte Maria und fand sie in der Küche des Herrenhauses. Als sie Otto am Tisch sitzen sah, sprach sie mit leiser Stimme zu Maria: „Maria, es ist etwas ganz Schreckliches passiert. Friedrich wurde vom Blitz getroffen. Du musst kommen." Als ihr die Bedeutung dieser Nachricht bewusst wurde, stockte Maria der Atem und sie schlug die Hände vors Gesicht. Dann aber ließ sie alles stehen und liegen und eilte in den Hof. Zu Adele sagte sie noch schnell: „Adele, bitte bring Otto sofort zu Johanna in die Küche. Dort soll er erst einmal bleiben." Adele nickte und nahm Otto beim Arm und verließ mit ihm das Herrenhaus. Maria schlug die Tür hinter sich zu und eilte mit schnellen Schritten über den Hof. Friedrich lag auf dem Wagen und die Männer hoben ihn an und trugen ihn in sein Haus. Maria wies sie an, ihn in das Ehebett zu legen. Nach einer gefühlten Ewigkeit kam Doktor Kämmerling.

Maria wartete in ihrer kleinen Küche, während der Doktor bei Friedrich war. Unzählige Gedanken schwirrten Maria durch den Kopf. Würde er je wieder laufen können? Was würde werden, sollte ihr Mann schwerbehindert sein? Friedrich war immerhin der Haupternährer der Familie.

Die Frauen vom Feld standen noch sichtlich erschüttert auf dem Platz vor dem Herrenhaus, als Anton von Liebenau mit seinem braunen Wallach auf den Vorplatz geritten kam. Er grüßte die Frauen und ritt langsam zu den Stallungen hinüber, um das Pferd dort abzustellen, als Frieda hinter ihm herrannte. „Herr", rief sie. „Sie müssen kommen. Es ist etwas Schreckliches passiert." Ein Knecht kam hinzu und von Liebenau drückte ihm die Zügel in die Hand. „Bring ihn in den Stall."

Er strich sich besorgt durchs Haar und folgte mit langen Schritten Frieda zum Haus von Paul und Maria. Er fand Maria in der Küche sitzend und sah, dass sie geweint hatte. „Was ist passiert?", fragte er sie. „Als das schwere Gewitter aufzog, ist Friedrich aufs Feld geritten, um die Frauen zurückzuholen. Eine war wohl allein und etwas weiter entfernt. Friedrich wollte sie holen, da ist er vom Blitz getroffen worden. Das haben mir die Frauen vom Feld erzählt. Der Doktor ist noch bei ihm." „Was für ein Unglück!", erwiderte von Liebenau. „Aber wir müssen jetzt erst einmal schauen, was der Doktor sagt."

Der Doktor verbrachte einige Zeit bei dem Verletzten und trat dann an Maria und von Liebenau heran. „Er wird es überleben, aber er hat Verbrennungen davongetragen und auch Nerven- und Muskellähmungen. Ich kann jetzt noch nicht sagen, wie weit sich diese zurückbilden werden. Außerdem ist sein Arm gebrochen. Bei seinem Sturz vom Pferd hat er noch Glück gehabt, dass nur der Arm gebrochen ist. Das hätte noch viel schlimmer ausgehen können. Ich komme morgen wieder, dann sehen wir vielleicht mehr. Aber Ihr Mann ist stark. Hoffen wir das Beste."

Von Liebenau schaute Maria an und sagte: „Du musst jetzt stark sein und dich um Otto kümmern. Ich werde Friedrichs Aufgaben mit übernehmen und schauen, wer mich hierbei am besten unterstützen kann."

Von Liebenau rief alle zusammen und informierte die Angestellten des Gutes über den schrecklichen Vorfall. Er teilte die dringendsten Aufgaben auf und machte sich auf den Weg in sein Arbeitszimmer.

Otto bemerkte, dass etwas passiert sein musste. So schnell, wie seine Mutter das Haus verlassen hatte, und dann das Getuschel der Leute. Auch Johanna sagte nichts. Endlich kam Frieda in die Küche. „Otto, du kannst jetzt nach Hause zu deiner Mutter." Sofort machte er sich auf den Weg. Ein leichter Sommerregen fiel aus grauen Wolken, als Otto mit Angst im Nacken das Haus seiner Eltern betrat. Seine Mutter kam sofort auf ihn zu und nahm ihren Sohn in den Arm. „Otto", sagte Maria, „dein Vater ist auf dem Feld vom Blitz getroffen worden. Er liegt schwer verletzt im Bett. Du darfst ihn jetzt nicht stören." Otto schaute seine Mutter erschrocken an. Dann kullerten ihm dicke Tränen über die Wangen. „Mutti, wird denn der Vater wieder gesund?" „Wir können nur hoffen, sagt der Doktor. Jetzt braucht er erst mal viel Ruhe. Also kein Toben und Lärmen im Haus", antwortete

Maria ihrem Sohn. „Ich mache alles, wenn er nur wieder gesund wird", und wieder kullerte eine Träne über Ottos Wange.

Abends saß Otto am Fenster und sprach ein Gebet für seinen Vater. *„Lieber Gott, bitte mach man Vater wieder gesund. Ich verspreche dir, dass ich alles tue, was man mir aufträgt, dass ich nicht tobe und lärme. Ich will auch folgsam sein und ich schenke dir auch mein Holzauto, wenn du meinen Vater wieder gesund machst, lieber Gott."* Dann schaute Otto in die Nacht hinaus und hoffte, dass sein Gebet erhört wurde.

Nach ein paar Tagen sah man, dass Friedrich das Schlimmste überstanden hatte.

Der Sommer auf Gut Brunnenhof ging vorüber, die Ernte wurde eingefahren und Friedrich erholte sich langsam von seiner schweren Verletzung. Seine Ungeduld machte ihn manchmal unwirsch und ungerecht, war es ihm doch eine Qual, untätig zu sein. Er machte sich schwere Vorwürfe, die wichtigsten Grundregeln bei Gewitter nicht beachtet zu haben. Gerade er hätte es besser machen müssen. Nicht auszudenken, wenn er für immer ans Bett gefesselt gewesen wäre.

Sein Armbruch heilte gut ab. Die Lähmung ging allerdings nicht vollends weg, sodass er seit dem Blitzeinschlag das linke Bein etwas nachzog. Auch die Brandnarben vom Eintritt und Austritt des Blitzes sollten ihn immer an diesen furchtbaren Tag erinnern.

Im September kam Otto endlich in die Schule. Er bekam eine lederne braune Schultasche, Bücher und Schreibzeug und durfte nun endlich die nahe gelegene Dorfschule besuchen. Das kleine Dorfschulhaus hatte nur ein Erdgeschoss und ein ausgebautes Dachgeschoss. Im Dachgeschoss wohnte der Lehrer. Im Erdgeschoss befanden sich zwei Klassenräume. Die Klassenräume hatten hohe Fenster, Holzbänke und Holzstühle. Es wurden in der kleinen Dorfschule mehrere Jahrgänge in einem Klassenraum unterrichtet. Der Lehrer hatte ein Pult, das etwas erhöht stand, sodass er jeden Schüler gut sehen konnte. Außerdem gab es in den Klassenzimmern einen Ofen, der vom Lehrer im Herbst und Winter angeheizt wurde. Der Lehrer, Herr Zeise, war ein älterer Herr mit vollem grauem Haar und einem nach oben gezwirbelten Schnurrbart. Die Handarbeiten und die Zeichenstunde wurden von Fräulein Sonneberg betreut. Die älteren Schüler nannten Fräulein Sonneberg Bohnenstange, weil sie sehr groß und schlank war.

Als sich die neuen Schüler hinter die Schulbank setzen durften, saß Otto neben einem Jungen namens Rudolf, den alle nur Rudi nannten. Rudi war etwas größer als Otto mit mittelblonden Haaren und Sommersprossen im Gesicht. „Wie heißt 'n du?", fragte er Otto. „Otto, Otto Landsberg", antwortete Otto ordentlich und vollständig, wie er es gelernt hatte. „Ich heiß' Rudi, so kannste mich nennen", erwiderte Rudi und lachte.

Während Otto in der neuen Klasse noch zurückhaltend war, übernahm Rudi direkt das Sagen. Er sollte bald Ottos bester Freund werden.

Im Oktober beging man das Erntedankfest, gedachte der Reformation und sah einem friedlichen Weihnachtsfest und Jahreswechsel entgegen, nicht ahnend, dass das kommende Jahr mit einem der schlimmsten Ereignisse der Weltgeschichte verbunden sein würde.

6

Der Winter 1913/14 wurde langsam vom Frühjahr abgelöst und für die Menschen in der Mark Brandenburg und in der Altmark schien es ein gewöhnliches Jahr zu werden. Doch fernab, im südöstlichen Teil Europas, entwickelten sich gefährliche Konstellationen, die später in ganz Deutschland ihre Spuren hinterlassen sollten.

Bereits 1912 wird mit dem ersten Balkankrieg die Saat gesät. Der Balkan ist ein von den Großmächten höchst begehrtes Territorium, um strategische Gebietsansprüche geltend zu machen.

So entstanden verschiedene Allianzen der Großmächte, um ihren Einfluss auf dem Balkan auszuweiten.

Ein Bündnis ist die Balkan-Liga, bestehend aus Serbien, Bulgarien, Montenegro und Griechenland. Auch Russland strebte nach einer größeren Präsenz auf dem Balkan, um vor allem das Osmanische Reich in die Schranken zu weisen. Dem russischen Zaren geht es vor allem um den Bosporus und die Dardanellen, als einzigen Zugang zum Mittelmeer. Dieses Ansinnen wird allerdings durch die Pläne Österreich-Ungarns durchkreuzt, das ebenfalls eine Vorherrschaft auf dem Balkan anstrebt. Um die osmanischen Gebiete in Europa zurückzuerobern, legen das prorussische Serbien und das proösterreichische Bulgarien ihre eigenen Differenzen bei und führen gemeinsam mit Griechenland und Montenegro einen Krieg gehen Istanbul. Nach dem Sieg über das Osmanische Reich treten jedoch Querelen der Bündnispartner um die eroberten Gebiete auf. Bulgarien zieht den Zorn der Partner durch unverhältnismäßige Ansprüche auf sich und wird von den anderen militärisch geschlagen. Dadurch kann Serbien sein Territorium um ein Drittel vergrößern. Das wiederum ruft Österreich-Ungarn auf den Plan, das die neuen Machtkonstellationen nicht akzeptiert. Durch die Einschaltung Deutschlands und unter Aufbietung aller Diplomatie konnten die Einmischung Russlands und die Ausbreitung eines neuen Konfliktes in Europa zunächst verhindert werden. Allerdings setzte Österreich-Ungarn die Bildung eines unabhängigen Albaniens durch und verwehrte somit den Serben den Zugang zum Meer.

Auch die Beziehungen zwischen Deutschland und Frankreich wurden zunehmend angespannter. Die Franzosen sahen in Deutschlands militärischer Aktivität Kriegsabsichten. Dies alles streute eine Atmosphäre des Misstrauens und des Hasses und trieb die Militärausgaben in den jeweiligen Ländern nach oben.

Das Treffen des russischen Zaren und des englischen Königs mit dem deutschen Kaiser anlässlich der Hochzeit der deutschen Kaisertochter suggerierte Eintracht, doch schwelte im Untergrund schon ein gefährlicher Brand.

Im Juni 1914 reiste der österreichische Thronfolger Franz Ferdinand zum Abschluss der Manöver der kaiserlich-königlichen Armeekorps XV. und XVI. nach Bosnien. Am 28. Juni wurde er bei einem Attentat von einem Mitglied der serbisch-nationalistischen Bewegung „Junges Bosnien" namens Gavrilo Princip in Sarajevo erschossen. Damit entzündete in Sarajevo der Funke das Feuer, das schon viele Monate angefacht war. Das Unheil nahm seinen Lauf, denn die Reaktionen der Großmächte erfolgten umgehend.

Am 28. Juli erklärt Österreich-Ungarn Serbien den Krieg und bereits am 30. Juli kommt es zur Generalmobilmachung in Österreich-Ungarn. Das ruft Russland als Serbiens Bündnispartner auf den Plan, das am 30. Juli mit der Mobilmachung beginnt. Deutschland antwortet mit Kriegserklärungen, und zwar am 1. August an Russland und am 3. August an Frankreich.

Der deutsche Kaiser erließ am 1. August 1914 einen Befehl zur allgemeinen Mobilmachung des deutschen Heeres und der Flotte, der an alle Telegrafenstationen des Landes ging. Schon Tage zuvor breitete sich Unruhe in der Bevölkerung aus. Die Spekulationen, ob es Krieg geben würde oder nicht, trieben die Menschen zusammen, Männer wie Frauen.

Die Nachricht von der Erschießung des österreichischen Thronfolgers und der Kriegserklärung des deutschen Kaisers schrieb Männern und Frauen Besorgnis ins Gesicht. Es gab aber auch nicht wenige Anhänger, die patriotische Lieder sangen und es kaum erwarten konnten, in den Krieg zu ziehen, um die Pflicht fürs Vaterland zu erfüllen.

Die Bevölkerung kam auf den Märkten und an Rathäusern, in den Gaststätten und bei der Arbeit zusammen, um über die Auswirkungen und ein mögliches Kriegsszenario zu diskutieren. Die Stimmung im Lande heizte sich auf und das Vertrauen in die eigene Stärke war immens.

Gerade die jungen Männer waren von Euphorie erfasst, lag der letzte Krieg doch schon vierzig Jahre zurück und es gab kein Erinnern.

7

Auch Paul war von Unruhe erfasst. Auf den Baustellen und im Kreise seiner Freunde wurde die sich zuspitzende Lage diskutiert und die Sorge vor einem Krieg war das bestimmende Thema. „Wir werden sicher bald in den Krieg ziehen müssen", sagte Paul zu seinen Freunden. Er erntete Nicken und Zustimmung. Ein anderer sagte: „Ich glaube, das wird bald erledigt sein, und ich rechne mit keinem langen Krieg. Wir schlagen die Franzosen und dann sind wir schnell wieder zu Hause. Und das mit den Russen erledigt sich auch im Handumdrehen." „Das kann man nur hoffen", antwortete Paul, überzeugt war er davon nicht. Nur Richard, Hedwigs Mann, teilte Pauls Ansichten.

Im Gegensatz zu Margarethe, die kirchen- und kaisertreu war, war Paul im Herzen Sozialdemokrat und hielt nicht viel von der Monarchie. Die unterschiedlichen Anschauungen zu Kaiser und Kirche waren eines der ganz wenigen Themen, in denen sie und Paul sich nie einig würden und die sie möglichst nicht diskutierten.

Kurz darauf erhielt auch Paul im Rahmen der Generalmobilmachung im Kaiserreich seine Einberufung als Reserve-Offizier zu den Landwehrkräften. Sie saßen in ihrer Küche und Paul hatte seinen Bescheid auf dem Tisch liegen, als es an der Haustür klopfte.

Paul öffnete und sah Richard vor der Tür stehen. Paul bat seinen Freund einzutreten. „Paul, ich habe meine Einberufung bekommen. Ich muss nach Bremerhaven zu den Seestreitkräften." „Ich habe sie heute auch bekommen", antwortete Paul. Wenig später kam auch Hedwig. Sie saßen in dem kleinen Hof und aßen gemeinsam zu Abend. Paul und Richard berichteten von fast fröhlicher Stimmung unter den jungen Kollegen, die es nicht erwarten konnten, in den Krieg zu ziehen und Kaiser und Vaterland dienen zu dürfen.

„Paul, was denkst du, wie lange wird der Krieg dauern?", fragte Richard. „Ich hoffe nur ein paar Monate, aber sicher bin ich mir da nicht. Russland und Frankreich sind schon zwei starke

Gegner." „Was denkst du, Richard?" „Ich teile deine Meinung, Paul." Paul traute sich nicht, seine Gedanken offen auszusprechen, aber Richard schien seine Gedanken zu lesen. „Hoffentlich reicht der Sold für unsere Familien." „Uns wird schon etwas einfallen, wie wir über die Runden kommen", sagte Margarethe und Hedwig nickte. „Wir halten zusammen und vielleicht können wir etwas dazuverdienen. Stimmt's, Gretchen?" „Ja, uns fällt schon etwas ein. Aber das Wichtigste ist, dass ihr gesund zurückkehrt." Sie saßen noch beisammen, bis es dunkel war, dann trennten sich die Paare und versicherten sich ihrer Freundschaft und ihres Zusammenhalts. „Bis Weihnachten", sagte Richard, hakte Hedwig unter und schloss die Haustür.

Nicht nur das Getrenntsein von seiner Familie machte Paul Kummer, auch alles Militärische war ihm zuwider. Nie hätte er sich ein Soldatenleben vorstellen können. Die strikte Hierarchie und die sture Befehlsausführung passten nicht zu seinem freiheitsliebenden und kreativen Naturell.

Die letzten gemeinsamen Stunden verbrachten Paul und Margarethe in Zweisamkeit. Sie hielten sich eng umschlungen, berührten sich mit aller Zärtlichkeit und küssten sich immer wieder. Am Morgen würde Paul aufbrechen müssen. An Schlaf war nicht zu denken und so hielten sie sich fest in den Armen und sprachen über die schönen gemeinsamen Erlebnisse. „Ich werde ja bald wieder da sein", sagte Paul, um Margarethe zu beruhigen und ihr Mut zuzusprechen. Er streichelte ihr schönes, volles Haar und küsste sie auf die Augen. „Pass gut auf unser Winchen auf. Ich werde in Gedanken immer bei euch sein", sagte er.

Als Paul das Haus verließ, küsste er seine Lieben zum Abschied. Margarethe konnte ihren Schmerz kaum verbergen, denn niemand konnte ihr eine Antwort auf die Frage geben, wann sie sich wiedersehen würden.

***

Paul nahm den Weg über den Camps, eilte die Treppen hinunter bis zum Steintor und bog dann rechts in die Bahnhofstraße ein.

Ein Zug brachte ihn nach Glöwen, von wo er nach Neuruppin reiste. Sein Befehl lautete, sich in der „Friedrich-Franz-Kaserne" am Königstor einzufinden. Hier blieb er zwei Tage, wurde eingekleidet und ausgestattet. In Neuruppin wurden die Rekrutierungen für die Weitertransporte zusammengestellt. Er wurde der IV. Ersatzdivision zugeteilt und musste nach Berlin weiterreisen.

Zusammen mit anderen aus Neuruppin brachte Paul ein Truppentransport von Berlin aus immer weiter nach Westen. Er lernte Franz und Gerhard kennen, denen er sich anschloss. Die grauen Felduniformen und Pickelhauben dominierten das Bild. Unterwegs wurden sie an der Bahnstrecke von jubelnden Frauen und Kindern begrüßt, die den Soldaten kleine Geschenke und Schokolade mit auf den Weg gaben. Unter den Freiwilligen und den jungen Männern herrschte besonders gute Stimmung. Endlich ging es gegen den Erzfeind Frankreich, vernahm Paul aus vielerlei Mündern, um das Vaterland zu verteidigen, was doch schließlich patriotische Pflicht sei. Sprüche wie „Jeder Schuss ein Russ', jeder Stoß ein Franzos'" hörte man ebenfalls auf den Militärtransporten.

Franz und Gerhard vertrieben sich die Fahrt mit Kartenspielen. Paul spielte das eine oder andere Spiel mit, aber er schaute auch gerne aus dem Fenster und betrachtete meistens die Landschaft, an welcher der Zug vorüberfuhr, oder er hing seinen Gedanken nach. Er fürchtete sich vor dem, was er erfahren und sehen würde, und verachtete die Zerstörung.

Am 10. August 1914 überquerte sein Zug den Rhein in Köln. Als der Zug über die Hohenzollernbrücke fuhr, konnte Paul einen Blick auf den Kölner Dom erhaschen. Der Kölner Dom war das imposanteste Bauwerk, das er je gesehen hatte! Er konnte seinen Blick von den hohen Türmen und der prachtvollen Fassade kaum losreißen. Wie gerne wäre er ausgestiegen und hätte das große Kirchenschiff oder die prachtvolle Ausstattung der Kirche betrachtet. Natürlich kannte er Bilder der großen und prächtigen Kathedralen, aber diese hier war etwas ganz Besonderes.

Wie gerne hätte er das Margarethe gezeigt. Etwas Vergleichbares hatte er auch in Berlin noch nicht gesehen. Irgendwann, wenn der Krieg vorbei war, musste er noch einmal hierherkommen.

Paul und seine Kameraden Franz und Gerhard wurden zu einem Truppenplatz in Köln gebracht und hier blieben sie eine Nacht.

Der Lärm und die Unruhe, die vielen Menschen ließen ihn nicht zur Ruhe kommen. An Schlaf war nicht zu denken und so wartete er, bis es wieder weiterging. Ein Feldwebelleutnant sagte ihnen, dass sie eine achtwöchige Ausbildung in Bonn durchlaufen mussten. Das bedeutete Sicherheit für die nächsten acht Wochen.

Alle, die nicht im aktiven Dienst waren, wurden nochmals an den neuesten Waffen ausgebildet. In Bonn hatte man in einer Kaserne ein riesiges Soldatenlager für die Ausbildung errichtet. Nach der Ausbildung würde ein Truppentransport seine Kameraden und ihn weiter an die Westfront bringen.

8

Es war Anfang August, der Brunnenhof lag in sengender Mittagshitze. Der Himmel wölbte sich mit einem herrlichen Blau über die flache Landschaft. Das Sommergetreide, welches noch nicht abgeerntet war, stand hoch und zeichnete sich mit einem intensiven Gelb gegen den blauen Himmel ab. Himmel und Erde hatten eine Strahlkraft, wie man sie gerne auf einem Bild festgehalten hätte und wie es sie nur auf dem Lande gab.

Auf dem Gut herrschte Hochsaison, das Getreide und das Gemüse mussten geerntet werden. Diejenigen, die auf dem Feld waren, versuchten die größte Hitze im Schatten unter Bäumen abzuwarten, bevor sie sich wieder ihrer Arbeit widmeten. Auch in den Ställen war es nicht viel besser, gab es doch kaum noch ein Plätzchen, an dem es kühl war. Alle gingen ihrer Pflicht nach, doch hatte die Nachricht von der Mobilmachung große Bestürzung bei von Liebenau und auch bei Friedrich ausgelöst. Die jungen Männer der Reserve erhielten ihre Einberufung und die

Ernte musste noch eingebracht werden. Friedrich war aufgrund seiner Behinderung nach dem Blitzschlag nicht mehr wehrtauglich. Er saß im Arbeitszimmer von Anton von Liebenau und beide diskutierten über die großen Herausforderungen, die auf das Gut zukommen würden. Nicht nur, dass das junge Personal für die Bestellung der Felder fehlte, es mussten auch Naturalien sowie die besten und stärksten Pferde der kaiserlichen Armee überlassen werden.

Anton von Liebenau, der aufgrund seines Alters auch kein Reserve-Offizier mehr war, wusste, dass dies alles die Belastung auf die Verbliebenen deutlich steigern würde.

„Das ist nur der Anfang", sagte er zu Friedrich. „Wir werden höhere Abgaben haben, denn die kaiserliche Armee muss ja verpflegt werden. Das, was wir jetzt abgeben, dabei wird es nicht bleiben. Wir müssen uns darauf vorbereiten und noch mehr Tiere züchten, damit am Ende noch etwas für uns übrig bleibt."

Friedrich nickte. Diese Gedanken hatte er vorher auch schon. Sie hofften beide, dass dieser Krieg siegreich und schnell zu Ende gehen würde.

„Was macht Otto?", fragte von Liebenau Friedrich. Wusste doch jedermann, dass von Liebenau einen Narren an dem kleinen Jungen gefressen hatte. Von Liebenau, der selbst eine kinderlose Ehe führte, verbrachte gerne Zeit mit dem aufgeweckten Jungen. Anton von Liebenau entstammte dem niedrigen und armen Adel. Sein ältester Bruder hatte den kleinen Besitz in Vorpommern geerbt und sein mittlerer Bruder hat eine Laufbahn beim Militär eingeschlagen. Da Anton von Liebenau eine gute Bildung genossen hatte, entschied er sich für ein Studium der Landwirtschaft. Ihm blieb nur eine Laufbahn als Verwalter eines Gutes oder in den Staatsdienst zu gehen. Er hatte sich für das Erstere entschieden und haderte nicht mit seinem Schicksal. Ihm machte seine Aufgabe Spaß. Leider blieben ihm und seiner Frau Henriette eigene Kinder verwehrt. Nach zwei Fehlgeburten konnte seine Frau nicht mehr schwanger werden.

„Otto geht es gut", sagte Friedrich. „Er ist seiner Mutter schon zu wild. Immer fragt er und will alles erklärt haben. Er kommt jetzt in die zweite Klasse und ist ein guter und fleißiger Schüler. Der Lehrer ist sehr zufrieden mit ihm, obwohl er in seiner Klasse zu den Jüngsten zählt", sagte Friedrich. „Und er mag Musik. Er wünscht sich eine Geige. Ich weiß nicht, woher er das Interesse hat, aber ich habe ihm gesagt, dass es hier niemanden gibt, bei dem er das lernen kann." Liebenau blickte gedankenverloren aus dem Fenster zum Hof. Er strich sich über seinen gepflegten Bart und sagte: „Wir werden sehen, Landsberg. Ich habe da so eine Idee."

Von Liebenau hatte Otto das erste Mal mit zwei Jahren auf ein Pferd gesetzt und ihm alles erklärt, was man beim Reiten wissen musste. Auch durfte Otto ihn schon in den Wald und gelegentlich bei Fahrten über das Gut und in die Nachbarschaft begleiten und ab und zu die Zügel halten. Das war unglaublich spannend für Otto gewesen, all die vielen neuen Eindrücke und zu erfahren, wie die Welt außerhalb des Gutes aussah.

Von Liebenau und Friedrich vertieften sich wieder in die Aufgaben auf dem Gut, gingen Personal und Bestände durch.

Am Abend saß die Familie Landsberg, wie meistens, zum Essen zusammen.

„Vater", fragte Otto, „warum gehen so viele in den Krieg? Wann kommen sie zurück?" Friedrich versuchte seinem Sohn zu erklären, dass die Leute vom Gut weggehen müssen, um Soldat zu werden. „Otto", sagte Friedrich, „wir sind dem Vaterland verpflichtet und müssen es verteidigen. Das tun die jungen und starken Männer und werden Soldat." Er verschwieg aber auch nicht, dass Kriege immer mit Opfern verbunden sind. „Nicht alle werden wiederkommen, viele kämpfen schon in Frankreich", sagte er zu Otto. „Wenn du größer bist, wirst du es besser verstehen, warum es Kriege gibt und warum man für sein Vaterland kämpfen muss", sagte Friedrich zu seinem Sohn. „Wie weit ist denn Frankreich?", wollte Otto wissen. „Du musst viele Tage mit dem Zug oder dem Auto fahren", antwortete ihm sein Vater.

Maria hörte das Gespräch zwischen Vater und Sohn. Was sind das nur für Zeiten!, dachte sie bei sich. Sie hatte sich in der Vergangenheit nicht sonderlich für Politik interessiert, Friedrich hingegen schon. Er las alles, was er in die Finger bekam, und diskutierte auch oft mit von Liebenau. Sie würde sich in Zukunft besser informieren, nahm sie sich vor. Schon wegen Otto, der immer mehr Fragen stellte. Sie war froh, dass man Friedrich nicht mehr einzog, aber welchen Einfluss würde der Krieg letztendlich auf sie alle haben? Maria bedauerte, dass sie so allein bei ihrer altjüngferlichen Tante aufgewachsen war, die sie so wenig auf das Leben vorbereitet hatte. Die Frauen auf dem Brunnenhof interessierten sich für Klatsch und Tratsch, was Maria ablehnte. Ihr war auch bewusst, dass sie als Frau des Hofmeisters eine gewisse Vorbildfunktion innehatte. Und nun kam dieser Krieg mit Frankreich und Russland. Das war alles so weit weg vom Brunnenhof und doch auch wieder nicht, dachte Maria.

9

Der Postbote in Weimar brachte diesen Tag schlechte Nachrichten. Als Mathilde einen ersten Blick auf den Umschlag geworfen hatte, war ihr klar, dass auch ihr Fritz seine Einberufung erhalten hatte. Sie hatte Mühe, ihre Tränen zu unterdrücken. Ihr Herz krampfte sich zusammen, aber für Fritz wollte sie stark sein und ihm nicht noch zusätzlichen Kummer bereiten. Sie richtete sich auf, sammelte ihre Gedanken und ging ihren Mann suchen.

Mathilde und Fritz hatten beide lange über den Kriegseintritt von Deutschland und seine Folgen geredet. Die Einstellung vieler Deutscher zu Frankreich oder zu anderen Nachbarländern konnten beide nicht teilen. Die Parolen, die jetzt immer wieder geschrien wurden, waren ihnen zuwider. Durch ihre Handelsgeschäfte mit den benachbarten westlichen Ländern hatten sie viel über Land und Leute gelernt. Es hatten sich nicht nur gute Geschäftsbeziehungen angebahnt; in vereinzelten Fällen waren sogar freundschaftliche Beziehungen entstanden. Dass Fritz nun gegen Freunde und Bekannte in den Krieg ziehen sollte, verursachte ihm nahezu körperliche Schmerzen.

„Wie soll das weitergehen?", sagte Mathilde, der Verzweiflung nahe. „Unsere ganze Geschäftsgrundlage geht verloren. Alles, was wir uns in den letzten Jahren aufgebaut haben, machen dieser Kaiser und sein verdammter Krieg zunichte. Die Eitelkeiten der regierenden gekrönten Häupter opfern Menschen und Existenzen." Sie wurde zunehmend wütender. „Das sehe ich genauso", erwiderte Fritz, „aber wir können es nicht ändern. Sei vorsichtig mit diesen Äußerungen vor anderen Leuten." Er sah sie ernst an und hob dabei seinen Zeigefinger. „Ich weiß", sagte Mathilde, „aber mit dir muss ich darüber reden." Sie stellte sich vors Fenster, schaute auf die Straße und drehte in Gedanken den Ehering an ihrem Finger. „Mir wird übel, wenn ich manche so reden höre. Die Hauptsache ist, dass du gesund zurückkommst. Den Rest werden wir irgendwie schaffen. Unsere Kinder und ich brauchen dich, Fritz." „Ich werde wiederkommen", sagte er.

An den nächsten Tagen erledigte Fritz noch die wichtigsten Dinge im Kontor. Er bezahlte alle offenen und fälligen Rechnungen, informierte die wichtigsten Kunden und prüfte noch einmal die Bestände. Als er das Regal mit den prächtigen Brokat- und Seidenstoffen sah, fragte er sich, ob sie wohl noch da lägen, wenn er wiederkommen würde. Wer sollte im Krieg so etwas kaufen? Stoffe für Felduniformen wären jetzt wohl ein gutes Geschäft, dachte er. Die Händler, die jetzt einen Vertrag mit dem Kriegsministerium hatten, würden sich eine goldene Nase verdienen. Wehmütig machte er das Licht aus und schloss die Tür ab.

Am nächsten Vormittag gingen sie zusammen ins Kontor und er übergab alles an Mathilde, die das Geschäft in seiner Abwesenheit weiterführen musste. Am Nachmittag musste Fritz sich bei der Garnison melden. Er wurde eingekleidet, erhielt seine Ausrüstung und die Order für seine weitere Verwendung. Man schickte ihn nach Gotha.

Ihnen verblieb noch eine letzte Nacht, bevor Fritz sich verabschieden musste. In dieser letzten Nacht liebten sie sich so intensiv wie lange nicht mehr. Immer wieder berührte er Mathilde an allen Stellen ihres Körpers. Er küsste ihren Nacken, ihre Brüste, ihre Schenkel. Sie nahm ihn in sich auf und beide erbebten in ihrer Vereinigung. Er betrachtete seine schöne Frau lange und intensiv, so als müsste er sich alles fest einprägen. Sie nahm sein Gesicht in ihre Hände und küsste ihn immer wieder, dabei flüsterte sie zärtlich seinen Namen. Durch Fritz' Reisen waren sie immer mal wieder getrennt gewesen, aber nie sehr lange. Nun gab es kein Datum, keinen Monat, keinen Tag, der ihr sagte, wann Fritz wiederkommen würde.

Der Schmerz trieb ihr Tränen in die Augen, aber die Dunkelheit half ihr, ihre Tränen zu verbergen, merkte sie doch, dass es Fritz ähnlich ging, und sie wollte stark für ihn sein. Sie lagen beide bis zum Morgen wach. An Schlaf war nicht zu denken und beide wollten diese kostbaren Stunden bis zur letzten Sekunde auskosten.

Bevor er ging, drückte Fritz seine beiden Kinder noch ein Mal fest an sich und dann begleitete Mathilde ihn zum Bahnhof. Antonia und Arthur hatte sie bei Hannah gelassen.

Der Bahnhof war voll von Männern in grauen Uniformen. Sie fuhren entweder in eines der Ausbildungslager, wenn sie schon vor längerer Zeit gedient hatten, oder direkt an die Front. Die Frauen hatten ihre Kinder an der Hand, um sie in diesem dichten Gedränge nicht zu verlieren. Viele Männer waren von Euphorie erfasst und stolz, für Kaiser und Vaterland zu kämpfen. Auch einige Frauen blickten stolz zu ihren Männern auf und teilten deren Zuversicht, dass dies ein kurzer und ruhmreicher Krieg werden würde. Zum Abschied gab es Küsse und kleine Geschenke. Man versicherte sich, dass man das Weihnachtsfest zusammen verbringen werde.

Mathilde und Fritz blieben skeptisch und hofften, dass es auch wirklich so kommen möge. Die Männer drängten in die zur Abfahrt bereitstehenden Waggons. Es wurde Zeit für Fritz zu gehen und er nahm Mathilde ein letztes Mal in den Arm und küsste ihre weichen Lippen. Dann stieg er in den Zug. In Gotha würde er zu seiner Einheit stoßen.

Mathilde hatte Mühe, ihre Tränen zurückzuhalten. Sie wollte es Fritz nicht noch schwerer machen. Fritz brauchte jetzt eine starke Frau, die sich nicht nur um die Familie, sondern auch um das Geschäft kümmern musste. Sie wollte ihren geliebten Mann nicht enttäuschen.

Mathilde stand am Bahnsteig und blickte den Waggons nach, bis sie ihrem Blickfeld entschwunden waren. Traurig machte sie sich auf den Heimweg. Ein mulmiges Gefühl, für das sie keine Erklärung hatte, beschlich sie.

10

Paul fand sich im Verband der 51. Reservedivision wieder. Die 51. Reservedivision wurde aus den preußischen Reservedivisionen 43 bis 54 und der 6. Bayerischen Reservedivision gebildet. Sie ging zusammen mit der 52. Reservedivision im XXVI. Reserve-Korps auf.

Die Soldaten und Reserve-Offiziere erhielten nach der achtwöchigen Ausbildungszeit einen Einsatzbefehl an die Westfront, nach Flandern. Das kaiserliche Heer sollte das britische Expeditionskorps entlang der Kanalküste von seinen Versorgungslinien abschneiden. Ziel des ersten Fronteinsatzes war es, Ypern und Mangelaere in Belgien einzunehmen.

Vorausgegangene Truppen waren im August, kurz nach Kriegsausbruch, bei der Belagerung von Lüttich auf erbitterten Widerstand gestoßen. Dennoch waren die Einnahme Lüttichs und der Aufmarsch des deutschen Feldheers mit 1,6 Millionen Soldaten die Grundlage für den Aufmarsch gegen Frankreich. Die Franzosen, die in das Oberelsass eingedrungen waren, hatten sich mit der zahlenmäßig kleineren britischen Expeditionsarmee zusammengeschlossen. Sie griffen deutsche Flügel zwischen den Vogesen und der Schelde an. In Grenzschlachten gelang es dem deutschen Heer, den französischen Angriff abzuwehren. Aber schon Ende August waren die deutschen Truppen auf der gesamten Länge der Westfront in aufreibende und verlustreiche Kämpfe verwickelt.

Im Marne-Bogen, östlich von Paris, ringen beide Seiten um eine frühe Entscheidung in diesem Krieg, was sowohl für die Deutschen als auch für die Franzosen nicht möglich wird. Im September ziehen sich deutsche Armeen hinter die Aisne zurück.

Die offene Flanke auf etlichen Kilometern und schleppender Nachschub aus dem Hinterland zwingen die Deutschen zum Rückzug. Zudem müssen Truppen an die Ostfront abgegeben werden. Der nach General Schliefen geplante deutsche Vormarsch ist damit gescheitert.

Nun konzentrierte man sich auf das Vordringen zur Kanalküste, um von dort aus bis Dünkirchen oder Calais zu gelangen, zu den Häfen, welche die Briten zur Ausschiffung ihrer Soldaten nutzten.

Pauls Regiment marschierte bis in die Gegend bei Ypern. Ein Heer in grauen Uniformen bewegte sich unaufhaltsam gen Westen immer weiter auf die Front zu. In der Nähe von Langemarck kamen sie zum Stehen. Anfangs war es noch warm und trocken und die Stimmung in der Truppe war gut. Der Feind und die hässliche Seite des Krieges waren weit weg. In den Orten, die sie passierten, wurden sie anfangs noch umjubelt empfangen. Wie Helden, die gerade aus einer erfolgreichen Schlacht zurückkehren. Man gab ihnen Lebensmittel mit auf den Weg, Kinder sangen und schwenkten bunte Stofffetzen. Jetzt, Mitte Oktober, wurde auch das Wetter schlechter und es regnete viel. Endlich hatten sie ihr Ziel erreicht. Die Schützengräben erstreckten sich, so weit das Auge reichte. Mit Teilen des Regiments verbrachte Paul die Nächte im sicheren Schützengraben. Notdürftige Abdeckungen sollten vor Regen schützen, doch die Feuchtigkeit kroch überallhin.

Paul kauerte unter einer Plane und strich seine klamme Uniformjacke glatt. Er dachte an zu Hause. Würde er den Krieg unbeschadet überstehen? Wie würde es sein, wenn sie angegriffen würden? Was würde aus seinen Plänen werden? Noch war es dunkel, aber nicht mehr lange und die Morgendämmerung würde einsetzen.

Noch vor Tagesanbruch kam der Befehl zum Angriff. Erste Teile des Regiments verließen den Schützengraben. Es hatte tagelang geregnet und das Gelände war matschig und schlammig. Die Soldaten bahnten sich mit aufgepflanzten Bajonetten mühsam einen Weg durch aufgeweichte Rübenäcker. Ziel war es, die nächste Hügelkette zu erstürmen. Doch das erwies sich als ein Himmelfahrtskommando.

Von der Höhe herab nahmen britische Truppen sie unter Maschinengewehrfeuer, mähten die orientierungslos Anstürmenden nieder.

Mit schlechter Ausrüstung, in einfachen Gräben oder gänzlich ohne Schutz waren die deutschen Soldaten ein leichtes Ziel der Alliierten. Im Netz der gewaltigen Artilleriemaschinerie gab es nur die Möglichkeit, sich einzugraben und dann notdürftig Schutz zu finden. So wurden auf einer Länge von über dreihundert Kilometern Schützengräben errichtet.

Pauls Trupp, der die Nachhut bildete und den Beschuss durch die Alliierten mitbekam, verschanzte sich in einem nahen gelegenen Walde.

Geschütze einer Batterie, die dort lag, feuerten ihre Geschosse ab. Der Lärm der Geschütze in der gespenstisch dunklen Nacht zeichnete Angst in die Gesichter der jungen Freiwilligen. Einer der Jungen erbrach sich, ein anderer machte in die Hose. Alle teilen die gleiche Angst, getötet, verwundet oder verkrüppelt zu werden. Nun fing der Krieg an, sein Gesicht zu zeigen. Ein Entkommen gab es nicht.

Paul saß an einen Baum gelehnt, den Mantelkragen hochgezogen und die Arme vor der Brust verschränkt. Dies gab ihm das Gefühl, das letzte bisschen Körperwärme bei sich behalten zu können. Ein junger Mann gesellte sich zu ihm. „Darf ich mich zu dir setzen?", fragte er. Paul nickte. „Ich heiße Rudolf", sagte er. „Paul." Sie saßen schweigend nebeneinander und fühlten sich doch tröstend verbunden. Paul dachte an Margarethe und

Alwine. Er hatte den letzten Sommer vor Augen. Wie es ihnen wohl zu Hause erging? Er würde seinen Lieben schreiben, sobald es ging. Die Deutschen konnten wieder keinen Boden gutmachen und so zogen sie sich wieder in Gräben zurück. Paul sah, wie Tote und Verwundete weggetragen wurden. Dann kam der Befehl zum Sammeln und zum Aufbruch.

Der Anmarsch an die Front erschütterte Paul bis ins Mark. Er blickte auf eine Welt, die gespenstischer nicht sein konnte. Landschaft und Natur waren völlig zerstört. Alles Dagewesene, wie Häuser, Felder, Wiesen und Wälder, waren durch die Granateneinschläge oder den Grabenbau zerpflügt und zerstört worden. Granattrichter, wohin man blickte. Wie kann solch ein Frevel an Menschen und Natur passieren?, dachte er bei sich, behielt seine Gedanken aber für sich.

Die ersten Schützengräben, die Paul sah, waren sehr kümmerlich. Es waren nur einfache Gräben, die ausgehoben wurden, um Deckung zu bekommen. Dass man darin dann viele Monate und Jahre zubringen würde, war undenkbar.

Paul saß in eine Decke gewickelt und kaute an einem Stück Brot, als ein Offizier auf ihn und seine Kameraden zukam. „Wer hat auf dem Bau gearbeitet?", fragte er. „Die Schützengräben müssen weiter ausgehoben und in ihrer Schutzfunktion verbessert werden." Paul, dessen Kenntnisse sich mittlerweile herumgesprochen hatten, wurde ausgewählt und für diese neue Aufgabe eingeteilt. Pauls Arbeitstrupp transportierte die Balken für den Ausbau der Schützengräben durch Schlamm und Morast. Der einsetzende Regen und das für die Jahreszeit typische nasskalte Wetter setzten den Männern zu. Das Wasser rann ihnen oben in die Stiefel hinein und durch die aufgeweichten Sohlen wieder heraus. Viele träumten von einem warmen und trockenen Bett.

Die Schützengräben wurden immer weiter perfektioniert, sodass in ihnen auch geschlafen wurde. In der Grabenwand wurden Löcher eingelassen, die mit Stroh ausgekleidet waren und als Bettstelle dienten. Die Bettstellen wurden in den zwei Meter hohen Gräben zur Feindseite in Höhe der Kniekehle ausgebuchtet. Für die kommandierenden Offiziere wurden massive Unterstände gebaut, aus Brettern und oft auch aus Beton, aus denen sie ihre Befehle erteilten. Die Gräben wurden zickzackförmig angelegt, um besseren Schutz vor dem Feind und niedergehenden Granaten zu bieten. Vom Hauptgraben wurden kleinere Stichgräben nahe an die feindliche Stellung gegraben. Durch diese Stichgräben konnte sich nur ein Mann zwängen, am Kopf wurde er aber etwas erweitert, sodass sich dort zwei Leute aufhalten konnten. Das war die berüchtigte und gefährliche Sappe, eine Stelle, um die Front zu beobachten und den Feind auszuhorchen.

Der Einsatz in der Sappe bedeutete extreme Gefahr und jeder, der zu seinem Dienst dorthin aufbrach, zog mitleidige Blicke auf sich. Die dort Diensthabenden waren von allem abgeschnitten und ganz auf sich allein gestellt. Der Schützengraben war für die Soldaten der letzte Schutz an der Frontlinie. Dahinter kamen nur noch Stacheldraht als weitere Sicherung und dann das Niemandsland. In diesem Niemandsland gab es nichts mehr, keinen Baum, keinen Strauch, keinen Vogel, wahrscheinlich nicht mal mehr einen Käfer, sondern nur noch zerstörte Landschaft, Ödnis.

Am 20. Oktober 1914 startete dann der große Angriff. Angriffe gab es fast immer in der Morgen- oder Abenddämmerung. Pauls Division erreichte gegen starkes Infanteriefeuer mit dem linken Flügel das Gebiet um Langemarck. Das Trommelfeuer war ohrenbetäubend. Die Granaten und Geschosse schlugen rechts und links ein. Die ersten Getroffenen stöhnten und bluteten aus furchtbaren Wunden. „Wir müssen hier weg", sagte Paul zu seinem Kameraden Siegfried, mit dem er sich ein bisschen angefreundet hatte. Siegfried kam aus Celle und war etwa im gleichen Alter. „Los, hier gibt es zu wenig Schutz. Wir müssen an eine andere und bessere Stelle gelangen, um uns vor den Geschossen in Sicherheit zu bringen." Sie rannten, als sein Kamerad auf einmal neben ihm umfiel. Er sah, dass auf seiner Stirn ein roter Fleck sichtbar wurde. Man hatte ihm in den Kopf geschossen. Er war tot. Pauls Gedanken rasten und wehrten sich, diese Tatsache anzuerkennen. Aber dann setzte sofort sein Verstand ein und er rannte weiter. Er konnte sich jetzt nicht um den

Toten kümmern. Es war zu gefährlich. Er musste sich selbst in Sicherheit bringen. Sie würden später versuchen, den toten Kameraden zu bergen.

In diesen Tagen in Ypern musste das XXVI. Reserve-Korps wegen unzureichender Artillerieunterstützung mit schweren Verlusten wieder in die Ausgangsstellungen zurückkehren.

Pauls Einheit kämpfte indes im Bereich Poelkapelle–Gheluvelt weiter und General von Deimling ließ sogar gegen die ausdrückliche Weisung des Oberbefehlshabers der 6. Armee die berühmten und wunderschönen mittelalterlichen Tuchhallen von Ypern unter Artilleriebeschuss nehmen.

Ende November wurden dann alle Offensivoperationen eingestellt, da es keiner Seite mehr möglich war, die feindlichen Linien zu durchbrechen. Teile der 6. Armee wurden dann an die Ostfront verlagert, die dringend um Verstärkung gebeten hatte.

Es war der Beginn eines langen und ermüdenden Stellungskrieges in Flandern mit vielen toten und verletzten, traumatisierten und erschöpften Soldaten auf beiden Seiten.

11

Fritz erhielt zunächst eine Ausbildung als Teil des 6. Thüringischen Landwehr-Infanterie-Regiments Nr. 95 in Ohrdruf. Nach neun Wochen Auffrischung und Ausbildung an den neuen Waffen erhielt auch er seinen Einsatzbefehl.

Er wurde nicht, wie von ihm vermutet, an die Westfront geschickt, sondern verließ die geliebte Heimat mit einem Transport gen Osten. Er saß mit seiner Einheit im Zug und schaute aus dem Fenster. Seine Kameraden spielten Karten, einige lasen ein Buch, aber Fritz wollte die Bilder der geliebten Heimat im Kopf behalten. Die Hügel des Thüringischen Waldes wichen flachen Feldern. Er kam vorbei an hübschen Städten und Dörfern und erfreute sich an der Schönheit seiner Heimat. Er sah die prächtigen Dörfer und Städte in Sachsen. Als der Zug in Dresden einfuhr, erblickte er die Kuppeln und Dächer der Kirchen und Paläste der Stadt und war von der Schönheit überwältigt. Je weiter er nach Osten kam, umso dünner war das Land besiedelt. Der Zug rollte und rollte über Schlesien bis nach Ostpreußen. In Allenstein wurden sie ausgeladen und bezogen in der Nähe der Stadt auf dem Lande ihr erstes Quartier.

Er hatte viel von der Schönheit Ostpreußens gehört, hatte aber keine Vorstellung davon, wie es dort aussehen könnte. Das Land war flach, nicht bergig wie zu Hause. Nie hatte Fritz so einen weiten Himmel gesehen. Felder bis zum Horizont, wunderschöne Landsitze sowie Wälder und Flachland, das von breiten Flussniederungen und Moorgebieten unterbrochen wurde. Die unberührte Idylle ließ den Zweck der Reise unwirklich erscheinen. Dennoch war auch hier schon die erste bedeutende Schlacht geschlagen worden.

In der Schlacht von Tannenberg unter dem Befehlshaber Paul von Hindenburg konnte mit der Vernichtung der russischen 2. Armee unter General Samsonow der russische Plan einer Eroberung Ostpreußens zunichtegemacht werden. Doch war damit die Bedrohung der östlichsten Provinz des deutschen Kaiserreichs noch nicht beseitigt. Bereits am 20. August hatte der vorherige Befehlshaber der deutschen 8. Armee, Maximilian von Prittwitz und Gaffron, dringend Verstärkungen angefordert. Nach der Verlegung einiger Einheiten von der Westfront nach Ostpreußen war die deutsche Armee der russischen zwischenzeitlich überlegen. Um ihren Plan des weiteren Vordringens auf deutsches Territorium umzusetzen, hatten die Russen ebenfalls neue Einheiten aufgestellt.

Die deutschen Truppen wurden unter der Führung von General Ludendorff mithilfe des Eisenbahnnetzes nach Norden umgruppiert und gegenüber der russischen 1. Armee in Stellung gebracht. An der Linie Allenburg–Gerdauen–Nordenburg standen die deutschen Truppen bis Angerburg der russischen 1. Armee gegenüber. Entgegen der Vermutung des russischen Befehlshabers Paul von Rennenkampff fand der Angriff der Deutschen in den masurischen See-Engen statt. Die russische Armee konnte schrittweise zurückgedrängt werden und zog sich am 13. September 1914 auf ihr eigenes Territorium zurück. Obwohl in dieser Schlacht 30.000 Gefangene gemacht wurden und nahezu die gesamte Artillerie der bekämpften Divisionen erbeutet wurde, war dies nur eine Atempause. Neue Kräfte mobilisierend, wurde die deutsche Armee bereits am 25. September vom russischen Gebiet vertrieben und es konnten sogar kleine Eroberungen gemacht werden. Die Schlachten bei Tannenberg und in den Masurischen Seen wurden in der Heimat als große Erfolge an der Ostfront gefeiert. Die Menschen waren weiterhin zuversichtlich, dass dieser Krieg ein ruhmreicher sein würde und die Männer und Söhne bald nach Hause zurückkehren könnten.

In dieser Gemengelage gelangte Fritz mit seinem Transport nach Ostpreußen. Er richtete sich mit seinen Kameraden im Feldlager ein. In seiner Position als Korporal arbeitete er eng mit dem Kompaniechef, Karl Senftenberg, zusammen. Karl Senftenberg war ein umgänglicher Mann, der aus Berlin stammte. Er war nicht sehr groß und eher stämmig und hatte das Herz auf dem rechten Fleck. Er versuchte die Moral in der Truppe hochzuhalten, wusste er doch, dass es bald ungemütlich werden konnte.

Noch gab es keine weitere militärische Offensive und auch das Wetter in diesem östlichsten Teil Deutschlands war noch milde, doch das sollte sich mit dem Einzug des Winters ändern.

Wenige Wochen nach ihrer Ankunft überzog der Winter das Land mit Eis und Schnee. Noch nie hatte Fritz so eine Kälte erlebt und so meterhohen Schnee gesehen. Das Land war dünn besiedelt und im Gegensatz zu seiner Heimat gab es meistens keine befestigten Straßen. Wenn es im Herbst geregnet hatte, konnte man tief im Matsch versinken. Mit den Einheimischen kam man durch den starken ostpreußischen Dialekt schwer ins Gespräch. Die Dörfer waren eher ärmlich und nicht so wohlhabend wie die Ortschaften in Thüringen. Es gab hauptsächlich Landwirtschaft und Betriebe, die für die Landwirtschaft tätig waren. Dennoch gab es in Ostpreußen auch sehr viel Reichtum. Im krassen Gegensatz zu der ärmlichen Gegend standen die Herrenhäuser, an denen sie vorbeikamen. Manche waren kleine Schlösser mit Türmchen und Zinnen, wunderschönen Portalen und Gärten. Es führten oft prächtige Alleen oder Auffahrten zu diesen Häusern und Landsitzen. Der Landadel blieb hier unter sich. Fritz hatte von mächtigen Großgrundbesitzen in Ostpreußen gehört, aber das, was er hier sah, übertraf seine Vorstellungen bei Weitem. Der kalte Wind blies ihm ins Gesicht und stellte seinen Mantelkragen hoch, um sich gegen die Kälte zu schützen.

Im Sommer musste es hier traumhaft sein. Jetzt im Winter fühlte sich Fritz sehr verlassen, trotz der Unmengen von Menschen, die immer um ihn herum waren. Auf engstem Raum kamen hier Menschen aus unterschiedlichen Schichten und mit unterschiedlichem Bildungsstand zusammen, was nicht immer einfach war. Auch die regionalen Unterschiede machten das Zusammenleben nicht einfacher.

Hatte die Armee am Anfang meistens regional rekrutiert und die Einheiten entsprechend zusammenstellt, musste dieses Vorhaben aufgrund der Verluste recht bald aufgegeben werden. So kamen Preußen und Sachsen, Württemberger und Bayern in Einheiten zusammen, die neue Herausforderungen mit sich brachten. Über allem stand jedoch die eiserne Disziplin, die den Tag bestimmte und einer Verrohung entgegenwirken sollte.

Mit einem anderen Korporal, Claus Bernsdorf, verstand sich Fritz prächtig. Beide teilten nicht nur den Sinn für das Schöne, sie konnten sich auch über Literatur und Musik unterhalten und intellektuelle Gespräche führen. Dies war umso wichtiger, wenn man in einer Männerwelt lebte, die kaum Emotionen zuließ. Wann immer die Zeit es erlaubte, verbrachten sie Zeit zusammen und es entwickelte sich eine Freundschaft zwischen Fritz Ohme und Claus Bernsdorf.

Fritz' Einheit war in der Nähe eines Bauerngehöfts untergebracht. Die Menschen, die vorher auf diesem Gehöft gelebt hatten, hatten es samt Tieren verlassen. Wahrscheinlich waren sie bei Verwandten untergekommen. Letztendlich kümmerte es keinen, was mit den Menschen hier passierte. Alle hatten ihren Anteil für den großen Sieg zu erbringen.

Der ganze Hof versank unter meterhohem Schnee. In der Mitte des Hofes brannten offene Feuer und die Wachhabenden traten wegen der Kälte von einem Bein aufs andere und schlugen sich mit den Armen um den Körper. Jeder, der drinnen sein konnte, war froh, der Kälte wenigstens für eine Weile entkommen zu sein. Die Soldaten, die gerade keinen Dienst hatten, vertrieben sich die Zeit mit Kartenspielen oder Gesprächen. Einige schrieben einen Brief an ihre Liebsten. Fritz schrieb, so oft es möglich war, an Matilde. Er beschrieb die Landschaft und die Orte, an denen er vorbeigekommen war, und berichtete von Kameraden. Gerne hätte Fritz Tagebuch geführt, doch es war nicht erlaubt. Im Falle einer Gefangenschaft sollte der Feind keine Informationen über Bewegungen der Truppen, Pläne oder militärisches Gerät erhalten. Daher blieb ihm nur die Feldpost.

„Fritz, hast du Lust auf eine Runde Schach?", fragte Claus Bernsdorf. „Eigentlich ja", antwortete Fritz, „und ich weiß, dass ich ja sowieso gegen dich verliere", lachte er. Die beiden Männer setzten sich an das hölzerne Schachbrett, das Claus Bernsdorf in seinem Koffer mitgebracht hatte. Die abendlichen Schachspiele in den Ruhestellungen waren schon fast ein Ritual für sie beide geworden. Nach über einer Stunde ertönte das bekannte „matt" von Bernsdorf. „Na, das habe ich doch vorhergesagt. Aber das nächste Mal werde ich dich schlagen. Ich werde nämlich immer besser", sagte Fritz schmunzelnd. Daraufhin lachten beide.

In seiner Funktion als Unteroffizier und Korporal waren Fritz dreißig Soldaten unterstellt. Im Umgang mit seinen Kameraden und Unterstellten waren ihm sowohl gegenseitiger Respekt als auch Disziplin wichtig, konnte doch beides in gefährlichen Situationen überlebenswichtig sein. Dennoch war ihm das Soldatenleben zuwider. Reglementierte Abläufe, Gehorsamkeit, striktes Ausführen von Befehlen, ohne Dinge infrage zu stellen, dies alles war nicht Fritz' Naturell. Er liebte Kreativität, Literatur und Musik, Gespräche und Austausch, all das, wofür das Militär nicht stand. Dennoch gab es unter seinen Kameraden und Vorgesetzten auch Männer, die waren für das Soldatenleben geschaffen. Es waren solche Männer, die in der Befehlswelt gut zurechtkamen, weil sie selbst befehligten, oder dann diejenigen, denen in der strikten Hierarchie die Last der Entscheidung abgenommen wurde.

Nun lagen sie hier im tiefsten Osten des Kaiserreiches. Auf dem Marsch hatten sie eine andere Einheit getroffen, die schon länger in Ostpreußen stationiert war. Sie hatte die Schlacht an den Masurischen Seen mitgemacht. Die Soldaten sahen verhärmt aus und die tiefen Temperaturen setzten ihnen zu. Nicht wenige hatten Erfrierungen an den Gliedmaßen oder im Gesicht erlitten. Dennoch war Fritz froh, dass er einen Befehl an die Ostfront erhalten hatte.

Alles, was von der Westfront berichtet wurde, hörte sich um vieles schlimmer an. Im letzten halben Jahr gab es kaum nennenswerte Gebietseroberungen. Bei den Schlachten und Eroberungsfeldzügen hörte man von Tausenden von Toten und Verletzten.

Fritz saß in der warmen Stube und wartete wie alle auf die nächsten Befehle. Er hoffte auf kurze und siegreiche Gefechte und dass er bald wieder nach Hause zurückkehren könnte. Es war schon tiefschwarze Nacht draußen, die hier im Osten noch etwas schwärzer war als zu Hause. Wie war es wohl Mathilde und den Kindern ergangen? Was würden die Kinder schon alles Neues gelernt haben? Der kleine Arthur musste jetzt auch schon durch die Gegend laufen. Wie würde wohl das Geschäft laufen und würden sie den Krieg wirtschaftlich überleben? Als er gegangen war, waren die Läger gut gefüllt gewesen. Aber der Bedarf für feine und schöne Stoffe würde vielleicht nicht weiter bestehen. Viele Gedanken gingen ihm durch den Kopf.

Er begab sich noch einmal nach draußen. Der Schnee knirschte unter seinen Stiefelsohlen. Sein Atem wirbelte in Wölkchen in die Dunkelheit. Die Kälte drang durch seine Uniformjacke. Fritz dachte an die warmen, weichen Wollstoffe, die in seinem Geschäft in Weimar lagen. Das, was er am Leibe trug, war hart und half nur bedingt gegen die Kälte. Auf dem Gelände brannten einige Feuer zum Wärmen und um die Dunkelheit zu erhellen. Er konnte die Umrisse der Männer sehen. Sie rauchten und lachten über etwas.

Fritz schaute nach oben und betrachtete die Sterne. Noch nie hatte er so einen Sternenhimmel gesehen. Die Tiefe des Himmels und die Brillanz der Sterne waren einzigartig. Man konnte bei dem Anblick regelrecht vergessen, dass man sich im Krieg befand. Er genoss noch ein wenig die Einsamkeit und Ruhe, bevor er wieder zurück in die warme Unterkunft ging.

***

Fritz hatte unruhig geschlafen. Das Schnarchen der Kameraden, die schlechte Luft und die zu dünnen Decken ließen ihn nicht zur Ruhe kommen.

An manchen Tagen, nach langen Märschen, brachte die Erschöpfung den ersehnten Schlaf. Hier in der Unterkunft allerdings war meist nicht daran zu denken. Er grübelte über die Sinnhaftigkeit dieses Krieges, wohl wissend, dass er sich seinem Schicksal fügen musste. Aber wie würde das Leben nach dem Krieg weitergehen? Würde er seine Beziehungen zu seinen Geschäftspartnern wiederaufnehmen können, die ja jetzt seine Feinde waren? Seine Gedanken schweiften ab nach Thüringen und in die schöne, friedliche und saubere Straße, in der sie wohnten. Er dachte nach, über die letzten Reisen nach Holland und Frankreich und die schönen Dinge, die er dort gesehen hatte. Die hübschen Städte und Landschaften, die netten Menschen, denen er begegnet war, die köstlichen Speisen und die guten Weine in Frankreich. Wenn die Kinder einmal größer wären, wollte Fritz Mathilde mitnehmen, um ihr das alles zu zeigen. Aber nun saß er hier, gefühlt am kältesten Punkt der Erde, und harrte der Dinge, die da kommen würden.

Das Schlimmste, neben der Kälte, war für Fritz das Warten. Jemand wie er, der sonst immer geistig gefordert war, hasste die Tristesse des Soldatenlebens. Wenn es kein Gefecht gab oder man nicht durch die Gegend marschieren musste, wartete man.

Die Tage zogen in ihrer Eintönigkeit dahin. Die Schneefälle hielten an und die Schneemassen türmten sich an den Hauswänden und am Straßenrand. Es war, als wäre alles Leben zum Erliegen gekommen.

Fritz stand an der Seitenfront des Gebäudes und beobachtete eine Gruppe von jungen Soldaten, die meisten vielleicht gerade mal zwanzig Jahre alt. Sie lachten und einer zeigte den anderen ein Foto. Sicher eines von seiner Liebsten zu Hause. Ihre Bekleidung war für die Witterung viel zu dünn und auch die Stiefel hielten der Kälte schon nach kurzer Zeit nicht mehr stand. Fritz versuchte sich durch Bewegung warm zu halten, so gut es ging. Doch schon nach kurzer Zeit sah er ein, dass dieses Unterfangen sinnlos war. Der Winter war stärker.

Einer der Soldaten sprach ihn an: „Kamerad, haste noch 'ne Zijarette?" Fritz erkannte sofort den unverkennbaren Berliner Dialekt des Soldaten und hielt ihm seine angebrochene Packung hin. Vor dem Krieg hatte Fritz nicht geraucht. Aber schon nach wenigen Wochen hatte er sich das Rauchen angewöhnt. Nur für die Dauer des Krieges, hatte er sich vorgenommen. „Danke", sagte der junge Soldat und fügte noch hinzu: „Na, bei die Kälte friern enem doch glatt die Zijaretten ein", und grinste ihn an.

***

Im Januar 1915 war an der nordöstlichen Front die deutsche 10. Armee unter Hermann von Eichhorn neu aufgestellt worden. Das Hauptquartier befand sich in Insterburg.

Anfang Februar hatte das Warten ein Ende und es gab endlich einen Befehl zum Sammeln. Der Kompanieführer informierte darüber, dass es neue Order gebe und man weitermarschieren würde. Auf russischem Boden sollte die Schlacht an den Masurischen Seen stattfinden. Der Südflügel, zu dem auch Fritz gehörte, setzte sich am nächsten Morgen in Bewegung und hatte eine Marschroute von etwa vierzig Kilometern vor sich. Die Straßen und Wege lagen unter einer Schneedecke und waren scharf durchfroren. Die Seen, an denen sie vorbeikamen, waren von dickem Eis bedeckt.

Es war außerdem erneuter Schneefall eingetreten, der das ganze Gelände mit einer außerordentlich hohen Schneedecke überzog. Zudem setzte auch noch ein eisig kalter Wind ein, der an vielen

Stellen zu den stärksten Schneeverwehungen führte und damit den Verkehr auf Bahnen und Straßen ganz besonders erschwerte.

Viele Männer waren von der Kälte und dem langen Marsch körperlich erschöpft. Am nächsten Tag sollte der Fluss Pissek überquert werden. Fritz setzte mühsam ein Bein vor das andere. Der kalte Wind schnitt in seine Wangen. Das Tempo hatte sich aufgrund der Erschöpfung der Soldaten deutlich verringert. Endlich erreichten sie ihr Tagesziel und machten halt auf einem verlassenen Bauerngehöft. Das Haus und die Ställe boten zumindest etwas Schutz vor dem Wind und der Kälte.

Nachdem sie sich aufgewärmt hatten, kam sein Bataillonsführer auf ihn zu. „Unteroffizier Ohme, kommen Sie mal her", sagte er zu Fritz. „Ich brauche einen fähigen und zuverlässigen Mann, der sich ein Bild davon macht, was uns in Wróbel erwartet. Wróbel ist unser nächstes Ziel, von dort aus werden wir den Pissek überqueren und dann unseren Marsch weiter nach Osten fortsetzen. Fühlen Sie sich dazu in der Lage?"

„Zu Befehl, Sie können auf mich zählen", erwiderte Fritz. Der Bataillonsführer nickte, fügte aber dann hinzu: „Sie können jemanden mitnehmen, dem Sie vertrauen." Fritz brauchte nicht lange zu überlegen und antwortete fast umgehend: „Ich denke da an Claus Bernsdorf, den würde ich gerne mitnehmen. Wir kennen uns gut und vertrauen einander." „Einverstanden. Dann kommen Sie beide gleich zu mir und holen sich weitere Informationen ab", sagte der Bataillonsführer und verließ den Raum.

Wenig später fuhren Fritz und Claus Bernsdorf mit dem Wagen Richtung Wróbel. Es wurde schon dunkel. Sie kamen nur schwer voran, da das Schneetreiben nicht aufgehört hatte. „Hoffentlich bleiben wir nirgends stecken", sagte Fritz. Bewaldete Gegend wechselte sich mit kahlen Feldern ab. Beide schauten angestrengt durch die Windschutzscheibe, damit ihnen nichts entging.

„Warst du vorher schon mal in Ostpreußen?", fragte Fritz. „Nein", antwortete Claus, „aber ein Cousin meines Vaters wohnt in Allenstein. Leider hatte ich keine Gelegenheit, diesen Verwandten zu besuchen, als wir dort angekommen sind. Mein Vater hat seinen Cousin früher einmal besucht und hat immer von der Schönheit dieses Landes berichtet. Ich wünschte, wir hätten diesen Teil Deutschlands unter anderen Umständen kennengelernt." „Da kann ich dir nur zustimmen. Im Sommer muss es hier wunderbar sein", sagte Fritz und beide verfielen wieder in Schweigen und starrten auf die Straße.

Sie erreichten das kleine Dorf Wróbel. Alles schien friedlich und in einem tiefen Winterschlaf zu liegen. Sie sahen keinen Menschen auf der Straße. Die Fenster der Häuser waren dunkel und verschlossen. Nur in der Ferne bellte irgendwo ein Hund. Der Wagen rutschte über das Kopfsteinpflaster der Hauptstraße. Die Nebenstraßen waren wie in fast allen Dörfern unbefestigt. Angestrengt schauten sich die beiden Männer um.

Vom Feind war nichts zu sehen. Sie machten sich rasch einen Eindruck vom Dorf und seiner Umgebung und fuhren noch weiter bis zum Fluss, der unweit des Dorfes in nordöstlicher Richtung lag, um zu sehen, wo man ihn am besten überqueren konnte. Der Fluss fiel seicht ab und sie suchten nach einer passenden Stelle für eine mögliche Überquerung.

Nach einer halben Stunde fuhren sie zurück ins Dorf und sahen die Kirche, die von einer Steinmauer umgeben war. Dahinter befand sich der Friedhof des Dorfes. Das Dorf selbst bestand aus noch wenigen Bauernhäusern, einige davon waren schon verlassen. „Wir sollten uns noch kurz umschauen", sagte Fritz und stieg aus. Claus Bernsdorf folgte ihm.

„Hier ist nichts, komm, lass uns umkehren. Hier kommen noch nicht mal die Ratten aus ihren Löchern", sagte Bernsdorf. Er stieg wieder ins Fahrzeug, Fritz folgte ihm. „Trotzdem", sagte Fritz, „ich traue dem hier nicht. Das sagt mir mein Bauchgefühl." Eine undefinierbare Unruhe hatte ihn plötzlich beschlichen und er hatte das Gefühl, beobachtet zu werden. „Ach was, ich wusste gar nicht, dass du ein Bauchgefühl hast", lachte Claus, „hier streunen höchstens ein paar Katzen oder Ratten herum." Sie setzten sich in das Auto und waren froh, der Kälte ein wenig entkommen zu können.

In dem Moment gab es einen Knall und die Windschutzscheibe zerbarst. Fritz sackte mit dem Kopf zur Seite. Bernsdorf fühlte einen dumpfen Schlag in der Schulter. Er sah drei vermummte Soldaten auf sich zukommen, die irgendwo im Versteck gesessen haben mussten. Sie hielten ihre Gewehre im Anschlag. Geistesgegenwärtig ließ Bernsdorf den Motor an, er versuchte das Fahrzeug zu drehen. Hoffentlich drehen die Räder jetzt nicht durch und ich kann uns hier rausbringen!, dachte er. Endlich, gefühlt viel zu langsam, setzte sich das Auto in Bewegung. Die Russen feuerten noch mehrere Schüsse auf das Auto ab, trafen aber zum Glück nur das Blech des Heckteils. Bernsdorf beschleunigte den Wagen und verließ das Dorf so schnell er konnte. Als sie das Dorf schon deutlich hinter sich gelassen hatten, fand er seine Sprache wieder.

„Ich habe etwas abgekriegt", sagte er zu Fritz, erhielt aber keine Antwort. „Fritz, wie geht es dir?", fragte Bernsdorf noch mal nach, erhielt aber wieder keine Antwort. Als er sich in sicherer Entfernung wähnte, hielt er an, um zu sehen, warum Fritz so still war. Fritz' Kopf war immer noch zur Seite geneigt, aber seine Augen waren offen. An seiner rechten Schläfe zeigte sich ein Loch und Blut tropfte auf seinen Mantel. Fritz war tot.

Bernsdorf fuhr so schnell er konnte zurück zum Stützpunkt. Er fuhr automatisch, denn seine Gedanken rasten. Immer wieder stellte er sich die Frage, ob sie zu nachlässig gewesen waren. Warum hatten sie nicht auf Fritz' Gefühl gehört?

Claus Bernsdorf machte dem Offizier Meldung und übergab den Leichnam seines Freundes den Ärzten und Sanitätern. Dann ging auch er zum Sanitätszelt, um seine Schulter untersuchen zu lassen. Er hatte einen glatten Durchschuss abbekommen.

Als er mit einem dicken Verband zu seiner Unterkunft zurückging, liefen Tränen über seine Wangen. Er wischte sie ab, denn niemand sollte sie sehen.

Am nächsten Tag setzten sich die Einheiten wieder in Bewegung und eroberten weitere Gebiete zurück. Das gesamte Unterfangen würde später für die Deutschen als erfolgreiche Winterschlacht in den Masuren in die Geschichtsbücher eingehen. Insgesamt würden die Verluste auf deutscher Seite mit 16.200 Toten beziffert. Einer von ihnen war Gottfried Ohme, genannt Fritz, dessen Leichnam in der Kälte Ostpreußens verblieb …

Als Mathilde die Todesnachricht in Händen hält, glaubte sie, dass sich der Boden unter ihren Füßen öffnete und sie in die Tiefe hinabzöge. Unter Tränen las sie die Worte „Tode" und „gefallen". Ihr Gehirn konnte nicht akzeptieren, dass ihr geliebter Fritz nicht wiederkommen würde. Sie glitt zu Boden und konnte sich nur mit Mühe an der Sessellehne festhalten.

Hannah kam wenig später in den Salon und fand eine in Tränen aufgelöste Mathilde vor. Sie saß auf einem Stuhl und in ihrem Schoß lag ein Schreiben. Hannah fasste sie behutsam an den Schultern. Mathildes ganzer Körper bebte und war vor Kummer geschüttelt.

„Was ist passiert, Mathilde?", fragte sie. Eine böse Ahnung beschlich Hannah. Als sie sah, dass Mathilde außerstande war zu antworten, nahm sie das Schreiben. Sie las die unfassbare Wahrheit und ließ dann auch ihren Tränen freien Lauf.

Hannah fand als Erste ihre Fassung wieder und sagte mehr zu sich selbst: „Wir müssen uns um die Kinder kümmern."

Mathilde hörte immer noch Fritz' letzte Worte in ihrem Ohr: „Ich werde wiederkommen."

Wie hatte das passieren können? Warum ausgerechnet Fritz? Warum hatte keiner auf ihn aufgepasst? Wie sollte sie ohne ihn weiterleben? Es gab keinen Abschied, kein Grab und sein Leichnam lag irgendwo verscharrt im kalten Osten …

Sie nahm ihr Hochzeitsbild in die Hand, das sie beide strahlend vor der Kirche zeigte, kurz nach ihrer Trauung. Sogleich flossen wieder Tränen aus ihren Augen, die doch gerade erst versiegt waren.

Bernsdorf, der sie ein paar Monate später besuchte, sagte ihr, sie seien auf eine versprengte Vorhut gestoßen. Es hatte vorher keinerlei Anzeichen für eine Gefahr gegeben. Es tue ihm so leid, er habe einen guten Freund verloren. Bernsdorf, der einen Schulterschuss abbekommen hatte und der seine Verwundung in der Nähe von Hannover auskurieren konnte, überbrachte Mathilde noch Fritz' Erkennungsmarke und seinen Ehering. Mathilde hatte alles ohne jegliche Regung angenommen. Sie wollte jetzt nur noch allein sein mit ihrem unglaublichen Schmerz.

12

Der Brunnenhof lag unter einer dichten Schneedecke. Die Nachrichten, die von der Westfront durchdrangen, waren erschreckend. Noch gab es von denen, die eingezogen worden waren, regelmäßige Nachrichten. Das war gut, denn es hieß, sie waren noch am Leben.

Das letzte Weihnachtsfest war ein trauriges gewesen. Man hielt an den Traditionen fest und es gab wieder den großen Weihnachtsbaum auf dem Hof. Die Frauen taten ihr Bestes, um einen Braten auf den Tisch zu bringen. Gelöste Stimmung war aber nicht aufgekommen, wusste man doch um Angehörige und Angestellte an der Front.

Die Wünsche für das neue Jahr beinhalteten allesamt den Wunsch nach baldiger Beendigung des Krieges und gesunder Heimkehr der Soldaten.

Friedrich und von Liebenau saßen mal wieder über den Zahlen. Die Abgabenlast zur Versorgung der Front mit Lebensmitteln wurde immer größer. Tausende Soldaten, die sonst in der Landwirtschaft oder in anderen Bereichen tätig waren, fehlten.

„Sobald die Felder wieder frei von Schnee und Eis sind, müssen wir mit der Aussaat beginnen", sagte von Liebenau. „Dann können wir nur hoffen, dass der Winter nicht zurückkehrt. Es heißt auch, dass wir vielleicht auf dem Hof Hilfe von Kriegsgefangenen bekommen können." „Das wäre gut, denn sonst ist es nicht zu schaffen. Die Leute müssen zur Aussaat schon hier sein", erwiderte Friedrich. „Ich kann ja schon mal Unterbringungsmöglichkeiten herrichten, sodass wir vorbereitet sind." „Ja, das ist eine gute Idee", sagte von Liebenau. „Sie sollen hier ein ordentliches Dach über dem Kopf haben." „Ich werde mich nächste Woche mit der zuständigen Behörde in Verbindung setzten." „Ach, und noch etwas." Er machte eine Pause und strich sich lächelnd langsam über den Bart. „Ich habe einen Musiklehrer für Otto gefunden. Er ist aus dem Nachbarort und wird Otto unterrichten." „Das geht nicht in der jetzigen Zeit und außerdem weiß ich gar nicht, was das kostet", entgegnete Friedrich. „Der Junge wird unterrichtet und das Geld für das nächste halbe Jahr ist schon bezahlt. Meine Frau Henriette und ich möchten ihn gerne unterstützen. Die Geige hat er ja schon zu Weihnachten bekommen." „Der Junge nimmt sie immer in die Hand und streicht voller Hingabe über das polierte Holz", wusste Friedrich zu berichten. „Na, dann soll er sie auch beherrschen", antwortete von Liebenau. „Es sind schwere Zeiten, da tut ein bisschen Freude gut." Die beiden Männer saßen noch eine Weile über den Büchern und Plänen.

Als Friedrich das Arbeitszimmer verließ, senkte sich schon der Abend über den Brunnenhof. Schwaches Licht drang durch die kleinen Fenster der Gebäude und der Schnee knirschte unter seinen Füßen. Als er die Haustür hinter sich schloss, trat Maria in den Flur. „Na, da bist du ja. Du warst länger weg als erwartet. Das Abendessen ist fertig."

„Ich habe noch mit von Liebenau zusammengesessen, wir sind noch mal die Pläne für die nächsten Wochen durchgegangen. Ich habe eine große Überraschung für Otto. Von Liebenau hat einen Geigenlehrer für Otto engagiert", sagte Friedrich. „Aber das geht doch nicht. Wir können uns doch keinen Musiklehrer für Otto leisten. Allein schon das Schulgeld. Außerdem, wie soll der Junge dahin kommen?" „Maria, von Liebenau hat schon alles bezahlt für die nächsten sechs Monate. Der Musiklehrer kommt hierher auf den Brunnenhof und wird Otto unterrichten. Dann muss ihn niemand irgendwo hinbringen. Otto ist von Liebenau ans Herz gewachsen. Du weißt, wie sehr er den Jungen mag. Hast du Ottos leuchtende Augen gesehen, als er seine Geige ausgepackt hat? Nun soll er auch lernen, darauf zu spielen, hat von Liebenau gesagt. Wir werden es ihm morgen sagen."

Am Nachmittag kam Otto hüpfend den Weg herunter. Sein Schal flatterte im Wind. Um sich vor der Kälte zu schützen, hatte ihm seine Mutter zu Weihnachten einen langen Schal gestrickt. Statt die Schultasche auf dem Rücken zu tragen, hielt Otto sie in der Hand. Wahrscheinlich hatte er unterwegs angehalten und sie vom Rücken genommen. Seine Wangen waren von der Kälte gerötet, als er die warme Küche betrat.

Nach dem Mittagessen, das aus Kohlsuppe und Brot bestand, sagte Friedrich: „Otto wir haben eine große Überraschung für dich. Du wirst Geigenunterricht bekommen. Herr von Liebenau hat dir einen Lehrer besorgt. Wirst du das schaffen, neben deiner Schule?" „Au ja! Ich schaffe das!", sagte Otto mit leuchtenden Augen. „Ich möchte so gern darauf spielen lernen. Wer wird denn mein Lehrer sein? Und lerne ich da richtige Noten?" „Wir kennen den Lehrer noch nicht", antwortete Maria, „aber alles wird sich finden." „Vielleicht kann ich nächstes Weihnachten schon ein Lied spielen", erwiderte Otto und setzte sich mit Feuereifer an seine Schularbeiten.

Maria schenkte ihrem Sohn ein glückliches Lächeln und widmete sich wieder ihrer Hausarbeit. Sie dankte Gott, dass Otto noch so klein war und der große Krieg an ihm vorbeiging.

13

Paul lag mit seiner Einheit immer noch in der Nähe von Ypern in Flandern. Über den Winter hatte sich die Front nicht nennenswert bewegt. Die Tage zogen eintönig dahin. Paul hörte hin und wieder von kleinen Scharmützeln, aber er selbst blieb davon unbehelligt. Das feuchte Wetter setzte Paul zu. Er fühlte die nasskalte Witterung in den Knochen. Es ging ihm seit gestern nicht gut und der Husten, der ihm seit einigen Tagen zu schaffen machte, wurde immer stärker. Wie gerne würde er jetzt an der Havel stehen und sehen, wie die Zugvögel aus dem Süden zurückkehrten! Da in der Heimat, wo die Erde trocken war und es bald wieder grünes Laub an den Bäumen geben würde. Sich in seinem angeschlagenen Zustand den Tagträumen hingebend, gab es endlich neue Befehle. Eine neue Form der Kriegsführung sollte endlich den gewünschten Kampferfolg bringen. Die Gräben wurden weiter ausgebaut und stabilisiert.

Paul war dabei, neue Balken in einen Unterstand einzuziehen, als ihn eine heftige Hustenattacke in die Knie zwang. Sein ganzer Brustkorb und auch der Rücken tat weh und das Atmen fiel ihm schwer. Die Arbeit ging ihm nicht von der Hand und Schweißperlen standen ihm auf der Stirn. Paul arbeitete eine Stunde so weiter. Er konnte schon fast nicht mehr die Schaufel halten, denn eine heftige Schüttelfrostattacke stoppte ihn erneut.

„Siebert, was ist mit dir?", fragte ihn ein vorbeikommender Offizier. Er wollte antworten, doch plötzlich sackten seine Knie weg und er stürzte zu Boden. Kameraden hoben ihn an, legten ihn auf eine Trage, die zwei junge Männer heranschleppten, und trugen Paul zum Sanitätszelt. Paul versuchte, die Augen zu öffnen, und sah, wie durch einen Schleier Soldaten an ihm vorbeieilten. Er sah die Wände der Schützengräben und dann fielen ihm wieder die Augen zu. Durch das hohe Fieber bekam er nur noch Sequenzen mit und als er wieder bei vollem Bewusstsein war, fand sich Paul im Lazarett weit hinter der Front wieder. Der Raum war voll mit Kranken und Verletzten. Manche schrien und stöhnten vor Schmerzen. Ärzte mit blutverschmierter Kleidung eilten an ihm vorbei. Die Betten waren an beiden Seiten an der Wand aufgereiht, der Saal in mehrere Sektionen durch Sichtschutzwände aus Stoff eingeteilt. Paul war im hinteren Teil des Saales untergebracht. Er fühlte sich schwach und erschöpft, genoss es aber, endlich in sauberer Wäsche schlafen zu können.

Ein Arzt kam zu ihm und schaute ihn an. „Siebert, Sie haben sich eine Lungenentzündung eingefangen. Das heilt wieder, aber wir werden Sie noch etwas hierbehalten müssen." „Haben wir Ypern eingenommen?", fragte Paul. „Nein, wir haben dem Feind hohe Verluste zugefügt, aber Ypern konnten wir nicht einnehmen."

Trotz der hohen Verluste in den französischen und kanadischen Stellungen brachten die Schlacht und der Einsatz des Gases nur einen geringen Geländegewinn, sodass sich beide Seiten auf viele Wochen eingruben. Im Juli 1915 fand dann eine Verladung

der gesamten Einheit an die Somme statt, wo die alliierte Groß-
offensive zu einer Krise führte.

**

Am 1. Juli 1916 stürmen die Briten und Franzosen gegen die deutschen Stellungen an. Die Alliierten haben im Vorfeld Stollen in
Richtung der deutschen Linien gegraben und an deren Ende Minen platziert. Das massive Trommelfeuer, das schon eine Woche
vorher eingesetzt hatte, und die Zündung der Minen sollten die
Verteidigung der deutschen Linien lahmlegen. Dennoch waren
die deutschen Verteidigungslinien und Schützengräben sehr gut
ausgebaut, sodass die anstürmenden Briten der deutschen Erwi-
derung schutzlos ausgesetzt waren.

Paul hatte seine Lungenentzündung so weit ausgeheilt, dass
er wieder an die Front zurückgeschickt wurde. Allerdings fühlte er sich immer noch etwas schwach, was vielleicht auch an der
unzureichenden und wenig nahrhaften Kost lag. Vitamine, die
ihn wieder zu Kräften kommen lassen würden, gab es nicht.

Aus der Nähe von Ypern ging es für Paul weiter nach Süden,
tief ins französische Land, an die Somme. Sein Transport führte ihn an hübschen Dörfern vorbei aber auch durch Landschaften und Gegenden, die gespenstischer nicht hätten sein können.
Es sah aus, als sei dort jegliches Leben erloschen. Aufgerissene
Erde und Baumstümpfe, wo einst ein hübscher Wald gewesen
war. Hier sang kein Vogel mehr und kein Wild versteckte sich
im Unterholz, denn es gab schlechtweg nichts mehr, was Leben
möglich machte. Hier an der Somme musste Deutschland gegen
die Offensive der Alliierten verteidigt werden.

Paul saß mit seinem Kameraden Hermann Zierke im Schützengraben und sollte mithelfen, die deutsche Frontlinie zu verteidigen. Nach seiner Entlassung aus dem Lazarett kam Paul zu einer
neuen Einheit und hatte sich direkt mit Hermann angefreundet.
Hermann war Tischlermeister aus Wolfenbüttel und hatte das
gleiche Alter wie Paul. Auch er war verheiratet und hatte eine
Tochter namens Dorothea. Hermann hatte ein zurückhaltendes

Naturell, aber durchaus Humor. Mit Hermann konnte sich Paul stundenlang über unterschiedlichste Themen austauschen.

Nun harrten sie schon seit Tagen im Schützengraben aus. Das tagelange Trommelfeuer zerrte an den Nerven der jungen Männer. An Schlaf war fast nicht zu denken und dann war da der ständige Begleiter, die Angst. Hier direkt an der Front konnte jeder Tag der letzte sein. Früher hätte Paul sich eine Zigarette angesteckt, um sich zu beruhigen. Während seiner Lungenentzündung waren ihm Zigaretten zuwider und nach seiner überstandenen Krankheit hatte er nicht wieder angefangen. Er rieb nervös die Daumen aneinander. „Was meinst du, Paul, werden wir heute sterben?", fragte Hermann.

Die ständige Bedrohung, das Artilleriefeuer und die aussichtslose Lage hatten in den letzten Tagen Hermanns Psyche schwer zugesetzt. Seine Augen waren glanzlos und seine Hände zitterten, wenn er eine Zigarette hielt.

„Nein, Hermann, heute werden wir nicht sterben. Aber vielleicht sollten wir uns eine etwas bessere Stelle aussuchen, wo wir eine bessere Deckung haben. Vielleicht da weiter links." Hermann nickte bejahend und sagte: „Geh du voran." Die Sprengungen hatten riesige Krater in die einst liebliche Landschaft gerissen. Aufgerissene Erde, wohin man schaute.

Paul hastete in geduckter Haltung los und Hermann folgte ihm, ebenfalls mit gekrümmtem Rücken. Sie hatten schon ein Stück hinter sich gebracht, als hinter Paul ein Geschoss einschlug. Dem Knall folgte eine Druckwelle, die Paul zu Boden warf. Schützend nahm er die Hände über den Kopf. Er merkte, dass seine Gliedmaßen alle noch dran waren und dass er auch sonst keine offenen Wunden hatte. Er fühlte keine Schmerzen und der Gefechtslärm war nur noch dumpf zu hören.

Als er die Hände vom Gesicht nahm, sah er das Blut an seinen Händen. Neben ihm lag Hermann mit offenem Brustkorb. Er röchelte in den letzten Sekunden seines Lebens. Paul nahm mechanisch seine Hand, konnte aber nichts mehr für seinen Kameraden tun. Offenbar hatte ihn etwas getroffen. Er hörte alles wie durch Watte. Nach einer Weile trat ein Kopfschmerz ein, der seinen Schädel fast bersten ließ. Dann schwanden seine Sinne und er fiel auf den matschigen Boden.

***

Irgendwann erwachte Paul im Sanitätszelt. Überall lagen Verwundete und Tote. Paul hatte Glück im Unglück gehabt. Sein Trommelfell war gerissen und das Mittelohr war verletzt worden. Außerdem hatte ein Splitter ihn am Kopf getroffen und er hatte eine Gehirnerschütterung erlitten.

Paul blieb aufgrund seiner Verletzung viele Wochen hinter Frontlinien. Er wurde zunächst im Sanitätszelt untersucht und verbunden und dann in ein Kriegslazarett hinter die deutschen Linien gebracht.

Mit der Zeit ließen Pauls Kopfschmerzen und der Druck nach. Seine Kopfwunde, die zum Glück nicht sehr schlimm war, verheilte. Sein Gehör aber blieb geschädigt.

Der Arzt kam zu ihm und sagte: „Herr Siebert, morgen werden Sie entlassen. Wir können hier nichts mehr für Sie tun." „Was wird mit meinem Ohr?", fragte Paul. „Ihr Mittelohr ist durch den Druck der Explosion schwer verletzt. Wir haben unser Möglichstes getan, aber Ihr Gehör wird nicht wiederkommen. Es tut mir leid. Sie werden sich daran gewöhnen, nur noch mit einem Ohr zu hören. Alles Gute für Sie." „Danke für alles, Herr Doktor", erwiderte Paul. Der Arzt klopfte ihm auf die Schulter und ging zu seinem nächsten Patienten.

Die Schlacht an der Somme sollte als eine der verlustreichsten in die Geschichte des Ersten Weltkrieges eingehen. Das Grauen des Krieges wurde hier unmenschlich sichtbar. Viele Verletzte wurden mit schlimmsten Wunden eingeliefert. Es fehlten ihnen Gliedmaßen an Armen oder Beinen oder sie hatten schlimme Verletzungen von Granatsplittern. Amputationen waren an der Tagesordnung. Für die meisten, die mit Bauchverletzungen eingeliefert wurden, kann jede Hilfe zu spät. Die frühe Verwundung hatte Paul vielleicht vor Schlimmerem bewahrt.

Nach seiner Entlassung bekam Paul ein paar Tage Heimaturlaub. Endlich konnte er dem Grauen für eine Weile entliehen.

***

Es war Frühherbst 1916. Paul fuhr mit der Bahn über Aachen, Köln, Hannover und Wittenberge in die Heimat. Er saß in der Ecke des Abteils und war froh, dass ihn niemand störte. So konnte er die Welt, die vor seinem Fenster vorbeizog, betrachten. Die Bäume trugen noch dichtes grünes Laub, das aber schon mit gelben Tupfern durchsetzt war. Die Abende waren noch hell. Das, was er sah, war so friedlich.

Die Dörfer und Städte, an denen er vorbeikam, waren sauber und unbeschädigt. Die Getreidefelder waren abgeerntet. Die Menschen, die er sah, gingen ihrer Arbeit nach. Paul betrachtete die friedliche Idylle, doch plötzlich schoben sich Bilder von zerschossenen Häusern und Straßen, von Granattrichtern, von Wäldern, die nur noch aus Stümpfen bestanden, von Schlamm und Morast vor sein geistiges Auge. Er sah verdreckte Soldaten und Unterkünfte, Tote und Verkrüppelte und versuchte diese schrecklichen Bilder abzuschütteln, um sich wieder auf seine Umwelt zu konzentrieren und an der herrlichen Natur, die vorüberzog, zu erfreuen. Als er ausstieg, überwältigte ihn der vertraute Geruch der Heimat.

Irgendwann stand Paul vor der Tür seines Hauses. Er war erschöpft, aber auch nervös, nach so langer Zeit wieder nach Hause zu kommen. Die Haustür war verschlossen und er sah auch niemanden auf der Straße.

Er klingelte. Margarethe öffnete die Tür. Erschrocken hielt sie sich die Hand vor den Mund und versuchte ihre Fassung wiederzuerlangen. Endlich war ihr geliebter Paul wieder da! Paul trat ein und Margarethe half ihm aus seinem Mantel. Es war eine eigenartige Spannung zwischen ihnen, ja fast schon eine Fremdheit. So sehr hatte sich Margarethe gewünscht, dass Paul heimkam, doch nun, als er da war, wusste sie nicht, was sie sagen sollte.

Sie schmiegte sich an ihn und spürte seine Rippen. Als sie sich im August 2014 von Paul verabschiedet hatte, war er ein fröhlicher Mensch gewesen. Der Mann, der jetzt vor ihr stand, hatte seine Leichtigkeit verloren und schien um Jahre gealtert. Die Wangen waren eingefallen und die sonst so fröhlich schauenden Augen schienen glanzlos. „Paul, endlich!" sagte sie und ließ sich in seine Arme sinken. Auch Alwine kam sofort herbeigelaufen und rief: „Papa, Papa, endlich bist du da!" Paul hatte Mühe, die Tränen zu unterdrücken. Er war so glücklich, wieder bei seiner Familie zu sein! Margarethe bereitete für Paul ein warmes Bad und er konnte anschließend in seine sauberen Sachen schlüpfen.

Als sie in der Nacht zärtlich durch sein Haar fuhr, strich sie über die Narbe am Haaransatz, die immer noch rötlich schimmerte. In sein gesundes Ohr flüsterte sie ihm all die schönen Worte, die er so vermisste hatte. Das Verlangen und die lange Entbehrung ließen ihnen in der ersten Nacht nur wenig Schlaf. Immer wieder mussten sie sich berühren und den anderen fühlen.

Margarethe sah, wie sich ihr Mann im Schlaf wälzte und murmelte. Sie tippte ihn sachte an. Paul wachte kurz auf und fiel dann wieder in einen unruhigen Schlaf. In seinen Träumen hörte Paul das Gebrüll von Befehlen, sah die Trommelfeuer und Granaten, die Toten und Verwundeten. Auch hier, viele Hundert Kilometer entfernt, ließ ihn der Krieg nicht los.

Paul wachte früh auf, obwohl er schlecht geschlafen hatte. Die Sonne schien durch die Ritzen der Schlagläden und ließ winzige Staubkörner vor seinen Augen tanzen. Die Vögel sangen draußen in den Bäumen. Er zog sich rasch an und unternahm einen längeren Spaziergang. Nur wenige Männer in seinem Alter waren in der Frühe anzutreffen. Die meisten waren ebenfalls eingezogen worden und taten ihren Dienst an oder hinter der Front.

Als er zurückkam, hatte Margarethe das Frühstück zubereitet. „Magst du darüber reden?", fragte Margarethe und sah Paul in die Augen. „Ich kann nicht", antwortete er nur kurz und drehte sich um, damit Margarethe sein Gesicht nicht sehen konnte. „Wie kommt ihr hier zurecht?", fragte er dann. „Es geht uns so weit ganz gut", sagte Margarethe. „Mach dir keine Sorgen. Ich habe eine bessere Nähmaschine geschenkt bekommen. Hedwigs Tante braucht sie nicht mehr. Ich habe angefangen zu schneidern und es kommen immer mehr Frauen zu mir, die von mir etwas genäht haben wollen. Kleidung wird immer gebraucht. In so einer kleinen Stadt spricht es sich schnell herum, wenn jemand gute Ware und hübsche Kleidung schneidern kann. Wir werden damit keine Reichtümer anhäufen, aber wir werden nicht verhungern. Du brauchst dir keine Sorgen um uns zu machen."

Paul nickte, aber innerlich versetzte es ihm einen Stich. Er sollte derjenige sein, der dafür sorgte, dass es ihnen allen gut ging. Auch hier stand der Krieg irgendwie zwischen ihnen.

Margarethe nahm sich vor, ihn nicht mehr nach dem Erlebten zu fragen. Entweder war Paul bereit, es ihr zu erzählen, oder er musste es für sich behalten. Sie mutmaßte aber, dass er Schlimmes erlebt haben musste. So wie Paul aussah und dann seine Albträume – das alles ließ auf Schreckliches schließen.

„Gretchen, hast du etwas von Richard gehört?" „Nein, er ist immer noch an der Küste, aber ihm geht es wohl gut, wie Hedwig aus seiner Post weiß." „Das ist immerhin eine gute Nachricht", sagte Paul.

Alwine wich ihrem Vater nicht mehr von der Seite. Sie war nun schon elf Jahre alt und beinahe eine junge Dame. Ihr Verhältnis war schon immer besonders herzlich gewesen und auch jetzt ging sie ganz natürlich mit ihm um.

Sie war um einiges gewachsen, seit Paul sie das letzte Mal gesehen hatte. Schon jetzt hatte sie ihre Mutter größenmäßig fast eingeholt und würde noch ein Stück wachsen. Sie hatte den kräftigen Körperbau ihres Vaters geerbt. Die dicken Haare waren allerdings eindeutig das Erbe ihrer Mutter. Alwine hatte ein hübsches Gesicht und wunderschöne blaue Augen. Auch in ihrer Wissbegierde und in ihrer Lebhaftigkeit ähnelte sie mehr ihrem Vater als ihrer Mutter.

Die kleine Familie verbrachte acht intensive Tage miteinander. Sie gingen viel spazieren oder fuhren mit dem Rad an die Havel, um zu baden oder die Füße in den noch warmen Fluss hängen zu lassen. Der Fluss zog träge an ihnen vorbei, sowie Tausende

Jahre vor ihnen und sicher auch Tausende Jahre nach ihnen. Der Wind wehte sanft durch die Gräser am Fluss. Sie schauten in das unendliche Blau des Himmels und standen mit den Füßen im Wasser. Sie genossen das Hier und Jetzt und träumten von einer Zukunft ohne Krieg und Gewalt. So könnte es immer bleiben. Alwine wollte immer wissen, wie es im Krieg sei, aber Paul konnte und wollte ihr nicht antworten. „Ein andermal", sagte er zu Alwine und sie zog schmollend ab.

Die Zeit verging wie im Fluge und der Tag des Abschieds nahte. Als Paul abreisen musste, nahm er Alwine in die Arme. „Winchen, sei fleißig in der Schule und mach immer schön deine Hausaufgaben. Hör auf deine Mutter und sei folgsam", sagte Paul.

Er nahm Margarethe fest in den Arm und küsste sie leicht auf die Wange. Dann drehte er sich um und verließ schweren Herzens das Haus.

***

In Havelberg stieg Paul wieder in den Zug, um über Glöwen, Wittenberge, Hannover nach Köln und Aachen zu seiner neuen Einheit zu gelangen. Er schaute aus dem Fenster und dachte über das Erlebte nach. Er dachte an Hermann, der nie wieder zu seiner Familie fahren würde. Hätte dieser Krieg mit seinen Opfern vermieden werden können? Würde Deutschland vielleicht sogar den Krieg verlieren? Wie konnten sie eine Zukunft auf Feindschaft, Verstümmelung und Tod aufbauen? All diese Gedanken wirbelten ihm durch den Kopf. Die Landschaften an ihm zogen vorbei, doch nahm er sie nicht mehr so wahr wie beim ersten Mal, als er nach Köln gefahren war. In Köln war der Bahnhof voller Menschen. Bei der Einfahrt in den Bahnhof sah Paul die riesige Kathedrale, aber er nahm nur flüchtig Notiz von ihr. Er hatte Mühe, seinen Anschluss nach Aachen zu finden. „Wo steht der Zug nach Aachen?", fragte er einen Bahnbeamten. „Die Unterführung nach rechts und dann Gleis 2", antwortete der Mann. Von Aachen fuhr Paul weiter Richtung Belgien und dann nach Frankreich.

Paul kam nicht mehr an die Front, sondern durfte in der Etappe seinen Dienst tun. Die sogenannte Etappe war die militärische Logistik, welche die rückwärtigen Dienste wie Lazarett-, Tross-, Verwaltungs- und Instandsetzungseinheiten vereinte. Diese Einheiten lagen in der Regel einen Tagesmarsch von den marschierenden Einheiten entfernt und waren somit für die feindliche Artillerie nicht erreichbar. Es war eine ungeheure logistische Aufgabe, den Nachschub von Soldaten, Lebensmitteln, Kriegsmaschinerie und Pferden an die Front zu organisieren. Auch das Lazarettwesen war hier angesiedelt. Die Organisation und Verwaltung der besetzten Gebiete oblagen ebenfalls der Etappe.

Paul wurde einer Etappenkommandantur zugeteilt, die sich um den Transport von Lebensmitteln zu kümmern hatte. Er war froh über diese neue Aufgabe, sicherte sie ihm doch zunächst das Überleben. Seine Kameraden waren zum Teil ältere Soldaten oder, wie er, von einer Verwundung Genesene, die nicht mehr in die vorderste Linie geschickt wurden, die aber wichtig für den Betrieb der gesamten Maschinerie waren. Die Stimmung in der Truppe war gut, waren sie doch vom Grauen und Sterben etliche Kilometer entfernt.

Paul arbeitete eng mit zwei Kameraden zusammen, Alfred aus Braunschweig und Walter aus Hamburg. Alfred war von Beruf Lehrer und Walter Pastor. Auch sie waren beide in den Kämpfen an der Westfront verwundet worden und nach der Genesung in die Etappe versetzt worden. Mit beiden verstand sich Paul bestens. Nicht nur dass sie das Erlebte teilen konnten, auch der geistige Austausch war Balsam in all dem Grauen.

Während Paul in der Etappe für den Nachschub sorgte, tobte von Juli bis November 2016 die Schlacht an der Somme. Der Krieg hatte sein Gesicht geändert. Waren es 1914 noch Mann-gegen-Mann-Gefechte, so kamen ab 1916 Kampfgas und Panzer zum Einsatz.

Unweit der Versorgungsbaracken befand sich auch das Feldlazarett. Alfred sah die ankommenden Verwundetentransporte und sagte zu Paul: „Das sieht nicht gut aus. Es sind so viele." Paul nickte und schaute zu den ankommenden Autos hinüber. „Ja, das ist schlimm", stimmte Walter ein. „Das Stöhnen der Verwundeten kriege ich selbst nachts nicht mehr aus dem Kopf. So viele junge Burschen, die als Wrack zurückkehren. Wir können froh sein, dass wir hier unseren Dienst tun können. Für mich kann das so bleiben, bis der Krieg zu Ende ist", meinte Alfred.

Die Ärzte und Schwestern arbeiteten nun rund um die Uhr. Die Schwerverletzten wurden dann nach der Erstversorgung in die Heimat verlegt.

Das zweite Kriegsjahr neigte sich dem Ende zu. Die Versorgung wurde immer schlechter. Zudem litten viele durch die mangelnde Hygiene an der Ruhr oder an Typhus.

Über den Sommer bis zum Herbst gruben sich beide Seiten ein, ohne signifikante Gebietsgewinne zu erzielen. Der Preis waren Hunderttausende von Toten und Verwundeten auf beiden Seiten. Im November 1916 wurde die Schlacht an der Somme von Douglas Haig abgebrochen.

Paul blieb bei seiner Einheit hinter den Linien. Er schrieb an Margarethe und Alwine so oft er konnte. So wussten die Liebsten in der Heimat, dass es ihm den Umständen entsprechend gut ging.

14

Seitdem Mathilde die Nachricht von Fritz' Tod erhalten hatte, waren viele Monate vergangen. Die einst aufrechte und fröhliche Frau war nur noch ein Schatten ihrer selbst. Um ihre Augen lagen tiefe Schatten und ihr Gesicht sah verhärmt und fahl aus. Die ersten Monate hatte sie sich jeden Abend in den Schlaf geweint und immer wieder Fritz' Briefe gelesen. Wieder und wieder zogen Bilder ihres gemeinsamen kurzen, glücklichen Lebens vor ihrem geistigen Auge auf. Ihr Kennenlernen im Park nahe Goethes Sommerhaus, ihre romantische Hochzeit an einem strahlenden Sommertag, die Geburt ihrer beiden Kinder und ihre gemeinsame Arbeit beim Ausbau des Geschäftes. Sie vermisste sein Lachen und seinen Humor, seine Energie und seine Fürsorge. Nun stand sie mit der Verantwortung allein da. Nur Hannah, die ihr eine treue Freundin geworden war, war ihr geblieben.

Antonia, die mittlerweile sieben Jahre alt war, kam zur Tür hereingestürmt. Schon jetzt war sichtbar, dass sie eine Schönheit werden würde. Sie hatte dunkle Augen, ein fein geschnittenes Gesicht und dichtes, dunkles Haar. Für ihr Alter war sie sehr groß und überragte ihre Mitschüler deutlich. Sie versprühte einen faszinierenden Charme und nahm jedermann für sich ein.

Ihr jüngerer Bruder Arthur dagegen hatte brünettes Haar und nicht den schlanken Körperbau seiner Schwester. Er hatte eher ein ruhiges Gemüt und war mehr in sich gekehrt.

„Mama, gehen wir heute noch in den Park?" fragte Antonia. „Ich habe gehört, dass dort Zirkuskünstler sein sollen. Ich möchte die so gerne sehen." „Antonia", sagte Mathilde, „ich muss heute noch ins Geschäft die Monatsabrechnung fertig machen. Vielleicht gehen wir am Sonntag dahin, wenn sie noch da sind. Ich schaffe das heute nicht." Antonia verzog schmollend den Mund. Immer geht was nicht und nur wegen des Geschäfts, dachte sie. Die Freundinnen würden bestimmt davon erzählen und sie könnte nichts dazu sagen. So grollte sie noch eine Weile vor sich hin.

Mathilde tat es unendlich leid, aber sie musste die kleine Familie über die Runden bringen. Mittlerweile machte sich der Krieg auch in ihrem Geschäft bemerkbar. Der Bedarf an feinen und schönen Stoffen war deutlich zurückgegangen. Einfaches Tuch verkaufte sich noch, aber auch nicht mehr in den nötigen Mengen. Die Knappheit an Lebensmitteln zwang viele, sich von teuren Sachen zu trennen und sie gegen Lebensmittel einzutauschen.

„Hannah, würdest du auf die Kinder aufpassen? Ich muss noch mal die Rechnungen durchgehen." „Au fein", krähte Antonia, „dann kann Tante Hannah uns ja wieder eine Geschichte erzählen! Vielleicht die von den Nibelungen." „Wenn ihr brav seid, mache ich das", sagte Hannah und lächelte. Sie hatte die Kinder ins Herz geschlossen und es gab keinen Tag, an dem sie sich nicht sahen.

„Tante Hannah, hast du schon die Akrobaten gesehen?", fragte Antonia. „Nein, die habe ich noch nicht gesehen", antwortete sie. Aber selbst wenn, hätte sie es nicht zugegeben. Denn dann würde Antonia ihr keine ruhige Minute mehr lassen. „Aber am Sonntag musst du mitkommen, wenn wir alle dahin gehen." Antonia ließ einfach nicht locker, wenn sie sich etwas in den Kopf gesetzt hatte.

Hannah setzte sich zu den Kindern und fing an, ihnen eine Geschichte vorzulesen. Mathilde nahm ihren Mantel und verließ das Haus. Schnellen Schrittes ging sie die Rittergasse hinunter, um hinter dem Wittumspalais in die Schillerstraße zu gelangen. Den schönen Gebäuden und dem Palais gönnte sie dieses Mal keinen Blick, denn sie hatte es eilig. Sie wollte noch mal in die Bücher schauen und die Mahnungen fertig machen, wurde doch die Zahlungsmoral auch immer schlechter. Wenn das so weiterging, musste sie sich einen Zuverdienst überlegen. Fritz hätte bestimmt gewusst, was zu tun ist, dachte sie.

Sie saß in Fritz' Büro und starrte die Wände an. Die Petroleumlampe spendete spärliches Licht. Die Unterlagen stapelten sich auf dem massiven Schreibtisch und im Schrank an der Wand gegenüber. Ich müsste dringend aufräumen, dachte Mathilde, aber sie hatte momentan noch keine Kraft dazu. Alles, was ihr früher Spaß gemacht hatte, war jetzt eine Last. Nach einer gefühlten Stunde raffte sich Mathilde auf, sah die Rechnungen durch und prüfte die Bestände. Von den feinen und teuren Stoffen hatte sie kaum etwas verkauft. Den Menschen fehlte es an Geld und Gelegenheiten für wertvolle Kleidung. Auch sie selbst trug ein schlichtes dunkles Kleid. Obwohl das Trauerjahr längst vorüber war, konnte sie sich nicht zu etwas Hellerem durchringen. Es würde ihr wie ein Verrat an Fritz vorkommen.

Müde und erschöpft kehrte sie Stunden später heim. Die Nacht hatte sich über Weimar herabgesenkt und Mathilde eilte durch die verlassenen Straßen nach Hause. Sie wusch sich schnell und ging dann ins Bett. Selbst zum Lesen war sie zu müde, so löschte sie das Licht mit der traurigen Gewissheit, dass der nächste Tag bestimmt auch nicht besser sein würde.

15

Die Versorgungslage im Kaiserreich und an der Front wurde immer schlechter. Durch ein Handelsembargo, die britische Seeblockade, war Deutschland schon seit 1914 von den globalen Märkten abgeschnitten. Da das deutsche Kaiserreich ein Drittel seiner Lebensmittel importierte, nahm der Mangel an Lebensmitteln bereits in den ersten Kriegsjahren zu. Besonders das Angebot an Fleisch- und Wurstwaren kam fast völlig zum Erliegen. Stattdessen wurde zunächst auf Kartoffeln umgestellt. Getreide war ebenfalls rationiert. 1916 trat infolge eines verregneten Herbstes auf den Kartoffelfeldern die Kartoffelfäule auf. Dem folgte ein besonders harter Winter, sodass das Hauptnahrungsmittel die Steckrübe wurde. Die Deutschen, besonders die deutschen Städter, hungerten. Auch die kaiserliche Armee konnte nicht mehr richtig ernährt werden. 1917 war die Lage so prekär, dass viele Menschen an Unterernährung starben. Der Gesundheitszustand vieler verschlechterte sich zusehends durch mangelnde Hygiene, da auch Seife rationiert war. Die Beschaffung von Lebensmitteln wurde für die Deutschen zum Lebensmittelpunkt.

„Wenn das so weitergeht, dann brauchen sie uns für die Organisation des Lebensmittelnachschubs demnächst nicht mehr", bemerkte Alfred. „Es gibt nämlich bald nichts mehr zu verteilen. Ich träume nachts schon dicken Broten mit Leberwurst." „Das geht mir ähnlich", sagte Walter. Paul nickte zustimmend. „Und wenn ich uns so anschaue, könnten wir drei glatt zwei Nummern kleiner tragen. Wenn dieser Krieg nur bald zu Ende wäre. Auch zu Hause hungern sie. Nur diejenigen, die auf dem Land leben, denen geht es wohl etwas besser."

Die drei Kameraden saßen zusammen und hingen in ihrer Erschöpfung und Antriebslosigkeit ihren Gedanken nach. Jeder von ihnen hoffte, dass es irgendwie bald zu einem Ende kommen würde und sie nach Hause zurückkehren könnten. Im Moment sah es allerdings nicht danach aus. Um sich gegenseitig aufzuheitern, redeten sie von der Zeit nach dem Krieg und malten sich eine neue mögliche Zukunft aus.

***

Die „Operation Michael" startete am 21. März 2018 und brachte den Deutschen in den ersten Tagen deutliche Geländegewinne. Doch schon nach sechs Tagen erlahmte die deutsche Offensive durch Verlegung weiterer französischer Truppen in das Gebiet um Amiens. Auch zwei weitere deutsche Angriffe bei Soissons und Reims brachten nicht die gewünschte Wendung. Es gab noch mehrere Operationen auf Seite der Alliierten und auf deutscher Seite bis in den Herbst, dennoch war die deutsche Niederlage nicht mehr abzuwenden.

Die deutsche Front brach auch bis zum Waffenstillstand am 11. November nicht vollständig zusammen und ein kleiner Teil Nordostfrankreichs und gut die Hälfte Belgiens sowie Luxemburg blieben unter deutscher Okkupation, wogegen die Alliierten nach wie vor kaum deutsches Gebiet besetzten.

Die deutsche Delegation, bestehend aus Matthias Erzberger, General Detlof von Winterfeldt, dem Kapitän zur See Ernst Vanselow und dem Diplomaten Alfred von Oberndorff, durch Paul von Hindenburg mit weitreichenden Kompetenzen ausgestattet, traf am frühen Morgen des 8. November auf der Lichtung von Rethondes im Wald von Compiègne ein und bekam von Marschall Ferdinand Foch die harten Waffenstillstandsbedingungen vorgelesen. Mit nur geringfügigen Erleichterungen für die deutsche Seite wurde am Morgen des 11. November der Waffenstillstand von Compiègne unterzeichnet. Danach mussten die von der deutschen Armee besetzten Gebiete binnen vierzehn Tagen sowie das linke Rheinufer und drei Brückenköpfe in Mainz, Koblenz und Köln innerhalb von fünfundzwanzig Tagen geräumt werden. Auch der Friedensvertrag von Brest-Litowsk und der Friede von Bukarest wurden aufgehoben. Große Mengen von Transportmitteln, Waffen und erhebliche Teile der Flotte waren an die Alliierten abzugeben, um dem Reich die Weiterführung des Krieges praktisch zu verwehren. Damit war der Erste Weltkrieg nach über vier Jahren endlich vorbei.

16

Paul, Alfred und Walter traten mit ihrer Einheit den geordneten Rückzug nach Deutschland an. Es herrschte keine Euphorie über das Kriegsende, wohl aber Erleichterung. „Was machst du jetzt, Paul, wo der Krieg vorbei ist?", fragte Alfred. „Ich will versuchen, wieder in meinen alten Beruf zurückzugehen. Ich möchte bauen und etwas Gutes schaffen. Außerdem möchte ich für meine Tochter da sein. Sie war zehn Jahre alt, als der Krieg begann, und jetzt ist sie vierzehn Jahre alt. Nicht mehr lange und sie wird das Haus verlassen. Ich habe so viel verpasst. – Und was wirst du machen, Alfred?" „Ich werde versuchen, wieder als Lehrer zu arbeiten, und meine neue Freiheit ohne Befehle genießen. Und ich werde mich um meine Familie kümmern", sagte er. Beide schauten Walter fragend an. „Ich bin Pastor und nach dem Krieg werden viele meinen Beistand brauchen. Diejenigen, die entwurzelt und traumatisiert heimkommen, und auch die Familien, die das ertragen müssen oder die jemanden verloren haben. Ich möchte mich sehr auf die Seelsorge konzentrieren und denke, dass ich viel zu tun haben werde. Aber zunächst bin ich froh, dass wir den Krieg überlebt haben. Wir haben Glück gehabt und sind nicht verkrüppelt. Außerdem haben wir wunderbare Kameraden gefunden. Und dass du schlecht hörst, Paul, kann manchmal auch ein Vorteil sein." Alle drei lachten. „Da hast du recht und dafür bin ich dem Schicksal auch dankbar", sagte Paul und dachte an die vielen jungen Männer, die ohne Gliedmaßen oder mit schweren Verletzungen den Heimweg antreten mussten.

Derweil wurden alles Material, Maschinerie, Tiere, militärische und auch zivile Ausrüstung zurück nach Deutschland transportiert. Alles, was sich zum Transport eignete, wurde genutzt. Die drei Männer sahen die Transporte mit Lastwagen, Fuhrwerken und natürlich der Eisenbahn. Nichts sollte dem Feind in die Hände fallen.

Paul, Alfred und Walter fuhren zusammen zurück bis nach Köln. Die drei Kameraden versprachen einander, dass sie sich auch nach dem Krieg nicht aus den Augen verlieren wollten. Dann musste jeder seiner Wege gehen.

***

Paul musste sich zunächst in Berlin bei seiner Heimateinheit melden und kam auf dem Lehrter Bahnhof an. Er sah überall rote Fahnen. Ein paar Jungen grölten lautstark: „Waffen abjeben!" Paul traute seinen Augen nicht.

Der Kieler Matrosenaufstand Ende Oktober ging wie ein Lauffeuer durch alle Teile der Streitkräfte. Die Matrosen der Flottengeschwader aus Wilhelmshaven weigerten sich auszulaufen, um die flandrische Küste und die Themsemündung anzugreifen. Die Seeleute wollten sich nicht in einer Schlacht „verheizen" lassen, die nur vage Aussicht auf Erfolg hatte. Siebenundvierzig Seeleute wurden daraufhin verhaftet. Arbeiter, die gegen die Inhaftierung der Matrosen protestiert hatten, wurden erschossen. Nach dem verlorenen Krieg und dem Leid und Elend, das jener über viele gebracht hatte, war das Erschießen der Arbeiter der zündende Funke, den es brauchte, um sich gegen die Obrigkeit aufzulehnen. Im gesamten Land hatten sich daraufhin in Windeseile Arbeiter- und Soldatenräte gebildet.

Paul bahnte sich einen Weg durch das Gewimmel von Menschen. Als er in der Kaserne ankam, befand sich der Kaiser schon im Exil. Am 9. November gab Max von Baden die Abdankung des Kaisers und seinen Thronverzicht bekannt und ernannte Friedrich Ebert zum Reichskanzler. Wenig später rief Philipp Scheidemann eigenmächtig die deutsche Republik aus, um

Karl-Liebknecht zuvorzukommen, der eine Räterepublik unter der Herrschaft von Arbeitern proklamieren wollte.

Die Soldatenräte und sympathisierende Aufständische versammelten sich am Schloss und in anderen Teilen von Berlin-Mitte.

Paul versuchte so schnell wie möglich seine Entlassungspapiere zu bekommen und Berlin zu verlassen. Er hatte Sorge, in den Strudel der Aufständischen zu geraten. Er hatte den Krieg überlebt und wollte nicht in den politischen Nachkriegswirren zu Tode kommen.

Drei Tage später saß er als Zivilist im Zug in die Heimat. Er trug noch die Armeekleidung, aber alle Schulterstücke und sonstigen militärischen Abzeichen, die ihn als Soldaten auswiesen, hatte er abgenommen. Sobald er zu Hause war, würde er die Sachen verbrennen.

Er schaute aus dem Fenster und sah die kahlen Felder und Bäume am Wegesrand und den Rauch aus den Schornsteinen der Häuser aufsteigen. Die Tristesse des Novembers legte sich über das Land und gab einen Vorgeschmack auf die vierte Jahreszeit.

Viele Gedanken gingen ihm durch den Kopf. Würde er nach den vier Jahren so einfach ins Leben zurückfinden? Würde er die schrecklichen Bilder des Krieges nachts loswerden? Wie würde seine Ehe sein, nach den Jahren der Einsamkeit? Er fühlte, dass er ein anderer war als der, der vor vier Jahren die Heimat verlassen musste. Würde Margarethe damit klarkommen? Würde er wieder Arbeit haben und seine Familie versorgen können? Wenigstens würde er dieses Weihnachten zu Hause sein, und das stimmte ihn schon wieder etwas froher.

17

Auf dem Brunnenhof zogen die französischen Kriegsgefangenen wieder ab und machten sich auf den Weg in die Heimat. Zwei Jahre hatten sie mit den Bewohnern des Gutes zusammengelebt. Aus anfänglicher Angst bei den Zwangsarbeitern und Zurückhaltung bei den Bewohnern des Gutes war im Laufe der Zeit ein freundschaftliches Miteinander geworden. Einige Franzosen hatten sogar recht gut die deutsche Sprache gelernt. Die eine oder andere Liebelei hatte sich auch ergeben und dafür brauchte es keine Sprachkenntnisse …

Das, was auf dem Gut vorhanden war, wurde mit den Franzosen geteilt und zu keiner Zeit gab es Ressentiments oder gar Feindschaft. Nun war der Krieg zu Ende und es gab für die Franzosen keinen Grund, länger zu bleiben.

Zu Jean hatte Otto ein besonders gutes Verhältnis entwickelt. „Jean", fragte Otto, „kommst du jetzt nie mehr wieder?" „Erst einmal nicht", antwortete Jean. „Ich muss zu meiner Familie nach Reims. Aber vielleicht komme ich eines Tages mit meiner Verlobten hierher zurück und zeige ihr diesen Teil von Deutschland." „Hm", Otto machte eine traurige Miene und sagte: „Ich werde dich vermissen." „Ich dich auch, Otto", antwortete Jean und nahm Otto fest in den Arm. Er streichelte dessen blondes Haar und kletterte zu seinen Leuten auf die Ladefläche des Anhängers. Alle Bewohner des Gutes waren gekommen, um Auf Wiedersehen zu sagen. Natürlich waren auch kleine Geschenke dabei sowie Brote und andere Lebensmittel für die Reise. Als der Anhänger um die Ecke bog, schwenkten die Bewohner des Brunnenhofes immer noch die weißen Taschentücher. „Komm, Otto", sagte Maria, „wir haben noch viel Arbeit heute und deine Schularbeiten musst du auch noch machen." Otto nickte und folgte seiner Mutter zurück zum Haus.

Die Tage wurden jetzt schon viel kürzer und das Erntedankfest war längst vorbei. Auch die meisten jungen Männer würden nun zurückkommen. Leider war einer an der Somme gefallen, aber sonst hatte es glücklicherweise bei den Familien, die auf dem Brunnenhof lebten, keine weiteren Opfer gegeben.

Friedrich, Maria und Otto saßen beim Abendessen, da sagte Maria: „Ich werde Anfang nächster Woche in die Stadt fahren. Wir brauchen ein paar neue warme Stoffe sowie Wolle und Garn. Frau von Liebenau hat mir angeboten, mich mitzunehmen. Sie möchte auch ein paar Dinge einkaufen und fährt nach Stendal."

Maria freute sich auf die Abwechslung und die hübsche Stadt mit den vielen Kirchen und Plätzen. Stendal war die nächstgrößere Stadt, in der es ein breites Warenangebot gab. Die prächtigen Häuser am Marktplatz rund um den Dom beherbergten hübsche Geschäfte und Cafés. Außerdem war die Fahrt mit dem Auto schon ein Erlebnis für sich.

„Kann ich auch mitkommen?", fragte Otto, suchte er doch jede Gelegenheit, im Auto mitzufahren. Ständig schlich er um das Auto von Anton von Liebenau herum und strich über das Blech und die verchromten Teile. So ein schickes Automobil wollte er auch einmal haben, wenn er groß war. „Wir fahren schon am Vormittag und da musst du in die Schule gehen und danach hast du andere Pflichten. Nein, dieses Mal geht es nicht, Otto", antwortete seine Mutter. Otto schmollte, aber nur ein wenig, hatte er doch nicht wirklich damit gerechnet, mitfahren zu können.

Es war ein milder, sonniger Spätherbsttag und Maria und Henriette von Liebenau verließen das Gut am Vormittag. Maria hatte ihr bestes Kleid angezogen und den warmen Mantel und Frau von Liebenau trug einen Pelzumhang über einem grünen Wollkleid. Sie parkten das Auto in der Nähe des Marktplatzes. Anders als sonst sahen sie recht viele Kriegsheimkehrer, junge Männer mit teils schlimmen Verstümmelungen. Sie alle waren unterernährt und die ärmlichen grauen Jacken schlotterten ihnen um den Leib. Die meisten hielten den Blick gesenkt oder schauten teilnahmslos in die Ferne. Was mussten diese jungen Männer alles erlebt haben?, fragte sich Maria. Ein junger Mann kam auf die beiden Damen zu und bettelte um etwas Geld. Frau von Liebenau öffnete ihre Tasche, um ihm etwas zu geben, da wurde der junge Mann von einem kräftigen Hustenanfall geschüttelt und sank auf die Knie. Frau von Liebenau half ihm auf. „Sie müssen zu einem Arzt", sagte sie und gab ihm ein paar Geldnoten. „Schrecklich, diese Schicksale, und alle sind noch so jung!", sagte sie, als sich die beiden Damen etwas entfernt hatten.

Sie setzten ihren Weg fort, um ihre Einkäufe zu erledigen. Beide genossen die Zeit in der Stadt, den Anblick der schönen Häuser auf dem Markt und das Treiben auf den Straßen. In dem Stoffgeschäft fand Maria alles, was sie brauchte. Als sie zurückfuhren, genoss es Maria, in dem schönen Automobil zu sitzen, und fühlte sich wie eine Dame von Welt. In diesen wenigen kostbaren Stunden konnte sie das harte Leben auf dem Land vergessen. Maria hatte Stoffe eingekauft und würde nun daraus schöne Sachen für Otto und ihren Mann nähen.

„Ich hoffe, du hattest einen schönen Tag?", fragte Friedrich. „Es war wunderbar", antwortete Maria. „Und sieh, was für schöne Stoffe ich bekommen habe. Aber Friedrich, ich war entsetzt über die armen Kriegsheimkehrer. Sie sahen so krank und elend aus. Einigen fehlten Arme oder Beine und sie sind noch so jung. Was soll nur aus diesen jungen Menschen werden? Einer hat uns angebettelt, dem ging es gar nicht gut." Friedrich nickte zustimmend. „Uns hier auf dem Lande geht es vergleichsweise noch gut, aber in den Städten haben im letzten Winter auch viele Menschen gehungert. Und an der Front ist ebenfalls nicht mehr viel angekommen. Außerdem grassiert in Flandern auch noch die Grippe, die aus Spanien kommt. Wer weiß, wie viele daran erkrankt waren und noch sind. Wir können nur hoffen, dass wir die schwere Zeit bald hinter uns gebracht haben. – Aber jetzt zeig mir doch mal, was du in der Stadt alles eingekauft hast. Hoffentlich konntest du deinen Ausflug wenigstens ein bisschen genießen."

***

Drei Tage später wollte sich von Liebenau mit Friedrich zusammensetzen, um einen Plan zu entwerfen, wie man die Arbeit nun verteilen konnte, da die Franzosen weg und noch nicht alle jungen Männer zurückgekehrt waren.

Von Liebenau sah besorgt aus. „Wir werden das schaffen. Alle müssen zusätzliche Aufgaben übernehmen. Machen Sie sich keine Sorgen", versuchte Friedrich ihn aufzumuntern. „Das ist es nicht", erwiderte von Liebenau. „Meine Frau liegt seit heute Morgen mit Fieber und Gliederschmerzen im Bett. Sie kann nicht aufstehen und sie fühlt sich elend. Ein erkrankter Kriegsheimkehrer hätte sie angehustet, hat sie mir erzählt. Ich mache mir Sorgen. Hoffentlich ist es nur eine Erkältung und nicht diese Grippe, die wohl aus Spanien kommt." „Maria schien es heute Morgen noch gut zu gehen. Vielleicht ist es wirklich nur eine Erkältung", erwiderte Friedrich.

Am nächsten Tag war das Fieber bei Frau von Liebenau noch höher und auch Maria ging es nicht gut. Sie konnte nicht aufstehen und fühlte sich so krank wie nie zuvor. Friedrich konnte sich nicht daran erinnern, Maria je krank gesehen zu haben. Jeder Muskel ihres Körpers tat ihr weh und ihr Kopf drohte zu zerspringen. Am Abend kam der Arzt auf den Brunnenhof und verordnete Bettruhe und Wadenwickel. „Das Fieber muss gesenkt werden. Und sie muss viel trinken und darf keine Besucher empfangen", sagte er und verließ das Zimmer.

Friedrich saß Tag und Nacht an Marias Bett und kühlte ihre Stirn. Nach zwei Tagen war auch er so erschöpft, dass er sich hinlegen musste. Als er aufwachte, fühlte er sich einigermaßen ausgeruht. „Wie lange habe ich geschlafen?", fragte er Otto. „Zehn Stunden oder mehr. Aber Mutter geht es nicht besser. Nun hat sie auch noch Husten." „Ich hoffe, du warst nicht an ihrem Bett", sagte sein Vater. „Nein, war ich nicht", beteuerte Otto. „Du und Frieda habt es mir ja verboten."

Otto half mit, so gut er konnte, und übernahm zusätzliche Aufgaben auf dem Hof und im Haushalt.

Ende der Woche kam der Arzt wieder, da es Frau von Liebenau immer schlechter ging. Alle Schwitzbäder, Umschläge, Packungen, Kräuter und Arzneien schienen nicht zu helfen. Er verordnete Chinin, doch der Körper war schon sehr geschwächt. „Können wir denn gar nichts mehr tun?", fragte von Liebenau den Arzt. „Nein, jetzt hilft nur noch beten."

Am späten Abend desselben Tages verstarb Henriette von Liebenau. Anton von Liebenau saß auf einem Stuhl am Bett seiner toten Frau und war nicht fähig aufzustehen. Er ließ sein Leben mit ihr Revue passieren.

Er war ihr das erste Mal begegnet, als sie auf dem Weg zu einer Gesellschaft auf Schloss Rossewitz war. Ihre Kutsche hatte einen Achsbruch und Anton von Liebenau kreuzte zufällig ihren Weg. Er sah eine schöne und elegante Dame in einer kaputten Kutsche. Eine Dame mit so flammend rotem Haar hatte er noch nie zuvor gesehen. Er half ihr aus der Kutsche und brachte sie mit seinem Einspänner zur Gesellschaft. Anschließend kehrte er zurück und half dem Kutscher, die Achse notdürftig zu reparieren. Henriette suchte ihn später auf, um ihm zu danken. Recht schnell schenkte sie ihm ihr Herz und wurde seine Frau. Wie soll ich ohne sie leben?, dachte Anton von Liebenau. Sie war meine Stütze und mein Glück.

Friedrich suchte Anton von Liebenau noch spät auf, sofort nachdem er die traurige Nachricht erhalten hatte. „Es tut mir so leid. Sie war eine wunderbare Frau." Er legte ihm kurz die Hand auf die Schulter und verließ dann das schwach beleuchtete Zimmer.

Otto saß auf seinem Bett und betete. „Bitte, Mutter, werde wieder gesund!", flüsterte er.

Das Fieber war nun so hoch, dass Maria ihre Umgebung nicht mehr wahrnahm. Zwischenzeitlich wurde sie von Hustenanfällen geschüttelt. Friedrich saß die Nacht wieder an ihrem Bett und erneuerte die kühlen Wickel. Mitten in der Nacht schreckte er auf. Er schaute auf die Uhr, die zehn nach drei anzeigte. Er musste wohl vor Erschöpfung etwas geschlafen haben. Als er seine Frau anschaute, blickte er in ein bleiches Gesicht, dem jedes Leben entwichen war. Maria atmete nicht mehr.

Er nahm ihre leblose Hand in die seine und schaute in das noch immer schöne Gesicht. Eine Träne rann ihm über die rechte Wange. Warum musste es Maria treffen? Wo war Gott, der einem kleinen Jungen seine Mutter nahm? Dann stand er auf, um Frieda zu wecken.

Am Morgen nahm er seinen Sohn in den Arm. „Otto, du musst jetzt ganz stark sein. Deine Mutter ist heute Nacht von uns gegangen." Otto wollte sich aus der Umklammerung lösen und schrie: „Nein, nein, sie ist nicht tot!", während ihm dicke Tränen über die Wangen rannen und sein Körper vor Kummer bebte. Friedrich nahm seinen Sohn noch fester in die Arme. „Wir müssen jetzt stark sein. Deine Mutter hätte es so gewollt." Otto lief in sein Zimmer und ließ seinen Tränen freien Lauf.

Frieda klopfte an die Tür und trat ein. Sie nahm Otto in die Arme und drückte seinen Kopf an ihre Brust. „Deiner Mutter geht es jetzt gut", sagte sie zu Otto. „Woher weißt du das?", fragte Otto mit tränenerstickter Stimme. „Ich weiß es." Sie blieben noch eine Weile so sitzen, bevor Frieda wieder an ihre Arbeit ging.

Die Beisetzung der beiden Frauen fand wenige Zeit später statt. Das trübe Wetter unterstrich die unendliche Traurigkeit der Anwesenden. Auch die Worte des Pfarrers konnten keinen Trost bringen.

Friedrich und Otto gingen zurück zum Haus und jeder hing seinen Gedanken nach. Eine schwere Zeit lag vor ihnen und der Brunnenhof war nun ein anderer. Die Fröhlichkeit war mit den beiden Frauen begraben worden.

18

Die Sieberts feierten ein fröhliches Weihnachtsfest, war es doch das erste, an dem Paul wieder da war. Alwine bastelte kleine Geschenke. Sie hatte von Tante Hedwig Wolle bekommen und hatte schon das Stricken gelernt. Für ihren Vater hatte sie einen neuen Schal gemacht und für ihre Mutter ein Taschentuch umhäkelt. Die Mutter hatte ihr eine neue Strickjacke aus wunderschöner roter Wolle gestrickt. Das Mahl war köstlich, hatten sie doch ein Hühnchen von einer Kundin geschenkt bekommen, für die Margarethe genäht hatte. An Heiligabend gab es Kartoffelsalat und am ersten Weihnachtsfeiertag sogar einen kleinen Kuchen. Es war das schönste Fest, an das sich Alwine erinnern konnte.

Das neue Jahr brachte viel Schnee, aber der Frühling würde nicht mehr weit sein.

Paul arbeitete wieder auf dem Bau und Margarethe schneiderte weiterhin Kleider, Blusen, Hosen und Röcke.

Dass Deutschland nun eine Republik war, änderte in der kleinen Stadt nicht viel. Die Bilder des Kaisers wurden gegen die von Friedrich Ebert ausgetauscht und die kleinen Handwerksbetriebe gingen weiterhin ihrem Gewerbe nach. Lediglich auf der Werft hatten sich im November ein paar Arbeiter eine rote Schleife ans Revers gesteckt und ein paar Parolen gerufen. Recht schnell aber zog wieder der Alltag ein.

Der Jahreswechsel war ein stiller, zu sehr waren die Bilder und Erinnerungen an den Krieg und den Hunger noch präsent.

Im Mai, als die Kastanien wieder blühten, feierte Alwine ihren fünfzehnten Geburtstag. Sie überragte ihre Mutter nun schon um einiges und war zu einer hübschen jungen Dame herangewachsen. Statt der blonden Zöpfe trug sie nun einen gebundenen Pferdeschwanz im Nacken.

Zu ihrem Geburtstag hatte die Mutter ihr ein neues Kleid genäht. Außerdem gab es eine kleine Geburtstagsfeier mit ihren Freundinnen und einen dicken Geburtstagkuchen. Sie saßen im Garten und schwatzten und lachten, bis der Abend dämmerte.

Die Jahre der Angst waren vorüber.

Andere hatte es schlimmer getroffen. Pauls Freund Richard hatte wenige Tage vor Endes des Krieges beim Matrosenaufstand sein Leben gelassen. Auch andere hatten Opfer in der Familie zu beklagen. Nach der schweren Zeit mussten sie nun optimistisch in die Zukunft schauen, denn es mussten neue Weichen für die Zukunft gestellt werden. Nach den Sommerferien sollte für Alwine das letzte Schuljahr beginnen.

19

Nach der Abdankung des Kaisers und der Auflösung der Monarchie fanden im Januar 1919 die ersten demokratischen Wahlen in Deutschland statt. Das neu gewählte Parlament, die sogenannte Nationalversammlung, bei der die Sozialdemokraten zwei Drittel der Stimmen auf sich vereinigen konnten, kam am 6. Februar in Weimar zu ihrer konstituierenden Sitzung zusammen. In Berlin waren die politischen Spannungen so groß, dass man sich für Weimar entschied, um eine Eskalation zu vermeiden. Der Ort gab dann dem neuen Staat auch seinen Beinamen: die Weimarer Republik.

Am 11. Februar wurde Friedrich Ebert zum Reichspräsidenten gewählt. Die junge Republik startete jedoch mit einem schweren Erbe in die Zukunft.

Im Juni 1919 kam es zur Unterzeichnung der Versailler Verträge und Deutschland wurde die alleinige Kriegsschuld zugewiesen. Die Abtretung von Gebieten wie Elsass-Lothringen an Frankreich, Westpreußens an Polen und des Memellandes an die Sowjetunion sowie weiterer kleinerer Gebiete und der gesamten Kolonien wog schwer. Auch Güter und Infrastruktur wurden in Deutschland abgebaut und an die Siegerländer verschickt. Die schwerste Last waren jedoch die utopischen Summen an Reparationsleistungen in Goldmark, die Deutschland zu erbringen hatte.

Die Verträge wurden im Vorfeld unter den alliierten Siegermächten verhandelt und Deutschland lediglich zur Unterschrift vorgelegt. Eine Verhandlungsmasse gab es für die deutschen Vertreter nicht, sie mussten akzeptieren, anderenfalls drohte die Besetzung Deutschlands durch die Alliierten. Mit der Unterschrift der Versailler Verträge war das Leid der kommenden Jahre besiegelt.

***

Die Sommerferien standen vor der Tür und Alwine genoss jeden Tag ihres jungen Lebens. Mit ihren Freundinnen, Gerda und Emmi, radelte sie hinunter an die Havel oder sie trafen sich an der Fliedertreppe oder am Burggrafenstein, um sich ihre Geheimnisse zu erzählen. Welchen Mann würden sie heiraten oder wo würden sie wohnen? Alle träumten von einem stattlichen, wohlhabenden und gut aussehenden Mann, einem schönen Haus und noch schöneren Kindern. „Da gibt es einen in der Klasse über uns, der sieht unheimlich gut aus", schwärmte Gerda. „Und hat er dich auch angeschaut?", fragte Alwine. „Nein, noch nicht, aber das kann ja noch werden", sagte Gerda und zog einen Schmollmund. „Und ihr, findet ihr auch jemanden gut?", wollte Gerda wissen. „Nein, da gibt es keinen", verneinte Alwine und Emmi nickte.

„Sollen wir uns am Sonnabend ein Boot mieten und ein bisschen auf der Havel paddeln?", fragte Alwine Gerda und Emmi, als sie am großen Burggrafenstein saßen. Hier trafen sie sich in letzter Zeit oft, es war ihr Lieblingstreffpunkt geworden. „Vielleicht können wir unterwegs noch ein Eis essen und die Schaufenster mit der neuesten Mode anschauen", schlug sie vor. Beide nickten und dann machten die drei Pläne für das kommende Wochenende.

Im Gegensatz zu Gerda mochte Alwine ihr Leben so, wie es war. Sie interessierte sich noch nicht für das andere Geschlecht. Gerda dagegen betonte schon ihre Reize und blitzte die jungen Burschen keck an. Sie kam aus einer Schifferfamilie und hatte schon einiges erlebt. Emmi war die Tochter des Werftbesitzers und zählte zu den wohlhabenden Familien in der Stadt. Gerda, Alwine und Emmi gingen in dieselbe Schulklasse. Wann immer ihre Zeit es zuließ, trafen sie sich. Im kommenden Jahr würden alle drei sechzehn Jahre werden und ihre Wege würden sich trennen müssen.

Als die drei Freundinnen mal wieder am Burggrafenstein zusammenhockten, fragte Emmi die beiden anderen: „Was wollt ihr eigentlich nächstes Jahr machen, wenn ihr die Schule verlasst?" „Ich möchte gerne Schuhverkäuferin werden", sagte Gerda. „Schöne Schuhe zu verkaufen, macht mir bestimmt Spaß. Meine Mutter hat schon mit der Inhaberin des Schuhladens gesprochen und sie würden mich nehmen." „Das ist ja großartig!", sagte Alwine. „Ich möchte gerne eine Schneiderlehre an einem großen Modehaus machen. Mein Traum ist es, irgendwann mal mein eigenes Geschäft zu haben. Und du, Emmi? Was willst du machen?" „Ich werde auf eine Hauswirtschaftsschule gehen. Meine Eltern möchten das so. Ich wäre viel lieber Krankenschwester geworden, am liebsten sogar Ärztin, aber mein Vater ist dagegen. Mein Bruder wird ja eines Tages die Firma übernehmen. Blöd, dass ich nur ein Mädchen bin. Da kann man nie machen, was man will. Alles dreht sich immer nur um meinen Bruder." „Du hast wenigstens einen Bruder", sagte Alwine. „Ich bin ganz allein und habe mir immer ein Geschwister gewünscht." „Manchmal nerven die bestimmt aber auch ganz schön", musste Gerda dann noch hinzufügen. „Das hat auch was Gutes, dann musst du nicht teilen", schob sie noch hinterher. „Aber ich würde gerne teilen, wenn ich jemanden hätte, mit dem ich teilen kann", konterte Alwine. Im Gegensatz zu Gerda war Emmi ein bisschen rechthaberisch und kapriziös. Sie wollte immer im Mittelpunkt stehen und von allen geliebt und bewundert werden. Gerda war, wie Alwine, direkt und eine ehrliche Haut. Mit ihr konnte man Pferde stehlen.

Die drei saßen noch eine Weile beisammen und schnatterten über Mode, die guten und die schlechten Lehrer und den Schulalltag.

Der Sommer zog ins Land und die Familie Siebert genoss die langen und hellen Abende. Margarethe erntete Obst und Gemüse, das sie in ihrem kleinen Garten, der unweit vom Haus entfernt lag, angepflanzt hatte. Paul reparierte kaputtgegangene Dinge und half Margarethe im Garten. Anfang September würde wieder der traditionelle Pferde- und Heiratsmarkt stattfinden und wenig später würden sich die Vorboten des Herbstes zeigen. Dann dauerte es nur noch wenige Wochen und die Blätter der Bäume verfärbten sich und stießen das welke Laub ab.

Alwine mochte diese Jahreszeit und liebte es, wenn die ganze Pracht der Farben in den Bäumen zu sehen war. Dann unternahm sie gerne Spaziergänge in der noch warmen Herbstsonne und liebte die stiller werdenden Tage, bevor der Winter sein weißes Tuch über die Havellandschaft legte.

20

Mit dem Einzug des Frühlings braute sich in Berlin eine schwere Krise zusammen. Im März 1920 besetzten Freikorpstruppen das Berliner Regierungsviertel und der rechtsradikale Wolfgang Kapp erklärte die Regierung für abgesetzt und sich zum Kanzler. Er und seine Anhänger machten die amtierende Regierung unter Friedrich Ebert für die schwierige Lage in Deutschland verantwortlich. Sie kritisierten die Unterzeichnung der Versailler Verträge und schoben die Schuld alleinig der Regierung zu, und nicht denen, die den Krieg zu verantworten hatten. Viele Offiziere schlossen sich Kapp an. Auch die Heeresleitung verweigerte der Regierung die Gefolgschaft.

Daraufhin riefen die Gewerkschaften zum Generalstreik auf, nach dem Motto „Alle Räder stehen still, wenn Dein starker Arm es will!". Selbst Beamte schlossen sich dem Widerstand an und das Leben kam zum Erliegen. Dieser passive Widerstand führte letztendlich zum Erfolg und der Kapp-Putsch brach zusammen. Wolfgang Kapp floh ins Ausland und die junge Republik meisterte die erste große Krise.

Auch Paul verfolgte die Geschehnisse besorgt. Im Herzen Sozialdemokrat, war er froh, dass der verhasste Kaiser abgedankt hatte und Deutschland nun eine Republik mit einer demokratisch gewählten Regierung war.

Nachdem sich die Lage in Berlin beruhigt hatte, rief Paul Alwine zu sich. „Du schließt ja nun bald die Schule ab. Das heißt, wir müssen uns um eine Lehrstelle für dich kümmern. Da du ja unbedingt das Schneiderhandwerk erlernen möchtest, haben wir uns etwas überlegt. Hier gibt es nur ein Schneidergeschäft. Was du da lernst, das kann dir auch deine Mutter beibringen. Du sollst aber mehr lernen und du hast Talent und Fantasie. Ich habe mit deiner Mutter gesprochen und wir möchten, dass du das Handwerk in Berlin lernst. Dort gibt es große Häuser, wo du alles lernen kannst, was du in diesem Handwerk brauchst. In der kommenden Woche werden wir nach Berlin fahren und sehen, ob wir etwas für dich finden." „Och, Berlin? Das ist ja so weit weg. Meinst du, dass ich das schaffen kann?", fragte Alwine. „Ihr seid ja dann auch nicht mehr bei mir." „Das stimmt", sagte Paul, „aber jetzt hast du die Möglichkeit, aus deinem Leben etwas zu machen. Hier, in unserer kleinen Stadt, und bei der schwierigen Wirtschaftslage sparen die Menschen an der Kleidung. Das Geld brauchen sie für das Essen. Ich weiß nicht, ob du hier eine sichere Zukunft hast. Wir kommen dich auch recht oft besuchen." Alwine nickte und wusste, dass ihr Vater recht hatte. Sie selbst hatte sich auch schon solche Gedanken gemacht. Manchmal war auch ihr der Ort zu klein und sie hatte das Gefühl zu ersticken. Dann stand sie am Dom und schaute von oben in die Ferne, nach Süden. Anders als ihre Mutter, die sich mit ihrem Leben und in ihrer Umgebung wohlfühlte, hatte Alwine einen inneren Drang nach Abenteuer und Leben. Je länger sie darüber nachdachte, umso froher war sie über den Vorschlag ihres Vaters.

So fuhren Paul und Alwine mit dem Zug nach Berlin. Es war das erste Mal, dass Alwine ihre beschauliche Heimat verließ. Sie war so aufgeregt, dass sie die Nacht vorher kaum schlafen konnte. Ihre Mutter hatte ihr ihr schönstes Kleid gebügelt. Sie trug nur eine leichte Jacke, denn es war schon recht warm.

Alwine schaute die ganze Zeit aus dem Fenster, wollte sich alles genau einprägen. Zum Frühstück hatte sie fast nichts runtergekriegt, so aufgeregt war sie vor dieser ersten Reise.

Zuerst fuhr der Zug durch flache Landschaft, die sich mit Wäldern abwechselte. Je näher sie Berlin kamen, umso weniger bewaldet war das Land und es gab mehr Ortschaften. Dann sah Alwine die ersten Häuser. Noch nie hatte sie so große und prächtige Häuser und so breite Straßen gesehen. Auch viele Automobile fuhren schon auf den Straßen und die Menschen sahen so elegant aus. Am Lehrter Bahnhof hatte der Zug sein Ziel erreicht und fuhr schnaufend in den großen Bahnhof ein. Sie mussten den Zug verlassen. Die vielen Menschen und Schilder machten Alwine ganz schwindelig, aber Paul führte sie zielsicher zum Ausgang. Sie nahmen eine gelb-rote Bahn und stiegen am Bahnhof Friedrichstraße aus. „Wie weit ist es noch?", fragte sie ihren Vater. „Nicht mehr weit. Wir sind bald da“, antwortete Paul. „Wir gehen zum Kaufhaus Gerson am Werderschen Markt. Ich habe die Adresse von einem Freund. Wenn es da nicht funktioniert, gibt es noch das Modehaus Manheimer.“ Sie standen vor einem riesigen Gebäude mit mehreren Etagen und einem prächtigen Eingang. Rings um das Gebäude waren große Fenster mit prächtigen Auslagen. Alwine hatte noch nie so schöne und prächtige Kleider und Stoffe gesehen und hätte stundenlang vor den Schaufensterscheiben stehen können. Wenn sie das ihren Freundinnen erzählte …!

Paul fragte sich bis zum Personalleiter durch. Ein älterer kleiner Mann mit einer runden Brille sprach Alwine an. „So, du willst also bei uns eine Lehre machen?“ Alwine nickte. „Hast du denn schon mal Nadel und Faden in der Hand gehabt?“ Alwine war aufgeregt, wollte sich das aber nicht so sehr anmerken lassen und antwortete ihm selbstbewusst: „Ja, ich habe meiner Mutter während des Krieges geholfen. Ich habe schon zugeschnitten und auch Verzierungen gemacht. Eine Naht kann ich auch machen.“ Alwine senkte wieder den Kopf. „Hm“, brummte Herr Mahler, so war sein Name, und sagte: „Ich würde dich gerne einen Tag auf Probe hierbehalten. Geht das?“ Paul nickte und antwortete: „Ja, das können wir einrichten.“

Sie kamen in einer kleinen preiswerten Pension in der Nähe unter und am nächsten Morgen erschien Alwine pünktlich im Atelier des Kaufhauses. Ihr fielen fast die Augen aus dem Kopf vor Staunen, als sie all diese schönen Dinge und Kleidungsstücke sah. Sie wurde einer Dame an die Seite gegeben und musste zeigen, was sie schon konnte.

Die vielen Stimmen, das Kommen und Gehen und die Konzentration auf die Arbeit ließen die Zeit wie im Nu verfliegen. Die Arbeit ging Alwine leicht von der Hand. Anfangs war sie sehr nervös gewesen, aber als sie all die schönen Stoffe und die schöne Umgebung sah, wich ihre Nervosität und sie konnte sich gut auf die gestellten Aufgaben konzentrieren.

Die Dame war sehr nett. Die Vorstellung, in dieser aufregenden Stadt das Schneiderhandwerk zu erlernen, beflügelte

Alwine. Als Paul sie am späten Nachmittag abholte, strahlte ihn seine Tochter glücklich an. „Papa, die nehmen mich. Ich kann nach dem Sommer dort lernen." Paul sprach noch mit dem Personalleiter und dann machten sie sich auf den Weg zum Bahnhof.

Als sie in den Zug stiegen, hingen beide glücklich und zufrieden ihren Gedanken nach.

21

Mathilde war auf dem Weg von ihrem Geschäft nach Hause. Der Krieg war nun schon zwei Jahre vorbei und ihr geliebter Fritz über fünf Jahre tot. Im letzten Jahr waren dann auch noch ihre Schwiegereltern verstorben. Erst der Schwiegervater und dann seine Frau. Ihr Schwiegervater hatte bereits länger rund um die Uhr Pflege gebraucht und auch die Schwiegermutter war schon recht kränklich gewesen, aber Mathilde hatte die alte Dame gemocht.

Sie selbst hatte die Zeit mehr überlebt als gelebt. Ihre Kinder brauchten sie und das war ihr Antrieb, morgens aufzustehen. Sie hatte zwar noch das Stoffgeschäft in der Innenstadt, aber in den letzten beiden Jahren war sie gerade so über die Runden gekommen. Die Frauen mussten im Krieg ihre Familien durchbringen und konnten kein Geld ansparen, um sich schöne Stoffe zu leisten. Es wurde ausgebessert, ausgelassen, vergrößert oder verkleinert, wann immer es ging. Auch die Beziehungen nach Frankreich oder Flandern gab es nicht mehr. Die Lieferungen von Brokat und Spitze waren schon mit Beginn des Krieges eingestellt worden. Nun gab es niemanden mehr, der die alten Handelsbeziehungen wiederaufleben ließ. Sie konnte ihre Ware nur noch aus heimischer Produktion beziehen.

Auf dem Weg nach Hause blieb sie an einem Schuhgeschäft stehen, um sich die Auslage anzusehen. Dabei sah sie sich im Spiegel der Fensterscheibe und erschrak bei ihrem eigenen Spiegelbild. Aus der einstmals schönen und begehrenswerten war eine verhärmte, schmallippige und unscheinbare Frau geworden. Noch jeden Tag dachte sie an Fritz und gab sich ihrem Kummer hin. Doch wusste sie, dass sie etwas ändern musste. So konnte es nicht weitergehen.

Weimar war kurz in den Fokus der Republik geraten, als sich hier die Nationalversammlung konstituierte und Friedrich Ebert zum Reichskanzler gewählt wurde. Für die Menschen hatte sich an den Lebensbedingungen seither aber nichts geändert. Durch die hohen Reparationsleistungen blieb in Deutschland kein Geld hängen und die Menschen konnten sich wenig leisten. Selbst der Mittelstand verarmte.

Das merkte auch Mathilde. Sie hatte keine Ahnung, wann ihr Geschäft wieder ausreichend Profit erwirtschaften würde, und sie wusste, dass sie mit dem Heranwachsen der Kinder mehr Geld brauchen würde. Noch heute Abend würde sie sich mit Hannah beraten.

Wie oft hatte Hannah ihr gesagt, sie müsse nach vorne schauen. „Das hätte Fritz nicht gewollt, dass du so leidest", sagte sie immer. Mathilde hatte es immer abgetan, aber im Innersten wusste sie, dass Hannah recht hatte. Sie streifte den Schmutz von den Schuhsohlen ab und öffnete die Haustür. „Kinder, Hannah, ich bin da." Hannah wohnte nun schon seit geraumer Zeit bei ihnen im Haus. Das war einfacher und schöner für sie alle und Hannah konnte sich die Miete sparen.

Die Kinder waren im Bett, Antonia wie immer mit Gemaule. Sie wollte nicht so früh ins Bett wie ihr Bruder und feilschte um jede Minute. Manche Tage war der kapriziöse Charakter ihrer Tochter zu viel für Mathilde, aber heute machte ihr das nichts aus. Ihr grauste bei dem Gedanken, dass es mit Antonia in den nächsten Jahren noch schlimmer werden würde. Es war sicher nicht einfach für das Kind, aber welche Familie hatte es in der jetzigen Zeit schon einfach? Es gab viele Familien, in denen der Mann nicht aus dem Krieg zurückgekehrt war.

Die beiden Frauen saßen am Tisch und Mathilde hatte noch einen Tee aufgegossen. „Hannah, so kann das nicht weitergehen. Unser Geschäft läuft mehr schlecht als recht und wir können nichts zurücklegen. Ich sehe auch nicht, dass sich das so schnell ändern wird, und mache mir Sorgen. Die Kinder werden größer und wir werden mehr Geld brauchen. Ich habe darüber nachgedacht, ob wir von hier weggehen sollten. Dahin, wo wir mehr Kundschaft haben und wo sich vielleicht neue Möglichkeiten eröffnen." „Darüber habe ich auch schon nachgedacht", erwiderte Hannah. „Ich konnte mir nicht vorstellen, dass du so etwas jemals in Erwägung ziehst. Dies ist deine Heimatstadt und hier hattest du so eine glückliche Zeit." „Das stimmt", bestätigte Mathilde, „aber alles hat seine Zeit und diese glückliche Zeit wird hier nie wiederkommen. Vielleicht muss ich einen Neuanfang machen. Hier erinnert mich alles an Fritz, und das jeden Tag. Hier schaffe ich das nicht." Mathilde sprach aus, was Hannah schon oft im Stillen gedacht hatte, sich aber nicht getraut hatte, offen zu sagen.

„An was hattest du denn gedacht?", fragte Hannah. „Da gibt es nur eine Stadt, wo wir neu anfangen können. Wir sollten in die Hauptstadt gehen, wir sollten nach Berlin gehen." Hannah nickte und überlegte. „Das ist sicher eine gute Idee. Ich habe in Berlin eine Cousine und die lebt da schon immer. Die kann uns sicher helfen." Bis in die Nacht hinein machten beide schon erste Pläne. Das neue Schuljahr sollten die Kinder in Berlin beginnen.

Es blieb ihnen etwas mehr als ein halbes Jahr, um alles zu regeln. Das Geschäft sollte geschlossen werden, aber mit den Beständen wollten sie in Berlin einen neuen Laden eröffnen. „Außerdem möchte ich, dass du mein Teilhaber wirst, Hannah. Es gibt niemanden, der mehr für mich und meine Familie getan hat. Und irgendwie bist du jetzt auch meine Familie." Hannah schaute Mathilde erstaunt an. „Wirklich? Hast du dir das auch gut überlegt, Mathilde?" „Ja, das habe ich", sagte Mathilde, während sie auf Hannah zuging und sie in den Arm nahm.

Mathilde hatte nicht nur den finanziellen Aspekt im Kopf, sie musste einen Neuanfang machen, wenn sie jemals über den schmerzlichen Verlust ihres verstorbenen Mannes hinwegkommen wollte.

„Wir müssen es morgen den Kindern sagen. Es wird auch für sie ein großer Einschnitt. Die vertraute Umgebung zu verlassen, ist sicher nicht einfach. Besonders für Arthur wird es schwierig werden", sagte Mathilde. „Ich denke nicht", antwortete Hannah, „ich glaube, Antonia hat es schwerer. Arthur hat ein gutes Gemüt und Jungen seines Alters finden schnell Anschluss."

Antonia war von der Idee hellauf begeistert, Arthur dagegen todtraurig, musste er doch seine Freunde verlassen.

Hannah lud ihre Cousine Sarah nach Weimar ein, um sie um Unterstützung zu bitten. Sarah nahm die Einladung sogleich freudig an und freute sich, die beiden Frauen dann in ihrer Nähe zu haben.

Wenige Wochen später fuhren sie das erste Mal nach Berlin, um sich umzusehen, welche Möglichkeiten es dort gab und wie sie eine Wohnung finden konnten. Das Haus in Weimar wollten sie verkaufen, ebenso das Geschäft. Auch wollten sie sich nicht in den teuren Stadtteilen nach Wohnraum umsehen, da sie ja nicht wussten, wie ihr Start sein würde. Möglicherweise mussten sie die erste Zeit das Geld vom Verkauf in das Geschäft einschießen. Das Geschäft allerdings sollte schon zentral und in der belebten Einkaufsgegend sein. Sarah hatte da bereits eine Idee. „Ihr müsstet auf jeden Fall nach Berlin-Mitte", sagte sie. „Da kauft der Berliner ein, wenn es um Kleidung geht."

Sie fanden ein hübsches kleines Geschäft am Hausvogteiplatz, das ein alleinstehendes Ehepaar aus Altersgründen abgeben wollte. Mathilde sagte: „Hannah, das ist die ideale Gegend! Hier kleidet sich Berlin ein und da passt unser Stoffgeschäft perfekt hin. Es gibt viel Laufkundschaft und bestimmt auch Stammkundschaft. Ich habe schon eine Idee im Kopf, wie wir das Geschäft einrichten." „Ich finde auch, dass das ein guter Standort ist", pflichtete Hannah ihr bei.

Zurück in Weimar, brachten sie ein Schild am Geschäft an: „Zu verkaufen!" Die erste Kundin am nächsten Morgen reagierte überrascht. „Frau Ohme, wollen Sie das schöne Geschäft wirklich verkaufen?" „Ja", antwortete Mathilde, „wir gehen nach Berlin." „Na, als ob es da besser wäre. Aber Sie müssen es ja wissen", antwortete die Dame schnippisch und rauschte aus dem Geschäft. Sie blieb nicht die Einzige, die so reagierte. „Was wollen Sie denn in

Berlin? Da sind doch die Roten!", sagte eine Kundin. „Na, ob das mal gut geht, zwei Frauen allein in so einer Stadt. Ich weiß nicht, wir haben hier doch alles", kommentierte eine andere. Es gab aber auch Menschen, die dafür Verständnis hatten und wussten, dass Mathilde hier alles an ihren Mann erinnerte.

Als die Sommerferien begannen, waren das Geschäft in Weimar sowie das Haus verkauft und alles, was sie besaßen und nicht mitnehmen wollten. Sie verabschiedeten sich von Kunden, Freunden und Bekannten. Beide hatten ihre Entscheidung unumstößlich getroffen.

Dann ging es endlich los und alles, was sie mitnehmen wollten, war eingepackt. Ein Umzugswagen fuhr ihr Hab und Gut nach Berlin. Mathilde, Hannah und die Kinder nahmen den Zug.

***

An einem heißen Sommertag kamen Mathilde, Hannah, Antonia und Arthur in ihrer neuen Heimat an. Sie suchten sich zunächst eine preiswerte Pension, konnten jedoch bald in eine große, aber bezahlbare Wohnung in die Spenerstraße, nach Berlin-Moabit, umziehen. Die Wohnung hatte ihnen Sarah vermittelt.

Die erste Wohnung, die sie besichtigt hatten, lag am Rande von Charlottenburg. Mathilde hatte sich sofort in diesen Stadtteil mit den schönen Häusern, den Parks und dem prächtigen Schloss verliebt. Ja, hier konnte sie sich vorstellen, zu leben. Die angebotene Wohnung war hell und freundlich und in einer guten Wohngegend. Herrliche und repräsentative Häuser säumten hier die Straßen. Die Vermieterin machte einen freundlichen Eindruck. Mathilde hatte sich die Wohnung zunächst allein angesehen, da Hannah sie wegen einer Magenverstimmung nicht begleiten konnte. „Hannah, die Wohnung musst du unbedingt anschauen. Ich glaube, wir haben das Richtige gefunden. Das wird wunderbar." Mathilde war euphorisch wie schon lange nicht mehr. So fuhren sie am übernächsten Tag zusammen dorthin. Als die Vermieterin Hannah sah, machte sie ein komisches Gesicht. Wenig später fragte sie, ob sie Juden seien. Mathilde antwortete wahrheitsgemäß, dass sie keine Jüdin sei. Hannah sagte nichts. „Die Wohnung steht nicht mehr zur Verfügung. Ich habe sie schon jemand anders versprochen", sagte die Vermieterin auf einmal barsch und wies sie aus der Wohnung.

Enttäuscht und wütend machten sich Mathilde und Hannah auf den Heimweg. Als sie mit Sarah über den Vorfall sprachen, schüttelte diese den Kopf. „Ja, solche Leute gibt es. Es ist traurig, dass ihr solche Erfahrungen machen musstet. Notfalls müsst ihr erst einmal bei mir bleiben", sagte sie.

Wenig später sollte sich dann doch eine Lösung ergeben. Freunde von Sarah verzogen nach München und waren froh, jemanden gefunden zu haben, der ihre Wohnung übernahm. So landeten sie in Moabit.

Moabit war eher ein Arbeiterviertel, aber die Wohnung war groß und hell, mit einem kleinen Balkon und im ersten Stock eines schönen Hauses gelegen, überdies war sie wesentlich günstiger als die in Charlottenburg. Die Anbindung an das Nahverkehrsnetz war auch gut, so kamen sie bequem überallhin.

Einen Teil der dagebliebenen Möbel würden sie abgeben, waren ihre eigenen doch schöner und eleganter. „Die Gardinen machen wir uns selbst und auch die passenden Decken und Kissen dazu", sagte Hannah. Sie war glücklich über den Neuanfang und strahlte das mit jeder Mimik aus.

In den nächsten Wochen und Monaten waren sie damit beschäftigt, ihr neues Geschäft einzurichten. Sie fanden einen Tischler in der nahen Umgebung, der neue Regale für die Ladeneinrichtung baute. Die alte Ladentheke wollten sie behalten und aufarbeiten. Außerdem musste alles neu gestrichen und dekoriert werden.

Auch Hannahs Cousine Sarah ließ sich von Zeit zu Zeit blicken und half, wo sie konnte. Sie arbeitete als Telefonistin beim Hauptpostamt in der Nähe vom Alexanderplatz und hatte es von der Arbeit nicht weit bis zum Geschäft. „Ihr braucht auch ein neues Schild über dem Geschäft. Ich kann euch da jemanden vermitteln, der das machen kann. Das Äußere ist hier mindestens so wichtig wie die Inneneinrichtung." „Gut", sagte Mathilde, „du hast völlig recht. Ja, das Äußere ist auch wichtig."

Mathilde und Hannah verbrachten jeden Tag damit, ihr Geschäft herzurichten. Sie wechselten sich ab, damit immer jemand zu Hause bei den Kindern war. Diese sollten nicht noch zusätzlich unter der neuen Situation leiden.

Arthur hatte sich erstaunlich gut eingelebt. Er hatte schon neue Freunde gefunden. Im Nachbarhaus wohnten zwei gleichaltrige Jungen, Alfons und Walter, die ihn sofort unter ihre Fittiche genommen hatten. Es gab in der neuen Umgebung so viel zu erkunden. Die hohen Häuser und das Hinterhofmilieu gab es in Weimar nicht. Arthurs neue Freunde zeigten ihm die Gegend und die Jungen stromerten jeden Nachmittag herum. Auch der kleine Tiergarten war nicht weit, um in den Büschen und auf den kleinen Bäumen Verstecken zu spielen.

In der Schule war es Arthur nicht anders ergangen. Auch dort fand er recht bald Anschluss. Antonia dagegen vermisste Aufmerksamkeit. Ihre Mutter und Hannah waren jetzt viel mit dem neuen Geschäft beschäftigt und hatten weniger Zeit für sie. In Weimar war sie in der Schulklasse immer der glanzvolle Mittelpunkt gewesen. Sie hatte Freundinnen und Bewunderer. Hier dagegen war der Ton rauer und sie war die „Neue". Die anfängliche Euphorie war gewichen und der Alltag stellte sich ein.

Eines Abends saßen sie alle beim Abendessen und ihre Mutter fragte Antonia: „Wie war es heute in der Schule?" Der Groll kroch Antonia den Nacken hoch. „Es ist alles Mist hier. In Weimar war es viel schöner. Da hatte ich meine Freunde und die Lehrer waren auch viel besser. Du hast uns in diese furchtbare Stadt gebracht. Du bist schuld, dass es mir schlecht geht." Mathilde schaute ihre Tochter ungläubig an, als könnte sie nicht verstehen, was Antonia da gerade gesagt hatte. Mathilde stand auf und verließ den Raum. Sie setzte sich auf ihr Bett und ließ ihren Tränen freien Lauf. Sie wollte doch immer nur das Beste für alle.

Hannah kam herein und fasste Mathilde an der Schulter. „Mathilde, Antonia ist noch ein Kind. Sie meint es sicher nicht so. Es ist für uns alle eine große Umstellung und Herausforderung."

Antonia merkte, dass sie zu weit gegangen war. Sie hatte ihre Mutter eigentlich nicht verletzen wollen, aber die Worte waren aus ihr herausgesprudelt und nun war es zu spät. Von nun an wollte sie besser aufpassen, was sie sagte.

✳✳✳

Dem warmen Herbst folgte der Winter und Berlin zeigte an vielen Ecken ein schmutziges Gesicht. Die vielen Kohleheizungen ließen den Rauch über der Stadt schweben. Der frisch gefallene Schnee wurde schnell grau und schmutzig und türmte sich am Straßenrand. Alle zog es ins Warme. Die Cafés rund um den Potsdamer Platz, den Kurfürstendamm und die Friedrichstraße waren immer voll.

Bei Spaziergängen durch Moabit in Richtung Wedding sah Mathilde große hohe Häuser mit vielen Hinterhöfen, in denen schmutzige und zerlumpte Kinder spielten. Sie fragte sich, ob diese Kinder je eine Sommerwiese gesehen hatten. Solches Elend hätte sie sich zuvor nicht vorstellen können.

Auf der anderen Seite gab es die schicken und teuren Stadtviertel mit allen Annehmlichkeiten, wie Wilmersdorf, Charlottenburg, Dahlem oder Steglitz. Sobald sie es sich leisten konnten, wollte sie in eine bessere Gegend ziehen.

Anfang November konnten sie endlich ihr neues Geschäft eröffnen. Sie wollten unbedingt vor Weihnachten den Laden aufmachen, vielleicht konnte man während des Weihnachtsgeschäfts noch etwas verkaufen.

Aufgeregt schlossen Mathilde und Hannah morgens ihren neuen Laden auf. Passanten eilten auf dem Weg zur Arbeit eilig vorbei. Kaum einer würdigte das neue Geschäft eines Blickes.

Über der Eingangstür prangte ein großes weißes Schild mit schwarzer Schrift: „Ohme – Rosenberg – Stoffe". Vor der Tür hatten sie ein Schild mit der Aufschrift „Neueröffnung!" aufgestellt, in der Hoffnung, damit auf sich aufmerksam zu machen.

Die Regale hatten sie so gefüllt, dass es nach großer Auswahl aussah. Tatsächlich lebten sie noch von den Beständen aus Weimar. Sie hatten auch kein Geld in neue Stoffe investiert, denn sie wussten nicht, wie viel von ihren Rücklagen gebraucht wurde, um über die Runden zu kommen.

Es war mittlerweile schon 11.00 Uhr und kein Kunde hatte sich sehen lassen. Enttäuschung machte sich breit. „Glaubst du, dass heute noch jemand kommt?", fragte Hannah. „Wir müssen Geduld haben. Die Zeiten sind hart und Stoffe sind fast schon ein Luxusgut. Ich bin trotzdem zuversichtlich", antwortete Mathilde.

Als die Uhr eins zeigte und Mathilde gerade nach Hause gehen wollte, klingelte die Glocke über der Ladentür. Die erste Kundin.

Eine Dame mittleren Alters suchte einen wärmenden Stoff für einen Rock. Hannah zeigte ihr eine kleine Auswahl und erklärte ihr genau die Qualität der verschiedenen Ballen. Die Dame entschied sich recht schnell für einen dezent gemusterten Stoff. „Haben Sie auch Garn und Knöpfe?", fragte sie. „Nein, tut mir leid, das haben wir nicht." „Schade", sagte die Dame, zahlte und verließ das Geschäft. Sie sollte der einzige Kunde an diesem Tag bleiben.

„Na immerhin, ein Anfang ist gemacht", meinte Mathilde am Abend. „Mathilde, die Dame hat nach Knöpfen und Garn gefragt. Ich denke, wir sollten die wichtigsten Kurzwaren dazunehmen. Es ist bestimmt besser, wenn wir mehr als nur Stoffe anbieten können. Dann müssen die Kunden nicht noch woanders hingehen, sondern können alles bei uns bekommen." „Du hast recht, Hannah. Platz im Geschäft hätten wir ja. Ich werde mich darum kümmern und Kontakt zu einem Lieferanten für diese Artikel aufnehmen. Das heißt aber, wir müssen den Gürtel noch mal enger schnallen und wieder an unsere Reserven gehen." „Wir werden es schaffen", antwortete Hannah siegesgewiss und strahlte, wie sie es selten tat.

Mathilde nahm Kontakt zu einem Kurzwarenhersteller auf und ließ sich ein kleines Grundsortiment schicken. Darauf dekorierten sie das Geschäft noch mal um und räumten eine Ecke für die Kurzwaren frei. So konnten sie auch mit den kleinen Artikeln etwas Geld verdienen.

Wenn die Kinder in der Schule waren, waren beide Frauen im Geschäft. Mittags fuhr Mathilde nach Hause, um für das Essen zu sorgen und die Schularbeiten zu überwachen. Hannah blieb bis zum Ladenschluss im Geschäft. Die wirtschaftliche Lage im

Land war schwierig, aber sie hofften, dass es irgendwann besser werden würde.

Den Herbst über warf das Geschäft kaum etwas ab und der anfängliche Optimismus bröckelte von Woche zu Woche. Sie verkauften mittlerweile etwas Ware, aber es reichte hinten und vorne nicht, um den Lebensstil weiterzuführen, den sie in Weimar gehabt hatten. Antonia maulte immer öfter, weil selbst kleine Wünsche nicht mehr erfüllt werden konnten. Sobald sie etwas verkauft hatten, setzten sie das Geld sofort in Lebensmittel um, weil sie nicht wussten, ob es am nächsten Tag noch denselben Wert hatte. „Wenn das so weitergeht, muss ich schauen, ob ich am Abend noch irgendwo arbeiten kann", sagte Hannah. „Es wird schwer werden, etwas zu finden, aber so werden wir nicht über die Runden kommen."

Das Weihnachtsfest stand bevor und sie überlegten, wie sie den Kindern eine Freude machen konnten. Große Geschenke waren nicht drin, aber ganz ohne sollte es nicht sein. Die Wohnung schmückten sie, so gut es ging. Den wunderschönen Thüringer Weihnachtsschmuck hatten sie noch aus Weimar. Es gab kleine gestrickte oder genähte Geschenke für die Kinder. Nachmittags gingen sie im Tiergarten oder entlang der Spree spazieren. Sie sahen dort viele gut gekleidete Menschen und schauten sich die neueste Mode an.

Es schien, dass sich Antonia im neuen Jahr besser zurechtfand. Sie saß nun nicht mehr immer nur zu Hause, da sie erste Freundschaften geschlossen hatte. Ihre neue Freundin hieß Lotte Meier, sie wohnte am anderen Ende der Spenerstraße. Der Vater von Lotte arbeitete bei der Reichsbahn, ihre Mutter war Hausfrau. Lotte war eine Berliner Pflanze und sie führte Antonia in die Gruppe ein. Lotte war kleiner als Antonia und stämmig. Sie hatte weizenblondes Haar, das sie zu zwei Zöpfen geflochten trug. Lotte war der genaue Gegensatz zu Antonias kapriziösem Charakter. Vielleicht war das der Grund, warum es zwischen den beiden so gut funktionierte.

Am Sonntag war der freie Tag und der wurde in der Familie verbracht. Meistens nutzten sie den Sonntag, um die Stadt zu erkunden. Gerne bummelten sie über den Kurfürstendamm und betrachteten die schicken Geschäfte und Salons.

An einem dieser Sonntage schaute Hannah ihre Freundin an und sagte: „Mathilde, ich habe ein gutes Gefühl und ich glaube, Berlin wird uns Glück bringen." Mathilde lächelte und nickte zustimmend.

Es sollte bald aufwärtsgehen, aber das Glück sollte nicht von Dauer sein ...

22

Die wirtschaftliche Situation in Deutschland verschlechterte sich immer mehr. 1923 konnte das Reich seinen Zahlungsverpflichtungen nicht mehr nachkommen und war bankrott. Dies gipfelte im Einmarsch der Franzosen und Belgier in das benachbarte Rheinland und einer Besetzung des Ruhrgebiets durch die Sieger.

Die Bevölkerung im Westen Deutschlands reagierte mit Streiks und Sabotage. Als die Franzosen Fabriken und Zechen besetzten, kam es zu Ausschreitungen, die für einige Arbeiter und Angestellte tödlich endeten. Die Arbeiter lehnten sich gegen die Besatzung auf und es kam zum sogenannten Ruhrkampf.

Die Geldentwertung schritt im Eiltempo voran, sodass die Bezahlung von Waren und Dienstleistungen größtenteils in Tauschgeschäften bestand. Anfang Januar wurde ein Brot für 105 Milliarden Mark gehandelt. Die Wirtschaftskrise verstärkte sich zusehends. Große Bevölkerungsschichten verfielen in Armut.

23

Der Brunnenhof war weit weg von diesem Geschehen. Im Frühsommer des Jahres 1923 hatte Otto gerade seinen sechzehnten Geburtstag gefeiert. Der Raps blühte sonnengelb auf den Feldern und der Himmel zeigte dazu im Kontrast sein schönstes Blau. Die Elbe floss träge stromaufwärts, um hinter Hamburg in die Nordsee zu münden.

Otto kam gerne hierher und schaute auf den Fluss, um seinen Gedanken nachzuhängen. Dieses Jahr würde sich vieles für ihn ändern. In ein paar Tagen würde er sein letztes Schulzeugnis in Händen halten. Dann würde er die Vertrautheit des Schulalltags verlassen und „der Ernst des Lebens würde beginnen", wie sein Vater sagte.

Otto lag im Gras, kaute an einem Grashalm und schaute in die endlose Weite des blauen Himmels. Er hing seinen Gedanken nach. Wie wird der „Ernst des Lebens" wohl genau aussehen?, fragte er sich. Den friedlichen Brunnenhof würde er nun bald verlassen. Otto mochte den Brunnenhof mit seinem geregelten Leben, mit den ehrlichen und bodenständigen Menschen, aber er wusste auch, dass er für das Landleben nicht gemacht war. Es würde immer seine Heimat sein, aber er musste fortgehen. Außerdem wollte er mit Vaters neuer Frau nicht gerne unter einem Dach leben. Er blieb noch eine Weile am Fluss sitzen und radelte dann zurück zum Brunnenhof. Es gab noch einiges vorzubereiten, denn morgen würde sein Vater erneut heiraten.

Am Abend fanden sich die Bewohner des Brunnenhofes ein und schmissen altes Porzellan vor die Tür der Hofmeisterwohnung. Es war Tradition, sollten doch die Scherben dem jungen Paar Glück bringen.

Friedrich war nun schon acht Jahre Witwer. Oftmals heirateten Verwitwete recht schnell nach dem Tod des Partners, aber es hatte sich für Friedrich nicht ergeben. Er musste an Otto denken und eine neue Frau musste auch zu ihm passen. Vor zwei Jahren war Emma auf den Brunnenhof gekommen. Sie hatte sich auf eine Hauswirtschaftsstelle beworben und wurde genommen.

Emma war so ganz anders als Maria. Maria war eine zierliche Frau mit fast melancholischem Blick gewesen. Von ihrer Statur und ihrem Wesen her hätte Maria eigentlich besser in die Stadt gepasst. Emma dagegen war gut gebaut, mit schönen Rundungen an den richtigen Stellen, und sie konnte kräftig zupacken. Sie hatte dunkle Augen, eine kräftige Nase und ein energisches Kinn. Die Lippen waren vielleicht etwas zu schmal. Sie war keine Schönheit, aber auf ihre Art einnehmend. Emma war verlobt gewesen, aber ihr Verlobter war noch im letzten Kriegsjahr gefallen. Ihre Eltern und ihre Schwester waren an der spanischen Grippe gestorben. Ohne weitere Verwandten war sie dann auf den Brunnenhof gekommen.

Wann immer es sich ergab, hatte sie Friedrich Hilfe und Unterstützung angeboten. Friedrich gefiel die offene Art der jungen Frau, die ihre Reize gut einzusetzen wusste.

Bei der letzten Ernte brachten die Feldarbeiter das letzte Getreide ein. Am Abend gab es ein gemeinsames Essen an einer langen Tafel und es wurde ein fröhlicher Abend mit Musik und Gesang. Emma hatte neben Friedrich Platz genommen. Zu späterer Stunde waren sie immer mehr zusammengerückt. Ihre erotische Ausstrahlung ging ihm unter die Haut und er fühlte ein Verlangen, das er so lange unterdrückt hatte.

Von da an suchte er Emmas Nähe. Auch Emma fühlte sich zu Friedrich hingezogen, war er doch immer noch begehrenswert trotz seines Gehfehlers nach dem Blitzschlag. Vor drei Monaten machte Friedrich dann Emma einen Heiratsantrag. Emma brauchte keine Sekunde, um zu überlegen, und fiel ihm freudig um den Hals.

Der Brunnenhof war nun festlich geschmückt. Die Frauen des Guts hatten schon die ganze Woche gekränzt und das Scheunentor und die nahe gelegene Kirche schmückten Girlanden aus frischem Tannengrün, dekoriert mit Papierrosen und frischen Blumen. Mittags zog die Hochzeitsgesellschaft in die kleine Dorfkirche ein. Friedrich trug einen dunklen Anzug mit Weste, dazu ein weißes Hemd mit hohem Kragen und eine kurze breite Krawatte. Sein Knopfloch schmückte ein Zweig aus Myrte.

Auch Otto hatte einen dunklen Anzug bekommen und fühlte sich sehr erwachsen. Dazu trug er ein feines weißes Hemd und eine dunkle Fliege.

Als die Musik ertönte, schritt Emma am Arm von Anton von Liebenau in die Kirche. Sie trug ein hellblaues, wadenlanges Kleid, das ein weißer Kragen mit einer zarten Schluppe zierte. Auf ihrem dunkelblonden Haar thronte ein duftiger Schleier mit einem Myrtenkranz. Voller Stolz stand sie neben Friedrich am Altar und sprach das Ehegelübde.

Als die Eheleute Landsberg verließen sie die Kirche und fuhren mit der Kutsche zurück zum Brunnenhof, wo dann ausgiebig gefeiert wurde. Auf dem Hof standen Tische, Stühle und Bänke, die festlich geschmückt waren. An den Spießen drehten zwei Spanferkel, die schon schön braun waren. Die Tafel bog sich unter den Schüsseln und Tellern mit Speisen und alle freuten sich, etwas Schönes feiern zu können.

Am Abend verabschiedete sich Otto von seinem Vater und seiner Stiefmutter. Er fuhr mit Anton von Liebenau in das Jagdhaus des Guts. Sie wollten das Wochenende dort verbringen. Die Feier war noch nicht zu Ende, als sich die frischgebackenen Brautleute in Friedrichs Schlafgemach zurückzogen.

Friedrich war nervös, lag doch das letzte Zusammensein mit einer Frau schon Jahre zurück. Emma zündete eine Kerze an und tauschte das Hochzeitskleid gegen ein weites Nachthemd. Als Friedrich ins Bett kam, schmiegte sie sich an ihn. Sie wusste aus Erzählungen, was sie erwartete. Nun gehörte Friedrich ihr und sie wollte ihn glücklich machen. Ihre Finger fuhren durch sein schütteres Haar und berührten seine hohe Stirn. Er versuchte sie zaghaft zu küssen, doch Emma erwiderte seinen Kuss leidenschaftlich und so wuchs ihrer beider Begierde. Friedrich zog ihr Hemd hoch und fuhr mit seinen Händen über die Rundungen ihres Körpers. So hatte er sich ihren Körper schon lange nachts vorgestellt. Auch Emmas Erregung nahm immer mehr zu. Friedrich konnte nicht länger an sich halten, öffnete ihre Schenkel und drang in sie ein. Ein scharfer Schmerz durchfuhr Emmas Unterleib und sie schrie auf. „Es wird gleich besser werden", flüsterte

Friedrich und stieß behutsamer in sie, doch die lange Enthaltsamkeit ließ seine Lust schnell wieder anschwellen und er ergoss sich kurz danach in ihr.

Er rollte sich zur Seite und sah Emma im Schein der Kerze an. Emma schmiegte sich an ihn und hoffte, dass es beim nächsten Mal nicht so wehtun würde. Sie war sich sicher, dass es ihr dann gefallen würde.

Am nächsten Morgen, wie alle anderen Tage, rief die Arbeit, aber die Nächte gehörten den Liebenden.

24

Für Otto begann ein neuer Lebensabschnitt. Eine Woche nach der Hochzeit auf dem Brunnenhof erhielt er sein letztes Zeugnis. Otto war ein guter Schüler und dementsprechend erhielt er auch ein gutes Abgangszeugnis.

Er packte seinen guten Anzug, das weiße Hemd und alles, was er sonst so brauchte und was ihm wichtig war, in einen großen Koffer aus gepresster Pappe. Erst an Weihnachten würde er über die Feiertage auf den Brunnenhof zurückkehren. Nachdem er sich von allen verabschiedet hatte, nahm er seine Geige und sein Fahrrad und setzte mit der Fähre in Arneburg über die Elbe über. Dann musste er noch über zwanzig Kilometer bis Havelberg radeln. Morgen würde er seine Lehrstelle in der Autowerkstatt in Havelberg antreten und dort alles lernen, was man über Fahrzeuge wissen musste. Für Otto erfüllte sich ein Traum. Viele Jungen hatten sich um diese Stelle beworben, aber er hatte sie bekommen. Der Meister hatte gemerkt, dass es für Otto nicht nur eine Lehrstelle war, sondern dass Autos seine Passion waren. Diese Begeisterung hatte kein anderer Bewerber gezeigt. Das freundliche Wesen und seine gute Erziehung taten ihr Übriges.

Otto fuhr über die Sandauer Brücke in die Altstadt. Er sollte sich bei Frau Gertrude Wernicke in der Fischerstraße einfinden, die ein Zimmer für ihn hatte. Frau Wernicke war eine nette, ältere, verwitwete Dame, die sich nach dem Tode ihres Mannes durch Vermietung ein Zubrot verdiente. Sie mochte den jungen Mann auf Anhieb.

„Nun komm mal rein, Jungchen. Ich zeige dir dein Zimmer und den Rest des Hauses." Dann führte Frau Wernicke Otto durch das Haus und zeigte ihm sein Zimmer. Sie erklärte ihm die Hausregeln und betonte ausdrücklich, dass Damenbesuch nicht erlaubt sei.

„Gleich kriegste erst einmal ein Stück vom frischen Streuselkuchen. Den magste doch sicher." „Ja", sagte Otto brav. Dann verschwand sie in der Küche und Otto holte tief Luft.

Nachdem er den köstlichen Kuchen von Frau Wernicke vertilgt hatte, verließ er sein Zimmer und erkundete die Gegend und die Stadt, die nun sein Zuhause war.

Die Fischerstraße bestand aus kleinen Häusern, zum Teil mit hübschen Giebeln und Holztüren. Er ging über den Marktplatz zur Laurentiuskirche und dann an der Havel entlang und umrundete die ganze Stadtinsel. Die Autowerkstatt befand sich in der Bahnhofstraße. Dort befanden sich mehrere kleine Unternehmen. Für diese kurze Strecke konnte er sein Fahrrad stehen lassen, waren es doch nur wenige Gehminuten.

An den ersten Tagen machte er sich mit allem vertraut, fühlte sich aber ein wenig einsam. Er kannte niemanden und auch wenn Frau Wernicke nett war, so war sie doch eine Fremde.

Vom Brunnenhof hatte er ein paar Bücher mitgebracht oder er radelte mit dem Rad an den Fluss und spielte auf seiner Geige.

Oft blieb Otto vom frühen Morgen bis zum Abend in der Werkstatt. Er liebte den Geruch von Metall, Öl und Benzin. Neben ihm gab es noch einen weiteren Lehrling, Emil, der zwei Jahre älter war.

„Haste Lust, mit mir mal am Wochenende 'ne Radtour zu machen?", fragte Emil. Otto sagte sofort zu, verhieß das Angebot doch Abwechslung.

Sie radelten die Havel ostwärts entlang und machten Picknick an einem seichten Ufer. Emil hatte an alles gedacht und sie verbrachten einen unbeschwerten Sonntag.

Danach hatte Otto einen Freund und sie verbrachten viele Wochenenden zusammen und machten Ausflüge mit den Fahrrädern oder saßen am Fluss.

Es hatte sich herumgesprochen, dass Otto sehr gut auf der Geige spielen konnte. „Otto", sagte Emil, „meine Schwester heiratet in vierzehn Tagen. Hast du nicht Lust, etwas für die Brautleute auf deiner Geige zu spielen?" Otto schaute überrascht. „Was, ich?! Ich kann doch gar nicht gut genug spielen." „Und ob. Das, was ich gehört habe, hörte sich mächtig gut an." Otto überlegte. Nach einer Weile sagte er zu Emil: „Na gut, ich mach's." Emil schlug ein.

Am Nachmittag der Hochzeit gesellte sich Otto zur Hochzeitsgesellschaft, die im Ratskeller der Stadt Havelberg feierte. Er trat in den großen Saal und da er außer Emil niemanden kannte, fühlte er sich zunächst unwohl. Emils Familie aber nahm ihn herzlich auf. So wurde es ein lustiger Abend und Otto spielte mit einer Freude wie selten zuvor. Es sprach sich herum, wie gut Otto das Publikum unterhalten hatte, und bald erhielt er weitere Angebote, auf Familienfesten oder anderen Feiern zu spielen. Damit konnte er sich die eine oder andere Mark dazuverdienen. Die Wochen und Monate vergingen wie im Fluge und plötzlich standen die Weihnachtstage vor der Tür.

Das Weihnachtsfest auf dem Brunnenhof war ein beschauliches Fest. Otto kam mit seiner Stiefmutter gut zurecht, dennoch war ihr Verhältnis distanziert. Emma war keine herzliche Frau. Sie würde immer die Frau seines Vaters bleiben.

Sein Vater sah zufrieden und glücklich aus, als er ihn vor Kurzem in Havelberg besucht hatte, und er freute sich auf die gemeinsamen Tage.

Otto war noch mal ein Stück gewachsen und die Hosen waren ein bisschen zu kurz. Auch fand sein Vater, dass er sehr erwachsen geworden war. Die Monate in der Fremde hatten ihm gutgetan.

Es lag an diesem Weihnachten kein Schnee. Der würde vielleicht erst im neuen Jahr kommen. Von Liebenau nahm dies zum

Anlass, Otto das Autofahren beizubringen. Zunächst fuhren sie in den nahe gelegenen Wald und Otto lernte das Spiel zwischen Kupplung und Gas, das Anfahren und das Bremsen. Am dritten Tag beherrschte er das schon recht gut und sie dehnten die Strecken aus. Es schien, als wäre Otto mit dem Auto verwachsen.

„Na, das kannst du ja schon recht gut", meinte Anton von Liebenau. „Wenn du den Führerschein hast, kannst du mich ja chauffieren, wenn du hier zu Besuch bist." „Das würde ich gerne machen", erwiderte Otto und schmunzelte. Sobald er den Gesellenbrief in der Hand hatte, wollte er den Führerschein machen.

Die Zeit zwischen den Jahren traf er alte Schulfreunde und Bekannte, durchstreifte die vertraute Gegend und genoss die freie Zeit bis Neujahr. Obwohl der Brunnenhof nicht weit von Havelberg entfernt war, so war es auf dem Lande doch eine andere Welt.

Otto war zwar auf dem Gut aufgewachsen, hatte aber keinerlei Interesse an Landwirtschaft. Er hatte immer mit angepackt, aber ein Leben auf dem Lande konnte er sich nicht vorstellen. Er sah das entbehrungsreiche Leben, welches von Tieren und den Jahreszeiten bestimmt war. Viel Abwechslung gab es nicht und Höhepunkte waren schon Ausflüge in die nächstgrößeren Städte.

Otto dagegen träumte von einem Leben mit Abwechslung. Er wollte ein eigenes Auto haben und Städte wie Berlin oder Hamburg kennenlernen. Wie oft hatte er an der Elbe gesessen und sich die große Stadt Hamburg vorgestellt, die den Fluss danach ins Meer entließ. Auch das Meer wollte er sehen. Es musste wunderbar sein, wenn das Wasser den Himmel traf. So hatte es Anton von Liebenau ihm beschrieben.

Den ersten Schritt hatte er gemacht.

25

Das Jahr 1923 sollte die junge Republik erneut auf eine neue harte Probe stellen. Der Ruhrkampf befeuerte die Inflation und brachte Millionen in Existenznot. Lohn- und Gehaltsempfänger wurden die Verlierer, da sie mit wertlosem Papier bezahlt wurden.

Industrielle an Rhein und Ruhr, unter ihnen Hugo Stinnes, wollten die schwierige Situation im Ruhrgebiet beenden und zeigten sich entschlossen, gegebenenfalls auch ohne Einbindung der Reichsregierung mit Frankreich zu verhandeln. Im nahe gelegenen Rheinland gab es separatistische Tendenzen und in Sachsen riefen kommunistische Mitglieder der Regierung zur Errichtung einer proletarischen Diktatur auf. Auch in Süddeutschland baute sich Druck auf die Regierung in Berlin auf. Der Generalstaatskommissar Gustav Ritter von Kahr, unterstützt von rechtsextremen Organisationen wie der NSDAP, stellte sich mehrfach gegen Beschlüsse der Reichsregierung. Sein Ziel war es, die Reichsregierung zu stürzen und eine Diktatur zu errichten.

Aus Protest gegen die harten Bedingungen von Versailles zogen sich die Amerikaner aus dem Ruhrgebiet zurück. Ihnen war an einer Stabilisierung des Landes gelegen, insbesondere vor dem Hintergrund der drohenden kommunistischen Gefahr aus dem Osten, die auch auf Deutschland überzuspringen drohte. Aber in anderen Teilen brodelt es weiter und in Hamburg und Sachsen kam es zu kommunistischen Aufständen, logistisch und finanziell unterstützt von der Sowjetunion. Reichswehr und Freikorps schlugen diese im Auftrag der Regierung nieder. Das Freikorps, als einzige Stütze der Regierung, stärkte die militanten Rechten im Lande. Die rechten und linken Lager entfernen sich weiter voneinander.

In München erklärt der Vorsitzende der NSDAP, Adolf Hitler, die Regierung für abgesetzt. Die Reichswehr bleibt jedoch loyal zur gewählten Regierung und hochrangige Kumpane sagen sich ebenfalls los. Die Putschisten verlieren den Aufstand im Kugelhagel der Reichswehr. Hitler wird zu Festungshaft verurteilt.

Ende 1923, fünf Jahre nach dem Krieg, fing die Wirtschaft endlich an, sich zu erholen. Die Vereinigten Staaten unterstützten Deutschland mit Aufbauhilfen. Noch wichtiger aber war die Einführung der Rentenmark im November 1923.

Im Oktober 1923, eine Woche nach dem Hitler-Putsch, wurde auf der Grundlage einer entsprechenden Verordnung die Deutsche Rentenbank gegründet. Die Inflation konnte gestoppt werden und die erstarkende Industrie fing an, Wachstum und Wohlstand zu genieren.

1924 wird das Jahr der Wende. Es gibt wieder Arbeit und die Industrialisierung mit Fließbandarbeit und Automatisierung schreitet voran.

1925 verstirbt Friedrich Ebert plötzlich infolge einer verschleppten Blindarmentzündung, die zu einer Bauchfellentzündung führt.

Paul von Hindenburg, ein Monarchist und Kandidat der Rechtsparteien, gewinnt die Wahl zum Reichspräsidenten gegen Ernst Thälmann, den die Linken nominiert hatten.

Der grenzüberschreitende Warenverkehr zieht wieder an und Deutschland entwickelt sich in den nächsten Jahren zur Wirtschaftsmacht.

Die sogenannten Goldenen Zwanziger waren zumindest in den ersten vier Jahren gar nicht golden, sondern auf allen Ebenen schwere Jahre für das deutsche Volk. Sie waren gekennzeichnet durch politische Machtkämpfe, durch Armut und Entbehrung und Geldentwertung, die über Jahrzehnte ein Trauma bleiben sollte. Dann aber gab es endlich einen exzessiven Aufschwung in vielen Bereichen und besonders in Berlin brodelte es …

26

Otto stand kurz davor, seine dreijährige Lehre zum Automechaniker abzuschließen. Seine Begeisterung für das Automobil war ungebrochen und er war sich für keine Arbeit zu schade. Er liebte das Zusammenspiel der Teile, und wann immer es ging, nahm er alles auseinander und baute es wieder zusammen. Einen großen Teil seiner Freizeit verbrachte er in der Werkstatt und bastelte und schraubte mit einer Hingabe, die vor ihm kein anderer Lehrling gezeigt hatte. Der Meister vertraute ihm immer mehr an und Otto war ihm mittlerweile eine wichtige Unterstützung. Aus dem gesamten Landkreis kamen Kunden, um sich ihre motorisierten Gefährte reparieren zu lassen. An Arbeit mangelte es nicht, war die Motorisierung doch stark auf dem Vormarsch.

„Otto", sagte der Meister, „nun fahre mal über die Ostertage nach Hause und danach lass uns mal über deine Zukunft sprechen, wenn du magst. Und grüße deinen Vater von mir." Otto lächelte aus einem ölverschmierten Gesicht und antwortete: „Danke, Meister, das mache ich."

Für die Osterfeiertage wollte Otto auf den Brunnenhof reisen, aber diesen letzten Abend, bevor er abreiste, wollte er noch mit Emil verbringen.

Sie trafen sich in der Altstadt und schlenderten zum Ratskeller. „Was willst du eigentlich machen, wenn du fertig bist, Otto?", fragte Emil. „Ich weiß es noch nicht. Erst einmal muss ich ein wenig Geld verdienen und dann gehe ich vielleicht in eine größere Stadt. Da gibt es bestimmt noch mehr Möglichkeiten und der Verdienst ist bestimmt auch besser. Vielleicht kann ich eines Tages mal mein eigenes Geschäft aufmachen." Emil nickte zustimmend. „Ja, da magst du recht haben", stimmte Emil ihm zu. „Was hast du dir denn vorgestellt, Otto?" „Ja, vielleicht Berlin oder Hamburg. Warst du schon mal in Hamburg, Emil?" „Nee, war ich noch nicht. Aber ich will unbedingt mal auf die berühmte Reeperbahn und die Mädels da anschauen. Da gibt's alles, Otto." Emils Augen weiteten sich, als er weitersprach: „Was ich da schon gehört habe! Lokale gibt's da. Vielleicht können wir mal zusammen hin, wenn du mit deiner Lehre fertig bist. Da machen wir ordentlich einen drauf und können was erleben. Was denkst du?" „Echt, was hast du denn gehört, Emil?" „Na, zum Beispiel gibt es da Frauen, die unten wie Männer aussehen. Und auch Frauen, die fast nackt sind." „Echt?", staunte Otto. „Und gibt's da auch hübsche Mädchen?" „Na, wo denkst du hin, Otto? Die hübschesten überhaupt." Emil lachte und zwinkerte. „Wenn wir nach Hamburg fahren, dann bleiben wir zwei Tage da, damit wir uns auch die Stadt ein bisschen anschauen können." Sie malten sich ihre Hamburg-Reise in den buntesten Farben aus und zogen gegen Mitternacht fröhlich gelaunt heim. Otto freute sich über ihre Pläne.

Am nächsten Morgen machte sich Otto nach dem Frühstück auf den Weg zum Brunnenhof. Ein paar Angestellte liefen über den Hof, die Otto aber nicht kannte. Hier hatte sich sicher einiges verändert in den letzten Monaten. Das Automobil des von Liebenau stand nicht auf dem Hof. Also ist er bestimmt unterwegs, dachte Otto und setzte seinen Weg zur elterlichen Wohnung fort. Als er ankam, war die Wohnung leer. Sein Vater und Emma schienen auch nicht da zu sein.

Es war dieses Jahr schon recht warm und das Gras hatte bereits ein frisches Grün angenommen. Auf den Rabatten rund um das Gutshaus hatten sich die Krokusse aus der Erde gedrückt und auch die ersten Sprieße der Narzissen kamen aus der von der Sonne beschienenen Erde. Man konnte den Frühling schon riechen.

Es sah so aus, als ob die meisten auf den Feldern unterwegs waren. Seine Stiefmutter müsste aber eigentlich da sein, wunderte sich Otto. Er ging erst rüber in die Küche und begrüßte die gute alte Frieda. Dann machte er sich auf den Weg zu den Ställen, um seinen Vater zu suchen. Die Stalltür des ersten Stalles war angelehnt und Otto trat ein. Aus der hintersten Ecke kamen komische Geräusche. Er ging den Mittelgang entlang bis zu einem Heuwagen, der in der linken Ecke abgestellt war. Es waren menschliche Geräusche, die immer lauter wurden. Er traute seinen Augen nicht. Seine Stiefmutter lag im Heu, den Rock über die Hüften hochgeschoben und einer der Knechte kniete über ihr. Ihre Unterleiber bewegten sich im Rhythmus. Otto schaute schockiert auf das Paar und wollte sich gerade umdrehen und leise zurückgehen, da blickte seine Stiefmutter auf und sah ihm entsetzt in die Augen.

Otto eilte, so schnell er konnte, aus dem Stall. Er wusste nicht, wie er mit der Situation umgehen sollte. Wut auf seine Stiefmutter stellte sich ein und auch Abscheu. Wie konnte sie ihm und seinem Vater so etwas antun?

Peinlich berührt stand er auf dem Hof und überlegte, was er tun sollte, da kam sein Vater mit Anton von Liebenau auf ihn zu. Weggehen ging nun nicht mehr. Er versuchte sich zu sammeln. Sein Vater, immer noch groß und kräftig, war in den letzten Monaten deutlich gealtert. Das Haar war nun ganz schütter und auch das Hinken war etwas stärker geworden. „Da bist du ja schon", sagte sein Vater. „Wir waren noch unterwegs und sind gerade zurückgekommen." „Schön, dass du da bist", sagte Anton von Liebenau.

„So, lass uns reingehen, Otto. Hast du Emma schon getroffen?", fragte ihn sein Vater. Otto schüttelte den Kopf. Dann gingen sie ins Haus. Sein Vater freute sich, Otto zu sehen, und wollte wissen, wie es seinem Sohn ging. Otto war nun ein gut aussehender junger Mann und sah sehr erwachsen aus. Otto sah seinen Vater an. Immer wieder schob sich das Bild aus dem Stall vor seine Augen.

Er würde seinem Vater nichts sagen, aber nur unter der Bedingung, dass seine Stiefmutter ihm versprach, dass es keine Wiederholung geben würde. Otto wusste natürlich, dass er das nicht kontrollieren konnte, aber er musste solche Bedingungen stellen. Es würde ihm das Herz brechen, seinen Vater leiden zu sehen. Sobald sich eine Gelegenheit ergab, würde er mit Emma sprechen. Auf jeden Fall wollte er den Brunnenhof so schnell wie möglich wieder verlassen.

Emma kam später dazu und schaute Otto mit einem fragenden Blick an. Otto nickte verneinend den Kopf, aber nur ganz wenig, sodass Emma es verstand und sein Vater nichts merkte.

Am Ostersonntag nach der Messe und dem Mittagessen sagte Anton von Liebenau zu Otto: „Otto, ich kann mir im Herbst dieses Jahrs einen neuen Wanderer W10 in Chemnitz abholen. Hast du Lust mitzukommen?" „Und ob ich das will!", sagte Otto. Ein brandneues Auto!, dachte Otto, und dann würden sie mit dem neuen Fahrzeug nach Hause fahren. Es wäre eine richtige Reise, dachte er. Chemnitz war zwar nicht Hamburg, aber nun würde er endlich mal etwas anderes sehen.

Als sein Vater kurzzeitig das Haus verließ, sah Otto endlich die Gelegenheit gekommen, auf die er gewartet hatte. „Emma", sagte er, „ich werde nichts sagen, aber nur unter der Bedingung, dass sich das nicht wiederholt." Emma schaute beschämt nach unten und sagte: „Otto, danke. Es tut mir so unendlich leid. Mit deinem Vater ist es nicht einfach, besonders seit er auch gesundheitlich zu kämpfen hat. Das entschuldigt nichts, aber es erklärt vielleicht den Ausrutscher." Mit einem Mal tat ihm Emma leid. Sie war so viel jünger und voller Leben.

Als Otto den Brunnenhof nach Ostern verließ, sollte er für eine ganze Weile fortbleiben und erst im Herbst wiederkehren.

27

Alwine hatte sich gut in Berlin eingelebt und ihren Gesellenbrief in den größten Turbulenzen der Weimarer Republik erhalten.

Nach der anfänglichen großen Freude kam die große Ernüchterung. Gerade in Berlin konnte man sehen, wie das Elend täglich zunahm und die Anzahl der bettelnden und zerlumpten Menschen anschwoll.

In ihrem kleinen, spartanisch eingerichteten Zimmer saß Alwine die dunklen Abende bei Kerzenlicht und flickte Wäsche und änderte Kleidung für andere, um über die Runden zu kommen. So manches Mal ging sie allerdings auch hungrig zu Bett. Auch wenn die Zeiten schwer waren, versuchte Alwine, das Beste aus sich zu machen. So erschien sie jeden Morgen adrett im Atelier und ging mit Freude ihrer Arbeit nach. Irgendwann muss es ja besser werden, dachte sie.

Während viele verarmten, gab es auch die Gewinner der Krise und Spekulanten, die sich ein Leben in Wohlstand und Luxus gönnten. Das sah man an den Kunden, die sich bei ihnen im Atelier Kleidung schneidern ließen.

Alwine beendete im Sommer 1923 ihre Lehre mit hervorragenden Noten. Man bot ihr an, im Atelier weiterzuarbeiten, was sie gerne annahm. Im nächsten Frühjahr wechselte sie allerdings in ein größeres Atelier in Wilmersdorf, dort, wo die Luxusmode für die feine Gesellschaft gemacht wurde. Hier stiegen aus eleganten Autos noch elegantere Frauen aus und wählten die teuersten und erlesensten Stoffe für ihre Maßgarderobe.

Ihr kleines einfaches Zimmer behielt sie zunächst. Die steigende Inflation, die erst im Herbst gestoppt werden sollte, ließ ihr keinen Spielraum für etwas anderes.

Als sie eines Abends im Dezember nach Hause kam und das Treppenhaus betrat, das immer nach Bohnerwachs roch, kullerten ihr zwei Kohlköpfe entgegen. Eine junge Frau ihres Alters versuchte den Kohlköpfen hinterherzurennen. Geistesgegenwärtig stoppte Alwine die rollenden Köpfe, sammelte den Inhalt der Tasche ein und übergab sie der Besitzerin. „Danke", sagte die junge Frau, „die olle Tasche is jerissen." „Gern geschehen", erwiderte Alwine und lächelte zurück. „Ick bin Metha und wohne jetzt im dritten Stock. Und du, wohnste schon lange hier?" „Ich heiße Alwine und wohne hier schon mehr als drei Jahre. Ich habe im letzten Jahr meine Lehre beendet und hoffe, dass ich mir irgendwann etwas anderes leisten kann. Ich habe hier nur ein Zimmer bei Frau Schwarz." „Alwine, den Namen hab ick ja noch nie jehört", sagte Metha, „und noch wohnste ja noch hier. Komm doch mal hoch, wenn de Lust hast. Ick wohn hier alleene und ick würde mir über Jesellschaft freuen." „Na, dann sind wir ja schon zwei. Wann passt es dir denn?", fragte Alwine zurück. „Na, Sonntag, da habe ick keen Dienst, ick bin Krankenschwester." Der Berliner Dialekt war Alwine sofort sympathisch. „Sonntag habe ich auch frei. Das passt mir auch gut." „Na dann, abjemacht, bis Sonntag", sagte Metha und stieg die Treppe wieder hoch.

Wie Alwine dann am Sonntag erfuhr, arbeitete Metha in der Hansaklinik. Die beiden Frauen verbrachten einen lustigen Nachmittag und hatten sich viel zu erzählen. Sie lachten und trennten sich erst am Abend, da ja beide am nächsten Tag wieder zur Arbeit mussten. Es war der Beginn einer Freundschaft, die ein Leben lang halten sollte.

Metha war in Berlin geboren und zeigte Alwine die Stadt. Im Sommer fuhren sie an den Wannsee und selten auch an den Müggelsee, flanierten durch Charlottenburg und Wilmersdorf und spazierten den Kudamm hoch und runter. Sie besichtigten die schönen alten Gebäude „Unter den Linden" und hielten sich im Lustgarten auf. Wenn es die Zeit zuließ, fuhren sie nach Potsdam und besuchten den Schlosspark von Sanssouci oder setzten nach Babelsberg über. In Berlin sprossen Kinos wie Pilze aus dem Boden und boten viel Abwechslung. Am liebsten gingen sie in den Ufa-Palast am Zoo.

Alwine hatte sich ihr Haar nach der neuesten Mode schneiden lassen und trug es jetzt nackenkurz. Dazu hatte sie einen der modernen Charleston-Hüte auf dem Kopf.

Metha war keine Schönheit. Sie hatte eher grobe Züge und war für eine Frau ziemlich groß. Ihren Reiz machten ihre Fröhlichkeit und Offenheit aus. Und Metha konnte sich für alles Neue begeistern.

Als der Charleston in Berlin Einzug hielt, übte Alwine diesen Tanz stundenlang mit Metha in deren Wohnung.

In Berlin pulsierte das Leben und fast jeden Monat gab es neue Ablenkungsmöglichkeiten. Vergnügungstempel, wie der Admiralspalast oder der Wintergarten, waren immer voll und boten Varieté, Musik, Tanz, Gesang und Erotik. Alwine und Metha tingelten durch das nächtliche Großstadtleben und genossen diese Zeit und ihre Jugend.

„Metha", sagte Alwine, „wenn meine Mutter sehen würde, wohin wir abends ausgehen, sie würde, glaube ich, tot umfallen", und lachte. „Da, wo ich herkomme, ist absolut nichts los und meine Eltern würden hier bestimmt alles lasterhaft finden." „Dat wern se nich erfahren", antwortete Metha und lachte ebenfalls. Dann machten sich die beiden auf, um sich in das nächtliche Amüsement zu stürzen.

28

Als die Sektkorken Silvester 1923 in der Spenerstraße knallten, hatten Mathilde und Hannah endlich Zuversicht, dass es nun bergauf gehen würde. Sie feierten mit den Kindern das neue Jahr an einem bescheiden gedeckten Tisch. Sie kamen mehr schlecht als recht über die Runden. Hannah hatte zusätzlich noch eine Stelle als Telefonistin angenommen und immer die Spätschicht bedient. Diese hatte ihr ihre Cousine Sarah besorgt. Die Kinder kamen nach der Schule immer in den Laden, damit Mathilde die Hausaufgaben beaufsichtigen konnte.

Die Entscheidung, das Geschäft auf Kurzwaren auszudehnen, hatte ihnen auch etwas geholfen, wurde doch aufgrund der Knappheit in den meisten Familien nur noch geflickt und geändert.

„Ich wünsche mir, dass es ein gutes Jahr wird", sagte Mathilde und stieß mit Hannah an. „Kann ich auch ein Glas haben?", fragte Antonia. „Ja, darfst du", sagte Mathilde und goss Antonia ein.

Antonia vollendete in zehn Monaten das vierzehnte Lebensjahr. Sie war sehr groß und schlank und hatte bereits frauliche Züge. Ihr ebenmäßiges Gesicht, die wunderschönen weißen geraden Zähne und der hübsche volle Mund ließen erahnen, dass sie in ein bis zwei Jahren zu einer Schönheit erblüht sein würde. Dessen war sie sich auch voll bewusst und versuchte ihre Reize geschickt einzusetzen, um ihren Kopf durchzusetzen.

Antonia war nicht dumm, aber hatte kein sonderlich großes Interesse am Lernen. Viel lieber schaute sie sich Modemagazine oder die Auslagen der exquisiten Geschäfte an und träumte von einem Leben im Luxus. Am besten gefiel es ihr, im Mittelpunkt zu stehen und bewundert zu werden. Der Spruch ihrer Mutter, fleißig zu lernen, sonst würde sie kaum eine vernünftige Lehrstelle bekommen, ging ihr auf die Nerven. „Ich werde eh Schauspielerin", konterte sie dann lapidar.

„Ich weiß nicht, wie ich ihr diese Flausen austreiben kann", sagte Mathilde eines Abends zu Hannah. „Das ist das schwierige Alter", erwiderte Hannah. „Vielleicht gibt es sich, ansonsten wird sie ihre Erfahrungen machen müssen." „Ich hoffe, du hast recht. Ich meine, dass es sich gibt. So unterschiedlich sind die beiden. Arthur ist so fleißig und bescheiden, aber Antonia muss immer alles auf die Spitze treiben." „Mathilde, es ist nicht einfach, ohne Vater aufzuwachsen. Sie war vier, als er in den Krieg gezogen ist. Dann der Umzug nach Berlin, die neue Umgebung und die schwierigen Zeiten. Wir müssen da etwas Nachsicht mit ihr haben. Vielleicht wird es ja besser, wenn es nun aufwärtsgeht. Das Mädchen musste ihren Vater entbehren. So was steckt sicher auch jeder anders weg." „Ich hoffe, du hast recht, Hannah."

Hannah war nicht nur ihre beste Freundin, sondern auch ihre Beraterin und lag mit ihrer Einschätzung oft richtig. Mathilde hoffte, dass es auch dieses Mal so wäre.

***

Mit der Einführung der Rentenmark ging es im Lande endlich aufwärts. Überall füllten sich die Auslagen der Geschäfte, es machten neue Läden auf und die Stätten für Kultur und Amüsement schossen wie Pilze aus dem Boden. In Berlin blinkten die Reklamen und Anzeigen und jeder versuchte, an dem Aufschwung teilzuhaben.

Die Nachfrage nach Artikeln aller Art stieg sprunghaft an. Auch das Stoffgeschäft begann zu florieren. „Wir müssen das Schaufenster umdekorieren und können da ruhig ein bisschen mehr Glamour reinbringen", sagte Hannah. „Du hast recht, die Kundinnen wollen sich wieder chic machen. Wir werden damit noch heute anfangen."

Als Mathilde und Hannah mit ihrer neuen Dekoration fertig waren, lagen nicht nur Stoffe für den Alltag in der Auslage. Die Schaufensterpuppen trugen Samt und Seide für den Abend, natürlich nach der neuesten Mode drapiert. Dies sollte sich als eine gute Entscheidung erweisen, zog ihr Geschäft in den nächsten Wochen und Monaten doch immer mehr Kundschaft an.

Sie hatten nicht nur gute Laufkundschaft durch die günstige Lage, sondern auch eine profunde Stammkundschaft besuchte das Geschäft regelmäßig.

Im Herbst zog sich Hannah eine üble Grippe zu und musste zwei Wochen das Bett hüten. An Arbeiten war nicht zu denken und so blieb Mathilde auch nachmittags im Geschäft und Hannah überwachte den Haushalt und die Kinder.

Die Abende wurden jetzt im November schon schnell dunkel und die Dunkelheit hatte sich auf die regennassen Straßen gesenkt, als Mathilde den Laden schloss. Sie zog sich ihren Mantel über und machte sich auf den Heimweg. Vom Geschäft machte sie einen kleinen Spaziergang über die Taubenstraße und Friedrichstraße und nahm dann vom S-Bahnhof Friedrichstraße die Bahn bis Bellevue. Es hatte aufgehört zu regnen, aber die Feuchtigkeit hing noch in der Luft. Das Laub roch nass und welk und die Laternen spendeten spärliches gelbliches Licht. Der Herbstabend schien alles aufzusaugen.

Sie war noch in der Nähe des S-Bahnhofs, da hörte sie Schritte hinter sich. Mathilde drehte sich kurz um und sah einen angetrunkenen Mann hinter sich hergehen. Sie beschleunigte ihre Schritte.

Durch ihren Blick zurück war der Mann auf sie aufmerksam geworden und beschleunigte seine Schritte ebenfalls. Mathilde bekam ein ungutes Gefühl. Die Gegend war nicht besonders gut beleuchtet. Sie nestelte an ihrer Tasche herum und gab nicht acht, sodass ihr der Schirm aus der Hand fiel. Sie bückte sich und hob ihn auf, als sie plötzlich gewahr wurde, dass der Mann, groß und massig, hinter ihr stand.

„So allein unterwegs und so ganz ohne Beschützer? Da muss ich mich wohl ein wenig um dich kümmern?", sagte er. Seine Kleidung war schmutzig und Mathilde sah, dass er ungepflegt war.

Er trat dicht an sie heran, sodass sie seinen üblen Atem roch und seine verfaulten Zähne sah. Ihr gesamter Körper war angespannt und die Gedanken in ihrem Kopf wirbelten wild durcheinander.

Mit einem Schritt trat er aggressiv auf sie zu und riss an ihrem Mantel, in der Absicht, ihn zu öffnen. Mathilde wehrte sich so heftig sie konnte und schrie um Hilfe. Der Mann war ziemlich stark und seine Hände rissen schon die Knöpfe ihrer Bluse ab, als er plötzlich zusammensackte.

Hinter ihm stand ein Mann ungefähr in ihrem Alter. Er hatte dem Angreifer mit aller Wucht einen auf den Schädel gegeben. „Ich hoffe, Ihnen ist nichts passiert." „Nein, es ist schon gut. Sie kamen ja gerade noch rechtzeitig." Er zog sie weg von dem am Boden liegenden Mann, der die beiden anstarrte. Beschämt versuchte Mathilde ihre Kleidung zurechtzuzupfen. „Soll ich Sie in ein Krankenhaus bringen?", fragte er. Mathilde schüttelte den Kopf. „Nein danke, es geht schon wieder." „Soll ich Sie vielleicht ein Stück begleiten, bis es etwas besser beleuchtet ist?", fragte er weiter. Mathilde nickte zustimmend. Sie zitterte und wollte jetzt auf keinen Fall den Weg allein fortsetzen. „Ich möchte mich eben vorstellen. Mein Name ist Albert Krause. Ich bin Anwalt." Mathilde wollte nur noch nach Hause. Sie gingen ein Stück gemeinsam die Straße hinunter. „Ich bin jetzt gleich zu Hause. Vielen Dank, dass Sie mir geholfen und mich begleitet haben." „Darf ich vielleicht noch Ihren Namen erfahren?", fragte er. „Ich heiße Mathilde Ohme", sagte Mathilde kurz. Erst jetzt sah Mathilde, dass er wirklich attraktiv war. Sie war froh, dass er zur richtigen Zeit zur Stelle gewesen war.

Albert Krause sah die schöne Frau genauer an.

Obwohl sie nicht wollte, ging er noch eine Weile neben ihr her, bis sie in die Spenerstraße einbogen. „Ich bin gleich da. Danke für Ihre Hilfe", sagte Mathilde, die sich wieder beruhigt hatte. Die Gesellschaft des Mannes tat ihr gut. Sie fühlte sich von ihm beschützt.

„Darf ich Sie vielleicht zu einer anderen Tageszeit mal auf eine Tasse Kaffee einladen?"

Mathilde wirbelten die Gedanken durch den Kopf. Sie wollte schon ablehnen, doch dann überlegte sie es sich anders. Es war so lange her, dass sie mal mit einem Mann aus war.

„Na gut", sagte sie. Er lächelte sie an. „Das ist schön. Wann passt es Ihnen? Vielleicht gleich am Sonnabendnachmittag? Da ist die Kanzlei geschlossen." „Sonnabendnachmittag kann ich auch, da ist auch unser Geschäft zu."

Sie arbeitet also in einem Geschäft, dachte er bei sich. Vielleicht eine Verkäuferin? Aber dafür war sie zu teuer und elegant gekleidet.

„Wo darf ich Sie treffen?" „Ich weiß nicht." Zu Hause wollte sie auf keinen Fall abgeholt werden. Dann sagte Mathilde schnell: „Vielleicht am Romanischen Café um 16.00 Uhr?" Das war das Erste, was ihr einfiel. „Gut, das kenne ich. Das ist ein guter Treffpunkt", sagte Albert Krause. „Ich freue mich."

Mathilde musste ihre Gedanken erst einmal ordnen. Als sie nach Hause kam, berichtete sie Hannah von dem Überfall. Von der Einladung sagte sie erst einmal nichts. Sie hatte keine Ahnung, wie Hannah das aufnehmen würde.

Im Laufe des Sonnabends hatte Mathilde etliche Male hin und her überlegt, ob sie sich mit Albert Krause treffen sollte oder nicht. Letztendlich hatte sie Hannah doch eingeweiht, die ihr zugeredet hatte.

Mit viel Sorgfalt machte sich Mathilde an diesem Tag zurecht. Sie hatte ihr Haar frisch gewaschen und es in schöne Wellen gelegt. Sie stand vor ihrem Kleiderschrank und überlegte, was sie anziehen sollte. Schließlich entschied sie sich für das rote Wollkleid, welches ihre schlanke Figur bestens zur Geltung brachte. Dazu trug sie eine schöne Brosche, braune Schuhe und einen braunen Wollmantel. Bevor sie mit klopfendem Herzen das Geschäft am Nachmittag verließ, zog sie sich noch schnell die Lippen nach. Auf dem Weg zum Treffpunkt hatte sie das Gefühl, dass man ihr anerkennend hinterhersah.

Schon von Weitem sah ihn Mathilde vor dem Romanischen Café warten. Albert Krause half ihr galant aus dem Mantel und sie fand, dass er noch viel besser aussah, als sie ihn in Erinnerung hatte. Er bestellte Kaffee und Kuchen und später noch ein Glas Sekt.

Der Nachmittag verging wie im Fluge und Mathilde erfuhr, dass Albert Krause Anwalt in einer Kanzlei war. Er war in Berlin geboren und zwei Jahre älter als sie. Zu gern hätte sie etwas mehr über sein privates Umfeld erfahren, denn sie sah keinen Ring an seiner Hand.

„Sie hören sich nicht an, als ob sie aus Berlin kommen?", fragte Albert Krause. „Nein", antwortete Mathilde, „wir sind Ende 1920 nach Berlin umgezogen." Dann erzählte sie ihm ihre ganze Lebensgeschichte, ihr gemeinsames Leben mit Fritz, sein früher Kriegstod und die schweren Zeiten nach dem Krieg.

„Sie sind eine starke und mutige Frau, Mathilde. Ich darf doch Mathilde sagen?" „Ja, nennen Sie mich gerne Mathilde." „Dann bin ich der Albert." Dann gab er auch etwas von sich preis. Mathilde erfuhr, dass er verheiratet war, aber von seiner Frau getrennt lebte. Kinder hatten sie nicht.

Sie hätten noch ewig im Café sitzen können, aber nach drei Stunden machte sich Mathilde auf den Heimweg.

„Wann können wir uns wiedersehen?", fragte Albert zum Abschied. „Vielleicht nächsten Sonnabendnachmittag?" Er nahm ihre Hand in die seine und hielt sie länger fest, als es normalerweise üblich war. Beschwingt und mit rosigen Wangen fuhr Mathilde zurück in die Spenerstraße.

„Na, wie war es?", wollte Hannah wissen. Sie platzte schier vor Neugier. Mathilde schilderte ihr den Nachmittag in allen Einzelheiten. „Ist er unverheiratet?", wollte Hannah wissen. „Er sagte, dass er von seiner Frau getrennt lebt und sich von ihr scheiden lassen möchte." „Hm", machte Hannah und verzog skeptisch das Gesicht. „Siehst du ihn wieder?", fragte sie noch. „Ja, am Sonnabend", hauchte Mathilde glücklich.

Die Woche verging und Mathilde sah voller Erwartung dem Sonnabend entgegen. Sie trafen sich dieses Mal im Café Kranzler „Unter den Linden", Ecke Friedrichstraße. Ganz vertraut plauderten sie, als ob sie sich schon ewig kennen würden.

„Hast du noch Lust, in meine bescheidene Wohnung mitzukommen?", fragte er. „Ich muss nach Hause, ich habe es Antonia versprochen", sagte sie. „Na, was man verspricht, muss man auch halten", erwiderte Albert. „Vielleicht können wir am Freitagabend ins Kino gehen?" Er sah ihr intensiv in die Augen. „Ich werde versuchen, es einzurichten", versprach Mathilde.

Als Mathilde abends in ihrem Bett lag, malte sie sich aus, wie es wohl gewesen wäre, wenn sie mitgegangen wäre. Eine prickelnde Unruhe breitete sich in ihrem Körper aus, ein Gefühl, das sie lange verbannt hatte.

Antonia kam in die Küche geschlendert. „Sag mal, Hannah, wo geht Mutter eigentlich hin? Sie ist so verändert in letzter Zeit." „Sie hat jemanden kennengelernt, einen Rechtsanwalt", antwortete Hannah. Antonia ist nun alt genug, mit der Wahrheit umgehen zu können, dachte sie. Ihr die Unwahrheit zu erzählen, könnte die Situation verschlimmern.

Antonia schwieg zuerst, dann bildete sich eine Zornesfalte auf ihrer Stirn. „Ich will aber nicht, dass ein anderer Mann in unsere Familie kommt. Ich finde es gut so, wie es ist", sagte sie bockig. Hannah versuchte ihr zu erklären, dass ihre Mutter ja noch nicht alt sei und dass sie einen Anspruch auf ihr Leben habe. „Aber du machst doch so was auch nicht!", maulte Antonia weiter. „Bei mir ist es etwas anderes. Ich war nie verheiratet und mir fehlt das nicht. Ihr seid meine Familie und das ist gut so." „Ich werde jedenfalls niemand anders in unserem Leben akzeptieren!", sagte Antonia eingeschnappt und verschwand in ihr Zimmer. Von nun an beobachtete Antonia ihre Mutter ganz genau.

Sie verbrachten ruhige Weihnachtsfeiertage und auch an Silvester blieben sie zu Hause. Hannah ging zwar wieder arbeiten, aber die Grippe hatte sie ziemlich geschwächt, sodass sie nicht ausgehen wollte.

Albert hatte Mathilde erzählt, dass er über die Feiertage zu seinem Bruder in den Schwarzwald fahren und dann noch ein paar Tage im Schnee dranhängen wollte.

Das neue Jahr startete schneereich und tauchte die Parks und Gärten in ein winterliches Weiß.

In der zweiten Januarwoche tauchte Albert kurz im Geschäft auf. „Ich bin auf dem Weg zu einem Mandanten hier in der Nähe und konnte es nicht mehr erwarten, dich zu sehen", sagte er. „Ich habe dich auch vermisst, Albert." „Ich möchte dich gerne heute Abend zum Essen einladen. Kannst du das einrichten?"

Mathilde konnte und wollte es einrichten. Die Kinder waren schon groß und später würde auch Hannah zu Hause sein. Für ein paar Stunden konnte man sie schon allein lassen. So holte Albert Mathilde nach Geschäftsschluss ab und sie gingen in ein kleines Lokal an der Friedrichstraße. Hand in Hand und eng aneinandergekuschelt schlenderten sie die Friedrichstraße entlang, als Albert fragte: „Magst du noch mit zu mir kommen? Es nicht luxuriös, aber meine Frau lebt in unserem gemeinsamen Haus und ich musste auf die Schnelle etwas anderes finden." Mathilde sah ihm in die Augen und nickte.

Albert hatte ein kleines Appartement in der Leipziger Straße. Es war zweckmäßig eingerichtet mit einem Kleiderschrank, einem breiten Bett und einem Schreibtisch unter dem Fenster. Es war sauber, aber es fehlte jegliche persönliche Note. Keine Bilder, keine Bücher, keine Erinnerungen.

Albert zündete eine Kerze an und nahm Mathilde in die Arme, um sie zu küssen.

Anfangs küsste er sie sehr zärtlich und dann immer leidenschaftlicher. Mathildes ganzer Körper fing an zu beben. Behutsam öffnete er die Knöpfe ihres Kleides und sie ließ es geschehen. Im Schein der Kerze betrachtete er ihren noch immer schönen Körper. Sie fühlte seine Lust und nach den Jahren der Enthaltsamkeit fühlte sie das Kribbeln in ihrem Unterleib. Er streichelte ihren Rücken, ihre Arme und Beine. Wie wunderbar sich das anfühlte, wenn seine Fingerkuppen über ihre Haut glitten. Als er ihre Brustwarzen liebkoste, öffnete sie ihre Schenkel. Er tastete sich mit den Händen abwärts, berührte sie zwischen den Beinen und drang vorsichtig in sie ein. Im Rhythmus bewegten sie sich, bis beide sich entluden. „Du bist so wunderbar", flüsterte Albert ihr ins Ohr. „Du auch", gab sie zurück.

Später brachte er Mathilde bis vor die Haustür und hauchte ihr einen letzten Kuss auf die Wange.

Nach diesem Abend blühte Mathilde weiter auf. Ihr Gesicht bekam einen rosigen Schimmer und ihre Augen strahlten das

Glück regelrecht aus. In ihren braunen Locken zeigten sich bereits erste graue Fäden, aber das tat ihrer Schönheit keinen Abbruch. Bei der Menge ihrer Haare fiel es noch nicht sehr auf. Sie war fröhlich und ausgeglichen und auch mit ihren Kindern war sie sehr viel nachsichtiger.

Sie machten es sich zur Gewohnheit, einen Abend in der Woche in Alberts Wohnung zu verbringen. Dann liebten sie sich mit aller Leidenschaft und Hingabe.

Eines Abends, als Albert Mathilde wieder nach Hause brachte, fragte sie: „Hast du nicht Lust, uns mal am Wochenende zu besuchen und meine Kinder kennenzulernen?"

„Lass uns noch etwas Zeit. Außerdem möchte ich meine persönlichen Angelegenheiten erst regeln, bevor ich mich deiner Familie bekannt mache. Ich möchte meiner Frau nicht noch Argumente liefern, die mir dann zum Nachteil gereichen."

Mathilde war etwas enttäuscht, konnte sein Argument jedoch nachvollziehen. Sie hatten ja ihre Zukunft noch vor sich.

***

Das volle Frühjahrsgrün der Bäume zeigte sich in Berlin erst Anfang Mai. Mit dem frischen Grün und den bunten Farben des Frühlings zog es die Menschen nach draußen. Die Bänke in den Parks und Gärten füllten sich, die Cafés öffneten ihre Freisitze, die Gartenlokale räumten ihre Tische und Stühle nach draußen und die Geschäfte stellten ihre Sommerkollektion aus. Die Damen tauschten ihre wollenen Mäntel gegen luftige Trenchcoats und hatten Freude, mit hellen Farben den Frühling zu locken.

Mathilde und Hannah räumten im Geschäft alle leichten Sommerstoffe nach vorn und hofften, dass recht viele Kundinnen ein neues Sommerkleid haben wollten. Sie waren noch allein im Geschäft und würden erst in einer halben Stunde öffnen.

„Sag mal, hast du dir eigentlich mal überlegt, wie das mit dir und Albert weitergehen soll?", fragte Hannah ihre Freundin. Mathilde schüttelte verneinend den Kopf und schaute dann aber doch ihrer Freundin in die Augen. Hannah verdiente die

Wahrheit. „Wir haben noch nicht darüber gesprochen, da Albert erst seine persönlichen Dinge regeln möchte, er wird sich von seiner Frau scheiden lassen." „Und wie lange wird das dauern?", bohrte Hannah weiter nach. „Ich weiß es nicht, aber ich möchte ihn da auch nicht unter Druck setzen." „Das ist sicher auch für Antonia und Arthur keine einfache Situation, wenn ein neuer Mann in die Familie kommt", bemerkte Hannah weiter. „Ach", sagte Mathilde, „Antonia ist fast erwachsen und Arthur wird sich dran gewöhnen." Mathilde mochte das Thema nicht weiter vertiefen und verließ den Raum. Sie genoss den Zustand, wie er war, und wollte sich mit keinen Gedanken beschäftigen, die ihre Glücksgefühle zunichtemachen könnten.

Am Nachmittag hatte Mathilde mit Antonia einen Termin in der Personalabteilung des Kaufhauses Gebrüder Tietz in der Klosterstraße. Antonias Schulzeit endete im Sommer. Sie würde dann einen Lehrvertrag unterschreiben.

Antonia, die schon immer ihren eigenen Kopf hatte und auch nicht viel Freude am Lernen hatte, würde die Schule nicht mit glänzenden Noten verlassen. Sie war nicht dumm und hatte eine schnelle Auffassungsgabe, aber leider fehlten ihr oft der Ehrgeiz und die Ausdauer. Mit ihrer Schönheit und ihrem Charme gelang es ihr meistens die Situationen zu meistern. So auch beim Vorstellungsgespräch bei Tietz. Antonia setzte ihren ganzen Charme ein und der Personalchef war so von ihr beeindruckt, dass er ihr sofort eine Lehrstelle anbot. Er war zuversichtlich, dass ihr Talent in der Kundenberatung voll zur Geltung kommen würde. Die Schulnoten waren ihm da nicht so wichtig.

Nach diesem erfolgreichen Vorstellungsgespräch lud Mathilde Antonia auf ein Stück Kuchen ein. Sie war froh, dass sie ihre Tochter gut untergebracht hatte, und wer weiß, was das Leben für Antonia noch bereithielt. Sie könnte später immer noch das Geschäft übernehmen, aber erst sollte sie sich die Hörner woanders abstoßen. Die Erfahrungen bei Tietz würden ihr später sicher zugutekommen.

***

146

Der Sommer war für Mathilde der glücklichste Sommer seit ihrer gemeinsamen Zeit mit Fritz. Im Geschäft hatten sie recht gut zu tun, finanziell ging es ihnen wieder besser. Einmal die Woche verbrachte sie mit ihrem geliebten Albert den Abend in dessen Appartement und sie tranken Wein oder gingen um die Ecke etwas essen. Sie liebten sich und Mathilde genoss es, begehrt zu werden. Sie legte viel Wert auf ihr Äußeres und war positiv und aufgeschlossen.

An den heißen Tagen im Juli und August fuhr sie mit Hannah am Wochenende ins Strandbad. Antonia begann ihre Lehre und Arthur hatte das Schuljahr mit guten Noten beendet. Für ihn hatte Anfang September die Schule wieder begonnen. Der September war noch warm und sonnig und die Sonne brannte von einem strahlend blauen Himmel auf die Stadt. Die Bäume im Tiergarten zeigten schon erste gelbe Flecken im Blattwerk und der Rasen war welk von den heißen Tagen im Hochsommer. Es versprach ein perfekter Sonntag zu werden.

„Sag mal, sollen wir bei dem herrlichen Wetter vielleicht an den Wannsee fahren?", fragte Hannah. „Dann können wir am Wasser spazieren gehen und die Luft ist dort auch etwas angenehmer." „Ja, das ist eine gute Idee", erwiderte Mathilde. Beide liebten die Gegend um den Wannsee, sie genossen es, den Segelbooten und den Ausflugsdampfern nachzuschauen. Rasch zogen sie sich an und machten sich dann auf den Weg. Antonia und Arthur hatten keine Lust mitzukommen und wollten lieber zu Hause bleiben. „Ihr Stubenhocker!", scherzte Hannah. „Ach, lass sie, sie sind ja alt genug", sagte Mathilde.

Viele Menschen trieb es an diesem Spätsommertag an den Wannsee. Mathilde und Hannah beschlossen, eine Schifffahrt auf den Havelseen zu machen. Sie kauften sich Fahrscheine und wollten gerade einschiffen, als Mathilde auf einmal stehen blieb. Hannah sah, dass sie kreideweiß im Gesicht war.

Hannah drehte den Kopf in die Richtung von Mathilde und dann sah sie Albert. Sie hatte ihn einmal gesehen, als er Mathilde am Geschäft abgeholt hatte. An seinem Arm ging eingehakt eine elegante Dame, die wiederum ein etwa zehnjähriges Mädchen an der Hand hielt.

Albert unterhielt sich angeregt mit der Dame und dann küsste er sie auf die Haare. Es war ein Bild einer vollkommen harmonischen Familie. Mathilde blieb wie angewurzelt stehen. Als sie wieder fähig war, sich zu bewegen, sagte sie hastig: „Ich muss hier weg!", und sie zog Hannah fort und bewegte sich so schnell sie konnte in die entgegengesetzte Richtung.

„Wenn du darüber reden willst …", sagte Hannah, aber Mathilde schüttelte sogleich den Kopf.

Sie fuhren sofort zurück nach Hause. „Ihr seid schon wieder da?", bemerkte Antonia fragend, als die beiden Frauen die Wohnung betraten. „Ich habe Kopfschmerzen und muss mich hinlegen", quittierte Mathilde die Bemerkung ihrer Tochter. Dann zog sie sich sofort in ihr Zimmer zurück.

Sie lag die ganze Nacht wach und kam nicht zur Ruhe. Erst kamen ihr die Tränen aus Kummer und dann aus Wut. Auf einmal wurden ihr Dinge bewusst, die sie gerne übersehen hatte. Sein Appartement hatte keinerlei persönliche Note, aber wenn jemand umzieht, nimmt er zumindest einige persönliche Sachen mit. Auch dass er ihre Familie nicht kennenlernen wollte, erschien ihr nun in einem anderen Licht. Sie war eine Affäre und das wurde ihr jetzt schmerzlich bewusst.

Als Albert am nächsten Vormittag im Geschäft anrief, fertigte Mathilde ihn kurz ab. „Du brauchst dich nicht wieder zu melden. Ich habe gestern alles gesehen, was ich sehen musste", und legte auf. Er versuchte Mathilde noch zweimal im Geschäft abzupassen, aber Mathilde wies Albert brüsk ab.

In den Wochen danach konnte Hannah beobachten, dass sich Mathilde mit Hingabe dem Geschäft widmete. Gleichzeitig zog sie sich in sich zurück und legte einen dicken Panzer an, der sie zukünftig vor solchen Erfahrungen und Erlebnissen schützen sollte.

29

Als Alwine im Sommer 1926 ihre Eltern besuchte, war ihre Mutter sprachlos. „Kind, ich hätte dich ja fast nicht erkannt!", sagte Margarethe.

Vor ihr stand eine elegante junge Frau, die nach der neuesten Mode gekleidet war. Alwine trug ein blaugraues, schmal geschnittenes Kleid aus fließendem Stoff nach der neuesten Mode und dazu einen passenden Hut. Ihre Schuhe, ebenfalls in einem passenden Blau, hatten kleine Absätze. „Was hast du denn mit deinem schönen langen Haaren gemacht?", fragte Margarethe. „Na, das trägt man jetzt so", antwortete Alwine. „Das nennt man Bubikopf."

Alwine war nun schon fast sechs Jahre in Berlin und die Großstadt schien ihr gutzutun. Alwine war etwas schlanker geworden, hatte aber immer noch ihre Rundungen behalten. Aus ihren Augen strahlten Lebensfreude und Zufriedenheit. Ihre neue Frisur stand ihr ausgesprochen gut, sie machte sie reifer und zugleich flotter.

Beim Abendessen musste Alwine von ihrem Leben in Berlin und ihrer neuen Freundin berichten. Ihre Mutter wollte wissen, was geschneidert wurde und welche Stoffe man verwendete. Alwine wusste viel zu berichten, über ihre Arbeit im Atelier, das Leben, die neuen Bauten, die luxuriösen Geschäfte und das Filmgeschäft. Die Amüsements ließ sie dabei aus, denn erstens würden es ihre Eltern nicht verstehen und zweitens würden sie sich unnötig Sorgen machen.

„Hast du denn schon einen passenden jungen Mann kennengelernt?", fragte ihre Mutter. „Nein, das nicht. Damit habe ich es nicht eilig, aber ich habe eine nette Freundin gefunden. Metha heißt sie und sie ist Krankenschwester. Wir unternehmen oft etwas zusammen, wenn wir beide unseren freien Tag haben. Wir gehen gerne ins Museum, ins Kino und Café oder sehen uns die schönen Auslagen der Geschäfte an."

Alwine verbrachte zwei unbeschwerte Tage in Havelberg. Sie spazierte auf den vertrauten Wegen, atmete den Duft der Heimat ein und verabredete sich mit ihrer alten Freundin Gerda, die im Schuhgeschäft in der Altstadt arbeitete. Gerda hatte mittlerweile geheiratet, einen Werftarbeiter. Sie verabredeten sich im „Café Kronprinz" in der Langen Straße, welches auch nicht weit entfernt vom Schuhgeschäft lag.

„Mann, Winchen, hast du schicke Schuhe an, und wie elegant du bist!", stellte Gerda fest. „Wie eine richtige Dame!" „Na, so trägt man das heute in Berlin", sagte Alwine. „Hast du etwas von Emmi gehört?", fragte Alwine. „Ja, sie ist auch verheiratet und wohnt jetzt in der Nähe von Lüneburg. Sie hat einen Unternehmersohn geheiratet. Sie haben bereits einen Sohn bekommen. Ich habe sie lange nicht mehr gesehen. Sie kommt selten hierher zurück."

Gerda war neugierig und wollte genau wissen, wie es Alwine in Berlin erging. „Du hast es gut, so viel Abwechslung. Meine Tage sind immer gleich", sagte sie mit einer gewissen Sehnsucht in der Stimme. Sie plauderten noch eine Weile und dann verabschiedete sich Gerda, da sie nach Hause musste. „Lass dich mal wieder sehen", sagte sie noch zum Abschied.

Alwine machte einen langen Spaziergang, vorbei an ihrer alten, prächtigen Schule, an den Plätzen, wo sie sich mit ihren Freundinnen getroffen hatte, und schlenderte über die Weinbergstraße zurück zum Dom mit seinem imposanten Westwerk. Sie blickte in die Ferne, dieses Mal spürte sie keine Sehnsucht, sondern erfreute sich an der bezaubernden Havellandschaft. Sie war glücklich mit ihrem Leben.

Als sie beim Abendessen zusammensaßen, fragte ihre Mutter: „Hast du mal darüber nachgedacht, wieder zurück nach Hause zu kommen?" „Nein, darüber habe ich nicht nachgedacht", antwortete Alwine. „Es gibt in Berlin so viel mehr Möglichkeiten. Was sollte ich hier machen? Warten, bis mal einer ein Kleid braucht? Nein, ich kann nicht zurückkommen." Ihre Mutter sagte nichts und wandte sich ab. Alwine wusste, dass die Antwort sie schmerzte.

Sie sprachen das Thema auch am nächsten Morgen nicht mehr an. Ihr Zug fuhr erst am Nachmittag zurück. Nach dem Frühstück schlenderte Alwine noch mal hinunter in die Altstadt und nahm den Weg über den Burggrafenstein und die Steintorbrücke, als ihr ein junger Mann hinterherpfiff. Als sie sich umdrehte, lachte er ihr verschmitzt ins Gesicht.

Na so was!, dachte sie bei sich und freute sich im Stillen über das Kompliment. In Berlin war ihr das schon öfter passiert, aber hier?! Alwine hatte die kurze Zeit in der Heimat genossen, freute sich aber, nach Berlin zurückzufahren.

Als Alwine wieder abreiste, merkte sie, dass es dieses Mal anders war. Ihre Eltern brachten sie zum Bahnhof und standen etwas bekümmert am Bahngleis. Immer wieder fragten sie, wann sie wiederkäme.

Sie hatte darauf keine Antwort, versprach aber, dass es bald sein würde.

30

Otto war in der Werkstatt, obwohl Sonntag war. Emil fand Otto, als er gerade unter einem Auto hervorkroch. Otto wollte noch etwas fertig machen und da war es ihm egal, welcher Tag war. Er legte das Werkzeug weg und wusch sich die Hände.

„Otto, ich habe heute vielleicht eine Frau gesehen! So eine habe ich hier vorher noch nie gesehen!" „Soso", antwortete Otto. „Was war denn so besonders an ihr?" „Na, einfach alles! Sie war so elegant wie aus einem Magazin. Die Figur, Otto! Einfach alles an den richtigen Stellen. Und so wie sie aussah, muss sie einfach auch nett und gescheit sein. Sie schaute offen und freundlich und gar nicht eingebildet." „Na, dann kann ich nur hoffen, dass sie dir bald wieder über den Weg läuft und es nicht nur eine

Fata Morgana war." „Ich werde meine Augen jetzt ganz weit offen halten. Vielleicht ist die schöne Unbekannte ja gerade hierhergezogen."

Emil war dem anderen Geschlecht nicht abgeneigt und führte die eine oder die andere Dame schon mal aus, aber jemanden für eine feste Beziehung hatte er noch nicht gefunden.

Ähnlich erging es Otto. Er war sehr gut aussehend und wenn er dann auch noch die Geige rausholte, lagen ihm die Mädchenherzen zu Füßen, aber auch er hatte noch nicht die Richtige für eine feste Beziehung gefunden. Dabei hatte Otto klare Vorstellungen, wie sie sein musste. Auf jeden sollte sie Humor haben und trotzdem eine starke Persönlichkeit sein. Außerdem sollte sie unternehmungslustig sein und natürlich schön und elegant. Er wollte auf keinen Fall eine Frau haben, die nur heiratete, um versorgt zu sein. Vielleicht müsste er Havelberg irgendwann verlassen, um seine Traumfrau zu finden … Aber bis es so weit war, wollte Otto daran arbeiten, seine anderen Träume zu verwirklichen, sich irgendwann ein Auto kaufen und sein noch junges Leben genießen.

31

Antonia nahm mit Bestürzung die Veränderung ihrer Mutter wahr und gab ihr Bestes, um ihren Kummer nicht noch zu vergrößern. Sie war aufmerksam, half im Haushalt und nahm ihr Dinge ab, wann immer es möglich war. Auch mit ihrem Bruder verstand sie sich gut. Arthur hatte vor zwei Jahren aufs Gymnasium gewechselt. Er wollte später mal Lehrer werden.

Seit sie ihre Lehrausbildung bei Tietz begonnen hatte, war Antonia ausgeglichen. Sie nahm ohne Murren alle Aufgaben an und erledigte sie gewissenhaft. Das brachte ihr Wohlwollen und

Anerkennung ein und sie war beliebt bei Vorgesetzten sowie älteren und jüngeren Kollegen.

Mit ihren siebzehn Jahren war Antonia zu einer Schönheit erblüht. Sie war recht groß, hatte einen athletischen Körper und lange, schlanke Beine. Ihr dunkles, glänzendes Haar fiel ihr über die Schultern. Wenn sie lachte, sah man ihre makellosen, weißen Zähne blitzen. Antonia war sich ihrer Wirkung bewusst und setzte sie ein, wann immer es nötig war. Die jungen Burschen drehten sich nach ihr um oder pfiffen ihr hinterher, wenn sie auf dem Heimweg war.

Im Geschäft ihrer Mutter und von Tante Hannah, wie sie Hannah nannte, übernahm sie schon seit geraumer Zeit die Fensterdekoration. Darin bewies sie großes Geschick und konnte ihr künstlerisches Talent etwas entfalten.

Sonntags war ihr freier Tag und sie verabredete sich mit ihrer Freundin Lotte. Dann unternahmen sie Ausflüge an den Müggelsee oder Wannsee, gingen in den Tiergarten oder besuchten eines der zahlreichen Kinos und schmachteten Rudolph Valentino oder Hans Albers an. Die Stunden mit Lotte vergingen immer im Fluge. Lotte lernte Büroangestellte und hatte ebenfalls nur den Sonntag frei.

Abends musste Antonia pünktlich zu Hause sein, aber den Sonntagnachmittag konnte sie frei bestimmen. Das gemeinsame Abendessen am Sonntag war schon immer ein festes Familienritual gewesen, und wann immer es möglich war, hielt man daran fest.

Diesen Sonntag hatte sich Sarah zum Abendessen angekündigt. Sie brachte große Neuigkeiten mit.

Als sie beisammen am Tisch saßen, sagte Sarah: „Ich ziehe weg aus Berlin." „Waaas? Aber warum das denn? Wo willst du denn hin?", fragten Hannah und Mathilde fast wie aus einem Munde. „Ich habe mich verlobt und werde meinem Verlobten nach Stralsund folgen", lüftete Sarah das Geheimnis. „Wie, verlobt?!", fragte Mathilde erstaunt. „Er heißt Karl und wir kennen uns noch nicht so lange. Aber es war Liebe auf den ersten Blick. Und wir beiden wissen, dass es für immer ist." „Hast du dir das auch gut überlegt?", gab Hannah zu bedenken. „Hier hast du eine gute und feste Stelle und du kennst ihn doch noch gar nicht so lange." Mathilde sagte nichts. Ihre eigene unglückliche Affäre kam wieder in ihr hoch und sie hoffte, dass man bald ein anderes Thema finden würde. „Karl ist der Richtige. Das fühle ich. Ich habe so lange gewartet und nun lasse ich mein Glück nicht mehr aus den Händen. Ich könnt mich ja dann mal an der Ostsee besuchen."

Kurz vor Weihnachten packte Sarah ihre Sachen und machte sich auf den Weg nach Stralsund. Es wird ein trauriges Weihnachten, dachte Hannah etwas schwermütig, da ihre Cousine Sarah sonst immer am ersten Feiertag bei ihnen war.

32

Der Herbst des Jahres 1927 hatte Einzug gehalten und das Laub war schon bunt. Otto hatte die erste große Reise seines Lebens gemacht und war mit Anton von Liebenau nach Chemnitz gereist, um den neuen schwarzen Wanderer W10 abzuholen. Der Wanderer war für Otto ein Traum. Das edle Schwarz und die verchromten Lampen, der verchromte Kühlergrill und die ebenfalls verchromte Stoßstange ließen sein Herz höherschlagen. Der Geruch des Leders im Innern und das herrliche Tuckern des Motors machten die Autofahrt zu einem Erlebnis. Er genoss jede Sekunde dieser Reise.

Die Welt außerhalb seines kleinen Kosmos zu sehen, faszinierte Otto, und er wurde bestärkt, etwas aus seinem Leben machen zu wollen. Otto war jetzt zwanzig Jahre alt und verdiente schon sein eigenes Geld. Jeden Monat legte er Geld zurück und sparte, um sich etwas aufbauen zu können. Otto träumte von einem eigenen Auto, einem schönen Haus und einer hübschen Frau. Erst im Sommer hatte er ein Mädchen kennengelernt, Helene.

Sie war auch ganz nett, aber der Funke wollte nicht recht überspringen. Sie gingen öfter aus und küssten sich in den dunklen Ecken am Prälatenweg oder hinter den Büschen an der Pestalozzistraße, aber Otto wusste bereits jetzt, dass Helene nicht die Frau fürs Leben war.

Weihnachten verbrachte Otto, wie gewöhnlich, auf dem Brunnenhof. Es waren schöne und besinnliche Tage. Sie hatten Anton von Liebenau ebenfalls eingeladen, der ja seit dem Tod seiner Frau allein geblieben war. Otto spielte auf der Geige und alle anderen sangen dazu. Die Tanne im Hof war festlich geschmückt und es war eine gute Stimmung auf dem Gut. Das neue Jahr kam still und leise. Otto feierte den Jahreswechsel bei seinem Freund Emil, der ein paar junge Leute eingeladen hatte. Es wurde ein lustiger Abend und sie sangen, tanzten und schauten optimistisch ins neue Jahr.

Ein halbes Jahr später, am 17. Juni, feierte Otto mit Freunden ausgelassen seine Volljährigkeit. Einen Monat später hielt er seinen Führerschein in Händen. Otto war mit Anton von Liebenau immer mal auf dem Brunnenhof Auto gefahren. Natürlich nur auf Waldwegen oder auf dem Gut. Daher hatte er schon ein Gefühl für das Auto und brauchte nur wenige praktische Stunden zu nehmen. Einen Tag nach seinem Geburtstag erschien Anton von Liebenau bei Otto in der Werkstatt. Otto war fassungslos, als Anton von Liebenau ihm einen Umschlag mit einem größeren Geldbetrag in die Hand drückte. Auch sein Vater hatte ihm Geld mitgeschickt. Das Geld würde Otto für seine Zukunftspläne anlegen. Er versprach Anton von Liebenau, bald auf den Brunnenhof zu kommen.

An einem heißen Sommertag machte Otto in der Werkstatt eher Schluss. Er hatte die ganze Woche länger gearbeitet, um das Wochenende auf den Brunnenhof zu fahren. Sein Meister war großzügig, wusste er doch, dass niemand an Ottos Qualitäten heranreichte, und er wollte ihn deshalb unbedingt behalten. Otto schob sein Rad aus der Werkstatt, radelte durch die Altstadt bis zum Lebensmittelladen in der Langen Straße, als er sie sah …

Sie war das schönste Mädchen, das ihm bisher begegnet war. Sie war nicht sehr groß, schlank, aber nicht dünn, und hatte alle

Rundungen an den richtigen Stellen. Ihre blonden, nach neuester Mode geschnittenen Haare glänzten golden in der Sonne. Das leichte Sommerkleid aus edlem, hellgrünem Stoff umschmeichelte ihren Körper und der Rock wippte bei jedem ihrer Schnitte. Sie strahlte eine Eleganz aus, wie er es noch bei keinem der Mädchen hier gesehen hatte. Er wollte noch ein paar Mitbringsel einkaufen, als sie sich an der Tür des Lebensmittelgeschäftes in der Langen Straße die Türklinke in die Hand gaben. Sie lächelte ihn an und ihm stockte fast der Atem.

Als er vom Brunnenhof zurückgekehrt war, hielt er überall Ausschau nach dem Mädchen seiner Träume, aber sie tauchte nirgends auf. Es ist wie bei Emil damals, dachte er sich.

Der Havelberger Pferdemarkt war längst vorbei und die Tage wurden schon wieder kürzer, als das Telefon in der Werkstatt klingelte. Der Meister rief: „Otto, für dich! Es ist dein Vater." Otto wunderte sich, hatte doch sein Vater noch nie in der Werkstatt angerufen.

„Otto", sagte sein Vater stockend, „Anton von Liebenau ist letzte Nacht an einem Herzanfall gestorben. Der Arzt konnte nichts mehr tun. Er wird Anfang kommender Woche beerdigt." Otto starrte fassungslos auf das Telefon. „Otto?", fragte sein Vater, da er am anderen Ende der Leitung nichts mehr hörte. „Wieso so plötzlich, ich war mit ihm doch noch in Chemnitz?", fragte Otto stockend. „Er hatte ein schwaches Herz und hatte kurz vorher wohl schon einen leichten Anfall. Er hat in letzter Zeit immer damit gerechnet." „Ich komme", sagte Otto mit stockender Stimme und legte auf.

Es war wie ein Stich in sein Herz. Anton von Liebenau war immer wie ein Onkel für ihn gewesen und in manchen Dingen sogar mehr ein Vertrauter als sein Vater. Er erinnerte sich an die vielen Stunden, die sie zusammen verbracht hatten. An die Zeiten, wo er ihn als Kind schon mitgenommen hatte, und letztlich an die Fahrversuche im Wald. Und nun ist er plötzlich nicht mehr da, so wie meine Mutter, dachte Otto.

Es war für Otto die schwerste Reise auf den Brunnenhof. Als er ankam, spürte er die gedrückte Stimmung. Auch Ernst August und Elisabeth von Luckenberg waren angereist.

Zwei Tage später fand die Beisetzung auf dem Kirchhof statt. Der Zug der Trauernden wollte nicht enden. Anton von Liebenau war von allen geschätzt.

Das Beerdigungsessen fand auf dem Gut statt. Die Frauen hatten es sich nicht nehmen lassen, dafür zu sorgen. Es war ein sonniger Herbsttag, dennoch schien die Sonne an diesem Tag dunkler.

Da die von Liebenaus keine Kinder hatten, ging sein Erbe zum allermeisten Teil an seine Brüder. Etwas von seinem Geld sollte für gemeinnützige Zwecke verwendet werden.

Otto traute seinen Ohren nicht, als man ihm sagte, dass er den Wanderer bekommen würde. Anton von Liebenau hatte verfügt, dass, falls ihm etwas zustoßen sollte, Otto das Auto bekommen sollte. Auch wenn der Anlass traurig war, so kam Otto seinem Lebenstraum nun mit großen Schritten näher.

33

Fernab von Deutschland, in den Vereinigten Staaten von Amerika, entwickelte sich in den Zwanzigerjahren ein gefährlicher Trend. Viele Menschen legten ihr Geld dort in Aktien an, per se eine gängige Möglichkeit der Geldanlage. Es handelte sich jedoch dabei nicht nur um ihr Erspartes, sondern um Aktienkäufe, die zum Teil durch Kredite finanziert wurden. Da die Kreditaufnahmen keinem entsprechenden Kontrollmechanismus unterlagen, entwickelte sich eine gefährliche Spekulationsblase.

Im Herbst verzeichnete der Aktienindex Dow Jones nur noch ein schwaches Wachstum. Dies machte viele Anleger so nervös, dass die Menschen ihre Aktien im großen Stil verkauften und somit am 25. Oktober 1929 den großen Crash an der New Yorker Börse auslösten, der als „Schwarzer Freitag" in die Geschichte eingehen sollte.

Deutschland, welches gemäß dem Versailler Vertrag immer noch Reparationsleistungen zu erbringen hatte, wurde von den Vereinigten Staaten über den sogenannten „Dawes-Plan" unterstützt. Die deutsche Wirtschaftskraft konnte mithilfe einer amerikanischen Kreditfinanzierung über die Jahre deutlich gesteigert werden.

Nach dem Börsencrash in den Vereinigten Staaten zogen die amerikanischen Gläubiger ihre Kreditfinanzierung zurück, was wiederum zu einem Rückgang der Wirtschaftsleistung und einem Anstieg der Arbeitslosigkeit in Deutschland führte.

Als sich die Regierungskoalition 1930 nicht über die Erhöhung der Arbeitslosenversicherung einigen kann, zerbricht sie und läutet damit das Ende der Weimarer Republik und den Aufstieg der NSDAP ein.

34

Alwine saß am Ufer der Spree an der Fischerbrücke ganz in der Nähe des Schlosses und wartete auf Metha. Metha würde sich, wie so oft, verspäten. Es war ein wunderschöner und sonniger Tag im Juni. Die Bäume trugen noch das frische Grün und der Wind spielte mit der leichten Strömung des Flusses und dem Rocksaum von Alwines Sommerkleid. Alwine spürte die warmen Strahlen der Sonne auf ihrer Haut und beobachtete das Spiel des Wassers, als sie jemand ansprach.

„Na, junges Fräulein. So ganz alleine an einem so schönen Tag?" Alwine schaute auf und blickte in das verschmitzte Gesicht eines jungen Mannes. „Ich bin nicht alleine, ich warte auf meine Freundin." „Schade", sagte der junge Mann, „ich dachte, ich könnte Sie auf eine Tasse Kaffee einladen. Ich sehe Sie da schon eine ganze Weile sitzen." „Beobachten Sie immer junge

Frauen auf Bänken?“, fragte Alwine kess zurück. „Nein, nur Sie, da konnte ich nicht anders. Darf ich mich vorstellen?“, fragte der junge Mann. „Mein Name ist Franz. Franz Seibel.“ „Alwine, Alwine Siebert“, antwortete sie. Alwine hörte einen ganz leichten sächsischen Akzent heraus. Eigentlich sah er ja ganz gut aus. Er war groß und schlank und hatte dunkelblondes Haar. Sein Gesicht war markant und attraktiv.

„Interessanter Name, Alwine“, meinte er, „den habe ich vorher noch nie gehört.“ „Stimmt, er ist wirklich selten“, pflichtete Alwine ihm bei. „Wann kommt denn Ihre Freundin? Reicht die Zeit vielleicht doch für einen Kaffee?“ „Nein, leider nicht. Mein Freundin wird gleich kommen.“ Das Wörtchen „leider“ ließ Franz Seibel Hoffnung schöpfen. „Wenn Sie heute keine Zeit haben, vielleicht haben Sie ja ein anderes Mal Zeit für einen Kaffee, Fräulein Alwine?“, fragte er und schaute ihr in die blauen Augen. Alwine überlegte. Ihr gefiel der junge Mann ganz gut. „Ja, ein anderes Mal ginge es“, sagte sie. „Am kommenden Sonnabendnachmittag?“, fragte er. „Ja, das ginge auch bei mir“, antwortete Alwine. Da sah Alwine Metha heraneilen. „Meine Freundin kommt. Ich muss jetzt los.“ „Na, dann bis Sonnabend und hier in dieser Stelle?“, fragte Franz Seibel noch schnell, bevor die Gelegenheit vorbei war. „Ja, bis Sonnabend, hier“, antwortete Alwine und eilte davon.

„Wer war dat denn?“, fragte Metha. „Jemand, der mich angesprochen hat. Franz Seibel heißt er.“ „Sah ja nicht schlecht aus, wat ick so sehen konnte“, brummte Metha. Dann hakte Metha ihre Freundin unter und sie gingen Richtung Lustgarten davon.

Den restlichen Nachmittag verbrachten beide im Museum und bummelten danach „Unter den Linden“ entlang. Die wunderschönen alten und prächtigen Gebäude, wie beispielsweise die schönen Palais und die Oper, beeindruckten Alwine immer wieder. Ihre Gedanken schweiften allerdings hin und wieder zu dem jungen Mann ab. Der Name Franz gefiel ihr.

***

159

Die ganze restliche Woche dachte Alwine öfter an den kommenden Sonnabend. Der Tag war nicht so schön und sonnig, aber es regnete wenigstens nicht. Schon morgens erfüllte Alwine eine gewisse Unruhe, aber auch Vorfreude. Was, wenn er gar nicht kommt?, dachte sie.

Sie wusch sich das Haar und legte es in schöne Wellen. Sie entschied sich für ein gemustertes Kleid mit weißem Untergrund. Dazu nahm sie beigefarbene Schuhe mit einem Riemen über dem Spann aus dem Schrank. Bevor sie ging, zog sie eine weiße Strickjacke über, die sie selbst gestrickt hatte, und setzte eine passende helle Baskenmütze auf, die ihr Pariser Chic verlieh.

Sie näherte sich der Fischerbrücke und sah ihn schon von Weitem auf der Bank sitzen. Mit klopfendem Herzen näherte sie sich.

„Schön, dass Sie gekommen sind, ich war mir nicht sicher", sagte er. „Wieso nicht? Ich war mir schon sicher", erwiderte sie und lächelte. Sie gingen in ein kleines Café in der Nähe und verbrachten über zwei Stunden dort. Alwine erfuhr, dass Franz, wie sie ihn jetzt nannte, Medizin an der Humboldt-Universität studierte. Er stammte aus einer Unternehmerfamilie in Plauen im Vogtland. Er hatte noch zwei Semester vor sich, dann würde er seinen Abschluss machen.

Alwine erzählte ihm von ihrer Familie und wie sie sich allein in Berlin durchgebissen hatte. Sie träumte davon, ihr eigenes Atelier aufzumachen, aber dazu fehlte ihr das Geld. Franz war charmant und konnte gut zuhören. „Ich hätte gerne ein schickeres Café ausgesucht, aber dann wäre bei mir Ebbe bis zum Ende des Monats. Meine Eltern bezahlen die Wohnung und das Studium und noch mehr möchte ich nicht annehmen." „Kein Problem, ist doch schön hier", beruhigte ihn Alwine.

Sie bummelten noch ein wenig durch die Stadt und suchten sich ein kleines preiswertes Restaurant in Schöneberg. Alwine und Franz genossen jede Minute ihres ersten Treffens und wollten sich einfach noch nicht voneinander trennen. Er berichtete von seinem Studium und Alwine hörte interessiert zu.

Franz brachte Alwine bis zu ihrer kleinen Wohnung in der Wartburgstraße und sie stellten fest, dass sie gar nicht so weit voneinander entfernt wohnten. Sie wollten sich so bald wie möglich wiedersehen und verabredeten sich schon für den kommenden Mittwoch. Zum Abschied küsste Franz Alwine spontan auf die Wange. Beseelt stieg sie die Stufen zu ihrer Wohnung hinauf.

„Na, wie war es?", wollte Metha wissen. „Er war sehr nett, er ist gescheit und charmant und ich werde ihn wiedersehen", sagte Alwine. „Wat du für een Jlück hast. Ick arbeite im Krankenhaus, aber mir hat noch keener der jungen Ärzte anjesprochen. Dabei laufen da so viele rum. Na ja, ick sehe ja och nich so jut aus wie du." „Ach Metha, das kommt vielleicht noch. Du siehst ja, bei mir hat es auch lange gedauert." Alwine nahm ihre Freundin in den Arm. Dann nahmen sie auf Methas kleinem Sofa Platz, verbrachten den Abend zusammen und spielten Karten.

Am Mittwochabend trafen sich Alwine und Franz in dem kleinen Restaurant auf ein Glas Wein.

„Ich sehe immer mehr Trupps von der SA in den Straßen. Das bereitet mir wirklich Sorgen. Was sich da zusammenbraut, verheißt nichts Gutes", sagte Franz. „Wir haben immer noch eine Demokratie, Franz", versuchte Alwine ihm die Besorgnis zu nehmen. „Ja, aber eine auf sehr schwachen Füßen und die Rechten werden immer aggressiver. Und dieser Hitler, wenn ich den schon höre." „Ach, lass uns den schönen Abend nicht mit Politik verderben", meinte Alwine. „Gut, aber gefallen tut mir das gar nicht, was ich so sehe."

Als sie zum Abschied vor Alwines Haustür standen, nahm Franz Alwines Gesicht in seine Hände und küsste sie. Es fühlte sich gut an und Alwine erwiderte seinen Kuss. Dieses Mal fiel es ihr noch schwerer, sich von ihm zu trennen.

In den kommenden Wochen sahen sie sich mindestens zweimal die Woche. In der Woche trafen sie sich in dem kleinen Restaurant und am Wochenende fuhren sie raus an einen der Seen oder auch nach Potsdam, um in den Gärten von Sanssouci zu bummeln. Manchmal nahm Franz seine Bücher mit, wenn sie zum Picknick an einen der Berliner Seen fuhren. Alwine liebte es, ihn zu sehen, wenn er in seine Lektüre vertieft war. In der Woche ging Franz seinem Studium nach und Alwine arbeitete im Atelier.

An einem verregneten Sonnabend im Juli hatten beide keine Lust, irgendwohin zu fahren. „Hast du Lust, mit zu mir zu kommen?", fragte Franz. „Hm, warum nicht? Ich kenne deine kleine Wohnung gar nicht. Ich würde gerne mal sehen, wo du wohnst." So spazierten sie über die Grunewaldstraße, bogen nach links in die Goltzstraße ab und erreichten rechterhand die Winterfeldtstraße, wo Franz eine kleine Wohnung hatte, die seine Eltern finanzierten. Das Haus hatte eine rötliche Fassade und sowohl schmiedeeiserne als auch aufwendig mit Mauerwerk eingefasste Balkone.

Franz' Wohnung war sehr einfach eingerichtet und überall lagen Bücher. Das Zimmer hatte einen recht großen Schreibtisch, einen Kleiderschrank, eine Kommode und ein Bett. Da es außer diesem Bett keine Sitzgelegenheit außer einem einzigen Stuhl gab, setzten sich beide auf den Bettrand. Es entstand eine Spannung, denn beide wussten, was kommen sollte. Alwine legte ihre Jacke ab. Franz trat an sie heran und küsste zärtlich ihre weichen Lippen. Alwine erwiderte den Kuss und beide sanken, sich innig küssend, auf das Bett. Das Verlangen beider steigerte sich immer mehr, sodass sie sich ihre Kleider abstreiften. Franz fuhr mit seinen Händen über Alwines wohlgeformten Körper. Er berührte ihre Brüste, ihre Taille, ihre Schenkel und legte sich zwischen ihre Beine. Nie hätte sie sich das Gefühl vorstellen können.

Sanft liebkoste er sie zwischen den Beinen, sodass ihre Erregung immer stärker wurde. Dann drang er in sie ein und ein heftiger Schmerz durchfuhr sie, der schon bald verebbte. In rhythmischen Bewegungen, begleitet von innigen Küssen, trieben sie ihrem Höhepunkt entgegen. Ermattet, aber glücklich blieben sie noch lange liegen und streichelten sich immer wieder.

Sie schmiegten ihre Körper eng aneinander und redeten über alles, was ihnen durch den Kopf ging, bis sich die Nacht über Berlin gesenkt hatte.

„Du bist die wunderbarste Frau, die man sich vorstellen kann", sagte Franz und betrachtete Alwine im Kerzenlicht. „Und du der wunderbarste Mann", erwiderte Alwine. Mit dem morgendlichen

Gesang der Vögel machte Alwine sich auf den Heimweg. Franz wollte sie begleiten, aber Alwine bestand darauf, dass er im Bett blieb.

Alwine war froh, als kurz darauf ihre monatliche Blutung einsetzte. Nach diesem Abend machte sie sich Sorgen über eine mögliche Schwangerschaft. Sie würde mit Metha reden müssen, die ja Krankenschwester war und vielleicht etwas mehr über Verhütung wusste.

35

Hannah kam aus dem Geschäft heim und Mathilde wartete schon mit dem Abendessen. Mathilde schaute ihre Freundin an, die besorgt aussah. „Ist etwas nicht in Ordnung?", fragte sie. „Das, was sich in unserem Umfeld tut, gefällt mir gar nicht. Ich sehe immer mehr SA auf den Straßen und der Hitler führt nichts Gutes im Schilde. Noch vor ein paar Jahren hat er gegen die Juden gewettert. Er schart immer mehr Anhänger um sich und er will mit Sicherheit die Macht ergreifen. Ich traue ihm nicht", sagte Hannah. „Die NSDAP hat nicht die Mehrheit und noch haben wir auch andere Parteien im Parlament. So einer wird bestimmt nicht an die Macht kommen. Der hat ja schon einmal versucht zu putschen und ist gescheitert. Da sind schon alle gewarnt", entgegnete Mathilde. „Na, hoffen wir mal, dass du recht hast. Aber so einer gibt bestimmt nicht auf."

Hannah beobachtete die politische Entwicklung mit Besorgnis. Die Tatsache, dass die Juden in ihrer langen Geschichte schon immer um ihren Platz kämpfen mussten und oft Rassismus ausgesetzt waren, trug sicher dazu bei. Im Gegensatz zu Mathilde interessierte sich Hannah viel mehr für Politik und das Geschehen um sie herum.

Nach ihrer unglücklichen Affäre hatte sich Mathilde wieder in ihr Schneckenhaus zurückgezogen. Sie hatte weder Lust auszugehen noch andere Leute kennenzulernen. Es war, als wäre in ihrem Körper ein Licht erloschen. Das Einzige, dem sie mit großer Gewissenhaftigkeit nachging, war das Geschäft. Vielleicht, weil es die einzige Verbindung zu ihrem glücklichen Leben war.

Nach vielen guten Jahren merkte man jetzt auch, dass das Geld wieder knapper wurde. Die Arbeitslosenzahlen stiegen und viele hatten sich verschuldet. Ihre Stammkundschaft würde auch weiterhin die Stoffe bei ihnen kaufen, aber man merkte, dass viele den Gürtel enger schnallten.

Im Herbst zog sich Mathilde eine schwere Erkältung zu, die sie nicht auskurierte. Als der Husten immer stärker wurde und auch noch Fieber dazukam, holte Hannah den Arzt. Der diagnostizierte eine Lungenentzündung und Mathilde wurde in die Hansaklinik eingeliefert. Es sollte viele Wochen dauern, bis sie sich wieder erholt hatte.

Antonia war fast volljährig und nahm immer seltener am Familienleben teil. Sie streifte lieber mit ihren Freunden umher und genoss die Aufmerksamkeit, die ihr zuteilwurde.

Eines Abends kam Hannah mit einem Vorschlag heim. „Mathilde, was meinst du, sollen wir nicht im kommenden Sommer unser Geschäft für zehn Tage schließen und ein paar Tage an die See fahren? Das würde deiner angeschlagenen Lunge sicher guttun. Sarah hat uns ja immer wieder eingeladen und wenn wir es jetzt nicht tun, machen wir es vielleicht nie." Hannah rechnete schon mit Ablehnung, aber dann sagte Mathilde: „Ja, das würde ich gerne tun. Das würde uns beiden sicher guttun." Das erste Mal seit Langem sah Hannah wieder ein Lächeln in Mathildes Gesicht.

36

Paul und Margarethe wohnten immer noch in ihrem kleinen Häuschen am Kaiser-Otto-Platz, Tür an Tür mit Johanna Wille. Es sah immer noch so sauber und ordentlich aus wie zu der Zeit, als Paul Margarethe geheiratet hatte und alles in Ordnung brachte.

Johanna Wille war in dem Alter von Margarethes Mutter, wenn sie noch gelebt hätte, und war schon sehr gebrechlich. Dennoch verließ sie jeden Morgen das Haus, um frische Milch im nahe gelegenen Geschäft zu holen.

Paul und Margarethe waren Frühaufsteher und sahen die alte Frau immer das Haus verlassen. Paul kümmerte sich um die notwendigsten Reparaturen auch an ihrem Häuschen, wofür Johanna Wille Paul sehr dankbar war. Sie war seit vielen Jahren verwitwet und ihr einziger Sohn arbeitete bei einer Bank in Hamburg. Er besuchte seine Mutter nur selten.

Diesen Morgen musste etwas passiert sein, dachte Margarethe besorgt, denn sie hatte nicht gesehen, dass Frau Wille das Haus verlassen hatte. „Paul, ich glaube, ich gehe mal nachschauen, da stimmt was nicht. Vielleicht ist sie krank." Als Margarethe klingelte, tat sich nichts. Auch auf das Klopfen an der Haustür und an den Fenstern kam keine Reaktion. Von außen konnte man ebenfalls nichts sehen. Paul stieg über die kleine Mauer in ihren Hof, aber auch hier war alles verschlossen.

Dann riefen sie den zuständigen Ortspolizisten, der das Häuschen öffnen ließ. Frau Wille lag leblos in ihrem Bett. Der herbeigerufene Arzt konnte nur noch ihren Tod feststellen. Johanna Wille war friedlich in ihrem Bett eingeschlafen. Wenige Tage später fand sie ihre letzte Ruhe auf den Domfriedhof.

„Wer weiß, wer sich dieses Häuschen kauft", sagte Paul. „Hoffentlich jemand, mit dem wir gut zurechtkommen. Bei so viel Nähe muss es schon passen." Margarethe dachte über Pauls Bemerkung nach. Sie wusste, dass er recht hatte.

Durch die Ritzen der Schlagläden konnte Margarethe das Licht der Morgensonne sehen. Sie war sehr früh wach geworden und hatte unentwegt über Pauls Worte nachgedacht. Dann hatte sie einen kühnen Gedanken. Sie stand auf und ging in die Küche, um das Frühstück vorzubereiten.

Als Paul in die Küche kam, musste sie ihm unbedingt ihre Gedanken mitteilen. „Paul", sagte Margarethe, „wir haben doch so viel Geld angespart. Was meinst du, sollen wir nicht das Häuschen von Frau Wille kaufen? Dann können wir uns einen Mieter zu suchen, der zu uns passt." Überrascht schaute Paul Margarethe an und kratzte sich am Kinn. Erst einmal sagte er nichts und es sah aus, als ob er nachdachte. Dann schaute er seine Frau an. „Margarethe, das ist großartig. So weit habe ich noch gar nicht gedacht." Nach einer Weile nahm Paul das Thema wieder auf. „Ich höre mich mal um und nehme Kontakt mit dem Sohn von Frau Wille auf. Der wollte ja sowieso noch mal kommen und den Haushalt auflösen."

Vier Wochen später saßen sie mit dem Sohn in ihrem Wohnzimmer, um über den Verkauf zu reden. Der Preis, den der Verkäufer verlangte, war angemessen, da das Häuschen an vielen Stellen renovierungsbedürftig war. Auch innen war alles alt und abgewohnt. So wurden sie sich einig und die Sieberts erwarben das Häuschen mit drei Zimmern und einer großen Küche und dem Hof hinter dem Haus.

Paul hatte sich vorgenommen, alles instand zu setzen und auch zu modernisieren, bevor sie es zur Vermietung geben wollten. Er war sich sicher, dass ihm viele seiner Freunde und Kollegen bei dem Unterfangen helfen würden. Auch an Material würde er kostengünstig rankommen. Margarethe freute sich ebenfalls auf ihre neue Aufgabe. Sie würde sich um den Hof und den Garten und die Ausstattung kümmern. Sie wussten, es würden viele arbeitsreiche Wochen vor ihnen liegen, aber sie waren glücklich, diese Entscheidung getroffen zu haben.

37

Otto hatte sich in den letzten Monaten viele Gedanken über seine Zukunft gemacht und wie er mit seinem plötzlichen Wohlstand umgehen sollte. Er blieb zunächst noch in der Werkstatt und unternahm mit seinem Auto Ausflüge in die nähere und weitere Umgebung. Ab und zu nahm er auch Helene mit. Sie sprach allerdings immer öfter von einer gemeinsamen Zukunft, was ihm zunehmend Unbehagen bereitete. Die konnte er sich mit Helene beim besten Willen nicht vorstellen. Er würde diese Beziehung bald beenden müssen, auch aus Anstand ihr gegenüber. Helene liebte es, chauffiert zu werden und die bewundernden Blicke zu ernten.

Im Frühjahr 1930 fällte Otto dann eine weitreichende Entscheidung. Er beendete sein Arbeitsverhältnis in der Werkstatt und gründete sein eigenes Unternehmen, das „Taxiunternehmen Otto Landsberg". Mit dem eigenen Auto hatte er die nötige Grundlage für sein Fahrgeschäft. Er war dreiundzwanzig Jahre jung, gut aussehend, geschickt und voller Energie, hatte also die besten Voraussetzungen, um sich etwas aufzubauen. Es gab immer mehr Leute, die sich zwischen Berlin und Hamburg bewegten, und diese Bewegungslücke wollte Otto bedienen. Die ländliche Lage und die zunehmende Reiserei stimmten ihn zuversichtlich, hier ein gutes Geschäft aufbauen zu können, noch zumal er sich um die Wartung des Fahrzeugs selbst kümmern konnte. Außerdem war er das einzige Taxiunternehmen am Ort, sodass er keine lästige Konkurrenz fürchten musste. Wenn er nicht am Auto arbeitete, war er stets förmlich gekleidet. Das war für ihn wichtig, wollte er seinen Kunden doch ein gewisses Niveau bieten.

Sein Vater, den er nun häufiger besuchte, begrüßte diese Entscheidung. Er wusste, dass Otto gescheit und verlässlich war, und zweifelte nicht am Erfolg der Idee. Als er auf dem Brunnenhof ankam, lief er direkt Frieda in die Arme. Sie schaute ihn von oben bis unten an. „Na, Jungchen, wat biste schnieke." Otto lachte. „Na, das muss ich doch, wenn ich feine Kundschaft chauffieren will." „Haste och wieder recht." Dann eilte sie schnellen Schrittes ins Herrenhaus.

Otto fand Emma und seinen Vater in der häuslichen Küche. Sie beide hatten eine dicke Stulle auf dem Teller und machten einen zufriedenen Eindruck. Er kam mittlerweile wieder gerne auf den Brunnenhof, auch wenn er die Anwesenheit Antons von Liebenaus schmerzlich vermisste. Er war ihnen allen mehr ein Freund gewesen, als es ihnen bewusst war.

„Jetzt, wo ich das Auto habe, können wir doch mal einen Ausflug machen. Was meint ihr?", schlug Otto vor. „Ach Otto", sagte sein Vater, „das ist nett, dass du das vorschlägst, aber uns gefällt es hier am besten." „Aber Vater, wolltest du nicht immer mal ans Meer?" „Früher ja, Otto, aber heute nicht mehr." Das war Marias und mein Traum, dachte Friedrich. Das ist nun vorbei. „Aber wenn dir so viel daran liegt, dann machen wir mal einen Ausflug. Vielleicht nach der Ernte, wenn es etwas ruhiger wird", antwortete Friedrich seinem Sohn.

Mit dieser Antwort war Otto zufrieden, wollte er doch vor allem seinem Vater mal eine Freude machen. Als er den Wanderer vom Hof lenkte, sah Otto zwei zufriedene Menschen im Rückspiegel stehen.

38

Es war für Alwine der schönste Sommer ihres Lebens. Sie war jung und hübsch und das Schicksal schien es gut mit ihr zu meinen. Ihre Mutter fragte immer wieder, wann sie heimkäme, aber Alwine hatte überhaupt keine Lust, Berlin zu verlassen.

Im Atelier wurde sie mittlerweile zu allen wichtigen Kunden mitgenommen. Sie hatte nicht nur handwerkliches Geschick, sondern auch kreative Ideen und einen eleganten Geschmack. So war sie zu einer unverzichtbaren Angestellten im Geschäft geworden. Sie schneiderte nicht nur ihre gesamte Garderobe selbst, sondern auch hin und wieder etwas für ihre Freundin Metha. Metha arbeitete im Schichtdienst, sodass sie nur jede dritte Woche abends da war. In der Frühschichtwoche unternahm sie dann oft etwas mit Metha. Franz musste deshalb hin und wieder auf Alwine verzichten, aber er hatte sich ja um sein Studium zu kümmern.

Im politischen Berlin tobte der Wahlkampf. Alwine und Franz kamen vom Bahnhof Ebersstraße und gingen in Richtung Potsdamer Straße, als sie eine riesige Menschenmenge vor dem Sportpalast sahen. Wie sie später erfuhren, sprach Adolf Hitler an diesem 10. September und mehr als 16.000 Anhänger folgten seinem Ruf. Vier Tage später, am 14. September, konnte Hitlers Partei, die NSDAP, bei den Wahlen 18,3 Prozent der Stimmen für sich gewinnen und damit zweitstärkste Kraft nach der SPD werden. Nährboden fand die NSDAP bei den Millionen Deutschen, deren Lebenssituation sich in den letzten Monaten vor der Wahl dramatisch verschlechtert hatte. Das passierte nicht nur in den Städten, sondern durch den Verfall der Steuerlasten auch auf dem Lande.

„Hast du den Hitler schon mal gehört, Franz?", fragte Alwine. „Nein, persönlich nicht, und da lege ich auch keinen Wert drauf. Aber ich habe so einiges über ihn gelesen. 1923 hat er in München ja schon einmal probiert, die Demokratie mit seinem Putsch zu stürzen. Nun versucht er es mit Propaganda. In meinen Augen ist der Mann extrem gefährlich."

Sie gingen zu Franz in die Wohnung und verbrachten den Abend und die Nacht zusammen.

Der Oktober hatte noch ein paar milde Tage, aber im November zeigte sich der Herbst von seiner trüben Seite.

Alwine hatte im Atelier noch ein paar Aufträge zu erledigen, deshalb hatte sie Franz für den Abend abgesagt. Sie würden sich morgen an ihrem freien Tag beim „Aschinger" am Alex treffen. Franz wollte von der Universität direkt dorthin kommen.

Als sich Alwine am nächsten Tag mittags auf den Weg machte, war sie schon vor der ausgemachten Uhrzeit am Treffpunkt. Sie holte ihr Buch aus der Tasche und bestellte sich einen Kaffee.

Vertieft in ihre Lektüre, merkte Alwine gar nicht, wie Zeit verging. Sie schaute auf die Uhr und sah, dass sie schon fast fünfundvierzig Minuten hier war. Es war gar nicht Franz' Art, zu spät zu kommen. Sie wartete noch eine halbe Stunde und machte sich dann auf den Weg zu seiner Wohnung. Auch hier war alles still, Franz schien nicht da zu sein. Grübelnd ging Alwine zu ihrer Wohnung zurück. Auch am Abend hörte und sah sie nichts von Franz. Ihre Unruhe wuchs immer mehr und unzählige Gedanken wirbelten ihr durch den Kopf.

Dass Franz sich einfach nicht meldete, darauf konnte sie einfach keine Antwort finden. Es hatte kein falsches Wort oder irgendwelche Meinungsverschiedenheiten zwischen ihnen gegeben, die Anlass hätten sein können, sich nicht zu sehen. Bei ihrem letzten Abschied hatten sie sich noch lange und intensiv geküsst.

Alwine musste am nächsten Tag arbeiten, aber nach Feierabend würde sie noch einmal zu Franz' Wohnung fahren. Die Arbeit ging ihr nicht gut von der Hand, denn sie war nervös und unruhig.

Am Abend ging sie wieder zu Franz' Wohnung, aber alles war dunkel. Sie musste einen seiner Freunde fragen.

Metha hatte die Woche Spätschicht, aber Alwine konnte sowieso nicht schlafen und passte Metha ab, als diese die Treppe zu ihrer Wohnung hinaufstieg.

Sie erzählte Metha ihre Sorgen. Metha hörte aufmerksam zu. Sie versprach zu prüfen, ob er vielleicht in die Hansaklinik eingeliefert wurde. Auch hatte sie noch Freunde in der Charité.

Am nächsten Nachmittag machte Alwine sich auf zur Humboldt-Universität, aber man ließ sie nicht ein und sie hatte keine Adresse von einem seiner Freunde. Also musste sie unverrichteter Dinge wieder gehen.

Ihre Gedanken kreisten und sie wusste sich langsam keinen Rat mehr. So gar kein Lebenszeichen von Franz zu bekommen, bedeutete nichts Gutes.

Am Abend machte sie sich doch noch mal auf zu Franz' Wohnung. Sie ging durch das Vorderhaus und stieg im Seitenflügel die Treppe hoch.

Durch das Glas der Wohnung sah sie einen Lichtschein. Das Herz klopfte ihr bis zum Halse. Mit bebendem Herzen klopfte Alwine an die Wohnungstür. Sie hörte Schritte und eine Dame öffnete die Tür. Die Frau war mittelgroß, wahrscheinlich Mitte bis Ende vierzig und sehr elegant. Ihr Blick war traurig und die Augen geschwollen und gerötet. Sie musste geweint haben. „Ja?", sagte sie. „Mein Name ist Alwine Siebert und ich wollte zu Franz. Ich kann ihn seit Tagen nicht erreichen." „Kommen Sie rein", sagte die Dame. Als sie die Tür geschlossen hatte, stellte sie sich vor.

39

Otto war jetzt selbstständiger Unternehmer. Bis Ende letzten Jahres hatte er noch in der Werkstatt gearbeitet. An seinem letzten Tag hatte ihn der Meister beiseitegenommen und Otto für die hervorragende Arbeit gedankt. Zum Abschied schenkte er ihm ein neues wunderschönes ledernes Portemonnaie mit den Worten: „Auf dass es bei dir nun immer voll ist." „Danke", erwiderte Otto und nahm das Geschenk an sich. „Falls du doch zurückkommen möchtest, du hast immer einen Platz bei mir, Otto", sagte der Meister noch zum Abschied.

Dann war es Otto doch schwerergefallen als gedacht, die vertrauten Räume zu verlassen. Aber Otto hatte sich dafür entschieden und lange darüber nachgedacht und nun wollte er neue Wege gehen.

Er wohnte immer noch in der Fischerstraße. Nicht, dass es ihm da besonders gut gefiel, es war einfach praktisch. Seine Wirtin, Frau Wernicke, war herzensgut und las ihm fast jeden Wunsch von den Augen ab. Er durfte auch ein Schild „Taxiunternehmen Otto Landsberg" außen am Haus anbringen.

Seine erste Tour führte ihn in das näher gelegene Perleberg. Die Woche darauf fuhr er einen Gast nach Stendal und einen nach Bad Wilsnack. In den ersten Monaten bewegten sich seine Fahrten im Umkreis von hundert Kilometern. Aber nach einem Vierteljahr hatte er die erste große Fahrt nach Hamburg. Chemnitz war für ihn ja schon groß gewesen, aber Hamburg, das war noch mal etwas ganz anderes. Ihn faszinierte die Stadt an der Elbe, das Tor zur Welt. Er hatte einen Tag Zeit in Hamburg und so konnte er sich die Landungsbrücken und Binnenalster anschauen.

Er verliebte sich am ersten Tag in Hamburg. Sein Fahrgast wollte nun doch über Nacht bleiben. So suchte sich Otto eine kleine preiswerte Pension und schlenderte am Abend über die bekannte und berüchtigte Reeperbahn. So etwas hätte er sich nicht im Traum vorstellen können. Überall Lichter, Reklame und dann die leicht bekleideten Damen. Genau wie Emil es beschrieben hatte.

Da muss ich doch noch mal mit Emil hinfahren, dachte Otto bei sich, so wie wir es vor langer Zeit geplant haben. Otto schmunzelte in sich hinein. Gegen Mitternacht war er denn auch etwas müde vom langen Tag und morgen musste er zurückfahren. So trottete er zurück zu seiner kleinen Pension. Als er am nächsten Abend die Stadtgrenze von Havelberg erreichte, hätte der Kontrast schärfer nicht sein können. Hier war alles so friedlich und unaufgeregt und einfach, in Hamburg hingegen aufregend und chic. Wenn er erste einmal etwas mehr Geld verdient hatte, würde er sich in Hamburg einen neuen Anzug machen lassen. Auf das Äußere legte Otto viel wert. Wollte er erfolgreich sein, musste er etwas hermachen.

Emil lauschte am nächsten Tag mit großen Ohren seinen Erzählungen. „Mensch, Otto, da müssen wir unbedingt bald hin! Das hab ich ja schon immer gesagt, Otto." Obwohl Emil gerade eine neue Flamme namens Erika hatte, war er Abenteuern nicht abgeneigt. „Schließlich bin ich ja noch nicht verheiratet", sagte er immer.

Otto traf immer noch Helene, aber immer weniger. Helene sprach in letzter Zeit immer öfter von der Zukunft. Sie meinte die gemeinsame, sagte es aber nicht. Otto würde ihr keinen Heiratsantrag machen, das wusste er. Wie er allerdings die Beziehung beenden sollte, das wusste er noch nicht. Helene war recht hübsch, vielleicht ein klein wenig einfältig. Aber das war es nicht. Er liebte sie nicht mit jeder Faser seines Herzens. Sie wäre sicher die perfekte Hausfrau für jemanden, der genau das suchte. Otto wollte sich nach jemandem verzehren und es sollte keinen Tag geben, an dem er sich nicht wünschte, mit dem geliebten Wesen zusammen zu sein. Er wusste, dass es sie irgendwo gab, und er würde sie finden. Kommt Zeit, kommt Rat, dachte Otto bei sich, aber ewig konnte er das Thema mit Helene nicht mehr aufschieben.

40

„Ich bin die Mutter von Franz, Magdalena Seibel", sagte die elegante Dame zu Alwine. Sie hatte blondes Haar, war mittelgroß und schlank. Frau Seibel trug ein dunkelblaues Wollkleid und darüber einen teuren beigefarbenen Kamelhaarmantel. Dunkelblaue Schuhe komplettierten ihre Garderobe. „Es ist etwas ganz Schreckliches passiert." Sie fing leise an zu schluchzen. „Franz ist überfallen worden. Er liegt im Koma. Vermutlich waren es SA-Schläger. Die Polizei ist eingeschaltet und ermittelt noch. Er wurde in die Charité gebracht und dort operiert. Wir waren die beiden letzten Tage und Nächte bei ihm. Die Ärzte haben uns wenig Hoffnung gemacht. Falls er aufwacht, wird er ein Krüppel sein."

Tränen traten in ihre Augen. Die furchtbare Wahrheit aussprechen zu müssen, machte es noch schlimmer. Auch Alwine fing an zu weinen und Frau Seibel nahm sie in den Arm. Nun ließen beide ihren Tränen freien Lauf. Alwine konnte und wollte die schreckliche Nachricht nicht glauben. „Was ist genau passiert? Weiß man das?", fragte Alwine unter Tränen. „Franz war auf dem Weg von der Universität zum Hausvogteiplatz, um die U-Bahn zum Nollendorfplatz zu nehmen. Es war schon dunkel und spät, als ihm eine Gruppe von SA-Jugendlichen entgegenkam. Sie drängten ihn, die Straßenseite frei zu machen. Franz machte wohl keine Anstalten, sondern blieb auf seinem Weg. Da haben sie ihn erst angepöbelt und dann hat der Erste auf ihn eingeschlagen, danach der Zweite. Das hat ein Augenzeuge beobachtet, hatte aber Angst einzuschreiten, da die Jugendlichen in der Überzahl waren. Als er die Polizei gerufen hat und diese ankam, war es schon zu spät. Die Jugendlichen waren weg.

Franz hat schwere innerliche Verletzungen von Tritten und natürlich auch äußerliche. Seine rechte Hand ist zerquetscht. Auch sein linkes Auge war nicht mehr zu retten. Was sind das nur für Menschen!", schluchzte seine Mutter. „Wenn Franz transportfähig ist, werden wir ihn nach Hause bringen."

Alwine weinte. „Wenn ich noch irgendetwas tun kann, lassen Sie es mich wissen", sagte Alwine, gab Frau Seibel ihre Adresse und die Telefonnummer vom Atelier. Frau Seibel bedankte sich und nahm Alwines Hände in die ihren. Dann machte sich Alwine auf den Heimweg und ließ Franz' Mutter in der leeren Wohnung zurück.

Alwine hoffte, dass es Franz bald besser gehen und er sich erholen würde. Mit einem Auge konnte man leben, vielleicht nicht operieren, aber andere Krankheiten konnte er sicher heilen. Die Hauptsache, ihr Franz würde wieder gesund werden.

Nach zwei Tagen klingelte das Telefon im Atelier. „Für dich, Alwine", sagte ihre Chefin. „Eine Frau Seibel ist dran."

„Alwine Siebert", meldete sie sich und hatte ein mulmiges Gefühl. „Hier spricht Magdalena Seibel. Ich wollte Ihnen mitteilen, dass Franz gestern Abend seinen schweren inneren Verletzungen erlegen ist." Dann legte sie auf.

Alwine starrte auf den Hörer und konnte die Nachricht nicht fassen. Sie verließ das Atelier und lief nach Hause. Dort angekommen, schloss sie ihre Wohnungstür auf, ließ sich aufs Bett

fallen und weinte und weinte. Sie konnte gar nicht mehr aufhören zu schluchzen und zu weinen. Vor ein paar Tagen war sie
der glücklichste Mensch der Welt gewesen und nun hatte sich
die Hölle auf sie herabgesenkt.

***

Seit dem Verbrechen an Franz betrachtete Alwine das politische
Geschehen mit anderen Augen. Sie sah die zunehmende Präsenz
der Nationalsozialisten und deren Sturmtruppen. Sie sah das, was
Franz immer mit Argwohn betrachtet hatte.

In ihrer Verliebtheit hatte Alwine dem Hässlichen und Be-
drohlichen keinen Blick schenken wollen. Ihr Glücksidyll sollte
durch nichts gestört werden und jetzt hatte das Unglück ihr den
Boden unter den Füßen weggezogen.

Im Dezember erfasste Alwine eine Schwermut und auch Metha
fand kein Mittel, Alwine aufzuheitern. Alwine konnte sich nicht
vorstellen, jemals wieder glücklich zu sein. Wann immer es ihr
Dienstplan erlaubte, war Metha bei Alwine, aber die Leichtigkeit
und Fröhlichkeit in den Gesprächen wollten nicht aufkommen.
Auch mit Ausflügen in den Zoo oder in den Tiergarten konnte Metha ihre Freundin nicht aufmuntern. Es war nicht nur die
Tatsache, dass Franz zu Tode gekommen war, sondern auch, wie.
Dass es so marodierende Banden gab, die umherzogen und einem Menschen das Leben nahmen. Dass die Schläger dafür zur
Verantwortung gezogen wurden, war auch nicht sicher. Zum
ersten Mal machte ihr die Zukunft Angst. „Vielleicht solltest du
Weihnachten nach Hause fahren. Die Luftveränderung und der
Ortswechsel werden dir guttun", meinte Metha. „Ja, vielleicht",
antwortete Alwine einsilbig.

Die dunkle Jahreszeit, der ständige Regen und die sich ver-
schlechternden Lebensumstände taten ihr Übriges, um Alwines
Schwermut hartnäckig aufrechtzuerhalten. Eigentlich hatte sie gar
keine Lust, an Weihnachten nach Hause zu fahren, aber Metha
hatte Spätschicht und bei dem Gedanken, an Heiligabend allein
in ihrer Wohnung zu sitzen, grauste es ihr. So machte sie sich auf,

um ein paar Geschenke für ihre Eltern zu kaufen. Früher hätte sie das mit Freude getan, jetzt tat sie es aus Pflichtbewusstsein. Am 23. Dezember setzte sie sich in den Zug, um nach Hause zu fahren.

Der Zug verließ die große Stadt mit den vielen rauchenden Schornsteinen, den hektischen Menschen, die kurz vor dem Fest noch auf Jagd nach Lebensmitteln oder einem Geschenk waren. Nach Spandau wurde es deutlich ruhiger und dann sah Alwine Stoppelfelder und kleine Dörfer oder auch einzelne Gehöfte oder mal einen Kirchturm in der Ferne.

Auf einmal war sie froh, nach Hause fahren zu können. Dorthin, wo es friedlich war. Die Stube würde warm und wohlig sein und ihre Mutter hatte sicherlich etwas Gutes auf dem Herd. Der Ring, der sich um ihren Leib gespannt hatte und ihr fast die Luft zum Atmen nahm, lockerte sich etwas.

Als sie zu Hause ankam, war es genau so, wie sie es sich vorgestellt hatte. Das Häuschen war gut geheizt und aus der Küche kam der herrliche Geruch von frischem Kuchen. Ihr Vater hatte einen Weihnachtsbaum besorgt, der noch hinter dem Haus stand und geschmückt werden musste. Als sie beim Abendessen in der Küche zusammensaßen, erzählte ihnen Alwine die schreckliche Geschichte.

Ihre Eltern wussten, dass Alwine einen Freund namens Franz hatte, das hatte ihnen Alwine schon geschrieben, und sie freuten sich für ihre Tochter. Sie hatten gehofft, den jungen Mann bald vorgestellt zu bekommen. Alwines schreckliche Erzählungen machten auch sie sprachlos.

In der Nacht zum 24. Dezember schlief Alwine seit Wochen zum ersten Mal wieder ruhig und ohne Unterbrechungen und Albträume.

„Winchen, kannst du bitte noch ein Brot vom Bäcker holen?", fragte ihre Mutter nach dem Frühstück. Alwine zog sich ihren warmen Mantel und die Stiefel an und machte sich auf den Weg in den Bischofsberg. Als sie das Geschäft verließ, blickte sie in die Augen des jungen Mannes, den sie schon einmal gesehen hatte. Er schaute sie überrascht, aber freundlich an und sagte: „Guten Tag!" Seine Stimme war angenehm.

Alwine nickte und ging weiter.

Es würde dieses Weihnachten keinen Schnee geben, aber es war kalt und durch einen dunstigen Himmel blinkte eine matte Sonne, die es nicht schaffte, die Sphären zu durchdringen.

Alwine ging nicht auf direktem Weg nach Hause, sondern machte einen kleinen Umweg und ging den Prälatenweg hoch zum Dom. Sie spürte, wie sich innerlich eine Ruhe in ihr breitmachte, und war froh, nach Hause gefahren zu sein.

An Heiligabend ging Alwine mit ihren Eltern in die Christmette und die Glocken des Domes läuteten das Weihnachtsfest ein. Es war sehr feierlich. Als der Pfarrer von Liebe sprach, füllten sich ihre Augen mit Tränen.

Sie hatten einen hübschen kleinen Weihnachtsbaum, der das Zimmer festlich erhellte. Es war ein beschauliches und friedliches Weihnachtsfest. Am zweiten Feiertag traf Alwine ihre Freundin Gerda, die mittlerweile schon ein Kind hatte. Manfred war jetzt schon sechzehn Monate alt und hatte gerade laufen gelernt. Die beiden Freundinnen freuten sich über ihr Wiedersehen und Alwine erfuhr aus erster Hand alle Neuigkeiten aus Havelberg.

„Und du, hast du schon den Mann fürs Leben gefunden?", fragte Gerda. Alwine erzählte die furchtbare Geschichte und Gerda fand keine Worte, als Alwine geendet hatte.

„Zum Glück sieht man so was hier nicht. Es ist vielleicht langweiliger und man hat nicht so viel Abwechslung, aber dafür ist es hier friedlich und sicher", meinte Gerda. „Für meinen Manfred ist es gut, hier aufzuwachsen." Alwine stimmte im Innern zu.

Die Weihnachtstage verflogen und Alwine musste zurück nach Berlin. Vor Silvester würde es sicher noch Änderungswünsche im Atelier geben. In der Zeit zwischen den Jahren hatten sie immer viel zu tun. Für die Silvesterbälle mussten die Kleider fertiggestellt werden.

Den Jahreswechsel verbrachte Alwine mit Metha und sie beschlossen sich etwas Leckeres zu kochen. Nach Ausgehen stand beiden nicht der Sinn.

41

Anfang Dezember kam Antonia nach Hause und ließ sprichwört-
lich die Bombe platzen. Sie hatte schon immer ihren eigenen
Kopf gehabt und hatte sich wenig um die Meinung anderer ge-
schert. Ihre Mutter war zu schwach und vielleicht auch zu müde,
sich gegen Antonias starken Charakter durchzusetzen. Mathilde konnte förmlich Fritz' Stärke und Tatendrang in Antonia erkennen. Aber im Gegensatz zu Antonia war Fritz stets geerdet
und hatte immer für alles einen guten Plan. Antonia hingegen
folgte oft ihren Launen und Gefühlen.

„Ich werde nicht mehr zu Tietz gehen. Ich habe mein Arbeitsverhältnis dort beendet", eröffnete sie ihrer Mutter. „Was?
Wieso das denn?", fragte Mathilde mit entsetztem Gesichtsausdruck. „Ich lasse mich da nicht länger rumkommandieren. Dieser widerliche Schulze meint, er könnte mich drangsalieren. Und
wie ekelig der mich immer angeschaut hat. Ich habe auch keine
Lust mehr, da Regale für andere ein- und auszuräumen." „Antonia, so geht das nicht. Das hörte sich doch alles so gut an. Was
ist denn passiert?", fragte Mathilde besorgt. „Ich bin jetzt in einer
anderen Abteilung und der Chef ist blöd. Dauernd kommandiert
der rum, man kann ihm nichts recht machen", rechtfertigte sich
Antonia. „Erstens, warum hast du nichts gesagt? Und zweitens
sind Lehrjahre keine Herrenjahre. Was soll denn jetzt werden?"

Hannah hielt sich bei familiären Auseinandersetzungen grundsätzlich zurück. Manchmal hatte Antonia bei ihr Unterstützung
gesucht, aber Hannah stellte sich generell nicht zwischen sie und
ihre Mutter. Nur in ganz vereinzelten Fällen, wenn Mathilde
offensichtlich falschlag, hatte sie für Antonia Partei ergriffen.

„Ich habe schon etwas Neues. Ich arbeite jetzt im ‚Haus Vaterland'", sagte Antonia. Mathilde war sprachlos, sie verstand
ihre Tochter nicht mehr.

Das „Haus Vaterland" war ein großes sechsgeschossiges Gebäude neben dem Potsdamer Platz, das 1911 zunächst als „Haus
Potsdam" erbaut wurde und als Bürogebäude und Filmtheater

diente. Das große Café im Erdgeschoss wurde bereits 1914 von „Piccadilly" in „Kaffee Vaterland" umbenannt. 1929 wurde es umgebaut und neu eröffnet. Das Gebäude hatte einen Rundbau mit Kuppel an der Stirnseite, die nachts erleuchtet weithin sichtbar war. Es gab eine Vielzahl von Restaurants und eine große zentrale Küche. „Haus Vaterland" bot nicht nur unterschiedliche Themenrestaurants, sondern auch die legendäre Rheinterrasse mit Wettersimulationen über dem Panorama des Rheintals bei St. Goar und dem Loreleyfelsen. Neben der Gastronomie gab es im „Haus Vaterland" auch Kino- und Varietévorstellungen.

„Ich habe da erst mal als Bedienung angefangen, aber es gibt dort viele Möglichkeiten und wer weiß, vielleicht angele ich mir ja dort einen Millionär oder werde als Schauspielerin entdeckt", sagte Antonia selbstbewusst.

„Als Bedienung, na, da startest du ja eine schöne Karriere", erwiderte ihre Mutter mit einem säuerlichen Unterton in der Stimme. Sie hatte sich für ihre Tochter immer etwas anderes gewünscht, aber die Lebensumstände ließen ihr nicht viel Raum, sich dem Kind entsprechend zu widmen. Es war offensichtlich, dass hier die führende Hand ihres Vaters fehlte. „Wenn ich genug Geld verdient habe, ziehe ich eh aus", fuhr Antonia ihre Mutter an und verließ das Zimmer.

„Was habe ich nur falsch gemacht?", fragte Mathilde mehr sich selbst und blickte dann Hannah an. „Du hast nichts falsch gemacht. Es waren schwierige Lebensumstände. Antonia war immer ein Wildfang. Sie wird und muss sich ihre Hörner abstoßen. Wenn es schiefgeht, kann sie immer noch bei uns im Geschäft anfangen." „Ja, das stimmt", sagte Mathilde. „Zum Glück ist wenigstens Arthur fleißig und ausgeglichen."

Mathilde und Hannah blickten besorgt in das neue Jahr, aus unterschiedlichen Gründen.

42

Das Jahr 1930 würde in die Geschichte eingehen, als das Jahr, in dem die Weimarer Republik starb.

Am 27. März tagte das letzte demokratisch legitimierte Kabinett unter Reichskanzler Hermann Müller. Deutschland, ohnehin schwer unter den hohen Reparationszahlungen leidend, hatte zudem mit einer schrumpfenden Wirtschaft und steigenden Arbeitslosenzahlen zu kämpfen. Die amtierende Regierung konnte sich nicht über die Finanzierung der Arbeitslosenversicherung einigen und zerbrach letztendlich daran.

Nun konnte Paul von Hindenburg, als Reichspräsident, sein Kabinett bilden und per Notverordnung regieren. Er ernannte mit Heinrich Brüning einen nationalkonservativen Katholiken zum Reichskanzler. Im Juli ließ Brüning seinen Haushaltsentwurf per Notverordnung in Kraft treten. Sein Haushaltsentwurf sah eine Kürzung der Staatsausgaben als auch unpopuläre Steuererhöhungen vor. Als eine Mehrheit der Abgeordneten dagegen protestierte, löste Paul von Hindenburg das Parlament auf. Dies machte den Weg für Neuwahlen und den Aufstieg der Nazis frei.

Der Glaube und die Unterstützung für die parlamentarische Demokratie schwanden bei großen Massen der Bevölkerung. Die Reichstagswahl im Sommer war begleitet von blutigen Tumulten zwischen rechten und linken Anhängern.

Hitlers Nationalsozialistische Deutsche Arbeiterpartei (NSDAP) konnte 6,4 Millionen Stimmen hinter sich versammeln und zog mit 107 Sitzen in den Reichstag ein. Die bis dahin größte Partei, die SPD, büßte deutlich Stimmen ein.

Die halb autoritäre Führung und schlechte Regierung führten zu weiterem Abzug von ausländischem Kapital und zu einer gesteigerten Verschlechterung der Lebensverhältnisse für viele Deutsche.

***

Friedrich lebte mit seiner zweiten Frau Emma zufrieden auf dem Brunnenhof. Er war mittlerweile neunundvierzig Jahre alt und gesundheitlich angeschlagen, aber Emma kümmerte sich rührend um ihn.

Der neue Verwalter auf dem Brunnenhof, Karl von Behring, schätzte Friedrich und beide kamen gut miteinander zurecht. Es war allerdings nicht das intensive Verhältnis wie zu seinem Vorgänger Anton von Liebenau.

Otto betrieb sein Taxiunternehmen mit wachsendem Erfolg. Er hatte sich in den letzten zwölf Monaten einen Namen gemacht und sein Geschäft stand für Qualität und Diskretion.

Seine Freundin Helene sah er immer seltener, denn er wollte ihrem Bestreben nach tieferer Bindung entkommen. Nach der Frau, mit der er den Rest seines Lebens verbringen wollte, hielt er noch Ausschau. Er hatte sie noch nicht getroffen, oder doch?

Margarethe und Paul waren mit der Renovierung des Nachbarhäuschens beschäftigt. Sie waren froh, dass die Beziehung zu ihrer Tochter wieder intensiver geworden war.

Für Alwine war 1930 das Schicksalsjahr. Sie hatte ihre erste große Liebe getroffen und in den politischen Wirren wieder verloren. Der Schmerz saß noch tief, dennoch hatte sie das tiefste Tal durchschritten und schaute nun wieder nach vorn. Die verschmähte Heimat hatte den Platz in ihrem Herzen zurückerobert.

Mathilde hatten schwere Schicksalsschläge zugesetzt. Seelisch und körperlich angeschlagen, zog sie sich in ihre kleine Welt zurück. Hannah konnte Mathilde nur bedingt helfen, denn sie trieben immer größere Sorgen vor den erstarkten Nationalsozialisten mit den antisemitischen Äußerungen um.

Antonia ging ihrer Wege und kümmerte sich wenig um die Ansichten ihrer Mutter. Seit sie im „Haus Vaterland" arbeitete, war sie noch weniger zu Hause. Sie wurde bewundert und vertraute ihrer Schönheit und war fest entschlossen, die Möglichkeiten zu ergreifen, die sich ihr bieten würden.

Ein neues Jahrzehnt brach an, das den Menschen viel abverlangen, ihnen aber auch Glück und Freude bescheren würde.

2. Buch

1932–1961

Personenverzeichnis

Familie Siebert

Paul Siebert	Polier
Margarethe Siebert	Ehefrau von Paul

Andere

Hedwig	Freundin von Margarethe
Richard	Ehemann von Hedwig
Gerda	Freundin von Alwine
Emmi	Freundin von Alwine
Metha	Freundin von Alwine

Familie Landsberg

Otto Landsberg	Unternehmer
Alwine Landsberg	Ehefrau
Eva Landsberg	Tochter
Emma Landsberg	Stiefmutter von Otto

Andere

Frau Schönborn	Chefin von Alwine im Atelier
Greta	Freundin von Alwine
Metha	Freundin von Alwine
Emil	Freund von Otto
Helene	Ehefrau von Emil
Marlene, genannt Lene	Freundin von Eva
Illy Kolberg	Freundin von Eva
Oberstleutnant Kehl	Vorgesetzter von Otto
Oberstleutnant Lukas	Vorgesetzter von Otto
Lucie Jaenicke	Freundin von Alwine

Familie Ohme

Mathilde Ohme	
Antonia Ohme	Tochter
Arthur Ohme	Sohn
Robert Ohme	Sohn von Antonia

Andere

Hannah Rosenberg	Freundin der Familie Ohme
Sarah	Cousine von Hannah
Hilde Korff	Freundin der Familie
Bertha Grolmann	Bäuerin
Bernhard Grolmann	Bauer
Rudolf Grolmann	Sohn
Werner Wiegand	Ehemann von Antonia
Gerhardt Engler	Freund von Antonia
Georg Engler	Freund von Antonia, Vater von Robert
Agnes Engler	Mutter von Gerhardt und Georg

43

Seit Tagen schneite schon es im Osten Deutschlands und die Straßen und Plätze des Städtchens Havelberg lagen unter einer dichten Schneedecke. Rauch kräuselte aus den Schornsteinen der Häuser und jeden Morgen hörte man die Geräusche der Schneeschaufeln vor den Häusern. Dick eingepackte Menschen versuchten sich draußen vor der Kälte zu schützen. Jetzt, Ende Februar, wurde es meistens noch mal richtig kalt und schneereich, bevor endlich das Frühjahr Einzug halten konnte.

Einzig die Kinder freuten sich, konnten sie jetzt doch noch einmal die kleinen Hügel hinunterrodeln und die Schlittschuhe auf den zugefrorenen Seitenarmen der Havel testen.

Paul hatte das Haus schon verlassen. Die Bautätigkeit musste jetzt auch ruhen, da sie wegen der Kälte nicht mauern konnten. Doch wollte er sich im Büro schon mal die Pläne für das nächste Objekt anschauen. Viel war im letzten Jahr nicht gebaut worden, da oft den Menschen das Geld fehlte.

Reichskanzler Brüning hatte seine Anstrengungen einzig dem Erlass der Reparationsleistungen aus dem Ersten Weltkrieg gewidmet. Damit waren Reformen zur Beseitigung der Wirtschaftskrise unterblieben. Diese bewegte sich 1932 auf einen traurigen Höhepunkt zu und Deutschland hatte mittlerweile über vier Millionen Arbeitslose. Die Verschuldung unter der Bevölkerung nahm immer weiter zu.

Die wenigen Aufträge im letzten Jahr hatten sie abgearbeitet und nun hofften alle, dass endlich bessere Zeiten anbrechen würden. Viele von Pauls Kollegen oder Mitarbeitern trauten der Regierung in Berlin nicht mehr. „Sie tun nichts für uns" war der allgemeine Tenor.

Paul war im Herzen Sozialdemokrat und verachtete die neue, braune Partei. Leider wurde sie immer stärker und fand mittlerweile auch in seinem Kollegenkreis Anhänger.

Paul betrat das gut geheizte Büro seines Vorgesetzten und Inhabers der Firma „Ottokar Hahn". „Gut, dass du kommst, Paul. Ich muss etwas mit dir besprechen. August Zimmermann, der Kreisvorsitzende der NSDAP und Leiter des Postamtes möchte für sich und seine Familie ein neues Haus an der Havel bauen. Er möchte, dass wir den Bau ausführen. Ich habe ihm gesagt, dass wir das machen. Dieser Mann könnte noch mal wichtig werden, daher sollten wir uns mit ihm gut stellen. Er hat mir die Entwürfe seines Architekten dagelassen. Würdest du dir das mal anschauen?" Es war mehr ein Auftrag als eine Frage und Paul nickte knapp. Dieser August Zimmermann war ihm von Grund auf unsympathisch. Einer der typischen Menschen, die ihr Fähnlein nach dem Wind hängten. „Ottokar, hat er schon eine Baugenehmigung? Gibt es einen Zeitplan?" „Ja, die gibt es. Im Frühjahr sollten wir anfangen." „Ich schaue es mir später an", sagte Paul und verließ das Büro.

Er saß seit zwei Stunden vertieft über den Plänen und machte sich Notizen, als die Sekretärin seines Vorgesetzten, Helene Schmidtke, in sein Büro stürzte. „Paul, du musst sofort nach Hause. Deine Frau hatte einen Unfall." Paul schaute Helene Schmidtke ungläubig an, dann fuhr er von seinem Stuhl hoch, nahm seine Jacke und verließ im Eiltempo das Gebäude.

***

Margarethe erwachte mit heftigen Kopfschmerzen. Sie quälte sich aus dem Bett und zog sich eine Wollstola über das Nachthemd, denn sobald sie die warme Bettdecke beiseitegeschoben hatte, empfing sie eisige Kälte. Paul war schon früh aufgestanden, um Feuer zu machen. Er musste die kalte Asche leeren und dann neues Holz anzünden, um dann ein paar Briketts hinterherzuschieben. Jetzt im Winter heizten sie meistens nur die Küche und von Zeit zu Zeit das Wohnzimmer. Sobald man die warmen Räume verließ, war es kalt. Margarethe sehnte das Frühjahr herbei, denn sie mochte den Winter am wenigsten von allen Jahreszeiten. Sie war sehr zierlich und hatte der Kälte auch körperlich nichts entgegenzusetzen, sodass sie immer fror. Trotz ihrer Kopfschmerzen fing sie an, das Frühstück zuzubereiten. Sie hoffte, dass die Kopfschmerzen irgendwann nachlassen würden.

Nach einem einfachen Frühstück, das aus Brot, Butter, Leberwurst und Marmelade bestand, verließ Paul das Haus. Die Küche war nun schon warm und Margarethe räumte das Frühstück weg. In der Zinkschüssel wusch sie sich schnell und zog sich an. Sie würde heute Vormittag eine Kundin in der Altstadt aufsuchen, um bei ihr Maß zu nehmen. Margarethe zog sich ihren Mantel an, zog den gestrickten Schal fester um die Schultern und verließ das Haus.

Die Dächer der Häuser waren tief verschneit und sie sah den Rauch aus den Schornsteinen aufsteigen. Ein grauer Himmel thronte über der kleinen Stadt. Die wenigen Menschen, die sie sah, waren in dicke Schals und Mützen eingepackt.

Sie eilte die Domtreppe hinunter. Margarethe ging nie langsam, sondern war immer schnellen Schrittes unterwegs. Sie war schon fast unten, als sie den Halt verlor und zu Boden stürzte. Unter dem Schnee hatte sich eine Eisplatte gebildet, die sie nicht gesehen hatte.

Margarethe fühlte, wie ein heftiger Schmerz durch ihre Hüfte fuhr. Sie merkte sofort, dass etwas nicht in Ordnung war. Sie konnte nicht mehr aufstehen und ein Frösteln durchlief ihren Körper. Zwei Passanten, ein Mann und eine Frau mittleren Alters, kamen auf sie zugeeilt. „Können wir Ihnen helfen? Wollen Sie aufstehen?" „Ich kann nicht, es ist wohl etwas gebrochen." Die Frau sagte zu dem Mann: „Bleib du bei ihr, ich hole schnell Hilfe", und verschwand.

Eine gefühlte Ewigkeit später kam Dr. Heinemann mit zwei Sanitätern, die Margarethe vorsichtig auf eine Trage legten und in die Praxis des Doktors brachten. Margarethe wurde sofort in das Behandlungszimmer gebracht. „Wo können wie Ihren Mann erreichen?", fragte der Arzt. „Er ist auf Arbeit, bei ‚Ottokar Hahn – Havel Bau'", antwortete Margarethe mit schmerzverzerrtem Gesicht. Dr. Heinemann wies seine Sprechstundehilfe an, Margarethes Mann zu kontaktieren.

Doktor Heinemann untersuchte Margarethe noch, als die Schwester in das Behandlungszimmer trat. „Herr Doktor, Herr Siebert wartet draußen." „Er kann reinkommen", antwortete der

Arzt kurz und knapp. Die Schwester verschwand und eine Minute später trat Paul in das Behandlungszimmer.

„Guten Tag, Herr Doktor. Was ist mit meiner Frau?" Der Arzt schaute auf und sah Paul in die Augen. „Ich vermute, Ihre Frau hat sich die Hüfte gebrochen. Was genau alles kaputt ist, kann nur ein Röntgenbild zeigen. Wir werden Ihre Frau in das Krankenhaus nach Kyritz verlegen. Dort wird man sie entsprechend behandeln können. Die Schwester wird den Transport organisieren." Er verschwand aus dem Zimmer und ließ die beiden allein.

„Ach Gretchen, wie ist denn das passiert? Hast du schlimme Schmerzen?" Er legte ganz sachte ihre Hand in die seine. Margarethe schaute ihren Mann mit schweißnassem Gesicht an. „Ich wollte zu einer Kundin in die Stadt und bin die Domtreppe runter. Da war wohl Eis unter dem Schnee, das ich nicht sehen konnte. Darauf bin ich ausgerutscht. Es tut ganz schön weh, ich kann mich überhaupt nicht bewegen. Ich habe gleich gemerkt, dass wohl etwas gebrochen ist. Bitte bleib bei mir, Paul." „Ja, ich bleibe bei dir, Gretchen. Ich lasse dich doch jetzt nicht allein."

Zwei Stunden später war Margarethe im Krankenhaus Kyritz und wurde zum Röntgen gebracht.

„Frau Siebert, ich bin Dr. Radecker. Sie haben einen Beckenbruch und werden eine ganze Weile bei uns bleiben müssen." „Wird das wieder heilen, werde ich wieder laufen können?", fragte Margarethe verängstigt und mit leiser Stimme. „Ja, aber es wird dauern und Sie müssen Geduld haben." Dann verließ der Doktor das Zimmer und sie war mit Paul allein.

„Du musst dich jetzt ausruhen. Ich muss zurück nach Havelberg, komme aber so bald wie möglich wieder. Bis bald, Gretchen." Dann küsste er Margarethe auf die Stirn und verließ das Krankenhaus.

Seine Gedanken rasten. Er musste Margarethes Kunden informieren und ihre Termine absagen. Dann musste er sehen, wie er wieder nach Kyritz kam. Vielleicht konnte Hedwig bei Ersterem helfen. Außerdem muss ich morgen früh gleich Alwine anrufen, dachte er bei sich und ging zum Bahnhof, um sich auf den Heimweg zu machen.

44

Alwine betrat am früh Morgen das Atelier. Sie schaltete das Licht ein, denn es war sonst noch niemand da. Sie hatte schlecht geschlafen und war trotzdem früh wach. Es war dunkel, als sie das Haus verließ. Der schmutzige Schnee türmte sich rechts und links des Gehsteigs. Die Menschen huschten dick eingepackt schnell zu ihren Zielen, immer darauf bedacht, möglichst schnell ins Warme zu kommen. Nicht alle hatten ein warmes Dach über dem Kopf. Kohlen waren teuer und das Geld vielerorts knapp. Der Aufschwung Ende der Zwanzigerjahre hatte mit dem Schwarzen Freitag 1929 in den USA auch in Deutschland ein jähes Ende gefunden. Die Zahl der Bettler nahm zu und viele standen an Suppenküchen an, um einen warmen Teller Suppe zu ergattern. Der Winter brachte das Elend noch sichtbarer zum Vorschein.

Alwine setzte sich an ihren Platz und nahm das duftige Oberteil zur Hand, um Pailletten daraufzunähen. Die Dame, die es bestellt hatte, wollte es morgen abholen. Die Arbeit würde sie viele Stunden beschäftigen, und sie sah es gern, wenn ihre Mühe sichtbar wurde.

Sie saß schon eine Weile konzentriert über der Arbeit und der Morgen war schon fortgeschritten, als ihre Chefin, Frau Schönborn, an sie herantrat. „Alwine, du musst kommen, dein Vater ist am Telefon." „Was, mein Vater? Ist etwas passiert?" „Ich weiß es nicht, er hat rasch nach dir verlangt." Mit einem mulmigen Gefühl ging Alwine ans Telefon.

„Ja, Vati", sagte sie. „Alwine, deine Mutter ist schwer gestürzt und liegt mit einem Beckenbruch in Kyritz im Krankenhaus." Ihr Kopf wollte nicht verstehen, was ihr Vater gesagt hatte. Als sie die Nachricht realisiert hatte, sprach sie in den Hörer. „Waas? Das ist ja furchtbar! Haben die Ärzte etwas gesagt? Heilt das wieder?" „Ja", sagte ihr Vater, „das wird es, aber es wird dauern." Alwine überlegte nur kurz, dann sagte sie zu ihrem Vater: „Ich komme, sobald ich hier wegkann. Spätestens übermorgen bin ich da." „Das musst du nicht, wenn du so viel Arbeit hast."

Paul wollte ihr nicht auch noch Kummer aufbürden. „Doch, das muss ich, und ich werde kommen." „Hm", brummte er und fügte noch schnell hinzu: „Pass auf dich auf, Winchen." „Du auch, Vati." Dann legte sie auf.

„Ist etwas passiert?", fragte Frau Schönborn mitfühlend, als sie Alwines besorgtes Gesicht sah. Alwine gab ihr in kurzen Worten wieder, was sie von ihrem Vater erfahren hatte. „Ich möchte gerne nach Hause fahren, wenn ich das Oberteil für die Kundin fertig habe. Ich muss wissen, wie es meiner Mutter geht." „Ja, mach das. Wir haben im Moment ja auch nicht so viel zu tun."

Zwei Tage später saß Alwine im Zug nach Hause. Sie lief die vertraute Bahnhofstraße entlang und nahm den Weg über die Steintorstraße und den Camps nach Hause.

Sie sah Licht durch die kleinen Fenster des Hauses scheinen und wusste, dass ihr Vater zu Hause war. Da jetzt im Winter die Arbeit auf den Baustellen oft ruhen musste, war er meistens früh zu Hause.

„Schön, dass du da bist", sagte er, als er die Tür öffnete. Das Haus wirkte verändert. Es war das erste Mal, dass Alwine heimkam und ihre Mutter nicht da war. „Haben die Ärzte noch etwas gesagt?", fragte sie ihren Vater. „Nein, es gibt nichts Neues."

Morgen würde sie nach Kyritz fahren und ihre Mutter besuchen. Alwine überlegte, wie sie da am besten hinkommen würde. Mit dem Zug würde sie lange unterwegs sein. „Vati, sag mal, gibt es in Havelberg eigentlich ein Taxi oder so? Denn sonst bin ich ja wahrscheinlich lange unterwegs." Paul schaute seine Tochter an. Dann hellte sich sein Gesicht etwas auf. „Ja, du hast recht. Es gibt jetzt ein Taxiunternehmen in Havelberg. Ein junger Bursche hat letztes Jahr ein Fuhrgeschäft aufgemacht. Ich glaube, er wohnt in der Stadt. In der Fischerstraße habe ich mal so ein Schild gesehen. Gleich morgen früh gehe ich da vorbei."

Alwine überlegte. Wenn morgen nun zu spät war und jemand anderes eine Tour vor ihnen reservierte … „Ich gehe da jetzt noch vorbei und frage nach, ob wir morgen die Fahrt nach Kyritz kriegen können." „Wieso jetzt noch?", fragte Paul. „Weil morgen vielleicht zu spät ist", sagte Alwine, nahm ihren Mantel und verließ das Haus.

Vorsichtig stieg sie die Domtreppe hinab, darauf achtend, dass sie nicht ausrutschte, so wie ihre Mutter. Sie überquerte die Dombrücke, ging ein kurzes Stück die Domstraße entlang und bog dann rechts in die Fischerstraße ein. Auf der Hälfte der Straße erblickte sie ein Schild neben dem Briefkasten des Hauses mit der Aufschrift „Taxiunternehmen Otto Landsberg".

Sie klingelte und eine ältere Dame öffnete die Tür. Dies musste Frau Wernicke sein, der Name, der groß auf dem Klingelschild stand. „Guten Abend, was kann ich für Sie tun?" „Guten Abend", grüßte Alwine zurück. „Ich möchte ein Taxi bestellen. Bin ich hier richtig?" Die Miene der Dame hellte sich auf und sie sagte sehr freundlich: „Kommen Sie rein und warten Sie bitte kurz in der Diele. Ich hole Herrn Landsberg."

Alwine sah sich um. Alles war hier adrett und erinnerte an eine Puppenstube. Die Lampen in der Diele spendeten schummeriges Licht. Frau Wernicke stieg die Treppe hinauf und eine Minute später kam ein junger und gut aussehender Mann herunter. Sie hatte ihn schon einmal flüchtig gesehen. Er hatte die Ärmel seines weiß gestreiften Hemdes hochgekrempelt.

Otto verschlug es fast die Sprache, als er sah, wer da im Flur auf ihn wartete. Das war die hübsche junge Dame, die er sich gewünscht hatte, wiederzutreffen. „Guten Abend. Ich bin Otto Landsberg. Wie kann ich Ihnen helfen?"

Alwine schoss das Blut durch die Adern und sie hatte das Gefühl, dass ihr Gesicht eine dunkelrote Farbe annahm. Noch nie war ihr so etwas passiert. Verlegen zog sie ihren Mantel dichter an ihren Körper. „Entschuldigen Sie bitte die späte Störung. Meine Mutter liegt in Kyritz im Krankenhaus und ich wollte fragen, ob es möglich wäre, meinen Vater und mich morgen dorthin zufahren?" Otto überlegte kurz, dann sagte er: „Am Vormittag habe ich eine kleine Fahrt, aber am Nachmittag ginge es." „Nachmittag wäre perfekt." Dann fiel ihr ein, dass sie noch gar nicht nach dem Preis gefragt hatte. „Eine Frage noch, was kostet die Fahrt?", fragte Alwine und schenkte ihm ein kleines Lächeln. Er lächelte zurück und sie sah, dass er schöne gerade und weiße Zähne hatte. „Acht Reichsmark hin und zurück." Alwine überlegte kurz, dann nickte sie zustimmend. „Wo und wann soll ich Sie abholen?" „Wir wohnen am Kaiser-Otto-Platz 2. Wäre halb zwei in Ordnung?" „Ich bin da", sagte er, „bis morgen."

Alwine verließ das Haus und trat in den kalten Winterabend hinaus. Die kühle, klare Luft tat ihr gut. Ganz langsam ging sie zurück nach Hause. Sie trat in die Küche und sagte zu ihrem Vater: „Morgen um halb zwei fahren wir nach Kyritz." „Hast du gefragt, was die Fahrt kostet?", wollte ihr Vater wissen. „Acht Reichsmark, das ist teuer, aber hin und zurück und für uns beide. Dann geht es."

Pünktlich am nächsten Tag um halb zwei stand das Taxi vor ihrem Haus. Sie waren schon fertig und traten vor die Tür, als das Auto hielt. Otto Landsberg hielt Alwine die Tür auf und nahm ihre Hand, damit sie besser einsteigen konnte. Sie saß hinten rechts und konnte sein Profil sehen.

„Sie haben das Geschäft noch nicht so lange, oder?", fragte Paul. „Über ein Jahr jetzt", sagte Otto. „Und wie läuft es?", wollte Paul wissen. „Am Anfang etwas schleppend, aber jetzt ganz gut. Es gibt ja in Havelberg nur mich", antwortete Otto. Dann fragte Paul Otto noch ein wenig über das Auto aus. Alwine lauschte seiner angenehmen Stimme. Er setzte sie vor dem Krankenhaus ab und sagte ihnen, wo er warten würde.

Als Alwine ihre Mutter sah, erschrak sie. In dem weißen großen Bett sah ihre zierliche Mutter noch kleiner aus. Sie nahm ihre Hand und hielt sie die ganze Zeit über fest. Margarethe war sehr geschwächt und so verließen sie das Krankenhaus nach einer Stunde. Ihr war klar, dass ihre Mutter nach dem Krankenhausaufenthalt viel Hilfe brauchen würde.

Otto Landsberg brachte seine Fahrgäste sicher nach Hause. Als Alwine ausgestiegen war, sagte er: „Wenn Sie mal wieder einen Chauffeur brauchen, sagen Sie Bescheid. Sie wissen ja, wo Sie mich finden." „Ich wohne in Berlin und bin nur zu Besuch hier." „Das ist aber sehr schade." Er war enttäuscht, denn wie sollte er sie wiedersehen?

Paul und seine Tochter aßen zu Abend. „Mutter wird viel Hilfe in der ersten Zeit brauchen", meinte Alwine. „Ja, du hast recht. Ich muss sehen, wie ich das organisiert kriege. Ich hoffe, mir fällt da etwas ein."

Am nächsten Vormittag setzte sich Alwine wieder in den Zug, um nach Berlin zurückzukehren, und traf eine lebenswichtige Entscheidung.

***

Metha hatte Frühschicht und war abends zu Hause. Alwine saß in Methas kleinem Wohnzimmer. Die Lampe spendete spärliches Licht.

„Metha, ich gehe zurück nach Havelberg. Meine Mutter wird mich brauchen, wenn sie aus dem Krankenhaus kommt." Metha guckte geschockt und sagte erst einmal gar nichts. Dann machte sie ein enttäuschtes Gesicht. „Hast du dir das auch jut überlecht?" Alwine nickte. „Ja, das habe ich. Ich weiß nicht, ob das für immer ist, aber jetzt muss ich erst einmal zurückgehen. Ich kann meine Eltern nicht im Stich lassen, jetzt, wo sie mich brauchen." „Ich werde dich vermissen, Winchen." „Ich dich auch, Metha." Dann fielen sich beide in die Arme und weinten.

Alwine packte ihre wichtigsten Sachen in zwei Koffer. Ein paar Bücher und Haushaltswäsche ließ sie bei Metha in Berlin, sowie auch ihre Nähmaschine. Die müsste sie später holen und ihre Mutter hatte ja auch eine. Frau Schönborn hatte ihr versichert, dass sie jederzeit zurückkommen könne. Außerdem solle sie sich melden, wenn sie in Berlin sei.

Metha brachte Alwine eine Woche später zum Zug. „Ick werde immer deine Freundin sein und du kannst immer zurückkommen", sagte Metha zum Abschied. „Danke, Metha. Du wirst auch immer meine Freundin sein. Berlin ist ja nicht aus der Welt. Wir sehen uns wieder, sobald sich die Situation entspannt hat." Dann schloss sich die Waggontür und der Zug dampfte aus dem Lehrter Bahnhof.

Die Lichter der großen Stadt wurden kleiner, aber Alwine hatte ein gutes Gefühl. Nach zwölf Jahren verließ sie die vertraute

Stadt. Es war mittlerweile schon Mitte März und die Tage wurden sichtbar länger. Alwine fuhr an einem sonnigen Tag nach Hause, der einen Hauch von Frühling erahnen ließ.

In Havelberg stieg sie aus dem Zug und schleppte ihre beiden Koffer die Bahnhofstraße entlang, als plötzlich neben ihr ein schwarzer Wagen hielt. Es war Otto Landsberg. „Kann ich Sie vielleicht irgendwo hinbringen?", fragte er. „Nein danke, ich muss nach Hause." „Ich fahre Sie nach Hause." „Es geht schon", antwortete Alwine. Otto hatte das Gefühl, dass sie sich das Geld sparen wollte. „Sie werden die schweren Koffer nicht den Berg hochschleppen. Ich fahre Sie und es kostet nichts. Es ist nicht verhandelbar."

Er öffnete ihr die Wagentür und hievte ihre Koffer in den Kofferraum. „Sie haben aber dieses Mal viel Gepäck dabei. Bleiben Sie länger?" Alwine lächelte und ihre Blicke trafen sich im Rückspiegel. Sie antwortete ihm: „Ich weiß es nicht. Ja, länger, vielleicht auch für immer."

Das war die beste Antwort, die Otto sich wünschen konnte, und zufrieden lenkte er das Auto zur bekannten Adresse.

45

Mathilde und Hannah verbrachten wunderbare Sommertage an der Ostsee. Zuerst waren sie fünf Tage bei Sarah in Stralsund und danach mieteten sie sich ein kleines Häuschen auf der Insel Rügen. Es waren herrliche Tage. Sie gingen viel spazieren oder lagen einfach nur am Strand von Sellin und dösten in der warmen Sonne vor sich hin. Das schöne Seebad mit der langen Seebrücke zeigte sich von seiner schönsten Seite. Die weißen Häuser am Meer zeichneten sich vor dem blau oder grau schillernden Meer ab. Sie genossen es, den warmen weichen Sand unter den

Füßen zu spüren. Sie liebten das Geschrei der Möwen und den Duft der Heckenrosen auf dem Weg zum Strand.

Mathilde konnte seit Langem wieder richtig durchschlafen. Das leise Rauschen der Wellen brachte ihr ein Gefühl der Ruhe und Entspannung. Die Sorgen um die Kinder und das Geschäft hatte sie in Berlin gelassen. „Ach Hannah, könnte es nur immer so sein!" „Dann wäre es nichts Besonderes mehr", war Hannahs eindeutige Meinung.

Hannah sah auch hier die Braunhemden mit Besorgnis. Die Vermieter begegneten den beiden Geschäftsfrauen mit großer Höflichkeit, aber Hannah war und blieb alarmiert. Sie teilte Sarah ihre Besorgnis mit, als Mathilde schon im Bett lag. Sarah konnte Hannahs Sorge verstehen. „Hoffen wir, dass die Sozialdemokraten auch bei der nächsten Wahl die Mehrheit haben", sagte sie.

Nach vierzehn wunderbaren Tagen brachte sie die Bahn wieder zurück nach Berlin. Es war Hochsommer und die Eisdielen hatten Hochbetrieb. Sie betraten eine leere Wohnung. Antonia war, wie meistens, nicht zu Hause. Entweder hatte sie Dienst im „Haus Vaterland" oder sie durchstreifte mit Freunden die Stadt und amüsierte sich. Arthur war sicher bei seinem Freund Alfons.

Am Abend kam Antonia heim. „Na, wie war's?", fragte sie ihre Mutter. „Wunderbar. Es war traumhaft schön an der See. Der weiße Strand und das herrliche Meer, einfach fantastisch!" „Schön, dass es euch gefallen hat. Ihr beide seht auch gut erholt aus." „Gibt es hier etwas Neues?", wollte Mathilde wissen. „Nein, nichts Neues. Ich gehe nachher noch mal weg. Nur, dass du Bescheid weißt." „Schade, ich dachte, wir essen später zusammen." Mathilde war sichtlich enttäuscht. „Sie ist jung", bemerkte Hannah, als sie Mathildes enttäuschtes Gesicht sah.

Mathilde fing an, ihren Koffer auszupacken, und würde später mit Hannah etwas essen gehen. Bald würde sie der Alltag wieder haben.

Am nächsten Morgen schlossen die beiden Frauen ihr Geschäft auf. Mathilde machte sich daran, die Post zu sondieren. Hannah ordnete Ware um und wartete auf Kundschaft. Zwischen der Post entdeckte Mathilde ein weißes Blatt Papier, auf dem „Juden raus" stand. Darunter war nur ein Hakenkreuz zu sehen. Schnell zerriss Mathilde den Zettel in so kleine Teile, dass man nichts mehr von der Schrift erkennen konnte. Das erste Mal machte auch sie sich Sorgen. Sie würde Hannah nichts davon sagen, nahm sich aber vor, das Geschehen aufmerksamer als bisher zu beobachten. Was, wenn die Nazis noch stärker würden? Wäre Hannah dann noch sicher?

46

Alwine zog in das kleine Häuschen neben ihren Eltern ein, welches sie vor einer Weile gekauft hatten. Zusammen mit ihrem Vater erledigte sie die letzten Renovierungsarbeiten, brachte Tapeten an und strich die Fensterrahmen. Das kleine Reihenhäuschen nebenan war perfekt, so konnte sie sich tagsüber gut um ihre Mutter kümmern und hatte doch ihr eigenes Reich. In einem der Zimmer richtete sie sich die Schneiderwerkstatt ein. Ihr Vater besorgte ihr aus einem Abrisshaus einen alten großen Tisch. In mühevoller Arbeit arbeitete er den Tisch auf, sodass er perfekt als Zuschneidetisch fungierte. Sie hatte Freude, sich ein neues Heim zu schaffen. Voller Eifer nähte sie Gardinen für die kleinen Fenster. Möbel gab es noch nicht viele, aber das würde mit der Zeit kommen. Ihr Vater hatte den schönen alten Kleiderschrank von Frau Wille noch aufgehoben. Er würde ihr gute Dienste tun, bis sie sich mal etwas Neues leisten konnte. Sie würde zuerst die liegen gebliebenen Arbeiten ihrer Mutter fertig machen, damit die Kundinnen nicht noch länger warten mussten.

Ende März konnte ihre Mutter das Krankenhaus verlassen. Sie war noch sehr schwach und nur noch ein Schatten ihrer selbst. Über die lange Liegezeit hatten sich ihre gesamten Beinmuskeln abgebaut und auch die Kraft der Arme hatte deutlich abgenommen. Dennoch war Margarethe glücklich, wieder zu Hause zu sein. Das Schönste war jedoch, dass Alwine wieder da war. Margarethe ging an zwei Krücken; am Anfang nur wenige Schritte, aber mit der Zeit konnte sie ihren Bewegungsradius deutlich ausdehnen.

Es hatte sich in der Stadt herumgesprochen, dass sich eine Spitzenschneiderin aus Berlin niedergelassen hatte. Alwine brauchte keine Werbung für sich zu machen. Die Kunden kamen von allein. Es galt als chic, sich etwas von Alwine Siebert schneidern zu lassen.

Sie kümmerte sich viel um ihre Mutter und arbeitete oft bis tief in die Nacht an ihren Aufträgen. Auch traf sie sich öfter mit Greta, die sich ebenfalls über Alwines Rückkehr freute.

Mitte Mai saß Alwine an ihrer Nähmaschine, als es an der Tür schellte. Sie öffnete und traute ihren Augen nicht. Vor ihrer Tür stand Otto Landsberg. „Ich hätte ein paar Hosen, die zu lang sind. Machen Sie so etwas auch oder nehmen Sie solche einfachen Aufträge nicht an?" Alwine lachte. „Auch kleine Aufträge sind mir willkommen. Dann kommen Sie mal rein. Sie müssen die Hose einmal anziehen, damit ich sie abstecken kann. Sie können in das Zimmer nebenan gehen."

Otto schaute sich um. Das Zimmer war einfach eingerichtet, aber gemütlich. An der einen Wand stand ein Bett und an der anderen Wand ein großer alter Kleiderschrank. Die kleinen Fenster zierten hübsche Vorhänge und über dem Bett lag eine genähte Decke. Außerdem stand ein Sessel in der Ecke. In der anderen Ecke stapelten sich Bücher: Stendhal, Goethe und Heinrich Heine. Er zog schnell die zu ändernde Hose über.

Mit schnellen und geübten Handgriffen steckte sie die richtige Länge ab. Er wechselte rasch wieder die Hosen und hielt ihr die neue Hose hin. „Übermorgen ist sie fertig. Ist das früh genug?", schaute sie ihn gut gelaunt an. Er nickte. „Übermorgen ist perfekt."

Er wollte schon hinausgehen, da drehte er sich noch einmal um. „Darf ich Sie vielleicht auf ein Eis einladen?" „Ja, aber erst, wenn die Hose fertig ist", beantwortete Alwine seine Frage.

„Also übermorgen?", fragte Otto noch einmal nach. „Übermorgen!"

***

Aus dem Eis wurde dann ein Kaffee und später ein Glas Wein. Otto hörte Alwine gebannt zu, als sie von ihrer Zeit in Berlin berichtete. Sie erzählte von ihrer Ausbildung, von ihrer Freundin Metha und ließ auch die Geschichte mit Franz nicht aus. „Das ist wirklich tragisch. Wozu Menschen fähig sind!" Otto schüttelte den Kopf. „Hoffentlich werden diese Nazis nicht noch stärker." „Das hoffe ich auch", pflichtete Alwine ihm bei.

Er brachte sie bis vor die Haustür. Der Mond stand schon hoch am Himmel und warf fahle Schatten auf die seicht dahinfließende Havel.

„Es war ein sehr schöner Tag. Ich hoffe, wir können das wiederholen", verabschiedete er sich. „Das wäre schön, Otto. Gute Nacht."

Glücklich wie lange nicht, fiel Alwine in ihre Kissen und schlief mit einem Lächeln im Gesicht ein.

Als sie am nächsten Morgen vor ihre Tür trat, lag ein Blumenstrauß vor ihrer Haustür. Sie nahm das Bouquet aus Pfingstrosen in die Hand und fand einen kleinen Zettel zwischen den Blüten.

„Ich freue mich auf ein Wiedersehen. Otto"

Alwine suchte eine passende Vase und stellte die Blumen so hin, dass sie sie immer im Blick hatte. Noch nie hatte ihr ein Mann Blumen geschenkt!

Als sie ihre Mutter später sah, schaute sie Margarethe schmunzelnd an. Hatten sie gestern Abend vielleicht etwas mitbekommen?, fragte sich Alwine. Und wenn schon, dachte sie dann, ich bin ja schließlich alt genug.

Am Sonntagnachmittag klingelte es an ihrer Tür. Als Alwine öffnete, stand Otto Landsberg davor. Er entschuldigte sich für sein unangemeldetes Erscheinen.

„Ich habe heute keine Tour und wollte dich fragen, ob du mit mir einen Ausflug machen möchtest." Völlig überrumpelt, schwieg Alwine zuerst. Dann sagte sie: „Warum nicht? Meine Arbeit kann auch warten."

Otto fuhr mit ihr in das hübsche Städtchen Tangermünde an der Elbe. Sie gingen an der alten Stadtmauer spazieren. Im Schlossgarten aßen sie ein Eis und blickten hinunter auf die träge dahinfließende Elbe. Otto erzählte ihr, dass er in der Nähe, auf einem Gut, aufgewachsen war. „Gibt es da auch ein richtiges Herrenhaus?", wollte sie wissen. „Ja, das gibt es. Ich zeige es dir mal, wenn du möchtest."

Sie sprachen über die Arbeit, über Politik, über Freunde und Ziele im Leben. Als es schon dämmerte, brachte Otto Alwine zurück. Sie ging nicht gleich ins Haus, sondern nahm ein paar Schritte über den Domplatz, stieg ein paar Stufen die Domtreppen hinunter und schaute vom Prälatenweg auf die schwach erleuchtete Stadt. Ein lauer Wind wehte von der Havel herüber und raschelte in den hohen Bäumen. Otto folgte ihr. Sie standen sich gegenüber und schauten sich in die Augen. Dann nahm er ihr Gesicht in seine Hände und küsste sie auf die Lippen. Sie erwiderte seinen Kuss und öffnete ihren Mund. Es folgte ein langer inniger Kuss und dann eine weiterer … Als sie sich verabschiedeten, sagte Otto: „Du bist die Frau, auf die ich schon immer gewartet habe."

Kurz danach berichtete Otto Emil, dass er seine große Liebe gefunden hatte. „Mensch Otto, hast du ein Glück! Hat sie nicht vielleicht noch eine Schwester?", fragte Emil lachend. „Nein, Emil, leider nicht." „Dir gönn ich's, Otto."

Alwine und Otto sahen sich mehrmals in der Woche, außer wenn Otto längere Touren nach Berlin oder Hamburg hatte. Sie unternahmen Ausflüge mit dem Fahrrad an die Havel und an die Elbe. Dann lagen sie ausgestreckt im Gras und sahen die Wolken am blauen Himmel vorüberziehen und genossen die warmen Strahlen der Sonne.

Fast alle vierzehn Tage schrieb Alwine an Metha einen Brief. Am Anfang berichtete sie fast nur von ihrer Mutter und ihrer kleinen Schneiderwerkstatt. Aber Ende des Sommers erzählte sie ihr von Otto. Sie beschrieb ihn als intelligent, gesellig, humorvoll und mit einem Hauch von Eleganz.

Eines Nachmittags fragte Margarethe ihre Tochter: „Sag mal, Winchen, ist es etwas Ernsthaftes mit diesem Otto Landsberg?" Sie schaute ihre Mutter an und Margarethe konnte die Antwort in ihrem Gesicht ablesen. „Ich glaube schon, denn ich mag ihn sehr."

Der Sommer war zu Ende und das Laub zeigte sich schon vielerorts gelb. Es war Ende September, aber der Tag war noch warm und sonnig. Sie waren mit den Fahrrädern Richtung Elbe unterwegs, als sie ein heftiges Gewitter überraschte. Der Zusammenfluss von Havel und Elbe hielt ein Gewitter oft lange fest, ehe es weiterzog. Sie suchten Schutz in einer Hütte und warteten die einprasselnden Blitze ab. Otto erzählte Alwine die Geschichte seines Vaters. Sie schaute ihn besorgt an. „Du brauchst keine Angst zu haben. Wir sind nicht auf freiem Feld und auch nicht unter hohen Bäumen."

Als das Gewitter weitergezogen war, war es schon Abend. Völlig durchnässt durch den darauffolgenden Regen erreichten sie Alwines Haus. „Komm rein und trockne dich ab", sagte sie. „Ich kann doch nicht so durchnässt eintreten." „Doch, das kannst du." Sie gab ihm einen Kuss und half ihm aus der nassen Jacke. Er trocknete sich etwas ab und wollte sich verabschieden, doch sie hielt ihn fest. „Geh nicht." Er sah ihr tief in die Augen. „Willst du das wirklich?" „Ja, das will ich." Dann rissen sie sich ungestüm die nassen Kleider vom Leib. Das Zimmer mit dem Bett war kühl, aber beide merkten nichts davon. Er küsste Alwine an allen Stellen ihres sinnlichen Körpers. Lange betrachtete er ihre schönen Brüste. Sie ließ ihre Hände über seinen Körper gleiten. Hitzewellen durchliefen ihren Körper. Sie spürte sein hartes Glied und schob sich ihm entgegen. Er drang in sie ein und beide trieben ihrem Höhepunkt entgegen. „Es war wunderschön, Otto." „Das find ich auch", hauchte er ihr ins Ohr. „Du bist das Wunderbarste, was mir passiert ist."

Es war noch dunkel, als Otto erwachte. Er küsste Alwine sanft auf die Stirn, zog seine immer noch klammen Sachen an und verließ im Morgengrauen und schnellen Schrittes das Haus. Er wollte nicht, dass ihn jemand sah und es schlechtes Gerede gab.

Er hatte eine längere Fahrt nach Magdeburg und würde erst sehr spät wieder zurück sein. Aber Otto war so beschwingt und entspannt, denn er hatte sich in die wunderbarste Frau der Welt verliebt und er würde sie nie mehr gehen lassen.

✳ ✳ ✳

Otto hatte seinen Fahrgast, den Direktor der Schule, pünktlich zu seinem Termin abgesetzt. Er schlenderte durch die Stadt und sah sich die Auslagen der Geschäfte an. Die Menschen eilten an ihm vorbei, entweder zu ihren Terminen oder um ihre Einkäufe zu erledigen.

Otto schlenderte die Regierungsstraße entlang und sah sich die Geschäfte in den kleinen Nebenstraßen an, als er vor einem Juweliergeschäft stehen blieb. Er sah in der Auslage einen dezenten Gelbgoldring liegen, der in der Mitte von einem glitzernden Diamanten geschmückt wurde. Entschlossen trat er in das Geschäft ein.

„Wie kann ich Ihnen helfen?", fragte die Verkäuferin freundlich. „Ich habe im Fenster einen Gelbgoldring mit einem Diamanten gesehen." „Ah, meinen Sie vielleicht den Verlobungsring? Ich hole ihn, dann können Sie ihn sich anschauen." Er gefiel Otto bei näherem Betrachten noch besser. „Was ist, wenn er nicht passt?", fragte er die Verkäuferin. „Man kann ihn sowohl enger als auch weiter machen. Das ist gar kein Problem." „Ich nehme ihn", sagte Otto und bezahlte den Ring. Mit der festen Absicht, einen Ring zu kaufen, hatte er sein ganzes Bargeld eingesteckt.

Den Rest der Woche hatte er fast jeden Tag eine Fahrt, sodass sie sich entweder gar nicht oder nur kurz sahen. Sonntag war es meistens ruhig. Als am Sonnabend niemand eine Fahrt gebucht hatte, suchte er Alwine kurz auf und fragte sie, ob sie zusammen etwas unternehmen wollten. Sie verabredeten sich für den Nachmittag und er versprach sie abzuholen.

Es war schlagartig kühl und regnerisch geworden. Dunkle graue Wolken hingen am Himmel und in der Nacht hatte es kräftig geregnet.

Otto fuhr mit Alwine wieder nach Tangermünde. Die hübsche kleine Stadt hatte beiden gefallen. Sie gingen trotz des schlechten Wetters ein wenig entlang der alten Stadtmauer spazieren, bis sie einen wunderbaren Blick auf die Elbe hatten. Als sie so an der Elbe standen, riss der Himmel plötzlich ein klein wenig auf und ein Hauch von Sonne und Helligkeit stahl sich durch die kleine Wolkenlücke. Sie standen einander gegenüber und schauten sich in die Augen, als Otto plötzlich in seiner Jackentasche kramte und vor Alwine auf die Knie sank.

„Alwine, willst du mich heiraten?" Mit nur leicht zittrigen Händen hielt er ihr den Ring hin. Alwine schaute erstaunt, aber dann strahlte sie über das ganze Gesicht, fiel ihm um den Hals und sagte: „Ja, das will ich." Der Ring war ein wenig zu weit, aber nicht viel.

Sie kehrten noch auf einen Kaffee ein und fuhren dann zurück nach Havelberg. Alwine hätte die ganze Welt umarmen können, so glücklich war sie! „Wir müssen es meinen Eltern mitteilen", sagte sie und schaute Otto an. „Ja, das sollten wir", stimmte er ihr zu.

Margarethe und Paul freuten sich über die gute Nachricht, mochten sie den jungen Mann doch sehr. „Wann wollt ihr denn heiraten?", fragte Paul die beiden. „Wir haben uns im Auto überlegt, im Mai nächsten Jahres zu heiraten." „Na, dann haben wir ja noch ein bisschen Zeit", brummte Paul freundlich.

Im November fuhr Alwine zu Metha nach Berlin. Sie blieb drei Tage bei ihr. Die beiden Freundinnen hatten sich viel zu erzählen. „Metha, stell dir vor, ich werde nächstes heiraten." „Wat, ditt jing aber schnell", kommentierte Metha die Neuigkeit. „Ick freu mir für dich, Winchen. Du hast ditt so verdient." „Metha, du bist auf jeden Fall zu meiner Hochzeit eingeladen. Ich habe mir gedacht, wir können morgen nach deiner Schicht mal nach einem schönen Stoff für das Brautkleid schauen." „Dufte Idee, ditt machen wir."

Alwine besuchte das Atelier, in dem sie so lange gearbeitet hatte. Alle freuten sich für sie. Frau Schönborn bot an, das Kleid in ihrem Atelier anfertigen zu lassen, aber Alwine lehnte dankend ab. Sie würde es selbst schneidern und ihre Mutter, die auch eine gute Schneiderin war, würde Maß nehmen.

Sie fuhren zum Hausvogteiplatz, denn dort fuhr man hin, wenn man sich einkleiden wollte. Sie fanden ein schönes Stoffgeschäft. Die beiden Damen in dem Geschäft waren sehr freundlich und zeigten ihnen eine Auswahl Stoffe.

Alwine entschied sich für weiße, fließende Seide. Die Schuhe würde ihr Greta besorgen. Sie bezahlte den Stoff und verließ das Geschäft. Beim Hinausgehen las sie das Schild „Ohme & Rosenberg Stoffe".

Metha war jetzt Oberschwester und berichtete Alwine von ihrer Arbeit. Sie gingen etwas essen, danach spazieren und genossen die gemeinsame Zeit, bis Alwine wieder abfahren musste.

„Du hast noch deine Nähmaschine bei mir." „Ich weiß, Metha. Das nächste Mal komme ich mit Otto, dann nehmen wir die restlichen Sachen mit." „Dat is jut. Dann lerne ick deinen Otto ja och mal kennen."

Drei Tage später brachte Metha Alwine zum Lehrter Bahnhof und sie versprachen, sich bald wiederzusehen.

47

Das neue Jahr 1933 fing mit richtungsweisenden Ereignissen an, die das dunkelste Kapitel deutscher Geschichte einläuteten.

Ende Januar entzieht der Reichspräsident Paul von Hindenburg seinem Reichkanzler Kurt von Schleicher das Vertrauen. Wenige Tage später, am 30. Januar, ernennt er Adolf Hitler zum Reichskanzler. Der Glaube, Hitler in einem von Konservativen dominierten Kabinett zu bändigen und unter Kontrolle bringen zu können, erwies sich als fataler Irrtum. Noch am Tage seiner Ernennung zogen seine Anhänger mit einem Fackelzug an der

Reichskanzlei vorbei, um ihrem neuen Kanzler zu huldigen. Bereits tags darauf sah man seine Anhänger in SA-Uniformen gegen Andersdenkende vorgehen. Damit war das Ende der Weimarer Republik eingeläutet.

Der sichtbare Beweis wurde in der Nacht vom 27. auf den 28. Februar erbracht, als der Reichstag, das Symbol der Demokratie, in Brand gesteckt wurde. Flammen schlugen aus dem über sechzig Meter hohen Gebäude und das Glas der Kuppel zerbarst in der Hitze der Flammen, wie das Fundament der Demokratie. Für den Brandanschlag wurden die Kommunisten verantwortlich gemacht. Schon am 28. Februar brachte Hitler den greisen Paul von Hindenburg dazu, eine Notverordnung zum Schutz von Volk und Staat zu erlassen, welche die Grundrechte wie das Kontroll- und Versammlungsrecht für die Bevölkerung aufhob oder massiv einschränkte. Damit wurden Verfolgung, Beschlagnahmung und Zensur legalisiert. Kommunistische und demokratische Kräfte wurden angegriffen, schikaniert und verfolgt.

Bei der Reichstagswahl am 5. März 1933 konnte die NSDAP fast 44 Prozent der Stimmen für sich gewinnen. Es war die letzte Wahl, an der mehr als eine Partei teilnahm. Damit war Hitler mit seinem neu gebildeten Kabinett in der Lage, seine Pläne umzusetzen.

48

Mathilde und Hannah verließen an diesem Sonntagvormittag des 5. März das Haus, um wählen zu gehen. „Hoffentlich kriegen die Nationalsozialisten nicht zu viele Stimmen", bemerkte Hannah, bevor sie das Wahllokal betraten. Nachdem Mathilde ihr Kreuzchen für die Zentrumspartei und Hannah ihres für die Deutsche Volkspartei gemacht hatte, die für den politischen Liberalismus stand, traten sie auf die Straße. „Hoffentlich geht dieser Kelch an uns vorüber, Hannah", meinte Mathilde mit Besorgnis in der Stimme und sah Hannah an. Hannah war seit der Ernennung Hitlers zum Reichskanzler noch stiller geworden. Sie ging jetzt öfter in die Synagoge, um sich mit anderen Juden auszutauschen.

Als die Ergebnisse bekannt gegeben wurden, brach Hannah in Tränen aus. Mathilde nahm sie in den Arm. Diese Dünnhäutigkeit hatte sie bei Hannah nie zuvor erlebt. „Das ist erst der Anfang", flüsterte Hannah.

Sie sollte schneller recht behalten, als Mathilde es sich vorstellen konnte, denn schon drei Tage später wurden die Sitze der KPD für ungültig erklärt, womit sich Hitler mit seiner NSDAP die Mehrheit sicherte. Mathilde und Hannah gingen abends nicht mehr aus dem Haus, denn sie hörten von Fackelzügen und marodierenden SA-Truppen.

Die Tage wurden jetzt, Mitte März, schon wieder länger und das Frühjahr war hoffentlich nicht mehr weit, als die Familie beim Abendessen zusammensaß.

„Ich wollte euch nur berichten", sagte Antonia, „ich ziehe aus." Mathilde verschluckte sich fast an dem Bissen, den sie im Mund hatte. „Warum das denn? Wo willst du denn hin?" „Ich ziehe zu meiner Kollegin Klara. Sie hatte sich die Wohnung mit einer Freundin geteilt, die nun geheiratet hat. Ihr Zimmer ist jetzt frei und ich kann es haben. Ich habe ihr schon zugesagt. Am Wochenende bringe ich meine Sachen rüber." „Wo ist denn die Wohnung?", wollte Mathilde wissen. „In der Nähe des Rosenthaler Platzes." Antonia kam und ging ohnehin, wie es ihr passte. Sie hatte ständig einen neuen Verehrer und ließ sich gerne ausführen, wenn sie keinen Dienst im „Haus Vaterland" hatte.

Mathilde lag in der Nacht lange wach und grübelte. Aber schließlich konnte sie der Idee auch etwas Gutes abgewinnen. Antonias Verehrer waren sicher nicht alle judenfreundlich und vielleicht war es besser so.

Die besorgniserregenden Nachrichten rissen nicht ab. Als Mathilde am Morgen des 24. März ins Geschäft ging, konnte sie die Schlagzeilen im „Völkischen Beobachter" lesen: „Der Reichstag übergibt Adolf Hitler die Herrschaft". Der Reichstag, der am 21. März in Potsdam zusammentrat, da das Berliner Reichstagsgebäude ja durch den Brand nicht mehr nutzbar war, verabschiedete ohne die Stimmen der SPD das Ermächtigungsgesetz. Dies erlaubte der Regierung, Gesetze ohne Zustimmung des Parlaments zu verabschieden. Der Reichstag war damit entmachtet.

„Hast du die Zeitung gelesen?", fragte Mathilde Hannah am Abend. „Ja, habe ich. Nun kann er walten und schalten, wie er will", war ihre deprimierte Antwort. Hannah, die sonst so Couragierte, war merklich still geworden.

Der April 1933 begann wechselhaft, wie man es um diese Jahreszeit erwartete. Es war noch kühl und das Thermometer zeigte sieben Grad an. Dunkle Wolken präsentierten sich am Himmel, als Mathilde und Hannah zum Geschäft fuhren.

Auf dem Weg zum Laden sahen sie SA-Männer, die Plakate durch die Straßen trugen: „Deutsche, wehrt Euch! Kauft nicht bei Juden!" Überall im Stadtzentrum zeigte sich das gleiche Bild mit Aufrufen zum Boykott jüdischer Geschäfte. Als sie an ihrem kleinen Laden ankamen, hatte jemand „Boykott" auf die Fensterscheibe geschmiert. Hannah hielt sich erschrocken die Hand vor den Mund, um ihren Schrei zu ersticken. Sie sah Mathilde an und flüsterte: „Nun sind sie auch bei uns." „Ich mache das sofort weg", sagte Mathilde wütend zu Hannah. „So eine Schweinerei."

Wie Hannah später erfuhr, wurden manche jüdische Bürger von den umherziehenden SA-Trupps sogar angriffen und offen schikaniert.

Dem ersten offenen Angriff, der aber bei vielen Bürgern nicht gut ankam, folgten weitere, schon massivere Einschränkungen. Jüdische Ärzte durften keine Bezahlung mehr annehmen, keine Apotheken betreiben und eröffnen, keine städtischen Bäder besuchen und mussten Auskunft über ihr Vermögen geben. Jüdische Bürger sollten aus dem Geschäftsleben ausgeschlossen werden.

Zwei Wochen nach dem Vorfall mit der beschmierten Fensterscheibe fasste sich Hannah ein Herz und sprach Mathilde an. „Mathilde, ich denke, wir sollten den Namen unseres Geschäfts ändern und nur noch deinen Nachnamen stehen lassen." „Das kommt nicht infrage, du bist mein gleichberechtigter Teilhaber", war Mathildes erste Reaktion. „Das kann ich ja bleiben, aber wir sollten meinen Namen vom Schild entfernen. Möglicherweise wollen dann Leute nicht mehr bei uns kaufen, oder wir müssen neue Schikanen befürchten. Es ist besser so."

Hannahs Argumente leuchteten Mathilde ein. Sie wollte und musste ihre Freundin schützen. Es brachte nichts, wenn sie sich ihrer Grundlage beraubten. „Vielleicht hast du recht, Hannah. Es wäre ja auch nur das Schild über dem Laden." „Ich bin froh, dass du es einsiehst. Es bringt uns nichts, wenn unser Laden boykottiert wird, weil mein Name weit sichtbar ist."

Wenige Tage später gaben sie ein neues Geschäftsschild in Auftrag. Es sollte etwas schicker und moderner aussehen und den Aufdruck „Ohme Stoffe" tragen. Mathilde und Hannah hofften, damit marodierende SA-Truppen abzuhalten. Sie mussten die weitere Entwicklung abwarten. Sie hatten beschlossen, dass Hannah sich jetzt um die Buchhaltung und die anfallenden Verwaltungsaufgaben kümmern würde und Mathilde um die Kundschaft und den Einkauf. Dennoch, die Besorgnis blieb.

49

Als Alwine die Nachrichten über die Ernennung Hitlers zum Reichskanzler in der Zeitung las, fing sie am ganzen Körper an zu zittern. Otto nahm sie in den Arm und sah sie fragend an. „Was ist mit dir los? Warum zitterst du auf einmal?" „Dieser Hitler ist zum Reichskanzler ernannt worden. Da kriege ich wirklich Angst. Ich habe seine Anhänger in Berlin gesehen und erfahren, was sie mit Menschen anstellen können. Dieser Fanatismus und die Brutalität. Mir wird schlecht, wenn ich daran denke." „Winchen, beruhige dich. Wir können das jetzt nicht ändern. Ich finde es auch schlimm, aber wir müssen jetzt die Ruhe bewahren. Noch sind ja viele Konservative in seinem Kabinett." Er drückte sie fest an sich und nach einer Weile hörte sie auf zu zittern. Offensichtlich hatte Otto sie erst einmal beruhigen können. Nach einer Weile schaute sie ihm in die Augen. „Ja, du hast recht, Otto, aber es ist tief in mir drin." Alwine war endlich glücklich und sie wollte nicht noch einmal diesen Schmerz erfahren.

Einen guten Monat später bewahrheiteten sich Alwines Ängste. Otto war ebenfalls besorgt, aber er konnte es sich nicht leisten, irgendwelche Kunden abzulehnen, und so waren auch etliche Anhänger der Nationalsozialisten unter seinen Fahrgästen. Wenn er einen Fahrgast hatte, der mit ihm politische Gespräche führen wollte, versuchte er diese Themen durch andere zu ersetzen.

Sie waren mit der Vorbereitung ihrer Hochzeit beschäftigt, aber zunehmend wurde die politische Lage auch ihrer beider Gesprächsthema. Ende März verschickte Alwine die Hochzeitseinladungen.

Ihre Vorbereitungen waren fast abgeschlossen. Das Kleid war fertig und hing bei ihrer Mutter im Schrank. Viele Abende hatte Alwine an ihrem Hochzeitskleid genäht. Ihre Mutter hatte es sich nicht nehmen lassen, ihr dabei zu helfen. Margarethe ging immer noch am Stock. Sie hatte nach ihrem Bruch nie mehr ihre alte Vitalität erreicht. Die Hochzeit ihrer Tochter hatte Margarethe regelrecht beflügelt und sie war mit Eifer dabei, ihr bei den Vorbereitungen zu helfen. Zu dem Kleid hatte Margarethe Alwine einen dazu passenden wunderschönen Schleier und Kranz geschenkt. Es fehlten nur noch die Brautschuhe, aber das würde sie in den nächsten Tagen auch entscheiden.

Zu Ostern kam Otto mit einer großen Überraschung. „Hast du schon mal über unsere Hochzeitsreise nachgedacht, Winchen?" Sie sah ihn erstaunt an und schüttelte den Kopf. „Ehrlich gesagt, ich glaube, wir haben dafür kein Geld und keine Zeit." „Doch, das haben wir. Ich möchte, dass du vierzehn Tage nach unserer Hochzeit keine Termine annimmst." Sie schaute ihn ungläubig an. „Ist das dein Ernst, Otto? Das machen doch nur die reichen

Leute." „Und ob das mein Ernst ist! Wir machen auch eine Reise, aber es wird eine Überraschung, meine Liebste."

***

Die Sonne strahlte an diesem 20. Mai 1933 von einem fast wolkenlosen Himmel.

Am Vormittag fuhren Alwine und Otto auf das Standesamt und ließen sich von einem Standesbeamten trauen. Sie waren nur zu viert. Emil und Metha waren ihre Trauzeugen und nach zwanzig Minuten waren sie verheiratet. Die eigentliche Hochzeit mit der kirchlichen Trauung fand am frühen Nachmittag statt.

Die Glocken des Domes läuteten und die Braut schritt am Arm ihres Vaters Paul den Mittelgang der Kirche entlang. Sie trug ein weißes, bodenlanges Kleid aus Seide mit einem spitzen Ausschnitt. Das Vorderteil war hübsch gerafft und mit einem Myrtenzweig verziert. Das Kleid hatte der Tradition entsprechend lange Ärmel, die am Oberarm in kleine Biesen gelegt waren. Die Seide des Rockes fiel in wunderschöne Falten und schwang bei jedem Schritt. Dazu trug Alwine passende weiße Schuhe, die beim Gehen hervorlugten. Ihre blonden Haare, die im Nacken gebunden waren, zierten ein Myrtenkranz und ein meterlanger wunderschöner Schleier. Die Maiglöckchen ihres Brautstraußes verströmten einen wunderbaren Duft. Otto trug einen schwarzen Anzug mit blütenweißem Hemd und Fliege und hatte einen Zylinder auf dem Kopf.

Sie sprachen das Ehegelübde und der Pfarrer spendete das heilige Sakrament der Ehe.

Margarethe, die zur Sicherheit immer noch ihren Stock dabeihatte, hatte feuchte Augen und auch Paul war sichtlich ergriffen. Friedrich war mächtig stolz auf seinen Sohn und mochte seine Schwiegertochter sehr. Er und Emma saßen neben den Brauteltern und lauschten den Worten des Pfarrers. Natürlich waren Freunde und Bekannte dabei. Emil war mit Helene da, die jetzt ein Paar waren. Metha war aus Berlin angereist und auch Greta war mit ihrem Mann gekommen. Sogar Emmi erschien, allerdings allein und ohne Mann. Sie konnte bei dieser Gelegenheit auch gleich ihre Familie in Havelberg besuchen. Otto hatte auch seine Vermieterin, Frau Wernicke, eingeladen, seinen alten Chef und viele andere. Ottos alter Chef chauffierte das frischgebackene Ehepaar zum Restaurant. Die lustige Hochzeitsgesellschaft feierte im traditionellen Ratskeller bis in die frühen Morgenstunden. Das Brautpaar zog sich dann irgendwann zurück.

Sie betraten das dunkle Haus. Alwine zündete eine Kerze an und stellte sie neben das Bett. Nun würde Otto das erste Mal nicht heimlich gehen müssen. Er half ihr aus dem Hochzeitskleid und sie ihm aus dem Anzug. Im Schein der Kerze betrachtete er ihren wunderschönen, wohlgeformten Körper. Er küsste ihre Lippen, ihren Hals und ihre Brüste. Sie berührte zärtlich seinen Bauch und verweilte auf seinem steifen Glied. Beider Begierde steigerte sich immer mehr, bis sie es nicht mehr aushalten konnten. Sie öffnete sich ihm mit einer Hingabe wie nie zuvor und er drang in sie ein und ergoss sich in ihr. Eng umschlungen fielen sie in einen erschöpften Schlaf.

Die Sonne schien durch die Schlagläden und weckte das frisch vermählte Paar. Es war schon Vormittag. Rasch kleideten sie sich an und gingen rüber zu Alwines Eltern.

Margarethe hatte für die verbliebenen Gäste ein kleines Frühstück vorbereitet. Bald danach verabschiedete sich Metha, um nach Berlin zurückzukehren, und auch Emmi kam noch mal, um Auf Wiedersehen zu sagen.

„Otto, wo fahren wir denn nun hin?", wollte Alwine endlich wissen. „Nun kann ich es dir ja sagen. Unsere Hochzeitsreise geht in den Schwarzwald." „Das ist aber ganz schön weit weg, oder?" „Ja, das ist es, aber es soll dort sehr schön sein. Wir werden in Baden-Baden haltmachen und dann reisen wir weiter nach Freiburg in den Breisgau und schauen uns die schöne Gegend dort an. Es gibt dort auch einen See, den Titisee. Den müssen wir uns auch anschauen." „Woher weißt du das alles?" „Anton von Liebenau war mal dort und hat mir davon berichtet. Er hat das so schön beschrieben, dass ich das immer mal sehen wollte." „Ich freue mich so sehr, Otto!"

Am Nachmittag packten sie ihre Koffer, verabschiedeten sich von der Familie, Freunden und Bekannten und am übernächsten Morgen ging es los. In Thüringen machten sie den ersten Stopp und besuchten die berühmte Wartburg in Eisenach. In einer hübschen kleinen Pension in der Nähe des Marktplatzes übernachteten sie das erste Mal. Dann fuhr Otto weiter nach Baden-Baden. Zusammen erkundeten sie die wunderschöne Stadt am Rande des Schwarzwaldes mit den Kuranlagen, dem Casino, den Terrassengartenanlagen, dem Florentinerberg und dem Rosengarten, bevor sie dann nach Freiburg im Breisgau weiterzogen.

Die hübsche Stadt mit den sogenannten Bächle in der Stadt, wie man die Bachläufe nannte, dem wunderschönen und imposanten Münster und den hübschen Häusern zog beide sofort in ihren Bann. Sie bezogen das Hotel „Zum Roten Bären", ein kleines Haus in der Altstadt, und machten von dort aus Ausflüge in den Hochschwarzwald. Sie saßen am Ufer der Dreisam und bummelten durch die Gassen der Altstadt. Es waren wunderbare und sonnige Tage und sie waren verliebt wie am ersten Tag. In den Nächten liebten sie sich mit aller Hingabe. Alwine konnte ihr Glück kaum fassen.

„Winchen, morgen fahren wir noch an den Titisee, bevor wir zurückmüssen." Der Titisee lag höher als Freiburg und man konnte von dort aus den Gipfel vom Feldberg sehen. Sie gingen am Ufer spazieren und das Wasser glitzerte in der Sonne. „Es so schön hier, Otto. Hier könnte ich für immer bleiben." „Ich auch, Winchen. Es wirklich schön hier. Aber morgen müssen wir zurück." Sie kauften noch ein paar Andenken und Spezialitäten ein und traten dann am nächsten Tag die lange Heimreise an. Alwine schaute aus dem Fenster, bis ihr die Augen wehtaten. Ihr ganzes Leben wollte sie die Bilder dieser wunderbaren Reise im Kopf behalten. Sie war nie glücklicher gewesen.

50

Antonia war auf dem Weg von der Arbeit nach Hause. Sie hatte viel zu tun gehabt und der Tag war im Nu vergangen. „Haus Vaterland" war ein beliebtes Ziel, nun auch für die Gefolgsleute der neuen Machthaber. Antonia war es egal, wer kam, wenn das Trinkgeld stimmte. Immer nach der neuesten Mode gekleidet zu sein, kostete Geld. Antonia liebte Luxus und so tat sie alles dafür, dass sie sich zumindest kleine Wünsche erfüllen konnte.

Die Tage wurden schon wieder kürzer. Es hatte geregnet und das Licht der Laternen spiegelte sich in den Pfützen.

Sie bog vom Potsdamer Platz in die Leipziger Straße ein und ging diese hinunter, um dann zum Bahnhof Friedrichstraße zu gelangen. Sie liebte es, nach der Arbeit immer noch ein bisschen an der frischen Luft zu laufen. Dann schaute sie sich die beleuchteten Auslagen der Schaufenster an und träumte von einem Leben im Luxus.

Antonia war so vertieft in die Auslagen, dass sie das Schlagloch in der Straße nicht sah. Sie stolperte und konnte den Sturz nicht mehr abfangen. Ein höllischer Schmerz durchfuhr ihren Knöchel. Sie versuchte sich hochzurappeln, als ihr jemand unter die Arme griff. „Darf ich Ihnen helfen?", hörte sie eine angenehme Stimme an ihrem Ohr. Als sie aufblickte, sah sie in das Gesicht eines jungen Mannes. „Können Sie laufen?", fragte er weiter. „Ich weiß nicht", antwortete Antonia ihm kleinlaut. Er sah, wie sie versuchte aufzustehen, vor Schmerzen aber immer wieder auf den Boden sank. „Sie müssen ins Krankenhaus." Antonia sah in seine stechend blauen Augen. „Nein, nein, bloß nicht. Ich muss irgendwie nach Hause kommen."

„Taxi", rief er und winkte ein Taxi heran. „Wo wohnen Sie? Wo soll das Taxi Sie hinbringen?", fragte er. „Nein, kein Taxi. Das ist mir viel zu teuer." „Keine Widerrede. Sie kommen in Ihrem Zustand ja nicht einmal bis zur nächsten Ecke. Wir nehmen ein Taxi und ich bezahle es." Antonia gab den Widerstand auf und nannte die Adresse in der Ackerstraße, nahe dem Rosenthaler

Platz. Er stieg mit ein und das Taxi hielt vor dem Haus, in dem sie wohnte. Der Unbekannte zahlte und half Antonia aus dem Taxi. Er brachte sie ins Treppenhaus und drückte auf den Fahrstuhl-Rufknopf. „Sie müssen den Knöchel hochlegen und kühlen." „Ja, das mache ich, und danke für alles."

Er blickte sie an und sah im Licht der schummerigen Deckenbeleuchtung, wie schön sie war. Ihre dunklen Augen und das lange, dunkle, glänzende Haar zogen ihn in ihren Bann. Er wollte sich schon umdrehen, um zu gehen, da besann er sich anders und sprach sie an.

„Wo kann ich mich erkundigen, wie es Ihrem Knöchel geht?", fragte er, bevor er ging. „Ich arbeite im ‚Haus Vaterland'", antwortete Antonia unter Schmerzen. „Ich werde Sie da finden und bis dahin passen Sie gut auf sich auf," sagte er und verschwand.

Wäre da nicht der Schmerz in ihrem Knöchel gewesen, hätte sie an einen Tagtraum geglaubt. Humpelnd trat sie in die Wohnung ein.

„Klara, du glaubst nicht, was mir passiert ist!" Klara kam aus ihrem Zimmer gelaufen. „Wie siehst du denn aus? Was ist passiert?", wollte sie wissen. „Ich bin in ein Schlagloch gestürzt oder über ein Schlagloch gestürzt, wie auch immer. Da kam ein unbekannter Mann und hat mir aufgeholfen, mir ein Taxi gerufen und mich bis hierher gebracht. Das Taxi hat er auch bezahlt." Antonia setzte sich aufs Bett und Klara brachte ihr ein gekühltes Handtuch, das sie sich um den Knöchel wickelte. „Solche Kavaliere gibt es noch? Wie sah er denn aus?" „Groß, schlank, mittelblondes Haar und er hatte stechende blaue Augen. Außergewöhnliche blaue Augen."

Am nächsten Morgen tat es noch weh, aber nicht mehr so wie am Vorabend. Antonia würde den Fuß bandagieren. Viel wichtiger war für sie aber die Frage, ob sie ihn wirklich wiedersehen würde.

Die nächsten Tage hielt sie wie gebannt Ausschau. Sie hatte Dienst im „Grinzing", der „Heurigen Weinstube". Mit jedem Gast, der eintrat und der nicht der erwartete Retter war, machte sich Enttäuschung in ihr breit. Sie kannte nicht einmal seinen

Namen. Danach zu fragen, hatte sie in der Aufregung ganz vergessen. Als sie schon nicht mehr damit gerechnet hatte, stand er da.

Er war sehr groß, was ihr vorher gar nicht so aufgefallen war, und trug einen längeren Mantel. Er setzte sich an einen leeren Tisch. Antonia trat zu ihm. „Wie geht es Ihrem Knöchel?", fragte er sie und schaute ihr in die Augen. „So weit ganz gut. Etwas Schmerzen habe ich noch, aber das Laufen klappt einigermaßen. Danke noch mal. Was darf ich Ihnen bringen?" „Bringen Sie mir bitte die Karte. Ich suche dann einen Weißwein aus." Er wählte einen Wein und ließ seinen Blick durch das Lokal schweifen. Als sie an seinem Tisch vorbeiging, fragte er: „Wann haben Sie Feierabend?" „In einer Stunde." „Dann hole ich Sie unten am Eingang ab." Er trank seinen Wein aus, bezahlte und verließ das Lokal. Er hatte nicht gefragt, sondern einfach bestimmt, dass er sie abholen würde. Normalerweise wollte Antonia gebeten und umgarnt werden. Diese forsche Art war neu für sie, aber sie mochte es irgendwie.

Als Antonia auf die Straße trat, stand er da.

„Ich habe mich noch gar nicht vorgestellt. Mein Name ist Gerhard, Gerhard Engler." „Ich heiße Antonia Ohme." „Antonia ist ein hübscher Name. Den hört man nicht so oft. Sind Sie aus Berlin?" „Gerne nur Antonia und nein, ich wurde in Weimar geboren." „So, so, in der Stadt der Dichter und Denker. Dann bin ich Gerhard. Magst du noch ein Glas Wein mit mir trinken gehen?" „Gerne, aber nicht ins ‚Haus Vaterland'." Er lachte und sie stimmte ein.

Sie landeten in einem kleinen Lokal. Als er seinen Mantel ablegte, fiel Antonia das Abzeichen der NSDAP an seinem Revers auf. Wie sie später erfuhr, hatte Gerhard etwas mit der Luftwaffe zu tun. Sie erzählte ihm, dass sie ihren Vater im Ersten Weltkrieg verloren hatte und dass ihre Familie ein paar Jahre nach dem Krieg nach Berlin umgezogen war. Sie erwähnte auch, dass ihre Mutter ein Stoffgeschäft betrieb, und dass sie einen jüngeren Bruder hatte, berichtete sie ebenfalls. Dass Hannah Jüdin war, erwähnte sie nicht. Sie hatte die Anfeindungen mitbekommen und auch, dass von den SA-Truppen Aktionen gegen Juden unternommen wurden. Aber Gerhard war so nett und sie konnte sich beim besten Willen nicht vorstellen, dass er so etwas gutheißen würde.

Nach zwei Gläsern Wein brachte er Antonia nach Hause. Er gab ihr einen flüchtigen Kuss auf die Wange. Dann hielt er lange ihre Hand und sie verabredeten sich für den übernächsten Abend.

„Du bist ja so aufgelöst. Hast du etwa deinen Retter wieder getroffen?", schaute Klara Antonia am nächsten Tag fragend an. „Ja, ich habe ihn wiedergesehen. Klara riss die Augen auf. „Sag, wie ist er?" „Sehr charmant, klingt sehr gebildet, aber auch sehr fordernd." „Das hört sich nach einem Traummann an. Und was macht er so?" „Er hat irgendwas mit der Luftwaffe zu tun, sagt er, aber mehr weiß ich nicht." „Klingt interessant, Toni."

51

Havelberg lag nun, im Februar, unter einer dichten Schneedecke. Es war meistens der schneereichste Monat, bevor dann endlich im März erste zaghafte grüne Triebe an den Sträuchern zu sehen waren.

Alwine hatte nun Gewissheit. „Otto, ich muss dir etwas sagen." Otto war von einer Fahrt zurück und sie saßen beim Abendessen. „Hoffentlich etwas Gutes, Winchen." „Etwas ganz Gutes, Otto. Wir bekommen ein Kind." Otto ließ das Messer fallen. „Bist du dir sicher?" „Ja, ganz sicher." Er strahlte über das ganze Gesicht. „Das ist eine wunderbare Nachricht. Ich freue mich. Wann wird unser Kind kommen?" Sie sah ihn glücklich an. „Im August sollte es so weit sein." „Du darfst ab sofort nichts Schweres mehr heben und keine Fenster putzen und nicht im Garten graben." „Otto, ich bin schwanger und nicht krank." „Ich meine ja nur, nicht dass etwas passiert." „Es wird nichts passieren, Otto. Morgen sagen wir es meinen Eltern. Die werden sich sicher auch freuen, endlich Großeltern zu werden."

Paul und Margarethe waren überglücklich über diese Neuigkeiten. Paul machte sich sofort daran, eine Wiege für das Kind zu bauen, und Margarethe fing an, weiße Babysachen zu stricken.

Für Otto lief das Geschäft weiterhin gut, denn die Wirtschaft hatte angezogen. Otto war mit seinem Taxi viel unterwegs und er hatte oft mehr Anfragen, als er bedienen konnte.

Eines Tages stand er in der Langen Straße und wartete auf einen Gast, als ein Mann auf ihn zutrat. Er erkannte ihn, es war der Vorsitzende der NSDAP. „Guten Tag, Herr Landsberg. Na, wie läuft es denn so?" „Ganz zufriedenstellend", antwortete Otto knapp. „Es ist gut zu hören, wenn die Geschäfte unserer deutschen Mitbürger gut laufen und sich ehrliche Arbeit wieder lohnt. Es gibt ja noch genug Schmarotzer in unserer Gesellschaft." Er machte eine Pause, um Ottos Kommentar abzuwarten. Als er merkte, dass da keiner kam, fuhr er fort: „Haben Sie schon mal darüber nachgedacht, unserer Partei beizutreten? Alle wichtigen Geschäftsleute sind Mitglied und es gibt Versammlungen, wo man sich über die wichtigen Dinge austauscht. Diese Informationen werden Ihnen fehlen, wenn Sie nicht dabei sind." Otto erwiderte nichts. „Denken Sie mal drüber nach", rief der Vorsitzende noch, als er schon ein Stück entfernt war.

Diese Partei war Otto zutiefst zuwider. Ihm war zu Ohren gekommen, dass direkt nach der gewonnenen Reichstagswahl politische Gegner verhaftet, verhört und misshandelt worden waren. In der alten Domschule hatten „die neuen Herren" für kurze Zeit sogar ein wildes Konzentrationslager eingerichtet. Mitglied dieser Partei zu sein, war das Letzte, was sich Otto vorstellen konnte. Er wusste im Moment nicht, ob er dieses Gespräch als bloßen Rat oder als Drohung einstufen sollte.

Er stieg in sein Auto ein und dachte über dieses Gespräch nach. Unruhe machte sich in ihm breit. Er würde in Zukunft sehr vorsichtig sein müssen. Dann sah er seinen Fahrgast aus dem Haus treten. Er verließ das Auto und öffnete seinem Kunden die Autotür. Zum Glück wollte dieser auf der Fahrt nach Neuruppin nicht über Politik reden. Das half ihm, seine innere Unruhe etwas abzubauen.

Alwine erzählte er nichts von diesem Gespräch, denn er wollte sie nicht auch beunruhigen. Er musste in ihrem Zustand alle Aufregung von ihr fernhalten. Nur Paul berichtete er davon. „Ich habe keine Ahnung, was da noch auf uns zukommt, aber bestimmt nichts Gutes", kommentierte Paul Ottos Erzählung. „Ich verstehe nicht, dass die Menschen das nicht sehen." „Ich auch nicht", pflichtete Otto seinem Schwiegervater bei. Sie beide hatten hier dieselben Ansichten und Otto war froh, dass er jemanden hatte, mit dem er seine Gedanken teilen konnte. Man musste vorsichtig sein, in diesen Zeiten.

52

Hannah kam später nach Hause als sonst. „Wo warst du?", wollte Mathilde wissen. Sie sah sichtlich aufgewühlt aus. „Ich habe mich mit einigen Frauen und Männern aus der jüdischen Gemeinde getroffen. Nach dem, was in den letzten Wochen und Monaten passiert ist, ist fast jeder, den ich gesprochen habe, besorgt. Wir haben lange über die derzeitige Lage diskutiert, aber jeder muss irgendwie selbst damit zurechtkommen. Einige Paare und Familien planen ihre Auswanderung nach Amerika oder in andere sichere Staaten. Viele Künstler und Schriftsteller haben das Land bereits verlassen. Aber auch das ist nicht so einfach und kostet eine Menge Geld. Diejenigen, die gehen wollen, fürchten, dass es noch schlimmer wird und sie ihr ganzes Vermögen verlieren werden. Das ist erst der Anfang. Wir Juden wurden schon immer verfolgt und schikaniert. Man sieht ja jetzt schon überall Schilder und Propaganda gegen Juden. Alle jüdischen Beamten haben ein Berufsverbot." Tränen traten in Hannahs Augen. Die starke Hannah, die für alle immer der Fels in der Brandung war, erschien nun müde und kraftlos. Mathilde zerriss es das Herz, sie so zu sehen. Sie blickte Hannah an und versuchte ihr Mut zu machen, so gut es ging.

„Das kann ich mir nicht vorstellen. Viele jüdische Familien sind ein fester Bestandteil der Gesellschaft. Wie soll das ohne sie funktionieren? Nein, das glaube nicht, das ist bestimmt gerade so ein Kräftemessen der Nazis."

Hannah schüttelte den Kopf. Mathilde trat auf ihre Freundin zu und nahm sie in die Arme. Sie merkte, wie dünn Hannah geworden war. Tiefe Furchen hatten sich in ihre einst vollen Wangen eingegraben. Das dunkle Haar zeigte mittlerweile viele graue Strähnen. Die Sorge war ihr anzusehen. Sie musste versuchen, Hannah aufzurichten. Sie hatten gemeinsam schon so viel durchgestanden! In ihren dunkelsten Zeiten war Hannah für sie da gewesen und nun musste sie für Hannah da sein. „Du wirst sehen, Hannah, das gibt sich wieder. Vielleicht möchtest du ein paar Tage zu Sarah fahren? Das tut dir vielleicht gut, da an der See." „Nein, ich bleibe hier. Ich kann und will jetzt nicht weg."

Hannah war für Mathilde wie eine Schwester und sie schwor sich, Hannah zu beschützen, mit allem, was in ihrer Macht stand, und stark für sie beide zu sein. Sie durften nicht in irgendeinen Fokus der Nazis geraten.

Den Namen des Geschäftes zu ändern, erwies sich als eine kluge Maßnahme. Seit der Änderung hatte es keine weiteren Schmierereien mehr gegeben. Sie hofften, damit ihre Kundschaft halten zu können. In ihrer Wohngegend wohnten keine wohlhabenden Juden, es war eher ein Arbeiterviertel, wie der Wedding. Auch das war momentan von Vorteil.

Mathilde nahm sich vor, die Entwicklungen genauestens im Blick zu behalten. Sie würde auch mit Antonia sprechen, die ja sicher noch mehr mitbekam. Ihre Anstellung im „Haus Vaterland" könnte vielleicht nützlich sein. Dort gingen viele Menschen, vor allem Parteimitglieder, ein und aus und sie hörte sicher mehr als andere, was so an den Tischen zu fortgeschrittener Stunde gesprochen wurde. Sie würde mit Antonia demnächst darüber reden.

Erleichterung kam auf, als ein paar Tage später ein Brief von Sarah kam und sie ihnen mitteilte, dass es ihr und ihrem Mann gut ging. Es war schon eine Weile her, seit sie das letzte Mal von ihr gehört hatten. Sie hofften, dass es in Stralsund etwas ruhiger zuging. Sarah fragte, wie es beiden erging und ob sie ihr Geschäft noch betreiben konnten. Dann fragte sie nach Antonia und Arthur und versprach, sich recht bald wieder zu melden.

Wenn die Umstände es erlaubten, würden sie im nächsten Jahr Sarah wieder besuchen und an die See fahren. Mathilde klammerte sich an die Hoffnung, dass sich die Lage wieder entspannen würde.

53

Der Kaiser-Otto-Platz lag verlassen in der sommerlichen Mittagshitze. Die Schlagläden der Häuser waren geschlossen, denn die Sonne stand hoch und strahlte von einem wolkenlosen Himmel. Nur ein paar Katzen streunten um die Häuser. Wer immer konnte, floh in die kühlen Räume der Häuser und Wohnungen. Im Garten blühten die Rosen und die Baumkronen zeigten sich noch im dunklen Grün.

Alwine war gerade dabei, den Rocksaum eines Kleides umzunähen, als sie ein heftiges Ziehen im Unterleib verspürte. Sie legte ihre Näharbeit beiseite und legte sich auf das Sofa. Der Bauch hatte sich schon gesenkt und Zeit war es auch. Otto war unterwegs und würde erst am späten Abend zurück sein. Sie hatte eine Weile vor sich hin gedöst, die Augen geschlossen und die Bilder des Titisees vor ihrem geistigen Auge vorbeiziehen lassen. Gerade als sie aufstehen wollte, um sich wieder an ihre Arbeit zu setzen, kehrte der Schmerz zurück. Sie wartete die Welle ab und ging zu ihrer Mutter hinüber.

„Ich glaube, es ist so weit." Sie stand in der Tür und hielt sich ihren Bauch." „Seit wann hast du Wehen?", fragte Margarethe, während sie sich mühsam von ihrem Sessel erhob und auf ihre Tochter zuging. „Seit einer Dreiviertelstunde." „Gut, das dauert noch. Wir gehen zu dir, du legst dich hin und ich gebe rasch der Hebamme Bescheid."

Margarethe brachte ihre Tochter in ihr Schlafzimmer. Da ihr das Laufen schwerfiel, war sie jetzt viel mit dem Fahrrad unterwegs. Rasch fuhr sie zur Hebamme und gab Bescheid. Die Hebamme, Hilde Schwarz, war noch recht jung. Diejenige, die vor Jahren Alwines Geburt betreut hatte, hatte sich zur Ruhe gesetzt. Die Hebamme untersuchte Alwine. „Es dauert noch und beim ersten Kind geht es sowieso nicht so schnell. Ich gehe jetzt zu einer anderen Patientin und komme später wieder."

Die Stunden vergingen und es dämmerte bereits. Margarethe saß an Alwines Bett und hielt ihre Hand, kühlte ihre Stirn und versuchte sie abzulenken, so gut es ging. Auch für sie war es aufregend, denn sie erwartete ihr erstes Enkelkind. Die Hebamme war wieder da. Die Wehen wurden immer heftiger und die Fruchtblase war bereits geplatzt. „Bald haben Sie es geschafft!", sagte Hebamme. „Der Muttermund ist schon weit geöffnet."

Die Schmerzen der Wehen waren kaum noch zu ertragen, da spürte Alwine einen Druck. Die Hebamme gab ihr die Anweisung zu pressen. Mit einem letzten aufbäumenden Schmerz brachte Alwine ihr Kind zur Welt. Die Hebamme nahm es und nabelte es ab. Sie sah Alwine freudig an. „Ich gratuliere Ihnen, Sie haben eine wunderbare Tochter." Als sie das Neugeborene gesäubert hatte, legte sie es der jungen Mutter in den Arm.

Als Otto eine Stunde später nach Hause kam, fand er das Häuschen hell erleuchtet. Er wollte gerade das Schloss öffnen, als Margarethe ihm die Tür von innen aufmachte. Otto sah sie fragend an, aber Margarethe verlor keine Zeit. „Otto, das Kind ist da! Glückwunsch! Ihr habt eine gesunde Tochter!"

Er stürzte ins Schlafzimmer und sah seine Frau im Bett sitzend, das schlafende Kind im Arm. Er trat zu ihr und schaute beide mit einer grenzenlosen Zärtlichkeit an. Dann setzte er sich auf die Bettkante, küsste Alwine und betrachtete seine Tochter. Ihr Gesicht war rund und rosig und sie schlummerte friedlich vor sich hin.

„Das hast du wunderbar gemacht! Ich konnte leider nicht früher zurückkommen." „Das war gut so. Meine Mutter war ja da und du hättest ja sowieso nicht helfen können. Wie sollen wir sie nun nennen?" „Wenn es dir auch gefällt, vielleicht Eva?", sagte Otto. „Ja, Eva ist wunderschön." „Dann heißt unsere Prinzessin Eva. Winchen, ich bin der glücklichste Mensch der Welt!"

Er verließ das Zimmer und kam mit einer kleinen Schachtel zurück. Er legte sie auf die Bettdecke. „Ich liebe dich." Er machte eine Pause und sagte dann: „Nein, jetzt muss ich sagen: Ich liebe euch!"

Alwine öffnete das Kästchen und fand darin ein wunderschönes Armband aus Gold, mit eingelegten Saphiren. „Oh, Otto, das ist so wunderschön. Danke." „Nicht halb so schön wie du." „Ich werde das Datum der Geburt unseres Kindes eingravieren lassen, den 2. August 1934."

Einen Monat später fand der traditionelle Pferdemarkt in Havelberg statt. Es war der größte Markt und das größte Volksfest in der gesamten Region. Otto hatte etliche Fahrten und war viel unterwegs. Schon seit geraumer Zeit konnte er nicht alle Anfragen annehmen. Er musste sich für die Zukunft etwas einfallen lassen und er hatte da auch schon eine Idee im Kopf.

Der Frühherbst brachte noch sonnige und warme Tage und Alwine und Otto bekamen Besuch von Emil und Helene. Sie waren gekommen, um zu gratulieren und sich das Kind anzuschauen.

Sie saßen bei Kaffee und Kuchen zusammen, nachdem sie das Kind bewundert hatten. Dann erhob Emil das Wort. „Wir müssen euch etwas sagen. Ich habe Helene gefragt, ob sie meine Frau werden will, und sie hat Ja gesagt. Wir werden nächstes Jahr im Sommer heiraten. Und ich möchte gerne, dass du, Otto, mein Trauzeuge wirst."

Alwine stand auf und umarmte erst Emil und dann Helene. „Wir freuen uns für euch! Das sind ja wunderbare Nachrichten!" „Emil, ich werde gerne dein Trauzeuge sein. Es ist mir eine große Ehre und Freude. Habt ihr schon eine Idee, wann das Fest stattfinden soll?" „Wir dachten an den Frühsommer, vielleicht Juni", antwortete Helene auf die Frage. Sie druckste ein wenig

herum, aber dann fasste sie sich ein Herz. „Alwine, ich wollte dich fragen, ob du mein Brautkleid nähst? Ich weiß ja nicht,
ob du noch arbeitest, jetzt, wo du Eva hast." „In der ersten Zeit
werde ich weniger arbeiten, da die Kleine mich ja viel brauchen
wird. Aber ja, gerne werde ich dein Kleid nähen. Es wird mir
eine Ehre und Freude sein." Ein Brautkleid zu nähen, war auch
für Alwine immer noch etwas Besonderes. „Komm die nächsten Tage vorbei und dann überlegen wir, wie wir es machen."
Helene strahlte. „Ich freue mich so!"

Die vier jungen Leute saßen noch eine Weile zusammen,
lachten viel und konnten für ein paar Stunden die Geschehnisse
in Deutschland ausblenden.

54

Im April 1935 brachte Otto sein Auto in die Werkstatt. Das Fahrzeug brauchte neue Reifen. Sein alter Meister freute sich, Otto zu
sehen. Sie sprachen über dieses und jenes. „Wie läuft das Geschäft,
Otto?" „Sehr gut, ich habe mehr Anfragen, als ich annehmen kann."
„Schade, ich hatte gehofft, du kommst wieder zurück." „Nein, ich
muss mir eher Gedanken machen, wie ich expandieren kann." „Das
freut mich für dich, dass du deine Entscheidung nicht bereust."

Otto schwatzte noch ein wenig mit seinem alten Meister, bevor er sich auf den Heimweg machte. Er nahm den Weg über
den Camps nach Hause. Er hatte gehört, dass in der Krugtorstraße eines der schönen Häuser zum Verkauf stand. Nicht das aller-
schönste, wie die Villa Vogt am Camps, oder das zweitschönste,
das einem Rechtsanwalt gehörte und seinem Schwiegervater so
gut gefiel, aber es war auch ein wirklich schönes Haus.

Er dachte schon seit geraumer Zeit darüber nach, ein größeres Haus zu kaufen oder zu bauen. Dort, wo sie jetzt wohnten,

hatten sie drei kleine Zimmer. Es gab keinen Platz für ein Arbeitszimmer und Alwines Nähmaschine stand in der Küche. Auch konnte er nicht wirklich irgendeinen Geschäftsfreund nach Hause einladen. Die Nachbarschaft zu den Eltern war ideal, aber auf Dauer war das Häuschen einfach zu klein.

Der Camps war praktisch um die Ecke, nur wenige Gehminuten von Alwines Eltern entfernt. Das Haus, das zum Verkauf stand, hatte einen wunderschönen Eingangsbereich mit Kamin und Scheiben mit Ornamenten im Vorraum. Die großen Fenster ließen viel Licht in die Räume. Das Dachgeschoss konnte gut ausgebaut werden, sodass dort ein Kinderzimmer und ein Schlafzimmer Platz fänden. Das Haus hatte außerdem den Luxus eines Badezimmers. Hinter dem Haus befand sich ein großer Garten mit vielen Obstbäumen. Dort könnte Eva spielen und toben.

Otto klingelte und eine freundliche Frau öffnete ihm. „Guten Tag, mein Name ist Otto Landsberg und ich habe gehört, dass Sie Ihr Haus verkaufen wollen." „Guten Tag, ich bin Elisabeth Roth. Das ist richtig, aber kommen Sie doch herein."

Otto erfuhr, dass Frau Roths Mann vor Kurzem eine neue Stellung beim Hamburger Hafen angetreten hatte. Daher entschied sich die Familie, nach Hamburg überzusiedeln. Sie redeten noch ein bisschen über das Haus und dann nannte Frau Roth ihm den Kaufpreis. „Ich melde mich wieder, Frau Roth." Er würde nun endlich mit Alwine darüber sprechen müssen.

Nach zwei Tagen fasste er sich ein Herz. „Winchen, ich weiß, du bist hier groß geworden und dass das dein Zuhause ist, aber könntest du dir vorstellen, mal in ein größeres und komfortableres Haus zu ziehen?" Sie schaute ihn an und fing an zu strahlen. „Und ob ich mir das vorstellen kann! Es ist schon sehr eng und klein hier und mit meiner Näherei muss ich immer alles wegräumen, wenn es ordentlich sein soll. Jetzt, wo Eva da ist, möchte ich mit dem Staub der Stoffe nicht in ihrem Zimmer nähen. Das ist bestimmt nicht gut für unsere Kleine." „Und deine Eltern?", fragte Otto. „Sie werden es bedauern, aber verstehen. Hier in Havelberg sind die Wege kurz. Da kann ich im Nu bei ihnen sein. Hast du etwa schon eine Idee?" „Ja, in der Krugtorstraße steht ein Haus zum Verkauf. Das hat mir ein Kunde erzählt. Es ist wunderschön. Es ist das kleinere mit den bunten Scheiben im Eingang." „Wie wollen wir das denn bezahlen, Otto?" „Wir haben viel Geld verdient und nicht viel ausgegeben. Wir werden sicher einen Kredit aufnehmen müssen, aber ich denke, dass wir das hinkriegen. Ich rede mal mit der Bank."

Als Alwine, Otto und Eva am nächsten Sonntag bei Alwines Eltern waren – Margarethe kochte traditionell sonntags immer für alle –, erzählten sie ihnen von ihrem Plan. „Das kann ich verstehen", stimmte Paul mit den beiden überein. „Es ist auf Dauer zu klein, wenn ihr auch noch von zu Hause eure Geschäfte betreibt. Das ist eine gute Gelegenheit und so ganz in der Nähe."

Alwine und Otto schauten sich das Haus zusammen noch mal an und Alwine war so begeistert, dass sie am liebsten gleich eingezogen wäre.

Als sie wieder bei Alwines Eltern waren, machte Paul den beiden einen Vorschlag. „Was haltet ihr davon, wenn wir euer Häuschen verkaufen? Dann könnt ihr das Geld für das neue Haus verwenden." „Das können wir nicht annehmen!", sagte Alwine. „Doch, das könnt ihr", protestierte Margarethe. „Wir brauchen es nicht und wir können ja jemanden suchen, der zu uns passt. Wir möchten euch das Geld jetzt geben, wo ihr es braucht." Otto sprach mehr zu sich selbst, aber alle anderen konnten es hören. „Dann brauchen wir keinen Kredit mehr aufzunehmen, wenn der Verkäufer noch ein wenig mit dem Preis runtergeht." „Das wäre gut, dann hast du nicht auch noch einen Kredit am Hals, falls die Zeiten sich mal ändern", pflichtete Paul bei. „Ich höre mich mal um, wer Interesse hätte", sagten Otto und Paul fast wie aus einem Munde.

***

Helene kam zur Anprobe ihres Hochzeitskleides. Alwine hatte für Helene ein perfektes Kleid geschneidert. Helene drehte sich um ihre eigene Achse und war verzückt, wenn sie in den Spiegel schaute. Der weiße Stoff fiel bis auf den Boden. Sie konnte den großen Tag kaum erwarten. „Ich komme dann und helfe dir beim Ankleiden. Falls noch irgendetwas geändert werden muss, können wir das direkt machen." „Danke", hauchte Helene glückselig.

Die beiden Damen plauderten noch ein wenig und Helene wollte schon gehen, da fiel Alwine die Frage wieder ein. „Sag mal, Helene, kennst du nicht jemanden, der unser Haus kaufen würde? Wir brauchen mit unseren Geschäften mehr Platz. Ich brauche einen Extraraum zum Schneidern und jetzt, wo Eva da ist, habe ich den nicht mehr." Helene machte ein erstauntes Gesicht. „Wo wollt ihr denn hinziehen?", fragte sie neugierig. „Wir haben etwas ganz in der Nähe in Aussicht, in der Krugtorstraße." Man konnte förmlich sehen, wie Helenes Gedanken kreisten. „Das ist ja wirklich nicht weit weg." Dann sagte sie plötzlich: „Ich habe ja noch nicht mit Emil gesprochen, aber wir könnten es doch kaufen. Uns gefällt es hier und deine Eltern mögen wir auch. Ich werde Emil nachher direkt davon erzählen. Mal sehen, was er dazu sagt."

Eine Woche später saßen Otto, Alwine, Emil und Helene bei Alwines Eltern in der Küche, um über den Kauf des Hauses zu sprechen. Margarethe und Paul waren von der Idee begeistert. Sie mochten das junge Paar und irgendwie waren sie froh, dass es niemand Fremdes sein würde. Helenes Eltern waren Großbauern und hatten direkt angeboten, das junge Paar finanziell zu unterstützen.

Otto unterschrieb beim Notar den Kaufvertrag für das neue Haus. Alwine machte Pläne und konnte ihr Glück kaum fassen. Nach Helenes und Emils Hochzeit wurde der Umzug der beiden Familien für den Herbst geplant.

55

Seit der Machtübernahme durch die Nationalsozialisten wurde das Leben für die Juden immer weiter eingeschränkt. Künstler und Intellektuelle wurden schikaniert und verließen das Land in Scharen. Nachdem alle jüdischen Beamten direkt aus dem Staatsdienst entfernt worden waren, durften auch die jüdischen Kassenärzte ihre Leistungen nicht mehr abrechnen.

Eine massive Entrechtung wurde auf dem Reichsparteitag, am 15. September 1935, in Nürnberg beschlossen. Es wurde das Reichsbürgergesetz verabschiedet, welches Juden jegliches politische Recht nahm. Ihnen blieb nur noch die deutsche Staatsangehörigkeit. Außerdem wurde ein Gesetz zum Schutz des deutschen Blutes und der deutschen Ehre erlassen, das sogenannte Blutschutzgesetz. Danach waren Ehen zwischen Juden und sogenannten Ariern verboten. Bereits geschlossene Ehen galten als nichtig. Außereheliche Beziehungen wurden als Rassenschande unter Strafe gestellt. Es wurde eine Einteilung in Mischlinge und Volljuden vorgenommen.

Diese schufen die Voraussetzungen für weitere Diskriminierungen wie Berufsverbote, Enteignungen, Sühneleistungen und die Kennzeichnungspflicht. Juden war es untersagt, öffentliche Ämter zu bekleiden.

Bei einer Emigration ins Ausland mussten Juden 65 Prozent ihres Vermögens, später sogar 95 Prozent abgeben. Dennoch nahmen viele den Verlust ihres Vermögens in Kauf.

56

Als Mathilde aus dem Geschäft heimkam, fand sie Hannah in Tränen aufgelöst in der Küche sitzen. Sie stellte ihre Tasche ab und nahm ihre Freundin in den Arm. „Was ist passiert?", fragte sie vorsichtig. Hannah blickte aus tränenüberströmtem Gesicht auf und schüttelte den Kopf. „Was ist passiert, Hannah?", wiederholte Mathilde nachdrücklicher. „Hast du nicht gehört, was sie in Nürnberg beschlossen haben?" „Nein, sag es mir."

Hannah berichtete, was sie gehört hatte. „Das ist wirklich unfassbar!" „Was soll ich nur machen, Mathilde?" „Erst einmal gar nichts. Hier bist du sicher. Und du hast ja mich. Vielleicht ist es besser, wenn du erst einmal auch nicht zur Synagoge gehst, man weiß ja nicht, wo überall Spitzel sind. Denen traue ich alles zu. So, und jetzt trockne deine Tränen und ich mache uns etwas zu essen. Vielleicht kann Antonia rausfinden, was so vor sich geht. Sie hört ja viel mehr als wir."

Mathilde staunte über sich selbst, wo sie auf einmal die Kraft hernahm. Für gewöhnlich war sie diejenige, die Hilfe bekam, aber nun wurde ersichtlich, dass auch sie eine starke Seite besaß.

Als sie eines Sonntags spazieren waren und einen Kaffee trinken wollten, sahen sie Schilder in Restaurants und Geschäften mit der Aufschrift „Juden unerwünscht". Städtische Bäder und Kinos waren für Juden mittlerweile auch verboten, aber dass sich die Repressalien so rasch verbreiteten, war schockierend.

„Lass uns nach Hause gehen, Mathilde. Ich kann das nicht ertragen." Mathilde nickte und hakte ihre Freundin unter. „Ja, wir gehen heim, solche Restaurants können uns gestohlen bleiben." Wieder wurde ihnen ein Stück Leben genommen und beide fühlten es. Hannah blieb den ganzen Abend über schweigsam. Mathilde konnte sehen, wie es in ihr arbeitete. Die schlimmsten Befürchtungen waren wahr geworden.

Am Abend gesellte sich auch Antonia zu ihnen, die an diesem Tag freihatte. „Hannah, hier bist du sicher", versuchte auch Antonia Hannah zu beruhigen. „Ich werde die Ohren offen halten.

Im ‚Haus Vaterland‘ geht ja die neue Elite auch gerne essen. Vielleicht höre ich das eine oder das andere.“

Das mit den Juden, darüber hatte sich Antonia noch keine Gedanken gemacht. Aber Tante Hannah, das war etwas anderes. Sie kannte Hannah, seit sie auf der Welt war, und sie liebte sie wie ihre Mutter. Nein, auf Hannah muss ich aufpassen, dachte Antonia, als sie die Wohnung verließ.

57

Antonia traf sich regelmäßig mit Gerhard Engler. Wie sie erfuhr, war er Offizier bei der Luftwaffe. Er brachte ihr oft kleine Geschenke mit und lud sie in ein Restaurant oder eine Bar ein. Er erzählte ihr, dass seine Familie aus Jarmen in Vorpommern kam. Er war gut aussehend und hatte eine einnehmende, aber bestimmende Art. Vielleicht ist das bei Offizieren so, dachte Antonia.

Sie gingen jetzt schon eine Weile miteinander und Antonia machte sich Gedanken über ihre Zukunft. Sie mochte Gerhard, aber die Liebe mit jeder Faser ihres Herzens stellt sich nicht ein. Der Sex mit ihm ödete sie an. Wenn er sich über ihr ergoss und zu seinem Orgasmus grunzte, zählte sie innerlich von dreißig rückwärts oder dachte an schöne Dinge. Manchmal war er längere Zeit unterwegs, dann vermisste sie ihn eigentlich nicht.

Der Luxus und sein Status gefielen ihr, aber dieses aufregende Prickeln kam bei ihm nicht auf. Immerhin konnte jemand wie Gerhard einer Frau ein Leben in Sicherheit und Wohlstand bieten.

Gerhard holte sie eines Abends ab und lud sie noch auf ein Glas Wein ein. „Ich habe eine Überraschung für dich, mein Schatz. Ich fahre in zwei Wochen nach Hause zu meiner Familie, das heißt zu meiner Mutter und meinem Bruder, und ich möchte, dass du mich begleitest." Antonia war sprachlos. „Nein, wirklich. Meinst du nicht, dass das noch zu früh ist?" „Nein, ist es nicht." Dann brachte er sie nach Hause, da er am nächsten Morgen früh aufstehen musste und sie dann lieber zu Hause als bei ihm war.

Die nächsten Tage war sie hin- und hergerissen, ob sie mitfahren sollte. Wenn sie mitfuhr, wäre es ein Bekenntnis zu ihrer Beziehung.

Gerhard holte Antonia zwei Wochen später mit einem Dienstwagen ab. Nachdem sie Berlin verlassen hatten, wurde es sofort ländlich. Sie freute sich über die Reise und auch, endlich mal aus Berlin herauszukommen.

„Gerhard, hoffentlich wird mich deine Familie nicht ablehnen." „Nein, das wird sie nicht. Da bin ich mir ziemlich sicher."

Sie machten unterwegs noch eine Pause und waren dann am Nachmittag in Jarmen.

Jarmen war ein kleines Städtchen, direkt am Peenestrom. Alles wirkte hier sehr einfach und ländlich. Das größte Gebäude, die Marienkirche, aus rotem Backstein, war typisch für die Kirchen im Norden Deutschlands. Um den Marktplatz reihten sich kleine Häuser. Von Jarmen war es außerdem nicht weit bis zur Insel Usedom.

Sie hielten vor einem hübschen Haus in der Demminer Straße. Antonia wusste, dass Gerhards Mutter schon seit vielen Jahren Witwe war. Ihr Mann war, genau wie ihr Vater, im Ersten Weltkrieg gefallen.

Sie betraten das Haus, das einen kleinen Vorbau hatte. Von da aus ging es in einen schmalen Flur.

Gerhard klingelte. Agnes Engler, eine schmale Frau mit schon ergrautem Haar, das früher blond gewesen sein musste, öffnete ihnen die Tür. Sie trug eine Schürze über einem dunklen Kleid. Sie ging auf ihren Sohn zu, der seine Mutter kurz in den Arm nahm. „Schön, dich zu sehen, Junge", strahlte sie ihren Sohn an. Sie hatte den typischen norddeutschen Akzent. Dann sah sie Gerhards Begleitung an. „Du musst Antonia sein", sagte sie und nahm Antonias ausgestreckte Hand. „Guten Tag, Frau Engler." „Kommt rein, es gibt frischen Streuselkuchen."

Sie betraten die sogenannte gute Stube und dann sah Antonia ihn. Gerhards Bruder war der schönste Mann, den sie je gesehen hatte. Er war groß und schlank und hatte eine leicht gebräunte Haut. Als er seinen Bruder begrüßte, sah sie strahlend weiße Zähne.

„Mensch, Gerhard", sagte er. „Schön, dich zu sehen." „Georg, gut siehste aus", antwortete Gerhard auf das Kompliment. Dann sah Georg, dass Gerhard noch jemanden mitgebracht hatte. „Gerhard, das ist Antonia." Als sich ihre Blicke trafen, war es, als ob beide ein Blitz traf. Nie hatte Antonia vorher einen schöneren Mann getroffen. Auch Georg war sofort fasziniert von der brünetten Schönheit. Erst nach einer gefühlten Ewigkeit fanden beide ihre Sprache wieder. Antonia hatte sich zuerst wieder im Griff und brachte ein „Guten Tag" heraus. Auch Georg hatte sich schnell gesammelt und reichte Antonia die Hand. „Das freut mich, ich wusste gar nicht, welche Schönheit mein Bruder da versteckt hält", sagte er und lachte.

Als sie beim Kaffee saßen, trafen sich ihre Blicke immer wieder. Später half Antonia der Mutter das Abendessen zuzubereiten. Die Mutter zeigte ihr das Gästezimmer, das sicher einmal das Arbeitszimmer gewesen war. Als Antonia abends im Bett lag, hatte sie Mühe, ihre Gedanken zu ordnen. Sie fragte sich, ob das die berühmte Liebe auf den ersten Blick war. Ob es ihm genauso ging?

Am nächsten Tag fuhren sie und Gerhard auf die schöne Insel Usedom. Die weißen Häuser am Meer bildeten einen herrlichen Kontrast zum blaugrau oder manchmal grünlich schimmernden Wasser. Antonia bestaunte die wunderschönen Villen und erfuhr, dass man diese Orte auch Kaiserbäder nannte. Zu Kaisers Zeiten hatte sich der Adel im Sommer gerne an der frischen See erholt. Sie bummelten am Strand von Heringsdorf entlang und gingen in einem kleinen Lokal frischen Fisch essen. Gerhard erzählte von seiner Kindheit hier an der See, aber Antonia musste unentwegt an seinen Bruder denken. Heute Morgen war er schon fort gewesen, sodass sie ihn nicht mehr gesehen hatte, bevor sie aufbrachen. Er hatte irgendetwas in Peenemünde zu tun.

Sie saßen beim Abendessen, als Gerhard sagte, dass er für einen Tag wegmüsse. „Ich fahre morgen nach Warnemünde in das Heinkel-Flugzeugwerk. Ich werde wohl den ganzen Tag beschäftigt sein, aber wenn du magst, Toni, kannst du dir Warnemünde anschauen. Es ist sehr hübsch." „Ich glaube, ich bleibe lieber hier, wenn ich darf." „Natürlich darfst du", antwortete Gerhard ein wenig enttäuscht. Hatte er doch gehofft, mit Antonia noch am Alten Strom zu Abend zu essen.

Gerhard fuhr früh los und Antonia drehte sich noch mal im Bett um. Sie konnte jedoch nicht mehr schlafen. Rasch wusch sie sich und zog sich an.

Georg saß am Tisch und las die Zeitung. Dann legte er sie beiseite und sprach Antonia an. „Wenn du magst, zeige ich dir die hübsche Universitätsstadt Greifswald. Ich habe den Tag frei und bin gerne dein Reiseführer." „Ich möchte keine Umstände machen", antwortete sie verlegen. „Machst du nicht. Komm, trink deinen Kaffee aus und dann geht es los."

Antonia merkte, wie ihr Herz raste, als sie neben Georg im Auto saß. Er sah sie verschmitzt von der Seite an. Ihre Hände wurden feucht und sie wischte sie an ihrem Rock ab. Was mache ich hier nur?, dachte sie bei sich, freute sich aber, mit Georg allein zu sein. „Oder hast du Lust, lieber ans Meer zu fahren?" Sie dachte kurz nach und antwortete ihm dann: „Ehrlich gesagt, ja. Ich bin vorher noch nie am Meer gewesen und es ist so wunderschön hier. Wer weiß, wann ich das nächste Mal die Gelegenheit habe, ans Meer zu fahren." „Na, nun hast du ja eine Adresse. Du bist immer willkommen." Er fuhr auf die Insel und hielt an einem der leeren Strände bei Lubmin.

Die Sonne schien von einem blauen Himmel und das Meer glitzerte in der Sonne. „Magst du ein bisschen am Strand sitzen? Dann hole ich eine Decke aus dem Auto." „Das würde mir gefallen", erwiderte Antonia und sah ihm in die Augen.

Sie setzten sich in die Dünen und schauten aufs Meer. Der Wind fuhr ihm durch die dunklen Haare. Er hatte ein schönes Profil. Als sie sich gesetzt hatten, berührte er sanft ihre Hand. Sie zog sie nicht weg. Antonia zog ihre Schuhe aus und spielte mit den nackten Zehen im Sand. Sie schauten sich an und beide überkam ein unbändiges Verlangen. Er beugte sich zu ihr hinunter und berührte sanft ihre Lippen. Antonia ließ es geschehen. Dann küsste er sie leidenschaftlicher und sie erwiderte seine Küsse. Sie berührten ihre Körper und küssten sich immer wieder. Ihrer beider Lust wurde immer stärker. Er drückte sie auf die Decke, legte sich auf sie und schob ihren Rock hoch. Sie strich an seinem Rücken entlang und berührte seine Lenden. Fast schon atemlos entledigten sich beide ihrer Kleider und er berührte die Innenseiten ihrer Schenkel und arbeitete sich dann zum Zentrum ihrer Lust vor. Sie stöhnte voller Lust, als er in sie eindrang, spürte ein Verlangen wie nie zuvor. Sie wiegten sich im Rhythmus und erreichten schnell ihren Höhepunkt.

Ermattet und erhitzt sprangen sie danach ins Meer. Sie blieben den ganzen Tag am Strand. Er wurde es nicht leid, ihren wunderschönen und wohlgeformten Körper zu betrachten, ihren hübschen Mund zu küssen und ihre langen braunen Haare durch seine Finger gleiten zu lassen. Sie liebten sich noch ein weiteres Mal und dieses Mal war es zärtlicher und ausdauernder.

„Oh Georg, wie soll ich Gerhard in die Augen schauen? Ich mag deinen Bruder sehr, aber dieses Verlangen habe ich bei ihm nie verspürt. Ich denke, nach diesem Nachmittag kann ich nicht mehr mit ihm zu zusammen sein." „Toni, wir müssen den Anschein erwecken, dass alles in Ordnung ist. Meine Mutter darf sich nicht aufregen. Sie würde es nicht verstehen."

„Ich möchte dich wiedersehen", sagte er nach einer Weile. „Gibst du mir deine Berliner Adresse, damit ich dich finden kann?" Sie nahm einen Zettel aus ihrer Tasche und schrieb ihre Adresse darauf. Georg steckte den Zettel in sein Portemonnaie. Am späten Nachmittag machten sie sich auf den Heimweg. Georg fuhr langsam zurück und hielt an einer einsamen Stelle vor der Stadtgrenze, damit sie sich ein letztes Mal voller Leidenschaft küssen konnten.

„Wir sind wieder da!" rief er, als sie das Haus betraten. Seine Mutter kam ihm entgegen. „Dann können wir zu Abend essen. Ich habe marinierte Heringe gemacht und kann schnell ein paar Kartoffeln kochen."

Eine Stunde später kam auch Gerhard zurück. Antonia konnte ihm kaum in die Augen schauen.

Sie blieben noch einen Tag in Jarmen, fuhren mit dem Boot auf der Peene und ließen, wenn sie stoppten, die Füße im Wasser baumeln.

Dann ging es zurück nach Berlin. Sie verabschiedete sich herzlich von Gerhards und Georgs Mutter und gab Georg die Hand, die er zärtlich drückte. Ein Geste, die nur für sie beide war.

Zurück in Berlin, ließ sie sich von Gerhard zu Hause absetzen. „Du kannst gerne noch mit zu mir kommen", bot er an. „Nein, ich bin müde und möchte nach Hause." „Wann sehen wir uns?", fragte Gerhard, als er ihr aus dem Auto half. „Ich weiß es noch nicht, ich muss sehen, wie ich diese Woche Dienst habe."

In den nächsten Wochen vertröstete sie Gerhard immer mit Ausflüchten. Sie gingen noch mal miteinander essen, aber sie übernachtete weder bei ihm noch lud sie ihn über Nacht zu sich ein.

Gerhard musste für zwei Wochen auf eine Schulung, wie er sagte, und Antonia war irgendwie froh, dass er nicht in der Stadt war. Wenn sie die Augen schloss, sah sie sich mit Georg in den Dünen. Sie verzehrte sich nach ihm und wusste nicht, wann sie sich wiedersehen würden.

Als Gerhard zurückkam, suchte er sie im „Haus Vaterland" auf. Antonia fand ihn vor dem Eingang wartend. Sie gingen in ein kleines Lokal in der Nähe. „Irgendetwas ist anders, seit wir in Jarmen waren", begann er das Gespräch. „Ist etwas passiert, Toni?" Antonia mochte nicht von Gerhard Toni genannt zu werden, da Georg sie auch Toni nannte. „Mir ist einiges klar geworden. Ich mag dich sehr, aber die ganz große Liebe ist es nicht. Ich sage es dir, weil ich ehrlich sein möchte. Ich habe das gemerkt und mir gewünscht, dass es anders wäre". Gerhard schwieg. Dann sah er sie an und sagte „du hättest mich nicht zu meiner Familie begleiten sollen. Da warst du dir sicherlich schon im Klaren und das war nicht ehrlich." Dann stand er auf, legte das Geld auf den Tisch und ging. Als er weg war, war sie irgendwie erleichtert.

Sie ging zu Fuß nach Hause und dachte an Georg. Hoffentlich sah sie ihn bald wieder. Sie wusste gar nicht, was er machte. Auf die Frage nach seiner Arbeit war er nebulös ausgewichen und hatte geantwortet, dass er für die Regierung arbeite. Antonia wollte nicht weiter bohren, aber ihr kam das merkwürdig vor. Nach sechs Wochen merkte sie, dass ihre monatliche Blutung ausblieb.

Der Sommer ging zu Ende und der Herbst hielt Einzug. Es war nicht mehr so heiß, aber sie konnte das kühlere Wetter nicht genießen, denn ihr war ständig schlecht. Antonia war schwanger.

58

Im Herbst zog die junge Familie Landsberg in ihr neues Haus in der Krugtorstraße ein. Alwine verbrachte Stunden damit, sich zu überlegen, wie sie es einrichten würde. Alles wurde neu gestrichen und tapeziert und schadhafte Stellen in der Holztreppe, die nach oben führte, wurden ausgebessert. Paul hatte tüchtig mitgeholfen und es hatte auch ihm viel Spaß gemacht. Der Eingangsbereich war hübsch gefliest und rechter Hand befand sich ein Kamin, der im Winter die Diele und das Treppenhaus heizen konnte. Die weißen Holzfenster boten viel Licht und alles war hell und großzügig. Eva sollte, wenn sie etwas älter sein würde, in ein eigenes Zimmer umziehen können. Otto hatte endlich ein kleines Arbeitszimmer und Alwine einen großen Raum für ihr kleines Nähatelier. Die Räume waren nicht üppig möbliert, aber wohnlich und geschmackvoll. Die Ausstattung würde mit der Zeit wachsen.

Emil und Helene bezogen Alwine und Ottos altes Häuschen und richteten sich darin ein.

Eva war nun schon über ein Jahr alt und lief schon tapsig durch die Gegend. Sie hatte alabasterweiße Haut und leuchtend rotes Haar. Da Otto viel unterwegs war, war sie viel bei Margarethe, wenn Alwine Aufträge hatte und arbeiten musste.

Als Otto eines Abends heimkam, setzte er sich erschöpft in einen Sessel. „Geht es dir nicht gut?", fragte ihn seine Frau. „Doch, aber ich bin nur noch unterwegs und kann die Aufträge kaum noch bewältigen. Ich habe lange darüber nachgedacht, ich muss wohl jemanden einstellen. Es ist sicher kein Problem, jemanden zu finden, es wird nur ein Problem, wenn die Auftragslage schlechter ist. Dann muss ich denjenigen trotzdem bezahlen und habe weniger Einnahmen. – Winchen, könntest du dir vorstellen, den Führerschein zu machen und kleinere Touren zu übernehmen?" Alwine schaute ihn überrascht an. „Und was ist mit Eva?" „Eva kann bei Margarethe bleiben, wenn du unterwegs bist, und nach deiner Rückkehr holst du sie ab. Das ginge alles." „Wo sollen wir denn ein zweites Fahrzeug hernehmen, Otto? Und was mache ich mit meiner Näherei?" „Wir kaufen einen gebrauchten Wagen und ich mache den wieder flott. Mein alter Chef unterstützt mich da ganz sicher und Emil auch." „Lass mich darüber nachdenken", antwortete sie und verließ das Zimmer, um nach Eva zu sehen.

Die Kleine schlummerte friedlich in ihrem Bettchen und ihr rötlicher Flaum glänzte auf den weißen Kissen. Hoffentlich wird es ihr immer so gut gehen wie jetzt, dachte Alwine.

Sie kehrte ins Wohnzimmer zurück. Sie setzte sich zu Otto aufs Sofa und legte ihre schmerzenden Beine auf seinen Schoß. „Otto, ich habe heute ein Kleid bei einer Kundin abgeliefert und sie sagte mir, dass die Frau des Parteivorsitzenden sich bei ihr nach mir erkundigt hat. Sie wolle sich auch etwas nähen lassen. Ich will aber nicht für diese Braunen arbeiten. Was soll ich bloß tun? Ich habe schon hin und her überlegt, ob ich das ablehnen kann." „Nein, das wäre wohl nicht klug. Die Leute von der Partei haben großen Einfluss und könnten unserem Geschäft schaden. Alles, was wir uns in den letzten Jahren aufgebaut haben, könnte zunichtegemacht werden, wenn wir uns offen gegen sie stellen. Wir müssen nach außen hin mit unseren Äußerungen vorsichtig sein."

Zwei Tage später teilte ihm Alwine mit, dass sie sich das mit dem Autofahren überlegt habe und den Führerschein machen wolle.

„Prima, Winchen. Dann machen wir das so. Ich kümmere mich darum und auch um ein passendes Auto für dich. Es kann ja etwas kleiner sein. Du kannst ja dann Fahrten in der näheren Umgebung machen und ich übernehme die längeren Fahrten."

Alwine freute sich auf die neue Aufgabe. Schneidern wollte sie nur noch für Freunde und gute Bekannte.

Die Familie Landsberg schlug ein neues Kapitel auf.

59

Zwei Monate nach ihrem Treffen bei Georgs Mutter tauchte er endlich bei ihr auf. Es war schon Ende Oktober und die meisten Bäume waren bereits kahl. Der Sommer war viel zu schnell zu Ende gegangen und die Traumtage am Meer waren in weite Ferne gerückt. Immer wieder dachte Antonia daran zurück, besonders an die Zärtlichkeiten, die sie mit Georg ausgetauscht hatte. Und nachdem ihre Blutung zwei Monate ausgeblieben war und jeder Morgen mit Übelkeit begann, war ihr schnell klar gewesen, dass sie ein Kind erwartete.

Sie wartete täglich auf Nachricht von Georg, aber sie hörte nichts von ihm. Seiner Mutter zu schreiben, traute sie sich nicht, und Gerhard konnte sie auch nicht fragen. Nachts stellte sie sich Georgs Umarmungen und seine stürmischen Küsse vor und wünschte sich, die Zeit zurückdrehen zu können.

Ende Oktober stand er dann plötzlich vor ihr. Er tauchte im „Haus Vaterland" auf und sah noch genauso unverschämt gut aus wie das letzte Mal. Sie hatte ihm damals erzählt, dass sie dort arbeite. Georg sagte ihr, dass er für zwei Tage in der Stadt sei.

„Wie ich mich auf unser Wiedersehen gefreut habe, Toni!" Er nahm sie in die Arme und wirbelte sie durch die Luft. „Wann

hast du Dienstschluss?", wollte er wissen. „In zwei Stunden."
„Na wunderbar, ich warte auf dich." Er küsste sie noch einmal
und Antonia kehrte zurück an ihre Arbeit.

Nach ihrem Feierabend trafen sie sich am Bahnhof Potsdamer Platz. Georg küsste sie auf die Lippen und sagte: „Lass und
ins Warme gehen." Sie suchten sich ein kleines Lokal. „Ein
Glas Wein, Toni, und möchtest du etwas essen?" „Nein, ich
möchte nichts essen und für mich nur Wasser." Er runzelte die
Stirn. „Nur Wasser und keinen Wein, ist etwas nicht in Ordnung?" „Ich muss dir etwas sagen, Georg." Sie machte eine Pause. Dann sah sie ihm in die Augen. „Ich bin schwanger." „Von
wem?", fragte er ungläubig. „Von dir." Er schwieg und dachte angestrengt nach. Nach einer Weile fand er die Sprache wieder. „Und was ist mit meinem Bruder?" „Ich hatte eine Weile
vor unserem und auch nach unserem Beisammensein nichts mit
ihm. Du bist der Vater meines Kindes." „Antonia, ich mag dich
wirklich sehr, aber wir kennen uns ja kaum. Ich muss mir jetzt
erst einmal Gedanken machen. Natürlich lasse ich dich nicht im
Stich, aber ich muss das erst einmal verarbeiten." Die romantische Atmosphäre war dahin. Antonia konnte sehen, wie es hinter Georgs Stirn arbeitete.

Er ging zurück in sein Hotel, aber am nächsten Tag trafen
sie sich wieder und er blieb die Nacht bei Antonia. Sie hatte die
Wohnung für sich allein, da Klara bei ihrem neuen Freund war.
Als Georg sich verabschiedete, versprach er ihr, so bald wie möglich zurückzukommen.

Antonia wusste nicht viel über Georgs Leben, nichts über seinen Beruf und seine Arbeit. Sie nahm sich vor, ihn beim nächsten Mal zu fragen.

***

Georgs Gedanken wirbelten durcheinander. Er mochte Antonia sehr, aber er kannte sie kaum. Die wenigen Stunden, die sie
miteinander verbracht hatten, reichten bei Weitem nicht aus, um
sich ein Bild von ihr zu machen.

Die kurze Zeit, die sie miteinander verbracht hatten, war herrlich gewesen, und sie hatten viel gelacht. Antonia schien ihm impulsiv zu sein. Aber sie war nicht die Partie, die er anstrebte. Eine Restaurantbedienung war weit unter dem, was er sich vorgestellt hatte. Außerdem wusste er fast nichts über ihre Familie.

Georg arbeitete für den Gauleiter von Schwerin und hatte gute Aussichten, hier schnell Karriere zu machen. Er hatte einen guten Freund, Harald Kreiner, mit dem er zusammen gedient hatte, der bei der SS in Berlin untergekommen war. Den würde er bitten, mal ein wenig Antonias Familie zu durchleuchten.

Wenige Tage später rief Kreiner zurück. „Grüß dich, Georg. Ich habe da mal ein wenig recherchiert und was ich rausgefunden habe, wird dir nicht gefallen. Die Familie kommt aus Weimar und hatte dort einen Tuchhandel. Der Vater ist im Ersten Weltkrieg, direkt im ersten Kriegsjahr, gefallen. Die Mutter ist dann mit den beiden Kindern nach Berlin umgezogen und hat hier ein Stoffgeschäft am Hausvogteiplatz eröffnet. Aber jetzt kommt es. Sie lebt seit Jahren mit einer Jüdin zusammen, die Miteigentümerin des Stoffgeschäftes ist. Noch, aber das wird sich sicher auch bald ändern. Ich kann dir nur raten, lass die Finger davon. Wenn das bekannt wird, kannst du deine Karriere vergessen." „Danke, Harald." „Nicht dafür. Wenn du wieder in Berlin bist, melde dich bei mir. Dann machen wir einen drauf." „Mach ich. Und noch mal danke." Georg legte auf.

Er musste mit Antonia reden. Eine Hochzeit kam nun keineswegs mehr infrage und das Kind konnte er auch nicht anerkennen. Das Einzige, was ihm blieb, war die finanzielle Unterstützung. Er grübelte und wurde zornig auf sich selbst. Wenige Stunden der Lust und Hingabe könnten nun eine erfolgreiche Karriere zunichtemachen.

* * *

Antonia wohnte nun wieder bei ihrer Mutter. Arthur war ausgezogen. Er hatte immer Lehrer für naturwissenschaftliche Fächer werden wollen, aber mit der Machtübernahme durch die Nazis und die Reformierung des Schulwesens entschied er sich dagegen. Arthur hasste die Nazis und deren Auftritte. Er hatte sich für ein Maschinenbaustudium an der Rheinisch-Westfälischen Technischen Hochschule in Aachen entschieden.

Im November hatte Antonia Georg wieder getroffen. Ihr Treffen war unterkühlt und nichts erinnerte mehr an die glücklichen und ungezwungenen Stunden an der See. Er hatte ihr gesagt, dass er die Vaterschaft nicht anerkennen könne und dass er auch nicht mit ihr zusammenleben werde. Die Umstände würden es nicht erlauben.

Sie hörte jetzt noch seine Worte in ihrem Ohr: „Du bist die aufregendste Frau, die ich je getroffen habe, und ich möchte unsere Zeit nicht missen. Aber eine gemeinsame Zukunft kann ich dir nicht bieten. Selbstverständlich werde ich dich und dein Kind finanziell unterstützen. Du sollst wissen, wenn du Hilfe brauchst, bin ich da."

Wie benommen ging sie durch die nächtlichen Straßen zurück. „Dein Kind", hallte es in ihren Ohren. Er hatte den Spaß gehabt und sie hatte nun die Verantwortung und die Last zu tragen.

Zurück in ihrem Zimmer, heulte sie stundenlang, bis keine Tränen mehr kamen. Wegmachen ging auch nicht mehr, dazu war ihre Schwangerschaft schon zu weit fortgeschritten.

Ihre Mutter freute sich, Antonia zu sehen. Als sie jedoch den Gesichtsausdruck ihrer Tochter sah, wurde sie stutzig. „Wie siehst du denn aus, Kind? Geht es dir nicht gut?" Antonia schüttelte den Kopf. „Möchtest du darüber reden?" Dann erzählte sie ihrer Mutter die ganze Geschichte. „Es sind zu jeder Zeit Kinder groß geworden und ich habe euch ja mehr oder weniger auch ohne Vater großgezogen. Dein Kind kriegen wir ebenfalls groß und Platz haben wir jetzt ja auch, wo Arthur in Aachen ist."

Irgendwie war es für Antonia tröstend, von ihrer Mutter mit offenen Armen aufgenommen zu werden. Nach diesem Gespräch ging es ihr schon besser. Ihre Schwangerschaft verlief komplikationslos und am 1. Mai 1936 gebar sie einen gesunden Jungen. Sie nannte ihn Robert.

60

Berlin war im August 1936 in den Blickpunkt der Weltöffentlichkeit gerückt. Mit gigantischem Aufwand inszenierten die Nazis im Sommer 1936 die Olympischen Spiele. Deutschland gab sich nach außen hin weltoffen und friedlich. Auf den Straßen Berlins waren die Bettler, Sinti und Roma verschwunden und alle judenfeindlichen Schilder und Plakate waren abgehängt. Die Regierung wollte das ramponierte Image im Ausland damit wieder aufpolieren. Die Deutschen wurden gezwungen, die Spiele für jeden Sportler zugänglich zu machen, unabhängig von Geschlecht, Religion, Hautfarbe oder Glaube.

In diesen aufregenden Tagen waren auch Otto und Alwine in Berlin. Otto hatte darauf bestanden, dass Alwine ihre Führerscheinprüfung in Berlin ablegte. Das sollte zum einen das Fahren in der Großstadt schulen und auch ihr Können testen. Sie hatten sich eine Fahrschule in Wilmersdorf ausgesucht, die ihr die Prüfung abnehmen würde. Alwine fuhr kreuz und quer durch den Westteil der Stadt. Es kam ihr sehr zugute, dass sie viele Jahre in Berlin gelebt hatte.

Die Fahrt endete am Großen Stern, an der Siegessäule, die von den Berlinern liebevoll Goldelse genannt wurde. Natürlich bestand Alwine ihre Fahrprüfung im ersten Anlauf. Eva blieb bei Margarethe und Paul und die beiden gönnten sich noch ein paar freie Tage in der Reichshauptstadt. Sie sahen sich die Museumsinsel an und Alwine zeigte Otto das Berlin, das sie kannte.

Sie trafen sich mit Metha und fuhren raus zum Wannsee, um dort Kaffee zu trinken, und bummelten über den schicken Kudamm. Das Wetter war herrlich und sie konnten lange in den Straßencafés sitzen.

Die einstige Prachtstraße „Unter den Linden" nutzten die Nazis jetzt für ihre Aufmärsche. Ein schlechtes Gefühl machte sich in Alwine breit. „Winchen, wenn du nicht willst, gehen wir woanders hin." Alwine nickte und sie besuchten den Großen

Tiergarten. Abends gingen sie in den Friedrichstadtpalast und genossen die Lichter in der abendlichen Großstadt, aber es war nicht das freie und sprühende Berlin, das Alwine 1931 verlassen hatte. Nach drei Tagen fuhren sie heim und Alwine durfte mit ihrer neuen Lizenz den Wagen lenken.

Als sie das Haus ihrer Eltern betraten, rannte Eva ihnen entgegen. Ihr rotblondes Haar schimmerte in der Sonne. Alwine drückte ihre Tochter überglücklich an sich, als ob sie sich Wochen nicht gesehen hätten. Sie berichteten Alwines Eltern von der Aufregung, die Fahrprüfung zu bestehen, und natürlich über ihre Ausflüge und Erkundungen. „Haben wir hier etwas verpasst?", fragte Alwine ihre Mutter. „Nein, es hat sich nichts geändert. Die Nazis sind noch da", sagte sie bissig.

Alwine und Otto teilten sich jetzt die Touren. Alwine übernahm die kleineren Fahrten in der näheren Umgebung und Otto die längeren, die hauptsächlich nach Berlin oder Hamburg gingen. Die neue Aufgabe machte Alwine Spaß. Sie lernte immer neue Leute kennen und hörte zum Teil deren Lebensgeschichte oder Anschauung, blieb selbst aber immer neutral und zurückhaltend. Die Fahrten waren oft kurzweilig. Das Schneidern übernahm sie nur noch für ihre Familie und gute Freunde und es tat ihren Augen und ihrem Rücken gut, nicht mehr so lange gebückt über den Näharbeiten sitzen zu müssen.

Der Kalender zeigte schon März, aber das Frühjahr ließ noch auf sich warten.

Alwine erwachte an diesem Morgen mit einem unguten Gefühl. Es fiel ihr schwer, sich aufzuraffen und das Bett zu verlassen. Otto war schon weg und würde erst morgen zurückkommen. Vielleicht hatte sie schlecht geträumt, aber sie konnte sich nicht mehr erinnern.

Sie hatte eine Fahrt nach Wittenberge. Nachdem sie sich aus dem Bett gequält und ihre Tochter zu ihren Eltern gebracht hatte, fuhr sie los, um ihren Fahrgast abzuholen. Es war der Bürgermeister höchstpersönlich. Das konnte sie nicht absagen, auch wenn es ihr heute nicht gut ging. Sie hatte sich vorher noch einen Kaffee gemacht, denn das half ihr meistens.

Die ersten beiden Monate des Jahres mochte sie nicht. Alles war grau und trist und kalt.

Alwine holte ihren Fahrgast ab. „Na, wie läuft es denn so, Frau Landsberg?", fragte er. „Ganz gut, wir sind zufrieden." Dass er sie beobachtete, konnte sie im Rückspiegel sehen.

Sie waren schon eine Weile unterwegs, als er wieder das Wort an sie richtete. „Wir bedauern, dass Ihr Mann noch nicht in die Partei eingetreten ist." Alwine lief es kalt den Rücken herunter. „Wissen Sie, man könnte es auch als mangelnde Zustimmung zu unserer Regierung werten. Gerade Unternehmer, wie Ihr Mann, sollten hier Vorbild sein. Als Parteimitglied hätte er sicher noch mehr Vorteile und es würde sicher auch Ihrem Geschäft zuträglich sein. Andererseits könnte man Ihnen das Leben schwer machen. Sie sollten hier Ihren Mann in die richtige Richtung unterstützen." Als sie ihr Ziel erreicht hatten und er ausstieg, sagte er: „Denken Sie gut darüber nach."

Alwine fuhr zurück nach Hause, denn die Abholung würde sein persönlicher Fahrer übernehmen, der dann aus Berlin zurück sein würde. Er wurde gemunkelt, dass die gnädige Frau Bürgermeister ihn regelmäßig für Einkaufsfahrten missbrauchte.

Sie dachte unentwegt über die Worte des Bürgermeisters nach und suchte nach einem Ausweg. Viele, die sie kannte, waren mittlerweile Anhänger und Mitglieder der NSDAP. So auch der Mann von Gerda. Beide waren glühende Anhänger Hitlers. Sie hatte daher den Kontakt zu ihrer alten Freundin abgebrochen.

Am Abend erzählte sie Otto von dem Gespräch. „Wir lassen uns nicht erpressen. Wir haben beide ein Handwerk erlernt. Falls wir noch mehr unter Druck geraten, stellen wir die Fahrzeuge in die Garage und ich gehe wieder Fahrzeuge reparieren und du nähst Kleidung. Irgendwann wird dieser Spuk vorbei sein, dann machen wir mit unserem Taxigeschäft weiter." Alwine schaute ihren Mann an und sagte, „Tja, wenn es nicht anders geht."

Otto kannte auch viele, die glühende Anhänger Hitlers waren, einzig Emil und sein alter Meister dachten genauso wie er.

Als er sich mit Emil traf, redeten sie über dies und das, bis sie auf das Thema Politik kamen. „Der Bürgermeister hat Winchen angesprochen und eine indirekte Drohung losgelassen. Wenn ich nicht in die Partei eintrete, könnte sich das nachteilig auf unser Geschäft auswirken. Ich bin ja schon mal angesprochen worden, aber danach war lange Zeit Ruhe. Ich glaube, die können es einfach nicht ertragen, wenn jemand nicht mitmacht. Das wird fast wie Verrat eingestuft." „Du wirst doch nicht eintreten, Otto?" Otto schüttelte den Kopf. „Nein, auf keinen Fall." „Aber sei vorsichtig, denn schon bei kleinsten Unvorsichtigkeiten landen Leute im Gefängnis oder, noch schlimmer, im Konzentrationslager." „Ja, ich bin vorsichtig, Emil. Versprochen. Aber du bitte auch." „Versprochen."

Nun hatte der fröhliche Abend doch eine ernste Wendung genommen. Otto sah Emil an. „Wenn man nur wüsste, wie lange das noch geht." „Ich denke, länger", antwortete Emil. „Guck mal, wie viele ihm huldigen. Der ist auf dem Zenit seiner Macht. Und er will noch mehr. Es ist nicht ausgeschlossen, dass er einen Krieg anzettelt." „Nein, ist es nicht, Emil. Wir können nur hoffen, dass es nicht so weit kommt."

Es gab erst einmal keine weiteren Drohungen, aber Otto war alarmiert.

61

Als Mathilde eines Tages nach Hause kam, fand sie eine Vorladung zur Gestapo in die Prinz-Albrecht-Straße vor. Ein eiskalter Schauer lief ihr den Rücken herunter. Ihr war klar, dass es mit Hannah zu tun haben musste.

Am nächsten Tag machte sie sich auf den Weg in die Prinz-Albrecht-Straße. Das große imposante Gebäude wirkte bedrohlich. Sie stieg die Stufen hinauf und meldete sich an. Man bat sie in den ersten Stock zu gehen. Vor einer der hohen Türen musste sie Platz nehmen. Uniformierte und Männer in Zivil hasteten an ihr vorbei. Sie sah auf ihre Uhr. Nun wartete sie schon über eine Stunde. Ihr Magen knurrte, denn sie hatte heute Morgen keinen Bissen heruntergekriegt.

Irgendwann ging die große Tür auf und sie hörte ihren Namen. Mathilde stand auf und betrat den großen Raum. Ein Mann mittleren Alters saß hinter einem großen Schreibtisch. Er trug Uniform. Er blätterte in Unterlagen und sah sie dann kurz an.

„Frau Mathilde Ohme?" Sie nickte und antwortete kurz: „Ja, das bin ich." „Sie besitzen ein Stoffgeschäft am Hausvogteiplatz?" Es klang eher wie eine Feststellung als eine Frage. Dann schwieg er wieder und blätterte in den Unterlagen. Er blickte auf und sprach sie erneut an: „Sie teilen sich den Besitz an dem Geschäft mit einer Jüdin namens Hannah Rosenberg?" Dann blickte er wieder in seine Unterlagen. Nach einer gefühlten Ewigkeit schaute er zu ihr auf. „Sie kennen das Reichsbürgergesetz?" Mathilde nickte. Ihr schnürte es innerlich die Luft ab. Er sah ihr jetzt eindringlich ins Gesicht. „Wir werden und müssen unsere arischen Bürger und ihr Eigentum schützen." Dann starrte er sie an und sagte nichts. Er fuhr fort, in seinen Unterlagen zu blättern, aber Mathilde war sich sicher, dass er sie auswendig kannte. „Sie haben doch auch Kinder? Ihr Sohn studiert, soweit ich weiß, und Ihre Tochter hat ein kleines Kind." Er sah sie an und zündete sich genüsslich eine Zigarette an. „Wenn Sie wollen, dass es Ihrer Familie auch in Zukunft gut geht, sollten Sie zusehen, dass Sie schnellstens alleinige Besitzerin des Geschäfts werden. Juden haben in unserem Land keine Rechte und werden keine wirtschaftliche Rolle mehr spielen. Das ist mehr als nur ein gut gemeinter Rat, den ich Ihnen geben kann, und ich kann nur für Sie hoffen, dass Sie ihn annehmen." Dann läutete er ein Glöckchen und stand von seinem Stuhl auf. Ein Adjutant trat ins Zimmer. Er sagte „Gnädige Frau" und wies zur Tür.

Als Mathilde wieder auf der Straße stand, kam es ihr vor, als wäre sie in einem Albtraum. Ihr war klar, dass sie von jetzt an unter Beobachtung stand. Wie in Trance fuhr sie ins Geschäft. Sie öffnete ihr Geschäft und versuchte, die Kunden, die kamen, unbeschwert zu bedienen. Dennoch hatte sich eine massive Unruhe in ihr ausgebreitet und sie war froh, als sie das Geschäft um 18.00 Uhr zuschließen konnte.

Sie überlegte hin und her, wie sie Hannah am schonendsten von der Vorladung berichten könnte. Dennoch fielen ihr keine passenden Worte ein, welche die Tatsache abmildern konnten, dass die Gestapo ein Auge auf sie beide geworfen hatte.

Hannah sah sofort, dass etwas passiert sein musste. „Hat es mit mir zu tun?“, fragte sie direkt. Mathilde nickte und Tränen liefen ihr über die Wangen. Hannah nahm sie in den Arm. „Ich habe mit so etwas schon gerechnet. Vielleicht nicht so schnell, aber dass es passiert, damit schon. Wir werden machen, was nötig ist.“

Mathilde berichtete von der Unterhaltung in der Prinz-Albrecht-Straße. „Sie wissen alles, Mathilde. Glaub mir. Ihr seid auch in Gefahr, wenn du der Anweisung nicht folgst.“

Wenige Wochen später übertrug Hannah ihren Anteil am Geschäft auf Mathilde.

***

Mathilde, Antonia, Hannah und der kleine Robert saßen beim Abendessen. Nur spärliches Licht erhellte das Zimmer. Neben dem großen Esstisch mit sechs Stühlen war der Raum mit einer Vitrine für das Geschirr, zwei schweren Sesseln und einem kleinen Tisch dazwischen sowie einer Stehlampe möbliert. Ein Teppich dämmte das Geräusch der Schuhe. Es war bereits dunkel, denn es war Anfang November.

Hannah hatte eine Graupensuppe gekocht, die sie gerade austeilen wollte, als Lärm auf der Straße sie hochschrecken ließ. Seit die Nazis die Macht übernommen hatten, war aus der couragierten und lebensfrohen Hannah eine stille, ängstliche und in sich gekehrte Frau geworden. „Schnell, macht das Licht aus“, sagte Mathilde und ging vorsichtig ans Fenster. Antonia stand auf, löschte das Licht und trat dann schnell zu ihrer Mutter. Was sie sahen, ließ ihnen den Atem stocken. Das gelbliche Licht der Straßenlaternen fiel auf die Straße, erhellte die Dunkelheit aber nur wenig. Einige Wohnungen der anderen Häuser waren ebenfalls dunkel, aus anderen beobachteten die Menschen das Treiben auf der Straße. Über das Straßenpflaster rannte ein wilder Mob, der eine kleine Gruppe von Menschen vor sich hertrieb. Die Getriebenen hatten Schilder um den Hals, auf denen mit großer schwarzer Schrift „Jude" geschrieben stand. Die Antreiber grölten und schlugen und traten auf die Getriebenen ein. Hannah war zu den beiden Frauen ans Fenster getreten und sah Mathilde und Antonia an. Ihr stand das blanke Entsetzen ins Gesicht geschrieben, als sie sah, was da vor sich ging. „Verhaltet euch ruhig und lasst das Licht aus. Niemand soll merken, dass wir da sind." Antonia, die auch immer noch am Fenster stand, hielt sich die Hand vor den Mund, um einen Aufschrei zu unterdrücken. Die beiden Frauen sahen, wie Menschen aus den Hauseingängen gezerrt wurden, und hörten, wie Fensterscheiben zersplitterten. Sie hörten das Gegröle „Jude raus!" oder „Judenschwein raus!".

Einige der Getriebenen, auch ältere Männer, bluteten aus Mund und Nase. Die meisten schauten ängstlich oder schon fast apathisch. Niemand lehnte sich auf, was den Mob noch mehr anstachelte, auf die Opfer einzuschlagen. Von der Polizei war weit und breit nichts zu sehen. Die Sprechchöre „Juden raus!" oder „Judenpack!" wurden immer lauter und drohender.

Hoffentlich stürmt niemand in unser Haus!, dachte Mathilde, wagte aber nicht, es auszusprechen. Antonia brachte ihren Sohn ins Bett und kehrte dann zu den beiden Frauen zurück. „Was sollen wir nur machen?", flüsterte sie, obwohl sie niemand von draußen hören konnte. „Wir können nichts machen. Uns bleibt nur, uns ruhig zu verhalten und abzuwarten, dass es sich beruhigt", antwortete ihre Mutter.

Auch in den nächsten Stunden polterte niemand an der Wohnungstür. Das hieß, keiner im Hause hatte Hannah verraten. Noch nicht. Irgendwann gegen Mitternacht wurde es draußen ruhig. An Schlaf war bei keiner der Frauen zu denken, zu sehr hatte das Geschehen die drei aufgewühlt. Alle fragten sich, was als Nächstes kommen würde, aber keiner wagte dies laut auszusprechen.

Als Mathilde am nächsten Morgen vor die Tür trat, sah sie das ganze Ausmaß der Zerstörung. Bücher und Einrichtungsgegenstände sowie Unmengen von Fensterglas lagen auf der Straße. Die Fensterläden waren zum Teil herausgerissen und die Türen eingetreten. Eine junge Frau aus dem Nachbarhaus stand ebenfalls fassungslos auf der Straße. Vor einer Tür ein paar Häuser weiter befand sich ein großer Blutfleck auf dem Gehweg.

Eine junge Frau, die Mathilde vom Sehen kannte und die aus dem Haus trat, sah Mathilde an. Dann sagte sie, ohne dass Mathilde etwas geäußert hatte: „Schrecklich, was gestern hier passiert ist. Den alten Herrn Weiss haben sie zusammengeschlagen. Er ist in der Nacht an seinen Verletzungen gestorben. Der hatte keinem etwas getan." Dann machte sie eine Pause und sprach wie zu sich selbst: „Wo soll das noch hinführen?" Mathilde sah sie an, sagte aber nichts. Unendliche Trauer überkam sie.

Auf dem Weg zum Geschäft sah sie überall das gleiche Bild. Verwüstete jüdische Geschäfte, Glas, Scherben und Schmierereien überall. Sie erfuhr, dass nicht nur Geschäfte zerstört und geplündert worden waren, auch jüdische Einrichtungen waren verwüstet und Synagogen in Brand gesteckt worden.

Die Repressalien gegen Juden hatten eine neue Stufe erreicht. Keiner von ihnen sollte diese schreckliche Nacht vergessen, die später als „Reichskristallnacht" in die Geschichte eingehen würde.

***

Immer noch unter Schock, versuchten die drei Frauen, ihr Leben weiterzuleben. Mathilde ging weiterhin ins Geschäft, mit dem sie ihrer aller Lebensunterhalt sicherte.

Zwei Wochen nach dem Sturm auf jüdische Einrichtungen war Mathilde allein im Geschäft. Die Türglocke ertönte und eine dunkel gekleidete Frau mittleren Alters trat ein. Sie schaute sich um und ließ sich dann ein paar Stoffe zeigen. Plötzlich sah sie Mathilde ins Gesicht und sprach sie an. „Ich habe Frau Rosenberg schon lange nicht mehr gesehen." Mathilde merkte, wie ihr Herz plötzlich schneller schlug, aber sie fasste sich schnell wieder.

Was wollte diese Frau? Sie aushorchen? Mathilde wusste, dass sie vorsichtig sein musste.

„Sie arbeitet nicht mehr hier", antwortete sie kurz. „Wissen Sie", sagte die Frau zu Mathilde, „Frau Rosenberg hat mich seit vielen Jahren bedient. Ich vermisse ihre Anwesenheit sehr. Ich weiß, dass sie Jüdin ist." Dann schob sie Mathilde einen kleinen Zettel rüber. „Wenn Sie Frau Rosenberg treffen und sie dringend Hilfe braucht, da ist eine Adresse, an die sie sich wenden kann. Die Leute werden ihr helfen. Die Zeiten werden nicht einfacher und erst recht nicht für Juden. Wir haben ja gesehen, was vorletzte Woche passiert ist." Dann nickte sie Mathilde zu und wollte den Laden verlassen. „Wie heißen Sie?", fragte Mathilde die unbekannte Frau. „Hilde Korff", sagte sie und verließ das Geschäft.

Mathilde schaute auf den Zettel. Es war eine Adresse in der Uferstraße. Sie schrieb den Namen Hilde Korff mit auf den Zettel und steckte ihn ein. Konnte man dieser Frau trauen oder war es eine Falle? Andrerseits, warum war sie hergekommen? Wenn sie wusste, dass Hannah Jüdin war, hätte sie schon längst die Braunen oder die SS auf sie hetzen können. Sie würde mit Hannah darüber sprechen, wenn sie zu Hause war.

Am Abend erzählte Mathilde Hannah von diesem merkwürdigen Besuch. „Ich kenne diese Frau", sagte Hannah, als Mathilde ihr von dem Besuch berichtete. Sie kommt schon seit vielen Jahren bei uns Stoffe kaufen, aber meistens war sie nachmittags da. Wenn sie wollte, hätte sie mich schon längst verraten können. Es wäre für die Nazis ein Leichtes, herauszufinden, wo ich wohne."

Hannah verließ nun kaum noch das Haus, da es ihr zu gefährlich erschien. Erst kürzlich war im dritten Stock eine neue Familie eingezogen. Der Mann trug voller Stolz das Abzeichen der NSDAP. Das machte es für Hannah noch gefährlicher. Keiner wusste, wie lange sie hier unbehelligt wohnen konnte. Vielleicht würde sie jene Adresse schneller als gedacht aufsuchen müssen.

Nach der sogenannten Reichskristallnacht wurden die Repressalien gegen Juden noch schlimmer. Immer wieder hörte man von Verhaftungen und Konzentrationslagern.

Die Gemeinschaft der drei Frauen rückte noch enger zusammen. Antonia half ihrer Mutter jetzt vormittags im Geschäft. Sie nahm den kleinen Robert meistens mit, um bei den Nachbarn keinen Argwohn zu erregen. Hannah kümmerte sich um den Haushalt und die Wäsche, so gut es ging.

Das Jahr 1938 ging zu Ende und sie feierten ein stilles Weihnachten. Mathilde und Antonia besorgten einen kleinen Weihnachtsbaum, den sie liebevoll schmückten. Hannah hatte ein paar Plätzchen gebacken und kleine Geschenke gestrickt. Der kleine Robert bekam sein erstes Holzauto, das ihn von nun an überallhin begleitete. Trotz der schwierigen Umstände versuchten sie das Beste zu machen. Vor allem der kleine Robert sollte von den schwierigen Umständen nichts merken und, solange es ging, eine unbeschwerte Kindheit genießen.

62

Das Haus der alten Sieberts war immer voller Leben. Die kleine Eva hatte schon ihren vierten Geburtstag gefeiert und war der Augenstern ihrer Großeltern. Es verging kein Tag, an dem sie nicht bei ihren Großeltern war. Im Sommer saßen sie bei trocknem Wetter auf dem Hof unter der alten Linde und ihre Großmutter putzte das Gemüse und erzählte ihr Geschichten. Opa Paul hatte ihr eine Schaukel gebaut und wenn er sie anstupste, lachte Eva aus vollem Herzen und rief nach mehr. Sie war im letzten Jahr tüchtig gewachsen und Margarethe musste aus vielen Kleidern die Säume rauslassen. Ihre rotblonden Haare bildeten einen schönen Kontrast zu ihrer weißen Haut. Paul nahm sie bei der Hand und Eva durfte ihn oft begleiten, wenn er Besorgungen machen musste.

Eva und Margarethe saßen auf der kleinen Bank. Margarethe hatte eine Schüssel Bohnen auf dem Schoß, die sie putzte und klein schnitt. „Oma?", sah Eva ihre Großmutter an. „Kann ich bald mal wieder bei dir schlafen? Bei euch ist es immer so schön." Margarethe schmunzelte. „Das ist sicher mal möglich. Wir fragen deine Mama. Einverstanden?" Mit ihren großen grauen Augen schaute Eva ihre Großmutter an und nickte zufrieden.

Alwine und Otto waren viel unterwegs, damit ihr Taxigeschäft rentabel blieb. Alwine holte ihre Tochter nach ihren Tagesfahrten bei ihren Eltern ab. Meistens gab es dann noch eine Tasse Kaffee und einen Plausch, bevor sie mit Eva nach Hause ging.

Da Otto nicht der NSDAP beigetreten war, fragten sie sich oft, wie lange das noch gut ging, bis sie Repressalien fürchten mussten. Auch die Aktivitäten der Regierenden machten ihnen Sorgen. Nicht nur, dass 1936 in einem Vorort von Havelberg ein Reichsarbeitsdienstlager eingerichtet wurde; nun sollte ganz in der Nähe auch eine Strengstofffabrik entstehen. „Das bedeutet nichts Gutes, Winchen", sagte Otto zu seiner Frau, als er davon hörte. „Es gibt gar nichts Gutes, seit der dran ist", pflichtete sie ihm bei. „Wer weiß, was uns noch alles bevorsteht." Alwine sollte recht behalten.

„Winchen, sollen wir mal wieder ein Wochenende in Berlin verbringen? Was meinst du?", fragte Otto seine Frau. Sie schaute Otto fragend an. „Und Eva?" „Die kann bei deinen Eltern bleiben. Dann freuen sich deine Eltern und Eva auch." „Hm", Alwine schloss kurz die Augen. Das machte sie immer, wenn sie nachdachte. „Vielleicht hast du recht. Ich würde auch gerne mal wieder ins Theater gehen. Wir haben uns ja schon lange nichts mehr gegönnt." „Gut. Dann rede du mit deinen Eltern und dann fahren wir nächstes Wochenende los."

Als Alwine am nächsten Tag am Küchentisch ihrer Eltern saß und gerade eine Tasse Kaffee getrunken hatte, sprach sie ihre Mutter an. „Otto und ich würden gerne ein Wochenende nach Berlin fahren. Wäre es möglich, dass Eva in dieser Zeit bei euch bleibt?" Margarethe musste schmunzeln und sagte: „Natürlich kann sie das. Wir freuen uns."

„Eva", sagte Alwine zu ihrer Tochter, als sie sie ins Bett brachte, „nächstes Wochenende fahren Papa und ich nach Berlin und du darfst bei Oma und Opa bleiben." „Au fein!" Dass Wünsche so schnell in Erfüllung gehen, dachte sie.

Eine Woche später machten sich Alwine und Otto auf den Weg in die Reichshauptstadt. Alwine erkannte ihre geliebte Stadt kaum wieder. Die Straße „Unter den Linden" war mit Hakenkreuzzeichen gepflastert und überall prangte das Hakenkreuz von den prächtigen Gebäuden. Auf dem Kudamm flanierten die Menschen wie eh und je, aber sie sah viele schwarze und braune Uniformen.

Sie besuchten den Friedrichstadtpalast, bummelten die Friedrichstraße hinunter und suchten sich dann an der Spree ein kleines Restaurant.

Alwine genoss die Hektik, die Lichter und die chic gekleideten Menschen auf dem Kurfürstendamm, aber die Leichtigkeit und Spritzigkeit der Stadt waren durch die Nazis erloschen.

Metha hatte ihr von den Bücherverbrennungen und den Anschlägen auf jüdische Geschäfte berichtet, von der Jagd auf Kommunisten, von Verhaftungen Andersgläubiger und Andersdenkender.

Das Berlin der Zwanzigerjahre stand für den Ausspruch des alten Preußenkönigs Friedrich II.: „Jeder soll nach seiner Fasson selig werden." Diese Haltung hatte mit der Machtübernahme Hitlers ein jähes Ende gefunden.

Mit Metha bummelten sie noch ein wenig durch Wilmersdorf und besuchten das eine und andere Café.

Als sie nach Havelberg zurückfuhren, wussten sie, dass sie so schnell nicht zurückkehren würden.

63

Mathilde lag in einem unruhigen Schlaf. Seit der Reichskristallnacht konnte sie schlecht einschlafen und wachte auch nachts mehrmals, mitunter schweißgebadet, auf.

Sie hörte eine Stimme an ihrem Ohr und versuchte diese in ihrem Traum einzuordnen. Irgendwann realisierte sie, dass sie nicht zu ihrem Traum passte und von woanders herkommen musste. Sie öffnete Augen und sah, dass Hannah an ihrem Bett stand. Sofort wusste sie, dass etwas nicht stimmen konnte, und rappelte sich hoch. „Was ist los, Hannah?" Mathilde machte Licht und erschrak, als sie Hannah sah. Hannahs Zähne schlugen aufeinander und sie zitterte. Ihr Gesicht war kreideweiß und sie krümmte sich vor Schmerzen. „Ich glaube, es ist der Blinddarm", flüsterte sie mehr, als dass sie sprach. „Setz dich hin, Hannah", wies Mathilde ihre Freundin an und weckte Antonia.

„Toni, aufwachen. Ich brauche deine Hilfe." Im Nu war Antonia wach und schwang sich aus dem Bett. „Hannah ist krank und sie braucht dringend ärztliche Hilfe. Sie glaubt, es ist der Blinddarm. Sie kann nicht laufen und als Jüdin darf sie auch kein Taxi fahren. Öffentliche Verkehrsmittel darf sie auch nicht nehmen, aber das würde sie in ihrem Zustand sowieso nicht schaffen."

Antonia überlegte und sagte dann: „Ich kenne jemanden, der uns helfen würde. Der hat ein Auto und der wird uns sicher helfen. Ich ziehe mich sofort an und hole Hilfe. Ich darf mir ja ein Taxi nehmen."

Fünfundvierzig Minuten später erschien Antonia mit einem Mann mittleren Alters. Sie stellte ihn nicht vor und Hannah verstand auch ohne Worte warum.

Antonia begleitete Hannah zum Auto und fuhr mit ihr zum Jüdischen Krankenhaus im Wedding. Der Fahrer parkte das Fahrzeug auf der Schulstraße kurz hinter dem Nauener Platz. Er konnte es nicht riskieren, dass man sein Auto am Krankenhaus sah. Antonia stützte die fiebrige Hannah, die sich unter großen Schmerzen bis zum Krankenhaus quälte. Eine Schwester nahm sie in

Empfang, setzte sie in einen Rollstuhl und schob sie durch eine große Tür. Dann schloss sich die Tür. Antonia musste draußen bleiben. Da sie Hannah nun in Obhut wusste und nichts mehr für sie tun konnte, machte sie sich auf den Heimweg.

Es war schon später Nachmittag am nächsten Tag. Mathilde hatte sich vorgenommen, nach Feierabend am Krankenhaus vorbeizuschauen, um zu erfahren, wie es Hannah ging, als Hilde Korff den Laden betrat. Obwohl sie sie nur einmal gesehen hatte, erkannte Mathilde die Dame sofort wieder.

„Guten Tag, Frau Ohme." „Wie kann ich Ihnen helfen?" „Ich bringe Nachricht von Frau Rosenberg. Sie ist gestern noch operiert worden. Sie hatte Glück, der Blinddarm war noch nicht durchgebrochen. Die OP ist gut verlaufen. Sie ist auf dem Wege der Besserung." „Danke", sagte Mathilde sichtlich erleichtert. „Woher wissen Sie das?" „Ich kenne einen Arzt im Krankenhaus." Mehr sagte sie nicht. Man teilte nur noch die nötigsten Informationen. Die beiden Frauen verstanden sich auch so. „Ich wollte heute zum Krankenhaus fahren", erwähnte Mathilde fast beiläufig. „Machen Sie sich keine Sorgen. Ich kann jeden zweiten Tag kommen und Ihnen Nachricht geben." „Warum tun Sie das?", konnte Mathilde ihre Neugier nun doch nicht mehr zähmen. „Ich habe gute Freunde, die Juden sind. Wir können es nicht zulassen, dass die braune Flut die Menschlichkeit wegspült." Dann verließ sie das Geschäft.

Obwohl Mathilde Hilde Korff erst zweimal gesehen hatte, fühlte sie nun eine große Vertrautheit. Zu wissen, dass es noch hilfsbereite und andersdenkende Menschen gab, machte ihr etwas Mut. Zwei Wochen später wurde Hannah aus dem Krankenhaus entlassen.

Sie hofften, nun etwas zur Ruhe zu kommen, doch das nächste große Unheil ließ nicht lange auf sich warten. Keiner von ihnen wusste, dass dieses Unheil eine Dimension erreichen würde, die sich niemand vorstellen konnte.

64

Bereits bei seiner Machtübernahme hatte sich Hitler zwei große Ziele für seine Regentschaft gesteckt. Dies war zum einen, die Versailler Friedensordnung zu zerschlagen, und zum anderen das Erlangen einer Vormachtstellung Deutschlands in Europa und der Aufstieg zur Weltmacht.

Bereits im März 1938 wurde Österreich an Deutschland angeschlossen und im selben Jahr auch das Sudentenland. Anfang 1939 wurde die Tschechoslowakei besetzt.

Auch an Polen hatte Hitler konkrete Forderungen gestellt. Er forderte die Rückgabe der freien Stadt Danzig und die Einrichtung eines exterritorialen Korridors zwischen dem Mutterland Deutschland und Ostpreußen, welches durch Polen von Deutschland abgekoppelt war. Beiden Forderungen kam Polen nicht nach.

Außenminister Joachim von Ribbentrop handelte mit Stalin einen Nichtangriffspakt sowie ein Abkommen aus, das für die östlichen polnischen Gebiete einen Anschluss an Russland vorsah und für die ehemaligen deutschen Gebiete einen Anschluss an Deutschland. Von Polen sollte nur ein Generalgouvernement übrig bleiben, welches aber der Kontrolle und Verwaltung Deutschlands unterstand. Außerdem sicherte die Sowjetunion Deutschland die Versorgung mit Rohstoffen und Lebensmitteln zu.

Die SS inszenierte 1939 einige Zwischenfälle an der deutschpolnischen Grenze, woraufhin die deutsche Wehrmacht am 1. September 1939 ohne formelle Kriegserklärung in Polen einfiel. Die polnische Armee war der deutschen Armee deutlich unterlegen und bereits am 18. September 1939 floh die polnische Regierung aus Warschau. Die Kapitulation erfolgte sechs Tage später.

Dies war der Anfang eines weltumfassenden Krieges, der am Ende über fünfzig Millionen Opfer brachte und unvorstellbares Leid über die Menschen.

65

Alwine und Otto beobachteten die Entwicklung schon lange mit Sorge. Die Wiedereinführung der Wehrpflicht, die Aufrüstung der Armee und der Bau von Rüstungsfabriken ließen Schlimmes erahnen.

„Wenn es Krieg gibt, werden sie dich holen", sagte Alwine zu ihrem Mann. „Ja, Winchen, meine Arbeit ist nicht kriegswichtig. Hoffentlich kommt es nicht so." Beide klammerten sich an die Hoffnung, dass Hitlers Machthunger mit der Übernahme Österreichs und der Tschechoslowakei gestillt wäre, aber wirklich glaubten sie nicht daran.

Alwine und Otto führten ein Bilderbuchleben. Sie hatten eine süße Tochter, ein schönes Haus, Familie und Freunde und eine Arbeit, die ihnen Spaß machte.

Es war ein sonniger Morgen im Juni und Otto war früh aufgestanden. Er hatte eine Fahrt um die Mittagszeit und wollte den Wagen vorher durchsehen. Er hatte die Motorhaube geöffnet und sich über das Innere gebeugt, als er merkte, dass jemand hinter ihm stand und etwas Hartes in seinen Rücken drückte. Otto drehte sich vorsichtig um. Sein Herz fing an zu rasen, als er die schwarzen Uniformen sah. Wenn die SS auftauchte, konnte das nichts Gutes bedeuten.

„Na, Herr Landsberg, schon so fleißig am Morgen?", sagte einer der zwei Uniformierten. Otto schaute in zwei wässrig blaue Augen, die ihn aus einem Gesicht anschauten, dem die Verschlagenheit anzusehen war. „Was haben wir denn so früh schon zu tun?" „Ich will nur das Auto durchsehen, damit für die nächste Fahrt alles in Ordnung ist", antwortete Otto höchst alarmiert. „Der Herr macht sich hier ein schönes Leben. Hat ein schönes Haus und scheffelt Geld und die anderen sollen es richten", bemerkte der andere der beiden Uniformierten. „Ja, die anderen kümmern sich darum, dass in unserem Land alles läuft, und er sahnt ab. Wenn er zu uns stehen würde, wäre er schon längst in die Partei eingetreten", stichelte er weiter. „Sag mal", sagte der andere wieder, „ist es nicht so? Wer nicht für uns ist, ist gegen uns." „So ist es", bestätigte der Angesprochene das Gesagte. „Na, dann werden wir mal weitergehen. Aber wir kommen wieder", bemerkte der mit den wässrigen Augen. „Dann wird es vielleicht unangenehmer. Und wir können Ihnen auch mal ein paar Fragen in der Zentrale stellen." Der mit den wässrigen Augen klopfte mit seinem Schlagstock gegen den Kotflügel, was als Demonstration ihrer Stärke und als Drohung verstanden werden sollte.

Ottos Herz raste, als die beiden gegangen waren. Er wusste, dass er unter Beobachtung stand. In alle Bereiche des Lebens mischten sie sich ein und versuchten Zeichen zu setzen. Selbst im beschaulichen Havelberg hatte es in der sogenannten „Reichskristallnacht" Angriffe auf jüdische Familien gegeben. Die Lange Straße – die große Einkaufsstraße – wurde in Horst-Wessel-Straße unbenannt und Verhaftungen von anders Gesinnten gab es auch hier.

Auf seinen Fahrten überlegte Otto, wie er mit der Situation umgehen sollte. Dann fasste er einen Entschluss. Sollten sie noch einmal wiederkommen, musste er sein Geschäft aufgeben. Er konnte und wollte sich nicht erpressen lassen, und in die Nazipartei einzutreten, kam für ihn überhaupt nicht infrage. Notfalls musste er wieder als Mechaniker arbeiten. Dann wäre er aus der „Schusslinie". Das große Auto würde er stilllegen und hoffen, dass der Spuk irgendwann vorüber wäre. Alwine und er konnten zum Glück immer in ihren gelernten Handwerken arbeiten. Er wollte das so schnell wie möglich mit ihr besprechen. Sie mussten vorbereitet sein.

Am Abend berichtete Otto Alwine von der Begegnung. Ein Zittern durchlief Alwines Körper. Wann hört dieser Albtraum auf?, dachte sie.

„Ja, Otto, du hast recht. Wir müssen das Geschäft aufgeben. Vielleicht können wir mein Auto verkaufen. Das andere stellen wir in die Garage. Das ist nicht das Schlimmste", sagte sie. „Gute Idee. Ich höre mich mal um, ob jemand interessiert ist."

***

Am 1. September 1939 wendete sich das Blatt erneut, denn Deutschland hatte mit dem Angriff auf das polnische Munitionslager auf der Westerplatte und dem Angriff der Luftwaffe auf die Stadt Wieluń den Krieg gegen Polen losgetreten. Zwei Tage später erklärten Frankreich und Großbritannien Deutschland den Krieg.

Zunächst wurden die jungen Männer rekrutiert und viele Familien mussten ihre Söhne und Männer ziehen lassen. Die Havelberger Zeitung und der Rundfunk berichteten von den großen Erfolgen der Wehrmacht in Polen. Alwine und Otto wussten, dass Otto, wenn auch nicht gleich, irgendwann eingezogen werden würde.

Otto, Alwine und Eva verbrachten mit Margarethe und Paul sowie Friedrich und Emma ein gemeinsames Weihnachtsfest. Das Haus von Alwine und Otto war festlich geschmückt und Eva bewunderte den mit Kugeln behängten Tannenbaum. Immer wieder strichen ihre kleinen Hände über die bunten Kugeln. Voller Aufregung sah sie der Bescherung entgegen. Es gab an Heiligabend traditionell Kartoffelsalat und am ersten Feiertag einen Entenbraten, der vom Gut Brunnenhof kam.

Friedrich hatte seit geraumer Probleme mit dem Herz und Emma litt an der Gicht.

Alwine und Otto mussten sich zum wiederholten Male die Geschichten von früher anhören, aber sie genossen es, ihre Eltern bei sich zu haben.

Paul hatte für Eva eine große Puppenstube gezimmert, die sie nun kaum mehr aus den Augen ließ. Paul hatte Eva erklärt, dass der Weihnachtsmann sie vor die Türe gelegt habe, weil er so viele Kinder beschenken müsse. Sie sah Paul mit großen Augen an und Paul wusste, dass ihr eine Frage unter den Nägeln brannte. „Opa, wie kriegt der Weihnachtsmann so eine große Puppenstube in den Sack, wenn auch noch andere Kinder große Geschenke kriegen?" Paul schmunzelte. „Das ist ein Zaubersack und da passt alles rein, was der Weihnachtsmann einpackt. Der Sack dehnt sich einfach aus und man sieht es nicht." Die Antwort leuchtete Eva ein und sie war damit zufrieden.

Am zweiten Feiertag kehrten Friedrich und Emma auf den Brunnenhof zurück und die kleine Familie war wieder allein.

Sylvester kamen Emil und Helene zu Besuch, aber richtige Stimmung wollte nicht aufkommen, da die Männer immer wieder zum Thema Krieg zurückkehrten. Auch Emil rechnete damit, eingezogen zu werden. „Der Hitler wird weitermarschieren. Der gibt sich nicht mit dem zufrieden, was er hat", bemerkte Emil besorgt. „Nein, tut er nicht", pflichtete ihm Alwine bei.

Um Mitternacht stießen sie an und wünschten sich, dass bald bessere Zeiten anbrechen mögen.

***

Ottos Einberufung kam im April. Alwine sah den Bescheid und brach in Tränen aus. „Otto, was wird alles passieren?", sah sie ihren Mann besorgt an. „Bleib erst einmal ganz ruhig. Ich muss mich zunächst bei der Kraftfahrersatzabteilung in Rathenow melden. Sie werden mich sicher dort einsetzen, um die Fahrzeuge instand zu halten. Das ist ganz weit weg von irgendwelchen Fronten."

Den letzten gemeinsamen Tag war Alwine unruhig und fahrig und ihre Gedanken wirbelten durcheinander. Otto holte eine Flasche Wein aus dem Keller und nach dem zweiten Glas tat der Wein seine Wirkung und sie wurde etwas ruhiger. Lange saßen sie aneinandergekuschelt auf dem Sofa, bevor sie ins Bett gingen.

Otto zog seine Frau an sich und küsste sie zärtlich auf ihre schönen Lippen. Sie erwiderte den Kuss, erst zärtlich und dann immer intensiver. Sie streiften sich ihre Kleider ab und erkundeten gegenseitig ihre Körper, als wären sie nicht schon acht Jahre miteinander verheiratet. Er betrachtete ihre vollen Brüste und die steifen Brustwarzen und saugte an ihnen, bis sie feucht wurde zwischen ihren Schenkeln. Als er in sie eindrang und er sich in ihr ergoss, durchflutete eine Welle beide Körper und sie hielten sich noch lange eng umschlungen.

Am nächsten Morgen brachte Alwine ihren Mann nach Rathenow, wo neben der Douaumont-Kaserne, der Reichswehr-Kaserne und der Infanterie-Kaserne auch die Kraftfahrer-Kaserne lag. Da sie am Vortag schon alle Tränen vergossen und etliche Taschentücher durchnässt hatte, blieben ihre Augen nun trocken. Sie umarmte ihren Mann und startete den Motor des Fiats, um nach Hause zu fahren.

Ottos Alltag war zunächst entspannt. Er musste Fahrten erledigen und den Nachschub an rekrutierten Soldaten zu ihren neuen Einheiten bringen.

Er hatte lange mit Paul über dessen Erfahrungen im Ersten Weltkrieg gesprochen. Er erinnerte sich gut an Pauls Worte: „Wenn du überleben willst, musst du schauen, möglichst weit weg von der Front zu sein."

Da Rathenow nicht weit von Havelberg entfernt war, konnte Alwine ihn in seiner dienstfreien Zeit wenigstens für kurze Augenblicke sehen.

„Warum ist Papa so lange weg? Wann kommt er wieder?", fragte die kleine Eva ihre Mutter jeden Tag quengelnd. „Er muss zu den Soldaten", sagte ihre Mutter. „Warum muss er denn zu den Soldaten und kann nicht bei uns bleiben?", fragte Eva weiter. „Er muss unsere Heimat verteidigen." Eva liebte ihren Vater, der seiner kleinen Prinzessin nahezu jeden Wunsch erfüllte.

Alwine fuhr, so oft es ging, nach Rathenow, und da Otto weit weg von jeder Front war, machte auch sie sich zunächst wenig Sorgen.

Allerdings währte dieses Glück nicht lange. An einem sonnigen Sommertag im Juli machte sie sich wieder auf den Weg zur Kaserne. Das Getreide wogte auf den Feldern goldgelb in der Sonne, die von einem unendlichen blauen Himmel strahlte. Wehmut überkam sie, wenn sie daran dachte, dass sie diese sonnigen und herrlichen Tage nicht mit ihrem Mann verbringen konnte. Sie dachte an die unbeschwerte Zeit, als Otto und sie ihre Füße zum Kühlen in den Fluss hielten und auf einer Decke die Wölkchen des Sommerhimmels zählten. Sie dachte an die Tage, wo sie im Schatten der Bäume im Wald spazieren gingen oder mit den Rad an die Elbe fuhren.

Als Otto auf sie zukam, konnte Alwine an seinem Gesichtsausdruck schon erkennen, dass etwas nicht stimmte. Sie umarmte ihren Mann und küsste ihn sachte auf den Mund. „Ist etwas passiert?", fragte sie ihn besorgt. „Ich werde verlegt. Übermorgen geht es nach Stettin." Sie schlug sich die Hand vor den Mund und flüsterte fast: „Oh mein Gott! Richtung Osten, das ist ja furchtbar!" „Mach dir erst einmal keine Sorgen, Winchen. Das ist noch Deutschland und vielleicht bleibe ich ja da." „Aber wenn nicht?" „Ich werde gut auf mich aufpassen, das verspreche ich dir. Pass du gut auf dich und unsere Kleine auf."

Als sie sich verabschieden mussten, gab sie ihm einen Kuss voller Leidenschaft und Liebe und ging dann zurück zu ihrem Auto. Auf dem Nachhauseweg liefen ihr die Tränen übers Gesicht. Sie hatte keine Ahnung, wann sie sich wiedersehen würden.

***

Im September wurde Eva eingeschult. Die Sonne schien durch die Vorhänge ihres Zimmers und fiel auf die weißen Möbel und tauchte das Zimmer in helles Licht. Am Schrank hing das neue Kleid, das sie an ihrem heutigen Ehrentag tragen durfte. Es war hellgrün und hatte einen weißen Kragen und eine große hellgrüne Schleife und passte wunderbar zu ihrem rötlichen Haar. Dazu hatte ihr ihre Mutter neue schwarze Lackschuhe gekauft. Das Kleid hatte Alwine genäht und es war wunderschön. Eva war so aufgeregt, dass sie zum Frühstück fast nichts herunterbekam.

Nach dem Frühstück gingen sie zu Evas Großeltern und holten Margarethe und Paul ab, welche die kleine Eva zu ihrer Einschulung begleiteten.

Die Kinder bestaunten die schöne große Schule mit den großen Holztüren, den bunten Glasfenstern in der Aula, dem schönen Treppenhaus und dem Turm auf dem Schulhof, der wie ein Schlossturm aussah.

Eva hatte in der zweiten Reihe Platz genommen und den Worten des Lehrers aufmerksam zugehört. Sie teilte sich die Schulbank mit einem anderen Mädchen namens Marlene, die alle gleich nur noch Lene nannten. Natürlich gab es auch eine große bunte Schultüte, die mit Süßigkeiten und bunten Malstiften gefüllt war.

„Zeig mal deine Schultüte", bat Eva Lene, die daraufhin stolz ihre Tüte präsentierte. „Du hast ja auch schöne Sachen drin", kommentierte Eva den Inhalt. In der Pause gesellte sich noch ein weiteres Mädchen zu ihnen. „Wie heißt du?", fragte sie Eva. „Eva. Und du?" „Ich bin Ilse, aber allen nennen mich Illy." „Das ist Lene", sagte Eva und stellte ihre neue Freundin vor. Von da an blieben die drei zusammen und dieser erste Schultag war nicht nur ein neuer Lebensabschnitt, sondern auch der Beginn einer langen Freundschaft.

66

Otto blieb die nächsten Monate in Stettin, wo er auch den Winter verbrachte.

Stettin an der Ostsee, als drittgrößte Stadt Deutschlands, gefiel Otto. Die großen und prächtigen Bauten, wie das Rathaus und das Museum, die Kirchen, die schönen Bürgerhäuser in der Innenstadt, die Speicherhäuser und die Schiffe am Hafen, all das und das quirlige Leben ließen die Zeit schnell vergehen.

Stettin hatte 1940 schon die Maßnahmen des Hitlerregimes zu spüren bekommen. Der allergrößte Teil der fast 280.000 Juden war 1939 emigriert, nachdem auch hier die Synagogen brannten. Die verbleibenden Juden wurden ins Generalgouvernement transportiert. Seitdem konnte man den Zustrom an Deutschen aus Estland und Lettland beobachten, die ihre Heimat nach dem Deutsch-Sowjetischen Grenz- und Freundschaftsvertrag verlassen mussten.

Otto wäre gerne länger in Stettin geblieben, aber im März bekam er neue Order.

1941 wurde er nach Trachtenberg, in die Nähe von Breslau, verlegt, wo seine Einheit zusammen mit der 221. Infanteriedivision neu aufgestellt wurde. Er schrieb jede Woche nach Hause und hoffte, dass seine Post schnell transportiert würde.

Da Otto für Sicherungsaufgaben im rückwärtigen Heeresgebiet zuständig war und er für die Fahrzeugwartung und Fahrdienste eingeteilt wurde, bekam er von irgendwelchen Gefechten nichts mit.

Die ersten großen Erfolge in Polen, Dänemark und Norwegen sowie Frankreich ließen Hitler auftrumpfen. Die anhaltenden Aktivitäten im Osten legten einen Angriff auf die Sowjetunion nahe.

67

Es war mittlerweile Mai 1941 und Alwine verbrachte den Sonnabendvormittag im Garten, als sie das Telefon drinnen klingeln hörte. Sie kam aus der Hocke hoch, als Eva schon in der Tür stand und „Mama, Telefon!" rief. „Wer ist dran?", fragte sie ihre Tochter. „Habe ich nicht verstanden." „Ja, bitte", sagte Alwine. Eva sah, wie ihre Mutter zuhörte und sich ihr Gesicht veränderte. Das konnte nichts Gutes bedeuten.

Als sie aufgelegt hatte, sah sie ihre Tochter an. „Opa Friedrich vom Brunnenhof ist gestorben." Nun kann sich Otto noch nicht mal von seinem Vater verabschieden und ihn unter die Erde bringen, dachte sie grimmig bei sich und machte sich auf den Weg zu ihren Eltern. „Woran ist er denn gestorben?", fragte Margarethe ihre Tochter. „Das Herz, sagt Emma. Es hat einfach aufgehört zu schlagen." „Er war gerade einundsechzig Jahre alt geworden." „Das ist wirklich tragisch", sagte Paul und schüttelte traurig seinen Kopf. „Kann Eva morgen bei euch bleiben? Dann fahre ich mal rüber und sehe, ob ich etwas tun kann." „Evchen kann immer bei uns bleiben", sagte Paul und schaute seine Frau an, die ihm nickend zustimmte.

Am Abend schrieb Alwine einen langen Brief an Otto und informierte ihn über den Tod seines Vaters. Beide wussten, dass Friedrichs Gesundheit nach dem Blitzschlag etwas angeschlagen gewesen war, aber nichts hatte auf einen so frühen Herztod hingedeutet.

Alwine fand Emma am nächsten Tag immer noch verweint vor. Sie sah aus, als ob sie die ganz Nacht kein Auge zugemacht hatte. Ihre anfängliche Zweckehe hatte sich dann doch zu einer innigen und vertrauensvollen Beziehung entwickelt.

Die beiden Frauen bereiteten alles für die Beerdigung vor. Friedrich wurde drei Tage später auf dem nahe gelegenen Friedhof unter die Erde gebracht. Der gesamte Brunnenhof war versammelt und erwies dem beliebten Friedrich die letzte Ehre. Auch Alwines Eltern waren mit ihr angereist, um von Friedrich Abschied zu nehmen. Neben dem Pfarrer sprach auch der Verwalter des Guts, Karl von Behring, lobende und tröstende Worte. Alwine hatte ihren Schwiegervater gemocht und trauerte aufrichtig um ihn. Es schmerzte sie, dass Otto nicht Abschied nehmen konnte. Sie wusste, welch enges Verhältnis die beiden gehabt hatten. Otto war irgendwo in Polen unterwegs und würde erst viel später vom Tode seines Vaters erfahren.

Emma blieb auf dem Brunnenhof und ihrem kleinen Häuschen in der Nähe des Gutshauses wohnen. Die Arbeit auf dem Brunnenhof bot ihr zumindest zeitweilig Ablenkung.

***

Otto erfuhr mit der Feldpost vom Tode seines Vaters. Er wusste, dass Friedrich seit dem Blitzschlag ein schwaches Herz hatte, aber als sie sich das letzte Mal sahen, machte er einen munteren Eindruck. Nie hätte er sich vorstellen können, dass sein Vater so schnell verstirbt. Nun konnte er ihn noch nicht einmal zu Grabe tragen. Da sein Vater nun nicht mehr lebte, riss auch seine Verbindung zum Brunnenhof ab.

Im Herbst 1941 musste Otto Trachtenberg verlassen. Er gelangte mit seiner Einheit in den südöstlichen Teil Polens, nach

Przemyśl. Sie waren einige Tage im südlichen Teil Polens unterwegs. Was Otto unterwegs sah, schockierte ihn zutiefst. Ströme von Vertriebenen, die durch das Land zogen. Jüdische Bürger, die mit wenig Hab und Gut zu Fuß unterwegs waren, bewacht von deutschen Soldaten. Er sah Erhängte und Erschossene, traumatisierte Frauen und Kinder. Die Gewalt an Zivilisten war eine neue Dimension. Er verabscheute die Handlungen seiner Landsleute zutiefst, musste aber vorsichtig sein mit seinen Äußerungen.

Przemyśl empfing ihn mit strahlendem Sonnenschein, der die schöne und prächtige Stadt in ein warmes Licht tauchte. Die Stadt hatte nicht nur ein Schloss und prächtige Kirchen, sie war auch eine Garnisonsstadt und erlitt im Ersten Weltkrieg bis zur Rückeroberung durch die russische Armee die größte deutsche Belagerung. In der Achse Krakau–Lemberg nahm Przemyśl die Rolle eines wichtigen Verkehrsknotenpunktes ein.

Als Otto im Herbst 1941 hier eintraf, hatte die Stadt schon harte Schicksalsschläge hinter sich. 1939 war die Stadt zunächst von den deutschen Truppen besetzt. Die mussten sich aber gemäß dem Friedensvertrag mit der Sowjetunion hinter den San zurückziehen. Mit dem Rückzug verübten sie schwere Verbrechen an der jüdischen Bevölkerung und ermordeten viele von ihnen. Am 22. Juni 1941 eroberte die Wehrmacht den sowjetisch besetzten Teil zurück.

Otto hatte unterwegs schon einiges Leid gesehen, sodass ihm diese Berichte nicht unwahrscheinlich erschienen. Er blieb nur wenige Wochen in Przemyśl und wurde Ende 1941 nach Lemberg abkommandiert.

Lemberg war eine der schönsten Städte, die er bisher gesehen hatte. Er bewunderte die große und imposante Bahnhofshalle, die wunderschöne, geschlossene Altstadt mit Bauten im Stil der Renaissance, des Barocks, des Klassizismus, des Historismus, des Jugendstils und des Art déco. Wie gerne wäre er unter anderen Umständen mit Alwine durch diese schöne Stadt gebummelt! Aber auch hier waren die Synagogen zerstört und Massaker an Juden verübt worden.

Als Otto in Lemberg eintraf, lagen die Aktionen schon ein paar Wochen zurück. Die Leitung Lembergs hatte der Kreishauptmann

Joachim Freiherr von der Leyen übernommen. Otto war in der Administration zuständig für logistische Aufgaben, um die Versorgung der Wehrmachtseinheiten sicherzustellen. Er hatte es hier gut getroffen, denn seine Arbeit war ungefährlich und weit weg von kämpfenden Einheiten. Er schrieb Alwine so oft er konnte und hoffte, dass sich bald eine Gelegenheit ergeben würde, dass sie sich wiedersehen konnten.

68

Hannah war, wie alle anderen Juden, die älter als sechs Jahre waren, ab dem 1. September 1941 gezwungen, einen gelben Stern mit der Aufschrift „Jude" an ihrer Kleidung zu tragen. Sie verließ das Haus nun überhaupt nicht mehr und versuchte sich auch in der Wohnung möglichst ruhig zu verhalten. Es sollte den Anschein erwecken, dass niemand zu Hause war. Hannah vertrieb sich die Zeit mit Handarbeiten, denn Häkeln und Stricken waren Tätigkeiten, die keinen Lärm machten. Die Nähmaschine lief nur, wenn Mathilde und Antonia zu Hause waren.

Ihre Blinddarmnarbe war gut verheilt, aber das seelische Leiden hinterließ tiefe Spuren. Immer öfter überkam sie eine depressive Stimmung und Mathilde konnte nichts tun, um ihre Qualen zu lindern. Auch Fahrten an die Ostsee konnten sie nicht mehr machen, da Hannah ja keine öffentlichen Verkehrsmittel benutzen durfte. Von Sarah hatten sie auch schon länger nichts mehr gehört. Die aufgezwungene Isolation setzte der einst tatkräftigen und fröhlichen Frau schwer zu.

„Hannah, ich versuche etwas Gutes zum Essen zu bekommen. Dann können wir heute Abend etwas kochen", sagte Mathilde, bevor sie das Haus verließ. Hannah nickte ihr zu, sagte aber nichts.

Der kleine Robert hatte gerade seinen fünften Geburtstag begangen. Er war ein munterer kleiner Junge, der viel von dem Äußeren seines Vaters geerbt hatte. Es wurde immer schwieriger, ihn zu Hause zu halten, wo es doch draußen so viel zu sehen gab. Mathilde und auch Antonia waren sich der Tatsache bewusst, dass Robert über die Verhältnisse zu Hause plaudern könnte. Das würde noch gefährlicher werden, wenn er im nächsten Jahr in die Schule kam.

Mathilde, Antonia und Robert verließen wie jeden Morgen die Wohnung. Aus den anderen Wohnungen kam der übliche morgendliche Lärm. Schritte und Stimmen aus Wohnungen, das Klappern von Geschirr oder das Pfeifen eines Wasserkessels. Sie hatten gerade den letzten Treppenabsatz erreicht, als Frau Müller aus ihrer Wohnungstür trat. Mathilde murmelte: „Guten Morgen." Sie mochte die aufdringliche und unsympathische Frau nicht.

Mathilde wollte schon weitergehen, als die Frau sie fragte: „Wohnt eigentlich diese Jüdin noch bei Ihnen? Die hab ick ja länger nich jesehen. So wat wolln wa och nich bei uns im Haus habn." Mathilde sah sie an und versuchte keine Regung zu zeigen, aber ihr Herz raste. Antonia sah Frau Müller an und Wut stieg in ihr hoch. „Kümmern Sie sich um Ihren eigenen Kram." Sie verließen das Haus und Antonia schlug die Haustür mit Kraft zu, sodass es laut knallte. „Das hättest du nicht sagen sollen, Antonia." „Wir können uns doch nicht alles von der alten Hexe gefallen lassen. Du kannst die Frau doch auch nicht leiden." „Du hast ja recht", erwiderte ihre Mutter. „Warum guckt ihr so?", fragte Robert seine Mutter. „Es ist nichts, alles ist gut. Frau Müller hatte nur eine Frage."

Sie schwiegen eine Weile vor sich hin und jede hing ihren Gedanken nach. Nach einer Weile fand Mathilde die Sprache wieder und sagte zu Antonia: „Wir müssen eine Lösung für Hannah und für uns finden. Es ist zu gefährlich. Sie wird das nicht auf sich sitzen lassen und ich war ja schon einmal bei der Gestapo vorgeladen." „Was?" Antonia schaute ihre Mutter entsetzt an. „Das hast du mir gar nicht erzählt. Was wollten die von dir?" „Sie haben mich sozusagen gezwungen, Hannah die Teilhaberschaft zu kündigen. Die wussten alles über unsere Familienverhältnisse." „Das wusste ich gar nicht. Das ist ja schrecklich." Antonia musste diese Information erst einmal verarbeiten.

Im Geschäft angekommen, setzten sie Robert in eine Ecke und gaben ihm Malstifte und Papier.

„Du hast recht, wir können Hannah nicht bei uns behalten. Sie muss irgendwohin, wo es sicherer für sie ist", nahm Antonia das Gespräch wieder auf. „Ja, das sehe ich auch so", stimmte ihre Mutter zu. „Ich rufe Hilde Korff an."

Wenig später telefonierte Mathilde mit Hilde Korff. Sie hatten ein paar Codes vereinbart, wenn sie Hilfe brauchten. Hilde versprach, am Nachmittag ins Stoffgeschäft zu kommen, denn das war am unverfänglichsten.

Als Hilde Korff den Laden betrat, bediente Mathilde noch eine Kundin. Hilde ließ sich von Antonia ein paar Wollstoffe zeigen, bis die Kundin bezahlt hatte und den Laden verließ.

Mathilde berichtete ihr dann von dem Gespräch am Morgen. „Außerdem wohnt ein Nazi bei uns im Haus. Ich weiß nicht, was er macht, er muss irgendwo angestellt sein. Aber wenn er erfährt, dass eine Jüdin bei uns wohnt, wird es für Hannah gefährlich."

Hilde überlegte und sagte dann an Mathilde und Antonia gewandt: „Ich komme morgen wieder, dann habe ich eine Adresse, wo wir Hannah unterbringen. Wieder hierherzukommen, fällt vielleicht auch auf, daher sollten wir uns morgen um 16.00 Uhr im Kaufhaus Tietz bei den Kleidern treffen. Dann habe ich weitere Informationen." Mathilde nickte.

Wie verabredet trafen sich die beiden Damen bei Tietz. Es herrschte ein geschäftiges Treiben im Kaufhaus, sodass es nicht auffiel, wenn sich zwei Frauen unterhielten.

„Wir werden das morgen Abend machen. Frau Rosenberg soll nur wenige Sachen in eine kleine Tasche packen, kein großes Gepäck. Sie soll um 19.00 Uhr an der Ecke Melanchthon/ Paulstraße warten. Dort wird ein Wagen sie abholen. Sie soll ein Stoffpaket in der Hand haben. Der Fahrer wird sie fragen, ob sie das Stoffpaket dabeihat. Ihre wichtigsten Sachen können Sie in einen Koffer packen und ins Geschäft bringen. Ich werde die Sachen nach und nach abholen und sie ihr später zukommen lassen. Niemand soll denken, dass sie verreisen will. Sie soll ihre Haare unter einem Hut verstecken und keinen Stern tragen."

„Gut", sagte Mathilde. „Wo bringt man sie hin?" „Wir haben ein paar Verstecke außerhalb von Berlin. Mehr möchte ich Ihnen nicht sagen. Das ist sicherer für uns alle." Mathilde verstand. „Danke", sagte Mathilde und gab Hilde Korff die Hand. Diese nickte und drückte die angebotene Hand.

Am Nachmittag fuhr Mathilde zurück nach Moabit. Sie musste dringend mit Hannah sprechen. Als sie die Wohnung betrat, war Hannah in ihrem Zimmer und strickte an einer Jacke. „Hannah, meine Liebe. Ich muss mit dir reden." Sie nahm ihrer Freundin gegenüber Platz.

„Die Müller von unten schnüffelt uns hinterher. Sie hat gefragt, ob du noch da bist. Es ist zu gefährlich, wenn du hierbleibst. Es ist nur eine Frage der Zeit, bis jemand nachsehen kommt. Ich habe mit Hilde Korff gesprochen. Sie wird dich in ein sicheres Versteck bringen."

Hannah sah Mathilde in die Augen und nickte. Es brach Mathilde fast das Herz. Es wäre ihr lieber gewesen, sie hätte gejammert, wäre sauer, beleidigt oder aggressiv. Aber diese Erduldung brachte Mathilde auf die Palme. Im gleichen Moment taten ihr ihre Gedanken wieder leid. Wie würde es ihr in dieser Situation gehen? Sie ging auf Hannah zu und nahm sie in den Arm. „Ich vertraue darauf, dass alles gut wird", sagte Mathilde und beide hatten Tränen in den Augen.

Als sie beim Abendessen saßen, war die Stimmung gedrückt, da alle drei Frauen wussten, dass es ihr letztes gemeinsames Abendessen war, und keiner wusste, wann sie sich wiedersehen würden.

Am nächsten Tag ging Antonia allein ins Geschäft. Mathilde wollte ihre Freundin, die wie eine Schwester für sie war, nicht allein lassen. Hannah packte ein paar persönliche Dinge in eine kleine Tasche. „Alles, was du brauchst, bekommst du gebracht. Und der Rest bleibt hier. Du kommst ja wieder, wenn der Sturm vorüber ist." Sie gab Hannah noch einen Mantel von sich. Die Stunden rannen dahin und eine traurige Stille war in die Wohnung eingezogen. Dann war es so weit und Hannah musste Abschied nehmen. Bevor Hannah die Wohnung verließ, drückten sich die beiden Frauen innig. Dann schloss sich die Tür hinter Hannah.

Mathilde verließ nur wenige Sekunden nach Hannah die Wohnung und folgte ihr unauffällig. Sie sah das Fahrzeug an der Ecke Melanchthon/Paulstraße parken. Ein Mann mittleren Alters ging auf Hannah zu und öffnete ihr die Wagentür. Sie stieg ein und der Wagen fuhr davon.

Als der Wagen verschwunden war, drehte Mathilde um und ging heim. Ihre Gedanken versuchten das Geschehene zu verarbeiten. Wann würden sie ihre liebe Hannah wiedersehen? Wie würde es ihr ergehen? Dann blickte sie auf den leeren Stuhl und es schnürte ihr fast die Kehle zu.

69

Otto war seit fünf Monaten in Lemberg. Er mochte diese Stadt. Er freute sich immer wieder, wenn er Gelegenheit hatte, die wunderschöne Altstadt mit den prächtigen Bauten zu durchstreifen.

Er beaufsichtigte mittlerweile Teile des Fuhrparks und hatte nicht wie andere den harten Drill zu erdulden. Auch hier hörte Otto von Pogromen gegen Juden durch die Russen und später durch die Einsatzgruppen der SS, die Tausende ermordeten.

Die schwache Herbstsonne schien durch die milchigen Scheiben des Gebäudes, in dem sich auch sein Arbeitsplatz befand. Otto war gerade dabei, ein paar Unterlagen zu sortieren, als die Tür des Gebäudes aufflog.

Otto legte die Papiere beiseite, nahm Haltung an und meldete sich: „Unteroffizier Landsberg, zu Befehl, Herr Oberstleutnant." „Mitkommen!", brüllte dieser ihn an. „Ich brauche einen Fahrer. Machen Sie sich fertig und seien Sie in zehn Minuten bereit." Dann riss er den Arm hoch. „Heil Hitler!" „Zu Befehl, Herr Oberstleutnant." Bevor Otto noch etwas erwidern konnte oder den verhassten Gruß leisten musste, war der Vorgesetzte schon wieder draußen.

Otto stieg in ein dienstbereites Fahrzeug ein und der Oberstleutnant, mit Namen Hans Georg Kehl, schwang sich auf den Beifahrersitz. Sie fuhren am Bahnhof vorbei in den Norden der Stadt. Die Bilder, die Otto unterwegs sah, sollte er sein Leben lang nicht aus seinem Kopf bekommen. Aus dem Getto wurden größere Menschengruppen von den Einsatzgruppen vor sich her in Richtung Bahnhof getrieben. Auch Alte wurden gestoßen und getreten. Otto dachte an seine Schwiegereltern, die sicher im Alter mancher dieser Menschen waren, die hier mehr als unmenschlich behandelt wurden.

„Was passiert mit denen?", fragte er seinen Vorgesetzten. „Die SS wird sie sicher in irgendwelche Lager verschicken, oder sie knallen sie irgendwo ab", antwortete Kehl knapp. Otto merkte, dass ihm das Thema nicht behagte. „Gibt es noch einen anderen Weg nach Norden?", fragte Kehl. „Wenn ja, möchte ich auf dem Rückweg eine andere Strecke nehmen. Hier verliert man zu viel Zeit."

Otto kannte noch einen anderen Weg, der aber eher länger als kürzer war. Er merkte, dass Kehl diese Bilder auch nicht kaltließen und dass der Zeitverlust vielleicht nur vorgeschoben war.

Nach seinem Termin in einer Außenstelle fuhr Otto Kehl über die Außenbezirke zum Standort zurück. Von da an ließ sich Kehl nur noch von Otto fahren. Kehl schätzte Ottos ruhige und ausgeglichene Art und auch Otto mochte diesen Vorgesetzten.

Wie Otto mitbekam, wurde das gesamte Lemberger Getto bis Ende 1941 aufgelöst. Alle arbeitsfähigen Juden wurden in der Nähe der Fabriken, in denen sie Zwangsarbeit verrichten mussten, untergebracht. Das Morden ging weiter. Anfang Juli ermordeten die Einsatztruppen 7.000 Menschen.

Die ganze Situation in Lemberg setzte Otto schwer zu. Er litt unter schweren Schlafstörungen und Magenkrämpfen. Er konnte sich niemandem anvertrauen, da es viele Linientreue gab. Denunziationen waren an der Tagesordnung. Außerdem wurde absoluter Gehorsam von den Soldaten erwartet. Otto hatte schon deutlich an Gewicht verloren, traute sich aber nicht, zu einem Arzt zu gehen.

Alwine wusste von alldem nichts. In der Feldpost konnte Otto weder über seine Einstellung noch über seine Gefühle schreiben, da er immer Gefahr lief, dass man seine Post las. Im September 1942 bekam Otto endlich neue Order.

Er sollte Lemberg verlassen und würde nach Mailand versetzt werden. Otto hoffte, dass die Umstände dort besser sein würden und er dann seine Magenprobleme in den Griff bekäme.

Als Otto vier Wochen später in Mailand eintraf, lachte die Sonne von einem klaren blauen Himmel und in der Nähe des Mailänder Doms saßen die Menschen in Cafés und Restaurants und es schien, als sei der Krieg hier weit weg. Schon in den ersten Tagen in Italien fiel von Otto eine Last ab.

Er war zuerst in Mailand, sollte aber noch viele Monate in Italien bleiben und fast das ganze Land kennenlernen.

70

Dichte Wolken hingen über Berlin an diesem 22. November 1943.

Alwine fiel die Decke auf den Kopf, deshalb hatte sie sich kurzfristig bei Metha gemeldet. Metha freute sich riesig über den Anruf ihrer Freundin und bot ihr sofort an, nach Berlin zu kommen. Sie war in der Zwischenzeit umgezogen und lebte jetzt im Stadtteil Friedrichshain. Alwine hatte sich in den Fiat gesetzt und auf den Weg nach Berlin gemacht.

Eva hatte sie für die paar Tage bei ihren Eltern gelassen. Eva war ganz aufgeregt, ein paar Tage bei Oma und Opa schlafen zu dürfen. Sie lebte zwar in diesem großen und schönen Haus, aber am liebsten war sie in dem kleinen Haus ihrer Großeltern, wo alles so eng und gemütlich war.

Margarethe und Paul genossen es, wenn sie ihre Enkeltochter dahatten, und versprachen, auf sie aufzupassen, sie pünktlich in die Schule zu schicken und die Hausaufgaben zu überwachen. „Nun fahr schon, Kind", hatte Margarethe gesagt. „Wir kümmern uns hier um alles." Alwine wusste, dass sie sich keine Sorgen machen musste. Mit Glücksgefühlen fuhr sie nach Berlin rein. Endlich die geliebte Stadt mal wiedersehen!

Den ersten Abend hatte sie lange mit Metha zusammengesessen und sie hatten über dieses und jenes geredet. „Hoffentlich is der Spuk bald vorbei. Dit is ja schlimm, seit die an der Macht sind", kommentierte Metha. „Der Otto soll bloß jut uff sich uffpassen. Zum Jlück is er nich an ne Ostfront." „Zum Glück nicht", stimmte Alwine ihr zu.

Metha hatte sich dienstfrei genommen und sie schlenderten durch den Park mit dem Märchenbrunnen, besuchten ein kleines Café und wollten am Abend ins Theater auf dem Kurfürstendamm.

Der Herbst hatte Einzug gehalten und der goldene Oktober war Vergangenheit. Es war dunkel und dichte Wolken hingen am Himmel, als sie aus der U-Bahn ausstiegen. Es roch nach Regen, aber vielleicht blieb es auch trocken. Das wusste man in Berlin nie so genau.

Sie hatten sich schon ein Stück vom Bahnhof Zoo entfernt, als Sirengeheul einsetzte. „Oh Gott, Fliegeralarm!", rief Metha. „Komm!" Sie drehte sich um, um in die Richtung zu gehen, aus der sie gekommen waren, und riss ihre Freundin am Arm. „Wir müssen in den Luftschutzbunker, schnell", rief Metha.

Die Menschen rannten an ihnen vorbei und strömten in die sichere Unterkunft.

Der Bunker am Bahnhof Zoo war einer der größten in Berlin. Er fasste 18.000 Menschen und hatte fünf Etagen, die Platz für die Schutzsuchenden boten. Sie fanden einen Platz und warteten ab. Die Menschen rings um sie herum unterhielten sich noch lebhaft. Manche Frauen beruhigten ihre Kinder oder hatten ihr Strickzeug dabei.

Dann hörten sie das Brummen, das immer näher kam. Dem Brummen folgte ein gewaltiger Krach, sodass das Gebäude vibrierte.

Das Licht erlosch und die Gespräche verstummten schlagartig. Kinder fingen an zu weinen, etliche schrien auch hysterisch. Die Menschen rückten näher zusammen und manche klammerten sich aneinander. Einige Männer blickten starr vor sich hin.

Alwine kam es wie eine Ewigkeit vor, die sie in diesem Bunker saßen. Irgendwann waren das Brummen und die Einschläge der Bomben vorbei. Die Blicke der Menschen gingen ängstlich oder besorgt in Richtung Betondecke. Die Frage, wie die Welt da draußen jetzt wohl aussehen mochte, stand vielen im Gesicht geschrieben. Alle wussten, es musste in der Nähe große Einschläge gegeben haben.

Als es endlich die erwartete Entwarnung gab und Alwine und Metha mit den anderen Menschen nach draußen strömten, bot sich ihnen ein unfassbarer Anblick. Die Kaiser-Wilhelm-Gedächtniskirche stand in Flammen, sowie auch der Ufa-Palast. Alles brannte lichterloh. Mit rasender Geschwindigkeit fegte der Feuersturm durch die Straßen, riss Autos und Passanten mit sich und verbreitete schwarze, stinkende Rauchschwaden, die einem fast den Atem nahmen. Menschen schrien und liefen desorientiert durch die einst vertraute Gegend.

Verstört rannten Metha und Alwine weg vom Kurfürstendamm und Tauentzien und versuchten den nächsten U-Bahn-Eingang zu erreichen. Nach Stunden erreichten sie den Friedrichshain. Der Friedrichshain war von den Bomben verschont geblieben, aber die Stadt hatte empfindliche Wunden abbekommen, da das Herz der Metropole getroffen worden war.

Der Propagandaminister und Berliner Gauleiter Joseph Goebbels ordnete am folgenden Tag an, die Theater wieder in Betrieb zu nehmen. Trotz der Bombardierung kamen die Leute in Scharen, frei nach dem Motto: „Jeder Tag könnte der letzte sein!".

Am nächsten Tag fuhr Alwine zurück nach Havelberg. Das Erlebte hatte sie zutiefst erschüttert. Ihre geliebte Stadt war geschändet, geliebte Orte zerstört. Sie wusste, dass das nicht alles gewesen war. Solange Hitler an der Macht war und weiter Krieg führte, würden die Bomber wiederkommen.

Überglücklich nahm sie ihre Tochter und ihre Mutter in die Arme. „Was ist denn passiert? Wie siehst denn du aus? Winchen, geht es dir gut?", fragte Margarethe voller Besorgnis.

„Mir geht es gut. Gestern Abend wurde Berlin bombardiert. Wir waren im Bunker am Zoo und sicher, aber es war schrecklich." Dann berichtete Alwine von ihrem schrecklichen Erlebnis, von den verängstigten Menschen, den weinenden Kindern und der unfassbaren Zerstörung. Sie hatte das Gefühl, dass der Rauch der brennenden Gebäude in ihrer Kleidung und auf ihrer Haut hing.

„Wir haben die Flugzeuge gesehen und uns gedacht, dass sie in die Reichshauptstadt fliegen", sagte Paul. „Wir konnten von hier die Tannenbäume sehen. Wir hatten so Angst um dich. Zum Glück ist dir und Metha nichts passiert. Aber das war noch nicht alles. Hoffentlich bleiben wir hier von Bombardierungen verschont. Und hoffentlich kommt der Otto gesund nach Hause." „Vielleicht ist es in Italien ja nicht so schlimm", sagte Alwine, auch, um sich selbst zu beruhigen.

71

Hannah war auf einem Bauernhof in der Mark Brandenburg untergekommen. Der Hof, in der Nähe von Gollwitz, lag abseits, umsäumt von Feldern, und war durch eine schmale Zufahrtstraße erreichbar. Da es keine unmittelbaren Nachbarn gab, war die Gefahr, dass man Hannah entdeckte und verriet, hier deutlich geringer.

Der Bauernhof war ein Dreiseitenhof. Das Haupthaus mit den typischen roten Ziegeln wurde an der rechten Seite von einem längeren Gebäude flankiert, in dem hauptsächlich Lebensmittel lagerten und in dem sich die Waschküche und Räume für die

Bewirtschaftung des Hofes sowie für das Schlachten und Einmachen befanden. Parallel zum Haupthaus befanden sich die Ställe. Die Familie betrieb Schweinewirtschaft sowie Gemüseanbau.

Die Besitzer des Hofes waren schon älter und hatten drei Söhne, von denen zwei zur Wehrmacht eingezogen worden waren. Der Älteste, Rudolf, war wehruntauglich. Er hatte ein Augenleiden und wurde deshalb nicht genommen. Außerdem musste es ja auch noch Menschen geben, welche die Versorgung der Bevölkerung und der Armee mit Nahrungsmitteln sicherten.

Rudolf und Hannah verstanden sich auf Anhieb. Rudolf war drei Jahre jünger als Hannah, wirkte aber durch die schwere Arbeit auf dem Land etwas älter. Rudolfs Eltern, Bertha und Bernhard Grolmann, waren rechtschaffene Menschen, welche die Hitlerregierung verachteten. Sie hatten sich sofort bereit erklärt, Hannah aufzunehmen.

Hannah ging Bertha zur Hand und half ihr im Haushalt, wo sie konnte. Bertha, die unter Rheuma und Arthritis litt, war dankbar für die Hilfe.

Bertha hatte Hannah das Zimmer eines ihrer Söhne im ersten Stock des Hauses gegeben, da es unter dem Dach im Winter zu kalt und im Sommer zu heiß war. Außerdem stand es im Moment ja sowieso leer. Das Zimmer war einfach eingerichtet. Es war mit einem Bett, einem Schrank, einem kleinen Tisch und einem Stuhl möbliert. Eine kleine Lampe spendete etwas Licht. Mit schlichten, dunklen Vorhängen konnte sie das Fenster abdunkeln.

Hannah war froh, nach den vielen Monaten in der Wohnung, in denen sie nicht vor die Tür gegangen war, endlich die frische Luft, Sonne und Regen genießen zu können. Aber sobald sich jemand dem Hof näherte, verschwand Hannah im Haus und versteckte sich in der Dachkammer. Trotz der Umstände genoss sie die Zeit auf dem Gut. Bertha und Bernhard, der von allen Bernie genannt werden wollte, waren wie Eltern für sie. Sie, die ihre Eltern früh verloren hatte, hatte diese Art der Fürsorge lange vermisst. Hier erfuhr Hannah auch die Hintergründe, warum sie gerade hier gelandet war.

Hilde Korff war mit einem Sohn der Grolmans verheiratet. Sie hatte noch eine jüngere Schwester, Karla, die einen Juden geheiratet hatte. Daher war sie sowohl mit den protestantischen als auch mit den jüdischen Traditionen und Gebräuchen vertraut. Da Hilde Korff ihre Schwiegereltern schon immer oft besucht hatte, konnte sie Nachrichten und andere Dinge überbringen, ohne dass jemand misstrauisch wurde.

Hilde berichtete von weiteren Bombardierungen und den zunehmend schwieriger werdenden Verhältnissen in Berlin. Über sie erfuhr Hannah, dass es Mathilde, Antonia und dem kleinem Robert gut ging. Auch das Wohnviertel in Moabit sowie das Geschäft blieben durch die Bombardierungen unversehrt. Hilde nahm immer Lebensmittel vom Hof mit und auch Mathilde bekam immer ein Päckchen mit Wurst oder Fleisch.

Eines Nachmittags kam Rudolf ins Haus gestürmt. Hannah war gerade dabei, die Wäsche abzukochen, und der heiße Dampf, der aus dem Kessel strömte, hatte ihr Schweißperlen ins Gesicht getrieben. „So eilig, Rudi?", lachte sie Rudolf an. Dann sah sie Rudis besorgtes Gesicht und wusste, dass etwas nicht stimmte.

„Schnell, versteck dich, Hannah. Ich glaube, die SS ist im Anmarsch." Das Lachen erstarb in Hannahs Gesicht. Schnell machte sie den großen Deckel auf den Kessel und lief nach oben. Hinter ihrem Zimmer war ein kleiner Verschlag. Vor dem Verschlag stand ein großer Kleiderschrank. Man konnte einen Teil der Rückwand des Kleidesschranks zur Seite schieben, um in den Verschlag zu gelangen. Rudi folgte Hannah. Rasch schob sie die rechte Seite der Rückwand beiseite und verschwand im Verschlag. Rudi schob sie wieder zurück, ordnete die Kleider davor und schloss die Schranktür. Dann machte er sich auf den Weg zurück auf den Hof.

Zwei SS-Leute stiegen aus dem Wagen und schauten sich um. Ein glatt rasierter Blonder sprach Rudi an. „Wir suchen einen entlaufenen Verbrecher, einen Kommunisten, der sich auf einem Bauerngehöft versteckt haben soll. Ist hier jemand aufgetaucht?" Dabei schaute er Rudi durchdringend an.

„Hier ist keiner und Kommunistengesindel kommt hier auch nicht unter", versuchte Rudi deren Argwohn zu zerstreuen. „Wirklich nicht?", fragte der andere der beiden SS-Leute und trat auf Rudi zu, um ihn zu verunsichern. „Hier is' keiner", beteuerte dieser, aber die SS-Leute hegten immer noch Argwohn. „Dann schaun wir uns hier mal ein bisschen um", sagte der Blonde und trat aufs Haus zu. Er stieß die Haustür auf und dann gingen sie ins Haus und sahen sich um.

Als sie in das Waschhaus gingen, sahen sie, dass im Kessel Feuer brannte. „Aha, Waschtag! Wer macht denn die Wäsche? Sieht nicht nach Männerarbeit aus! Wer wohnt denn hier noch alles im Haus? Vielleicht halten sich hier ja doch Leute auf, die nicht hierhergehören?" „Meine Mutter ist kurz im Stall, sie kümmert sich darum", antwortete Rudi. „Um warum kämpfst du nicht fürs Vaterland? Haben wir es hier mit einem Drückeberger zu tun?"

In dem Moment kam Rudis Mutter über den Hof gelaufen. „Kann ich Ihnen helfen?", fragte sie die beiden Uniformierten. „Aber mein Sohn hat Ihnen sicher schon Auskunft gegeben." „Der Herr Sohn kämpft nicht fürs Vaterland!", sagte der Blonde süffisant. „Mein Sohn sieht kaum noch etwas. Er wäre bei der Truppe eine Gefahr. Hier kann er wenigstens dafür sorgen, dass die Soldaten und ihre Familien zu essen bekommen", konterte Rudis Mutter. „Und versteckt haben Sie hier niemanden?", fragte der andere lauernd. „Das sollte sich ein Drückeberger mal wagen, hier unterkommen zu wollen! Es gibt ja schon genug fragwürdige Gestalten heutzutage."

Die burschikose Art der Bäuerin schien die beiden fürs Erste zu überzeugen. „Dann mal einen guten Tag", verabschiedete sich der Blonde. Dann zogen sie ab und fuhren davon.

Mutter und Sohn gingen zurück ins Haus und befreiten Hannah aus ihrem Versteck. Für dieses Mal war die Gefahr gebannt.

72

Eva war mittlerweile neun Jahre alt. Im letzten August war es mittlerweile der vierte Geburtstag, an dem ihr Vater nicht dabei war. Noch kam regelmäßig Post von ihm und Eva wusste, dass es ihm gut ging. Er schrieb nun immer aus Italien. Da war es sonnig und warm, hatte er berichtet. Vom Krieg schrieb er nichts, aber von Orten, an denen er gewesen war.

Nachmittags trafen sich Eva, Lene und Illy meistens bei Illy, deren Eltern eine große Villa besaßen. Illy wohnte am Camps, nur wenige Gehminuten von Eva entfernt. Lene und Eva hatten keine Geschwister, nur Illy hatte noch eine ältere Schwester Anne. Anne war wunderschön und trug immer die elegantesten Kleider. Da die Familie von Illy zu den wohlhabendsten der Gegend gehörte, konnte sie sich in den besten Geschäften einkleiden. Hin und wieder kauften sie aber Stoffe und Alwine fertigte dann ihre Maßkleider an.

Anne war gerade achtzehn geworden und konnte sich vor Verehrern kaum retten. Sie wollte nach der Schule unbedingt auf die Kunstakademie gehen.

Die drei bewunderten Anne und hofften, dass sie auch einmal so schön sein würden. Die Mädchen liebten es, in Annes Kleiderschrank zu schauen und ihre Kleider und Schuhe zu bestaunen, wenn sie nicht im Haus war. Dann strichen sie über die schönen Stoffe und bewunderten die passenden Accessoires. Nach der Schule saßen sie oft auf den Bänken in der Nähe der Schule und schauten auf die Havel, die gemächlich dahinfloss.

In Havelberg fielen zwar keine Bomben, dennoch hatte der Krieg auch hier bereits seine Spuren hinterlassen.

Illys Vater war nicht eingezogen worden, da er einen Lebensmittelbetrieb besaß, den er selbst leitete. Außerdem besaß er gute Kontakte zur Parteileitung. Lenes Vater war ebenfalls nicht im Krieg. Er war Bauer und deutlich älter als Evas Vater.

Der März hatte schon Einzug gehalten, aber die Natur zeigte noch keine Anzeichen des Frühlings. Kahl und blattlos ragten die Bäume vor der Schule in den Himmel. Einzig das Singen der Vögel deutete an, dass der Winter seinem Ende zuging. Die Mädchen saßen in der Schule und hatten gerade Deutschstunde, als die Schüler ein lautes Brummen hörten. Das Brummen kam näher und die Kinder eilten an die Fenster, obwohl der Lehrer die Schüler gemahnte, auf ihren Plätzen zu bleiben. Sie sahen in der Ferne Flugzeugverbände, die sich in östlicher Richtung bewegten. Es war das erste Mal, dass die Flugzeuge am Tag unterwegs waren. Zuvor hatten sie schon öfter die sogenannten „Christbäume" in der Ferne beobachten können, die Zielmarkierer, welche die abgedunkelten Städte beleuchteten, um den folgenden Bombern Orientierung zu geben.

„Hoffentlich kommen die nicht zu uns!", sagte Lene ängstlich. „Nee, die greifen die größeren Orte an, sagt meine Mutter", versuchte Illy Lene die Angst zu nehmen.

Im Radio hörten sie von schweren Luftangriffen auf Berlin und wenige Wochen später sahen sie auch die ersten Evakuierten, die aus Berlin kamen.

73

Antonia saß zu Hause und überwachte Robert, der am Esstisch seine Hausaufgaben machte. Robert ließ sich gerne ablenken. Er war ein aufgeweckter Junge und interessierte sich für alles Technische. Das lange Stillsitzen machte ihm Mühe. Er war viel lieber draußen oder bastelte und tüftelte.

Antonia flickte Socken, als es an der Haustür klingelte.

Sie traute ihren Augen nicht. Vor der Tür stand Georg. Sie hatte ihn einige Jahre nicht gesehen. Er hatte ihr zwar in unregelmäßigen Abständen geschrieben und sich nach ihr und dem Kind erkundigt, aber gesehen hatten sie sich nicht. Er schickte auch ab und zu Geld und fragte in seinen Briefen, ob sie etwas brauche. Antonia aber lehnte seine Angebote ab. Sie hatte ihn gewollt, aber er hatte ihre Liebe verschmäht. Das Geld behielt sie und legte es beiseite. Robert würde es brauchen, wenn er älter wurde. Obwohl Georg immer noch unverschämt gut aussah, sah sie die ersten Falten in seinem Gesicht. Er trug einen langen dunklen Ledermantel und hatte eine Uniform darunter an.

Unschlüssig, was sie tun sollte, bat sie ihn dann doch herein und führte ihn in die Küche. „Warte bitte kurz“, sagte sie, sah ihn an und verschwand.

Robert saß noch immer über seinen Hausaufgaben. „Robert, bitte verhalte dich ganz ruhig und bleibe hier im Zimmer sitzen.“ „Warum denn?“, fragte er seine Mutter und sah sie mit großen Augen an. „Frag jetzt nicht“, antwortete sie ihm und verließ das Zimmer.

„Was willst du hier?“ fragte sie Georg. „Ich möchte, dass du mit Robert zu meiner Mutter nach Jarmen gehst. Die Bombardierungen werden zunehmen und weitergehen. Es ist zu gefährlich für euch beide, wenn du hierbleibst. Hier seid ihr nicht sicher.“ „Wie stellst du dir das vor?“, konterte Antonia ärgerlich. „Tauchst hier auf und willst, dass wir Berlin verlassen? Ich habe hier meine Mutter, wir haben das Geschäft und Robert geht hier zur Schule. Nein, das geht nicht. Außerdem, ich kenne deine Mutter kaum. Und was geht dich das an, wie es uns geht?“ „Ihr seid mir wichtig“, flüsterte er mehr, als dass er sprach. „Ach, auf einmal!“, giftete Antonia zurück. „Ich bitte dich“, insistierte Georg. „Es geht um eure Sicherheit. Ich habe mit meiner Mutter gesprochen, sie wartet auf euch und sie freut sich, wenn ihr kommt. Bitte Toni, denk noch mal drüber nach.“

Sie war wütend. Er kam nach langer Zeit unangemeldet und ungebeten und wollte sich jetzt in ihr Leben einmischen.

„Geh jetzt“, bat sie ihn und öffnete die Haustür. Er trat in den Hausflur und schaute sie an. „Wenn du irgendetwas brauchst, nimm Kontakt mit meiner Mutter auf.“ Dann stieg er die Treppe hinab und verschwand. Irgendwie hatte Antonia das Gefühl, dass sie ihn nicht wiedersehen würde.

Robert sah von seinem Heft auf. „Mutti, wer war das?" „Niemand Wichtiges." Der Schmerz saß immer noch tief.

Am Abend berichtete sie ihrer Mutter von dem Besuch. „Du solltest dir das wirklich überlegen, Toni. Wir haben bisher Glück gehabt, aber das heißt nicht, dass es so bleibt. Du siehst ja, dass viele Stadtteile schon was abgekriegt haben. Auch dort, wo gar keine Industrie ist. Es muss ja irgendwann mal vorbei sein, aber du musst jetzt an Robert denken." „Ich kann nicht weg. Du bleibst ja auch hier", versuchte Antonia Argumente für ein Bleiben zu finden. „Ich muss hierbleiben. Wir haben das Geschäft und ich muss in Hannahs Nähe bleiben. Ich bitte dich, bringt euch wenigstens in Sicherheit."

Antonia blieb stur. Sie wollte ihre Mutter nicht allein lassen, wusste sie doch, dass diese unter Hannahs Abwesenheit litt.

Georg trat auf die Straße und schaute zu den Fenstern hoch. Warum musste Antonia nur so furchtbar stur sein? Sicher, er hatte sie im Stich gelassen. Aber konnte sie nicht seine Hilfe für das Wohl des Kindes annehmen? Antonia sah immer noch hinreißend aus und mit ihrem eigenen Kopf fand er sie noch attraktiver. Nie wieder war er einer solchen Frau begegnet. Vielleicht hätte er sich doch für sie und ihr Kind entscheiden sollen. Vielleicht gäbe es ja nach dem Krieg einen Neuanfang. Seine Zweifel an einem Sieg nahmen zu, und wer weiß, was dann sein würde. Mit diesen Gedanken setzte er seinen Weg fort.

Nachdem im Dezember 1943 der Stadtteil Lichtenrade fast völlig zerstört wurde, änderte Antonia ihre Meinung. Kurz nach Neujahr saßen sie im Zug nach Jarmen.

74

Otto war nun schon vierundzwanzig Monate in Italien stationiert und liebte dieses Land. Nie zuvor hatte er so viel Schönheit und Kultur gesehen. Die ersten Wochen und Monate hatte er in Mailand verbracht. In Mailand war er in der Nähe der Casa Verdi stationiert und wenn er keinen Dienst hatte, erfreute er sich an den schönen Bauten und Plätzen. Viele Male hatte er den imposanten Dom mit seinen gotischen und neugotischen Elementen besichtigt. Die helle Fassade blendete einem fast die Augen an einem strahlenden Sonnentag.

Otto mochte die Italiener und ihre Art zu Leben. Wie schön muss es sein, wenn man dieses Land nicht als Soldat kennenlernt, dachte er oftmals bei sich. Und wie gerne hätte er es mit seiner Frau und seiner Tochter besucht.

Im Frühjahr 1943 wurde er mit seinem Regiment in den Süden versetzt, in die Nähe von Taranto. Der Weg führte sie an der Küste entlang nach Apulien. Es war das erste Mal im Leben, dass Otto so blaues Meer sah. Die Sonne glitzerte auf der Oberfläche und das Meer strahlte mit dem Himmel um die Wette. Eine angenehme warme Brise wehte über das Meer. Kleine Fischerboote bevölkerten die kleinen Häfen und brachten ihre Fänge an Land.

Zunächst waren die Tage und Nächte angenehm warm und sonnig, aber im Juli und August erreichten die Temperaturen über vierzig Grad Celsius. Jede Bewegung war anstrengend und jeder versuchte der sengenden Sonne zu entkommen.

Die Hitze im Sommer setzte Otto massiv zu. Er sehnte sich nach Regen und Abkühlung und dachte an die seichten Regen im Sommer daheim, die auf die Dächer tröpfelten. Er dachte an den Geruch von nassem Gras und die angenehme Kühle nach dem Regen. Wie es seinen Lieben wohl gehen mochte? Genauso wie er, hatten auch viele andere unter der Hitze zu leiden. Otto hörte auch von Malariafällen und anderen Erkrankungen.

Im Winter 1943 ging es dann zurück in den Norden. Bei klirrender Kälte kam er mit seinen Vorgesetzten in Mailand an.

Otto war persönlicher Fahrer von Oberstleutnant Lukas, mit dem er schon in Taranto stationiert gewesen war. Die beiden verstanden sich prima und vertrauten einander. Franz Lukas war aus Oldenburg und wie Otto auch auf einem Gut aufgewachsen. Franz Lukas war der Jüngste von drei Brüdern und hatte für Landwirtschaft wenig übrig. Er war, so wie Otto, eher an technischen Dingen interessiert.

Mailand war im Sommer das Ziel britischer Bomber. Bei den Bombenangriffen wurden viele historische Gebäude zerstört. Auch das Herz der Stadt hatte es getroffen und der herrliche Dom wurde dabei beschädigt. Es war schmerzlich, die mutwillige Zerstörung mit ansehen zu müssen. Wie mag es wohl in der Heimat aussehen?, dachte Otto im Stillen bei sich. Er hatte von den Bombardierungen deutscher Städte gehört. Wie würde wohl das Land aussehen, in das er zurückkehren würde? Die Sinnlosigkeit des Krieges machte ihn zuweilen fast depressiv.

Das Weihnachtsfest 1944 verbrachte er mit seinen Kameraden in Mailand. Hermann Müller aus Paderborn hatte ein Rezept für Eierlikör mitgebracht, den sie dann am Weihnachtsabend zusammenbrauten. Spät am Abend schrieb er noch an Alwine, so wie er es jede Woche tat. Obwohl sie nicht in Kämpfe verwickelt waren und ein ruhiges Fest mit guter Verpflegung hatten, schwang bei allen die Sehnsucht nach zu Hause mit.

Kurz nach den Feiertagen kam Major Hartel zu Otto auf die Stube. „Unteroffizier Landsberg, machen Sie morgen bei Tagesanbruch den Tatra klar. Wir haben eine Fahrt." „Zu Befehl", antwortete Otto und schaute sich auf der Karte noch mal das Gebiet an, das infrage kam.

Die Aufklärungsfahrten führten Otto zunächst nach Aosta. Waren die Aufklärungsfahrten im Süden noch vergleichsweise ungefährlich, agierten sie nun im Partisanengebiet. Die kleinen Orte, die kurvigen Gebirgsstraßen, die Pässe und Täler boten vielfältigen Unterschlupf und gute Deckung für den Feind.

Otto war heute Unteroffizier vom Dienst und fuhr mit seinen Vorgesetzten, Major Hartel und Oberleutnant Lukas, nach Cervino. Sie wollten sich ein Bild von der Gegend und vom

Gelände machen, um Möglichkeiten für militärische Operationen auszuloten.

Die Landschaft war atemberaubend und hinter jeder Kurve erschloss sich ihnen ein neuer Blick. Nie zuvor hatte Otto ähnlich Beeindruckendes gesehen.

Sie näherten sich mit dem Tatra Cervino, als auf einmal majestätisch das Matterhorn vor ihnen lag. Das legendäre Matterhorn, der Traum vieler Bergsteiger und das Motiv vieler Postkarten! Sie hatten viele schöne Ecken von Italien kennengelernt, aber dieser Anblick übertraf alles bisher Gesehene. Noch nie hatten sie so eine imposante Aussicht gehabt!

Schneebedeckt und steil ragte die Spitze des Matterhorns vor ihnen in die Höhe. Ottos Vorgesetzter Offizier machte ein Foto aus dem Auto, dann fuhren sie weiter. Sie mussten extrem vorsichtig und wachsam sein. Lukas machte Aufnahmen des Geländes sowie Notizen auf einem Block und auf der Karte. Die Nacht verbrachten sie in einer kleinen Pension.

Eigentlich sollten sie noch in die Gegend von Intra fahren, aber über Nacht hatten schwere Schneefälle eingesetzt und viele Straßen waren unpassierbar. Hohe Schneewehen versperrten die Straßen. Dazu kam die schlechte Sicht. Daher änderte Hartel den Plan und sie fuhren zurück nach Mailand.

Wieder einmal hatten sie Glück gehabt und es gab keinen Feindkontakt. Hoffentlich bleibt das so, dachte Otto im Stillen. Er wusste, dass die Lage zunehmend ernster wurde.

Die Schlacht um Stalingrad war verloren und die 6. Armee unter General Paulus vernichtet. Die Russen eroberten immer mehr Territorien zurück und drängten die deutsche Wehrmacht immer mehr zum Rückzug.

Die Alliierten bombardierten sowohl deutsche Städte als auch Städte deutscher Verbündeter. Die Wende des Krieges war eingeläutet.

75

Antonia saß mit Robert im Zug. Die Landschaft glitt an ihr vorüber. Sie war tief in Gedanken versunken. Robert war nun schon acht Jahre und ein hübscher, aufgeweckter Junge. Er malte auf einem Blatt Papier einen Bauernhof, um sich die Zeit zu vertreiben.

Berlin wurde nun permanent bombardiert. Tagsüber kamen die Amerikaner und nachts flogen die Briten ihre Angriffe. Lange hatte Antonia sich geweigert, darüber nachzudenken, Berlin zu verlassen, aber nun war die Sorge größer als der Stolz, Georgs Angebot doch anzunehmen. Sie würde Robert zu Georgs Mutter bringen und zunächst in Jarmen bleiben, dann wollte sie sehen, ob sie nach Berlin zurückkehren konnte.

Bisher hatten sie Glück gehabt, weder ihr Haus noch das Geschäft waren von Bomben getroffen worden, aber keiner wusste, ob das Glück ihnen hold blieb.

Seit die Nazis an der Macht waren, war alles auseinandergebrochen. Hannah lebte im Untergrund und hoffte, dass man sie nicht fand. Ihre Mutter war nur noch ein Schatten ihrer selbst.

Es schmerzte Antonia zu sehen, wie die Stadt ihr Gesicht und ihren Herzschlag verlor. Vielleicht war es ganz gut, wenn sie eine Zeit auf dem Land verbrachte. Sollte sie im Frühjahr noch hier sein, konnte sie mit Robert an der Peene sitzen oder nach Usedom hinüberradeln. Georgs Mutter hatte bestimmt ein Fahrrad.

„Wann sehen wir denn Oma Mathilde wieder?", fragte Robert plötzlich seine Mutter. „Vielleicht bald, aber erst einmal fahren wir kurz aufs Land. Wir müssen sehen, vielleicht kann Oma ja nachkommen."

Unterwegs sahen sie Menschen mit Fahrzeugen und Handkarren, die, wie es schien, ihr restliches Hab und Gut bei sich hatten. Die Menschen trugen wahrscheinlich alles auf dem Leib, was sie besaßen. Dennoch sah man, wie die Kälte ihnen zusetzte. Antonia hatte in Berlin von den vielen Menschen gehört, die auf der Flucht waren oder evakuiert werden mussten.

Als sich der Zug der Küste näherte, klarte der Winterhimmel auf und die Sonne strahlte auf das kahle Land. Vielleicht ist es ja ein gutes Zeichen, dachte Antonia bei sich, als sie in Jarmen aus dem Zug stiegen.

Sie gingen die Kopfsteinstraße entlang zu der bekannten Adresse. Reste von schmutzigem Schnee lagen noch an den Straßenrändern. Endlich erreichten sie ihr Ziel.

Mit einem nervösen Gefühl im Magen klingelte Antonia am Haus der Englers. Georgs Mutter öffnete die Tür und sah sie freundlich an. Sie trug wie immer eine Schürze. „Kommt herein und legt ab", sagte sie freundlich. Es war ein merkwürdiges Gefühl, nach so langer Zeit dieses Haus wieder zu betreten. „Du bist bestimmt der Robert?", sprach sie Antonias Sohn an. „Ja", antwortete Robert brav. „Ich bin die Oma Engler, und wenn du magst, kannst du mich so nennen." Robert nickte. „Mögt ihr etwas essen?" Sie wartete die Antwort gar nicht ab und fing an, den Tisch zu decken. Oma Engler hatte eine Möhrensuppe gekocht und beide hatten noch nie eine so köstliche Suppe gegessen.

Das Frühjahr hielt Einzug und als der Schnee weggetaut war, lernte Robert Fahrrad fahren. Er liebte es, mit dem Rad die Gegend zu erkunden. Oma Engler erlaubte ihm, die Hühner zu füttern, und er durfte ihr im Garten zur Hand gehen.

Schon nach kurzer Zeit hatte sich Robert gut eingelebt. Auch Antonia genoss das ruhige Leben auf dem Lande. Sie verstand sich gut mit Georgs Mutter und ging ihr zur Hand, wo sie konnte.

Sie erkundete mit Robert die Umgebung. Jeden warmen und regenfreien Tag im Frühsommer gingen sie in der Peene baden oder radelten in der Gegend um Jarmen umher. Oma Engler genoss das Leben in ihrem Haus und war froh, die beiden um sich zu haben.

„Mutti, wie lange bleiben wir bei Oma Engler?", wollte Robert von seiner Mutter wissen. „Eine Weile werden wir noch hierbleiben. Ich denke, du wirst das nächste Schuljahr hier in die Schule gehen." „Warum können wir nicht zu Oma Mathilde nach Berlin zurück?", schaute Robert seine Mutter fragend an. „In Berlin fallen die Bomben, da ist es zu gefährlich." „Und

Oma, ist es für sie nicht auch gefährlich?" „Doch, aber Oma muss auf das Geschäft aufpassen. Und wenn es zu schlimm wird, dann kommt sie nach. Das hat sie mir versprochen. Ihr wird schon nichts passieren."

Antonia sah, wie die Landluft ihrem Sohn guttat. Er hatte etwas an Gewicht zugelegt und seine Wangen zeigten seit Langem mal wieder eine rosige Farbe.

Auch ihr selbst ging es gut. Sie hatte ebenfalls etwas zugenommen und der lästige Husten, der sie in Berlin lange gequält hatte, war völlig verschwunden. Die langen Spaziergänge, die sie unternahm, hatten ihren Körper gestärkt.

Sie nahm sich vor, doch länger auf dem Land zu bleiben, bis sie die schreckliche Nachricht erreichte.

76

Der Hof lag still und ruhig und die Nacht hing noch über den Gebäuden, doch Rudi schlief fast keine Nacht mehr durch. Die Sorge um Hannah trieb ihn um. Er liebte sie, auch wenn er es ihr nie gesagt hatte. Er glaubte, dass auch Hannah für ihn tiefe Gefühle hegte, dennoch hatten sie den letzten und entscheidenden Schritt aufeinander zu bisher nicht getan.

Das Haus war ruhig. Seine Mutter war bei ihrer Schwester in Brandenburg und Vater war vor drei Monaten an einem Herzanfall gestorben.

Schon von Weitem hörte Rudi das sich nähernde Motorengeräusch. Wenn sich um diese frühe Stunde ein Fahrzeug näherte, konnte das nichts Gutes bedeuten.

Er stürmte in Hannahs Zimmer und zerrte sie aus dem Bett. „Du musst dich verstecken! Schnell!" Hannah war im Nu wach. Sie schnappte sich schnell die Bettdecke und das Kopfkissen und dann stürmten sie die Treppe hinunter über den dunklen Hof in den Stall. Licht konnten sie nicht machen, denn das sah man in der klaren Nacht von weit her.

Schon vor einiger Zeit hatte Rudi unter dem Schweinekoben ein Loch in den Boden gegraben und einen kleinen unterirdischen Verschlag gebaut. Das Versteck hinter dem Kleiderschrank war ihm zu unsicher geworden. Hannah stieg die wenigen Stufen hinab und Rudi ließ schnell die Klappe runter, streute den Mist darüber und schob die Schweine zurück in den Koben, als es heftig an der Haustür hämmerte. „Aufmachen, sofort!", hörte er die drohende Stimme.

Er klappte absichtlich laut mit der Tür, um den Anschein zu erwecken, dass man ihn aus dem Bett geholt habe. Er öffnete die Tür und sah zwei Männer in schwarzen Ledermänteln vor der Tür. Sie stießen ihn sofort ins Haus zurück.

„Du versteckst eine Jüdin!" Rudis Gedanken rasten. Wie konnten sie das wissen?, fragte er sich. „Hier ist niemand", antwortete Rudi so energisch, wie er konnte. „Das wollen wir doch mal sehen", sagte einer der beiden Männer. „Wer schläft da oben?", fragte derjenige, der durchs Haus lief. „Mein Bruder, wenn er aus dem ruhmreichen Krieg zurückkehrt", antwortete Rudi. Blitzschnell stieß der andere Rudi die Faust ins Gesicht. „Wir glauben also nicht an den Endsieg? Und wo ist das Judenflittchen?" Sie stießen ihn auf einen Stuhl und fesselten ihm die Hände hinter dem Rücken. „Nun wollen wir doch mal sehen, ob es dir nicht doch noch einfällt." Der nächste Schlag traf Rudi in den Magen und der Schmerz raubte ihm fast den Atem. „Wo hast du sie versteckt?" „Hier ist niemand außer mir." Der nächste Faustschlag traf Rudis Nase. Blut tropfte auf sein Kinn und sein Unterhemd. Die Schläge gingen weiter und Rudi merkte, wie sein Auge zuschwoll. Wahrscheinlich war auch ein Zahn locker.

Der Jüngere der beiden ging noch einmal durchs Haus, auf den Hof und in den Stall. Der andere ließ weiterhin seinen Frust an Rudi aus und stieß ihm mit dem Gewehrkolben in die Rippen. Das Krachen und der darauffolgende Schmerz führten ihn endlich in die Ohnmacht.

„Hier scheint wirklich niemand zu sein. So dumm, sich für ein Judenflittchen totprügeln zu lassen, kann niemand sein. Komm, wir fahren zurück." Sie schnitten noch die Fessel des Bewusstlosen auf und ließen ein blutverschmiertes Bündel zurück.

Nach Stunden erwachte Rudi aus seiner Ohnmacht. Der Tag war schon vorangeschritten. Sein ganzer Körper tat ihm weh. Seine Beine schienen intakt und die Hände auch. Ein Auge war zugeschwollen und das andere mit getrocknetem Blut verklebt. Mit wackeligen Beinen richtete er sich auf. Sie hatten ihm die Rippen gebrochen und der Schmerz raubte ihm fast den Atem. Er wusch sich das Blut aus dem Gesicht, damit er etwas sehen konnte, und schleppte sich in den Stall. Rudi trieb die Schweine aus dem Koben und öffnete die Falltür.

Hannah stieg die Leiter hoch. Ihr entfuhr ein Schrei, als sie Rudi sah. „Ich habe nichts gesagt", murmelte er mehr, als dass er es sagte. Hannah wollte ihn in den Arm nehmen, aber er stöhnte schmerzvoll auf, als sie seinen Körper berührte. Vorsichtig stützte er sich auf Hannah und schleppte sich zum Haus zurück.

Hannah besah sich seine Wunden. Sie wusch das Blut ab und bandagierte seine Rippen. Für das zugeschwollene Auge gab sie ihm ein kühles Tuch. „Die Tiere müssen versorgt werden", stöhnte er müde. „Ich kümmere mich darum", versicherte sie ihm.

Als er wieder erwachte, saß Hannah an seinem Bett. Vorsichtig nahm sie seine Hand und küsste sie. „Ich bin so froh, dass es dich gibt", sagte sie leise. Er sah sie an und hatte endlich Mut, es ihr zu sagen. „Ich liebe dich, Hannah, und werde immer für dich da sein." „Ich liebe dich auch, Rudi", und sie küsste sanft seine Lippen. Von nun an würde sie nicht mehr von seiner Seite weichen.

Als Rudis Mutter zurückkam, schlug sie die Hände vors Gesicht. „Die SS war da, aber das heilt wieder. Hannah ist sicher und das ist das Wichtigste", beruhigte Rudi sie.

Rudis Mutter sah sofort, dass etwas Entscheidendes mit den beiden passiert sein musste. Endlich, dachte sie und zog mit einem zufriedenen Gesicht ihren Mantel aus und hängte ihn an den Haken.

77

Es war einer dieser Januartage, die nicht hell werden wollten. Ein dicker grauer Himmel lag über Berlin, der keinen Sonnenstrahl durch die dichte Wolkendecke ließ.

Mathilde hatte die halbe Nacht im Bunker verbracht und schleppte sich zu ihrem Geschäft, das sie noch jeden Werktag öffnete. Tiefe Augenringe zeichneten ihr Gesicht. Das Geschäft warf nicht mehr viel ab und die Versorgungslage wurde immer schlechter.

Weihnachten lag nun schon eine Weile zurück. Es war das traurigste Weihnachten, das sie je erlebt hatte. Antonia und Robert waren nun bald ein Jahr in Jarmen und sie hätte zu Weihnachten auch dorthin reisen können, aber sie wollte sich fremden Leuten nicht aufdrängen. Hannah konnte sie auch nicht treffen, da jeder fremde Besuch verdächtig war. Also verbrachte sie die Weihnachtstage mit einem Buch und ging früh zu Bett. Ihr blieb nur die Hoffnung, dass der Nazi-Spuk bald vorbei wäre. Dann könnten endlich alle nach Hause kommen und es würden wieder Leben und Fröhlichkeit in die trostlose Wohnung einziehen.

Müde schleppte sie sich zum Hausvogteiplatz und schloss ihren Laden auf. Bis Mittag betrat kein einziger Kunde den Laden. Am Nachmittag kam Hilde Korff und brachte Mathilde Nachricht von Hannah. Sie freute sich über diesen regelmäßigen Austausch, war Hilde doch im Moment ihre einzige Vertraute und Freundin.

Hannah ging es gut und sie war in Sicherheit. Das waren gute Nachrichten. Hilde wusste auch zu berichten, dass die Rote Armee schon in Polen und auf dem Vormarsch war. Sie sollte ein schreckliches Lager bei Krakau befreit haben. Dort hatte man die Juden hingebracht und vergast. Mathilde war es egal, ob die Russen oder Amerikaner kamen, Hauptsache, die Nazis wären bald weg.

Hilde versprach, bald wiederzukommen. Am Nachmittag verkaufte Mathilde noch einen Kleiderstoff und ein paar Kurzwaren an eine Stammkundin. Die Einnahmen würde sie gleich in Lebensmittel umzusetzen versuchen.

Tatsächlich erstand Mathilde in einem ihrer Stammgeschäfte noch zwei Konservendosen, ein paar Eier und ein kleines Stück Butter. Die Inhaberin mochte Mathilde, und wenn sie etwas zu verkaufen hatte, gab sie es gern Mathilde.

Sie war mit ihren Schätzen gerade auf dem Nachhauseweg und würde sich gleich etwas zu essen machen, als die verhassten Sirenen ertönten. Hastig versuchte Mathilde den Menschenmassen zu folgen, die versuchten, in die sicheren Bunker zu gelangen. Bunker hieß Sicherheit und Sicherheit hieß Leben.

Sie überlegte kurz und versuchte in den Keller des nächstgelegenen Hauses zu kommen. „Is' voll", raunzte sie ein großer Mann am Eingang an. Mathilde versuchte es in der nächsten Straße, hatte aber auch hier kein Glück. Sie rannte bis zum Reichsbahnbunker in der Reinhardstraße. Völlig außer Atem und den Tränen nahe reihte sie sich ein. Endlich ließ man sie ein.

Das Dröhnen und Krachen und dann die Erschütterungen ließen Schlimmes erahnen. Die Menschen im Bunker starrten vor sich hin, manche weinten und Mütter versuchten ihre weinenden Kinder zu beruhigen. Selbst wenn es überstanden war, blieb immer die Angst, die schrecklichen Bilder zu sehen, wenn man wieder hinaustrat.

Nach gefühlten Stunden kam endlich die Entwarnung. Ganz vorsichtig traten die Menschen ins Freie. Hitze und Gestank schlugen Mathilde entgegen. Ringsum brannte es und es gab kaum noch Anhaltspunkte zur Orientierung. Trümmer, Schutt und schreiende Menschen kamen ihr entgegen.

Sie konnte jetzt nicht nach Hause gehen, zuerst musste sie wissen, ob es ihr Geschäft noch gab. Sie versuchte, sich einen Weg zu bahnen, aber viele Straßen gab es nicht mehr. Menschen irrten schreiend und verzweifelt an ihr vorbei. Einer fragte sie nach dem Weg. „Hier gibt es keine Wege und Straßen mehr", antwortete Mathilde müde. Sie sah Kinder nach ihren Müttern rufen und alte Leute, die sich mühsam an ihrem Stock festhielten. Einige waren nur notdürftig bekleidet. Wann hört dieser Albtraum endlich auf?, dachte sie und lief weiter.

Nach zwei Stunden des Herumirrens erreichte sie den Hausvogteiplatz. Sie sah die Trümmerberge, die einst Häuser gewesen waren. Auch das Haus mit ihrem Geschäft gab es nicht mehr. Meter von Schutt lagen über ihren Stoffen. Schockiert sank Mathilde auf die Straße und weinte bitterlich. Sie hatte alles verloren. Ihre Füße und Hände waren eiskalt, als sie sich aufrappelte und den Heimweg antrat.

Eine intakte Turmuhr auf dem Weg zeigte fünf Uhr morgens an, als sie Moabit erreichte. Ruhig lag die Spenerstraße da. Endlich konnte sie den Brandgeruch abschütteln. Das Haus lag noch ruhig in der Dunkelheit. Sie schloss die Tür auf und trat in die einsame Wohnung.

Mathilde trank ein Glas Wasser. Sie musste schlafen, ihr Körper schrie nach Ruhe. Später würde sie überlegen, wie es weiterging, vielleicht waren unter den Trümmern ja doch noch Sachen, die zu retten waren.

Sie schaute in den Spiegel und erschrak über sich selbst. Staub und Asche sowie der mangelnde Schlaf ließen ihr Gesicht wie das einer alten Frau aussehen. Sie wusch sich ein wenig, legte sich total erschöpft ins Bett und sank sofort in einen tiefen Schlaf, aus dem sie nicht mehr erwachen sollte. Ihr gebrochenes Herz hörte in dieser Nacht auf zu schlagen.

Zwei Tage später bat Hilde Korff einen Hausmeister die Wohnung zu öffnen, nachdem sie das zerstörte Haus mit dem Geschäft gesehen hatte. Da sich Mathilde nicht gemeldet hatte, fürchtete sie, dass etwas passiert sein musste. Im Bett fand sie ihre tote Freundin, der sie nie gesagt hatte, wie viel sie ihr bedeutete.

Ich muss Mathildes Tochter informieren, dachte Hilde, nachdem ein Arzt den Tod festgestellt hatte. Sie wusste, dass Mathildes Tochter in Jarmen war, hatte aber keinen Namen und keine Adresse.

Hilde fuhr schnell nach Hause, packte kurz entschlossen ein paar Sachen in eine kleine Tasche und machte sich auf den Weg zum Bahnhof, um Mathildes Tochter zu suchen und ihr die traurige Nachricht zu überbringen.

Der Anhalter Bahnhof war überfüllt, viele versuchten die Stadt zu verlassen. Endlich fand sie einen Zug, der sie nach Norden brachte.

Sie schaute aus dem Zugfenster und sah die Zerstörungen ihrer geliebten Stadt, die Flüchtenden und die Obdachlosen und unterwegs Menschen, die irgendeinem neuen Ziel entgegenliefen. Als sie nach vielen Stunden in Jarmen ankam, schien der Krieg weit weg. Alles war friedlich und es schien, als sei die Zeit hier stehen geblieben.

Müde und erschöpft fragte sie die ersten Passanten, die sie traf. In Jarmen kannte jeder jeden, sie würde Antonia finden. Im Lebensmittelgeschäft wurde ihr dann geholfen.

„Ach, die aus Berlin", sagte die Verkäuferin, „die wohnt bei den Englers." Dann beschrieb sie den Weg und Hilde machte sich auf die Suche.

Klopfenden Herzens stand sie vor der Tür und drückte die Klingel. Eine ältere Dame öffnete ihr die Tür. „Guten Tag, mein Name ist Hilde Korff, ich komme aus Berlin und bin auf der Suche nach Antonia Ohme." „Einen Moment", sagte die Dame, ging ein paar Schritte zurück in die Diele und rief Antonia.

Als Antonia Hilde Korff sah, wusste sie sofort, dass etwas Schreckliches passiert sein musste.

„Hallo, Antonia. Es tut mir leid, aber ich komme mit einer traurigen Nachricht. Ihre Mutter ist vor zwei Tagen gestorben", sagte Hilde Korff und schaute Antonia mitfühlend an. Antonia fing kurz an zu zittern, fasste sich aber wieder. „Ist sie …?", dann versagte ihr die Stimme. Sie wollte die traurige Wahrheit nicht aussprechen. Hilde Korff nahm Antonia in den Arm und spürte das Beben von Antonias Körper. „Nein, sie ist ganz friedlich eingeschlafen. Ihr Herz hat einfach aufgehört zu schlagen."

Antonia löste sich von Hilde und bat sie herein. „Das ist Agnes Engler, Roberts Großmutter. Und das ist Hilde Korff, eine Freundin unserer Familie", stellte Antonia die beiden Frauen einander vor. „Meine Mutter ist gestorben." „Das tut mir so leid", sagte Agnes Engler und nahm Antonia in den Arm. „Was ist genau passiert? Wer hat sie gefunden?", wollte Antonia wissen.

Dann erzählte ihr Hilde, was sie wusste und erlebt hatte. „Wir müssen es Robert sagen, sobald er aus der Schule heimkommt", sagte Antonia. Dann fing sie wieder an zu schluchzen und Antonia und Hilde beweinten den Verlust des geliebten Menschen.

„Der Laden!", sagte Antonia plötzlich. „Ich muss mich um den Laden kümmern." „Das Haus mit dem Laden wurde zerstört. Die ganze Gegend wurde schwer bombardiert. Es tut mir so leid, Antonia." Hilde mochte sich gar nicht vorstellen, was jetzt in Antonia vorging. „Kann man denn gar nichts mehr retten?" Fragend sah sie Hilde an. „Ich glaube nicht, es liegt meterhoher Schutt über euren Stoffen." Antonia ließ sich auf einen Stuhl sinken und stützte den Kopf in die Hände.

Als Oma Engler zu Bett gegangen war und die beiden Frauen allein im Wohnzimmer saßen, konnte Antonia ihre Gedanken nicht mehr für sich behalten. „Ich hasse die Nazis und alles, was damit zusammenhängt", flüsterte sie mehr, als dass sie laut redete. „Alles, was mir etwas bedeutet hat, haben sie mir genommen." „Sei vorsichtig, so etwas laut zu äußern. Bei mir brauchst du dich nicht verstellen, ich teile deine Meinung, aber wenn es jemand anders hört, könnte es gefährlich für dich werden. Denk an Robert. Und außerdem ist Hannah ja noch am Leben." Ein wenig Freude blitzte in Antonias Augen. Ja, Tante Hannah, dachte sie. Vielleicht würden sie sich irgendwann wiedersehen. „Wir müssen zurück, Antonia", sagte Hilde Korff nach einer Weile. „Deine Mutter muss beerdigt werden."

***

Es war ein merkwürdiges Gefühl für Antonia, nach so vielen Monaten nach Berlin zurückzukehren. Sie kehrte in eine Stadt zurück, die ihr einen der liebsten Menschen genommen hatte. Sie war schockiert, als sie die Zerstörungen sowie all die traurigen und verarmten Menschen sah. Der Glamour und der Esprit, den die Stadt einst ausstrahlte, war Vergangenheit. Ihren Sohn Robert hatte Antonia bei Großmutter Engler zurückgelassen. Zu groß war die Gefahr, denn die Bombardierung Berlins ging weiter. Mathilde wurde auf dem nahe gelegenen Sankt-Johannis-Friedhof beigesetzt.

Der Tag war kalt und es lagen noch Reste von Schnee auf den Wegen und Gräbern. Eine milchige Sonne schien durch die Bäume. Der Pastor hielt eine kurze Rede. Atemwölkchen krochen ihm beim Sprechen aus dem Mund. Neben Antonia kamen Hilde Korff und einige Nachbarn zum Friedhof, um Mathilde die letzte Ehre zu erweisen.

Mathilde bekam ein schlichtes Grab mit einem Holzkreuz. Um einen Grabstein wollte sich Antonia später kümmern. Der einzige Schmuck waren grüne Zweige, denn an Blumen war in diesen Zeiten nicht zu denken.

Antonia fühlte eine unendliche Einsamkeit. Alle, die sie liebte, bis auf ihren Sohn, waren tot, verzogen oder mussten sich verstecken. Wie wichtig und tröstlich wäre es gewesen, wenn sie heute Hannah bei sich gehabt hätte.

Als die kleine Trauergemeinde den Friedhof verlassen hatte, fingen die Sirenen an zu heulen. Fliegeralarm! Sie eilten in den nächsten Luftschutzkeller in der Kirchstraße und hatten Glück, dort noch unterzukommen. Wenig später hörten sie das Dröhnen und Krachen der Bomben. Die Amerikaner warfen ihre tödliche Fracht auf das geschundene Berlin. Kinder weinten und die Mütter versuchten sie zu beruhigen. Die wenigen alten Männer stierten vor sich hin. Gefühlte Stunden hörten sie die Detonationen. Die Erschütterungen waren ein klares Indiz, dass Bomben in unmittelbarer Nähe eingeschlagen sein mussten.

Endlich hörten das Brummen, das Donnern und das Krachen auf. Dann kam das Zeichen der Entwarnung.

Antonia verließ den Keller mit ihren Nachbarinnen und Hilde Korff, der sie noch etwas von ihrer Mutter als Andenken geben wollte. Als sie in die Spenerstraße eintrat, traf sie der nächste Schicksalsschlag. Ihr Haus war nur noch eine Ruine. Flammen züngelten aus dem zerstörten Haus in den Himmel. Erschöpft ließ sie sich an der Hauswand eines noch intakten Hauses hinuntergleiten und weinte. Ihr ganzer Körper bebte. Düstere Gedanken schwirrten in ihrem Kopf herum. Warum musste das alles geschehen? Warum klebten an ihrer Familie so viel Pech und Unglück? Sie hatte nun nur noch ihren Sohn und ihren Bruder, der irgendwo in Russland war und von dem sie auch schon lange nichts mehr gehört hatte. Und Tante Hannah, die sich irgendwo versteckt hielt. Da ihre Wohnung im ersten Stock des Hauses gelegen hatte, war alles zerstört. Es gab nichts, was sie noch retten konnte. Zum Glück hatte sie wenigstens ihre Dokumente dabei.

Hilde Korff fasste sie an den Schultern, zog sie hoch und hielt sie fest im Arm. „Komm erst mal mit zu mir", sagte Hilde Korff, hakte Antonia unter und führte sie weg. Zwei Nächte blieb Antonia bei Hilde Korff.

Da sie nicht schlafen konnte, dachte Antonia über ihre Zukunft nach. Sie hatte ihre Mutter verloren und kurz darauf auch ihr Heim. Das Geschäft gab es auch nicht mehr. Ihr Bruder war an der Ostfront, und wer weiß, ob er noch lebte. In Jarmen wollte sie dauerhaft nicht bleiben, also musste sie sich irgendwo etwas Neues aufbauen. Vielleicht war es gut, wenn sie Berlin für eine Weile verließ. Sie war immer noch jung und sah attraktiv aus. Das musste sie nutzen, solange dies noch der Fall war.

Am dritten Tag verabschiedete sie sich von Hilde Korff und ging zum Bezirksamt. Sie bekam einen Evakuierungsschein und eine Fahrkarte nach Havelberg. Sie sollte sich dort in einer Rüstungsfabrik melden.

Am gleichen Tag machte sie sich auf den Weg. Vom Anhalter Bahnhof gingen noch einige Züge. Vielleicht war es gut so, wenn sie die Stadt verließ, die ihr letztendlich kein Glück gebracht hatte.

In tiefer Trauer, aber dennoch mit einem Fünkchen Hoffnung kam sie in Havelberg an. Es war ein kleines hübsches Städtchen, an der Havel gelegen. Hinter dem mächtigen Dom, der schon von Weitem sichtbar war, prangte eine tief stehende Wintersonne. Dieser Anblick gab ihr in diesem Moment Zuversicht, denn sie wusste, auch morgen würde sie diese Sonne wiedersehen.

Sie ging aufs Rathaus und bekam eine Adresse, wo sie erst einmal unterkam. Die Adresse lautete Am Salzmarkt und Antonia machte sich auf den Weg dorthin. Die Leute, die ihr die Tür öffneten, mussten etwas älter sein, als ihre Mutter es war. Sie waren freundlich und teilten mit ihr das Abendessen. Vielleicht konnte sie ein wenig hierbleiben. Und sie musste ihren Sohn holen. Mit dieser Hoffnung fiel sie in einen tiefen und traumlosen Schlaf.

Als sie am nächsten Tag durch die Stadt lief, sah sie, wie hübsch der kleine Ort war. Sie fuhr mit dem Bus nach Nitzow, um sich nach der angegebenen Arbeit zu erkundigen.

Ein schmieriger Uniformierter fing sie am Tor ab. „Was wollen Sie?" Antonia sammelte sich eine Sekunde. „Ich soll mich hier wegen einer Arbeit melden." „Wir brauchen hier keine weiteren Arbeitskräfte und Fräuleins schon gar nicht." Dann schlug er ihr das Tor vor der Nase zu.

Was nun? Von irgendetwas musste sie ja leben.

Unterwegs hielt sie ein Auto an, das sie mit nach Havelberg zurücknahm, denn ein Bus fuhr nicht. „Was machen Sie denn hier in der Gegend, wenn ich fragen darf?", sprach sie der Fahrer an, der schon älter war und ihr Vater hätte sein können. „Ich habe nach Arbeit in der Rüstungsfabrik gefragt." „Das ist doch nüscht für Sie da, und überhaupt hier draußen. Sie sind nicht von hier, oder?", wollte er wissen. „Ich komme aus Berlin, ich bin dort ausgebombt worden." „Das ist schlimm." Dann schwiegen beide.

Plötzlich klopfte er auf sein Lenkrad. „Mein Cousin hat ein Hotel. Der sucht immer gute Leute. Das ist bestimmt nicht das, was Sie sich vorgestellt haben, aber für den Anfang vielleicht besser als nichts." „Ja, das wäre etwas für den Anfang. Wo ist denn das Hotel?" „Es heißt ‚Concordia' und ist oben auf dem Camps." Vom „Haus Vaterland" bringe ich bestimmt genügend Qualifikation mit, dachte Antonia. „Dann gehe ich da gleich hin", sagte sie. Antonia fasste neuen Mut und hatte irgendwie ein gutes Gefühl.

78

Eine sternklare Nacht lag über den Berggipfeln bei Domodossola. Es war noch recht kalt, jetzt Ende März, aber tagsüber konnte man den Frühling schon erahnen, denn in den Tälern gab es bereits warme Nachmittage.

Sie waren schon gestern aufgebrochen und hatten mit dem Tatra den Weg von Locarno durch das Centovalli genommen. Der Weg von Norden über den Simplonpass schien ihnen zu gefährlich, da in diesem Gebiet zunehmend Partisaneneinheiten operierten.

Die Wehrmacht war überall im Rückzug und die Rote Armee hatte schon fast ganz Polen befreit. Dennoch sprach der Führer immer noch vom Endsieg.

Diese Aufklärungsfahrt führte sie tief ins Piemont. Aufklärung – für was?, fragte sich jeder insgeheim, doch keiner wagte diese Meinung öffentlich zu äußern. Man konnte noch immer wegen Wehrkraftzersetzung von einem Militärgericht abgeurteilt und erschossen werden.

Oft dachte Otto darüber nach, in die neutrale Schweiz zu fliehen. Aber wie sollte er dann wieder mit seiner Familie zusammenkommen? Möglicherweise wären sie dann noch Jahre getrennt. So verlockend dieser Gedanke und diese Möglichkeit auch waren, er wollte diesen Preis nicht bezahlen. Er war schon viel zu lange von Alwine und Eva getrennt.

Auch in seiner Einheit glaubte niemand mehr an den Sieg. Jetzt galt es nur noch zu überleben. Die Alliierten bombardierten Berlin Tag und Nacht, und auch viele andere deutsche Städte wie Hamburg, Dresden oder Köln waren den Bomben zum Opfer gefallen.

Mühsam kämpfte sich der Tatra Richtung Bognanco die Berge hinauf. Wie so oft, saßen sie zu dritt im Tatra. Nachdem sie in den letzten Stunden lange Gespräche geführt hatten, schwiegen sie nun schon eine Weile. Hartel saß neben Otto auf dem Beifahrersitz und legte das Fernglas zurück auf seinen Schoß.

„Alles ruhig", sagte Hartel und drehte sich zu Lukas um, als mit einem Knall das Fahrzeug ins Schleudern kam. Daraufhin folgten mehrere Schüsse, auf die Reifen und die Motorhaube. Otto versuchte das Auto zum Stehen zu bringen, denn rechts von ihnen tat sich der todbringende Abgrund auf. Mit platten Reifen und dampfender Motorhaube kam das Fahrzeug zum Stehen, als auch schon die Tür des Tatras aufgerissen wurde.

„Go out", war das Erste, was sie hörten. Grün-braun Uniformierte hatten das Auto umstellt und hielten ihnen ihre Gewehre vors Gesicht. Engländer!, schoss es Otto durch den Kopf.

Niemand wusste, wie viele es waren, also stiegen Otto und seine Vorgesetzten ohne Widerstand aus. Man durchsuchte ihre Kleidung und nahm ihnen alle Waffen ab. Nachdem man auch das Auto durchsucht hatte, wies man sie an, sich in Bewegung zu setzen. „Go down", befehligte man sie und sie mussten circa eine Stunde zu Fuß bergab gehen und sich nach links halten. Dort standen mehrere Fahrzeuge, unter unterem auch ein kleinerer Lastwagen. „Get on", hieß man die Offiziere und Otto einzusteigen.

Aus den Gesprächen entnahm Hartel, dass sie nach Domodossola gefahren wurden. Hartel wollte seine Gedanken mit den beiden anderen teilen, aber als er versuchte, leise sprechen, wurde er sofort angebrüllt. „No conversations, keine Gespräche", blaffte ihn einer der Engländer an.

In Domodossola wurden sie in einem provisorischen Lager untergebracht, aber schon wenige Tage später brachte sie ein Lastwagen in das nächste Gefangenenlager. Bisher hatte man sich ihnen gegenüber anständig verhalten, und sie hofften, dass das so bliebe. Sie waren sogar froh, dass es die Engländer und keine Russen waren, denn sie hatten Schlimmes über russische Gefangenschaft gehört. So geht also der Krieg für mich zu Ende, dachte Otto an diesem 28. März 1945, als sich das Fahrzeug zum nächsten Camp in Bewegung setzte.

Neunzehn Tage später eröffnete die russische Armee die Schussoffensive auf Berlin, die bis zum 2. Mai dauern sollte. Diese letzte

Schlacht um Berlin forderte noch einmal über 170.000 Gefallene und mehr als 500.000 verwundete Soldaten sowie den Tod
Zehntausender Zivilisten.

79

Eva und ihre beiden Freundinnen saßen am Burggrafenstein und
hörten weit in der Ferne den Geschützdonner. Die Amerikaner
lagen jenseits der Elbe. Sie schauten nach Süden und konnten in
der Ferne den Kirchturm von Sandau an der Elbe erkennen. Der
Krieg hatte Havelberg bisher nur in zweiter Linie berührt. Es
gab die Überflüge der Bomberverbände nach Berlin und es gab
die Ausgebombten und Evakuierten, die nach Havelberg kamen.
Es gab die Männer und die Söhne, die immer noch weg waren
oder nie mehr wieder zurückkommen würden, und die Mütter
und Kinder, die allein auf sich gestellt waren.

„Meine Mutter sagt, hoffentlich kommen die Amerikaner
über die Elbe und nicht die Russen. Dann geht's uns schlecht",
sagte Illy zu ihren Freundinnen.

Die drei Freundinnen waren jetzt elf Jahre alt. Zum Glück hatte
der Krieg Havelberg weitestgehend verschont. Zwei Bomber hatten
Fracht über Havelberg verloren. Die erste Bombe traf die Ziegelei,
vor den Toren der Stadt. Die zweite war im Hotel „Kronprinz"
eingeschlagen und hatte hier größere Zerstörungen angerichtet.

Evas Mutter hörte schon seit geraumer Zeit unter einer Decke
„Radio London". Sie ging davon aus, dass die Berichterstattung
der Nazis falsch war, aber Alwine musste wissen, wie es um die
Front und den Kriegsverlauf stand. Eva musste dann immer an
der Tür aufpassen, dass niemand kam. Der letzte Brief von ihrem Vater kam aus Norditalien, und sie hoffte, dass er nun bald
heimkommen würde.

Die Mädchen gingen nach wie vor in die Schule und als sie am nächsten Morgen wieder gen Süden schauten, da wo die Amerikaner lagen, sahen sie, dass der Kirchturm keine Spitze mehr hatte. Das war also der Geschützdonner gewesen, letzte Nacht. „Ob die nun rüberkommen?", fragte Illy ihre Freundinnen. „Hoffentlich", beantwortete Eva Illys Frage. Aber die Amerikaner verschanzten sich am westlichen Ufer der Elbe und die Nachrichten verhießen nichts Gutes.

„Wir haben jetzt auch eine Einquartierung", wusste Illy zu berichten. „Eine Frau mit ihrer Tochter. Die ist zwei Jahre älter als ich, aber ich kann die nicht leiden." „Wieso nicht?", wollte Lene wissen. „Na, die guckt immer so komisch. Und außerdem mag ich es nicht, wenn Fremde in unserem Haus sind." „Die haben oft alles verloren", versuchte Lene ihre Freundin zu besänftigen. „Na und, da kann ich doch nichts für."

Manchmal verstanden Eva und Lene ihre Freundin nicht. Illy war noch privilegierter als Eva aufgewachsen und bekam nahezu jeden Wunsch erfüllt. Manchmal hatten es Eva und Lene schwer, sich gegen die dominante Illy durchzusetzen. Nun im Krieg trat das noch deutlicher zutage. Für sie bedeutete der Krieg keine Einschränkungen. Ihr Onkel arbeitete für die Nazis irgendwo in Berlin und ihr Vater leitete den eigenen Betrieb. Eine Familie, die immer auf der Sonnenseite war.

Bis zum Kriegsbeginn war es Eva ähnlich gut ergangen. Sie wurde nicht nur vom ihrem Vater verwöhnt, der ihr nahezu jeden Wunsch erfüllte, auch ihre Großeltern vergötterten ihre Enkelin. Eva besaß das schönste Spielzeug und ihr Zimmer war mit den schönsten Möbeln und Stoffen ausgestattet.

Jetzt im Krieg mussten sie und ihre Mutter den Gürtel enger schnallen, aber auch sie hatte es immer noch besser als viele andere. Ihre Mutter rechnete damit, ebenfalls Ausgebombte aufnehmen zu müssen. „Uns geht es noch gut", sagte sie immer, und: „Andere haben es schlechter." Wenn nur ihr Vater bald wieder da wäre, dann würde alles besser werden.

Die sowjetische Armee marschierte unterdessen weiter auf Berlin zu. Ein letztes Aufbäumen der Wehrmacht erfolgte an den Seelower Höhen. Aus dieser verlustreichen Schlacht ging die sowjetische Armee siegreich hervor, nahm Berlin ein und marschierte weiter nach Westen. Am 8. Mai 1945 war der Krieg endlich zu Ende. Nach der bedingungslosen Kapitulation der Wehrmacht verlor Deutschland seine Souveränität als Staat und wurde von den Siegern in vier Besatzungszonen aufgeteilt.

***

Das Donnern von Ketten und das Dröhnen der schweren Panzer und Militärfahrzeuge kündigten den Einmarsch der Sowjets an.

„Schnell, schnell, in den Keller!", rief Alwine ihrer Tochter und ihren Nachbarinnen zu. „Was ist denn los?", fragte Eva ihre Mutter. „Die Russen kommen, du musst dich verstecken!" In dem Moment kam eine der Nachbarinnen mit ihrer Tochter Ira und alle eilten in den Keller. In dem geräumigen Keller gab es in der Ecke einen kleinen unscheinbaren Verschlag, in den Eva und Ira, die Tochter der Nachbarin, kriechen mussten.

Ängstlich saßen die Frauen im Keller und schauten auf die geschlossene Tür. Schlimmes hatten sie gehört. Es war von Tötungen und Vergewaltigungen, Verschleppungen und Misshandlungen die Rede.

Die acht Frauen aus der Nachbarschaft hatten sich schon vorher abgesprochen, zusammenzubleiben. Allein war man noch ungeschützter als zusammen. Da Alwine den größten Keller hatte, hatten sie sich bei ihr getroffen.

Niemand sprach laut. Wenn die Frauen etwas sagen wollten, wurde leise geflüstert. Auf der Straße hörten sie Schreie und die Stimmen von Männern. Es klang wie Kommandos. Sie saßen nun schon zwei Stunden im Keller, aber dann entfernten sich die Stimmen und in der Ferne waren russische Gesänge hörbar.

Ängstlich zusammenhockend, blieben die Frauen im Keller. Sie hatten schon vor Tagen vorsichtshalber Lebensmittel und Wasser dort deponiert. Vielleicht kommen wir davon, dachte Alwine noch, als plötzlich die Tür aufgestoßen wurde.

Verdreckte Soldaten mit teilweise asiatischem Aussehen polterten herein. „Kumm", brüllten sie die Frau an, die am nächsten zur Tür saß, und zogen sie aus dem Keller. Sie schrie und wehrte sich, aber der Soldat zerrte an ihren Sachen und zerriss das Oberteil ihres Kleides. Sie stießen sie die Treppe rauf und man hörte ihre Schreie vom Erdgeschoss, die irgendwann in ein Wimmern übergingen. Keine mochte sich ausmalen, was oben vor sich ging. Die Schritte entfernten sich.

Nach über einer Stunde hörten sie erneut Schritte und ein angetrunkener Soldat versuchte Irene Schmidt aus dem Keller zu ziehen. Sie schrie sich vor Angst die Kehle aus dem Leib. Das machte den Soldaten noch wütender. Er schlug ihr mit der Hand ins Gesicht und Blut tropfte von ihrer Lippe. Er zerrte an ihrer Bluse und der Stoff riss.

Alwine starrte vor sich hin. Was sind das nur für Menschen?, dachte sie bei sich. Wie viele Opfer müssen wir noch bringen? Aber ich werde alles ertragen, Hauptsache, sie finden mein Kind nicht, dachte sie und betete im Stillen.

Das Geschrei musste man bis draußen gehört haben, denn auf einmal kam ein weiterer Russe in den Keller, den man sofort als Offizier ausmachte. Er brüllte den Soldaten an, der sofort Haltung annahm. Er sprach Irene Schmidt an, aber die war viel zu aufgewühlt, um zu antworten. Dann sah er Alwine an und fragte sie. „Was ist hier los?" „Wir werden von Ihren Soldaten belästigt und wir haben Angst", sagte sie. „Wo sind Ihre Familien?", fragte er weiter. „Wir sind allein", beantwortete sie seine Frage. „Sie stehen unter meinem Schutz. Mein Name ist Major Alexander Miruschkin. Niemand wird Ihnen hier etwas tun. Wessen Haus ist das?" „Es ist mein Haus", sagte Alwine. „Sind das Ihre Fahrzeuge da draußen in der Garage?", fragte er weiter. „Ja, es sind unsere. Wir haben ein Taxiunternehmen." „Die Autos sind beschlagnahmt, geben Sie mir die Schlüssel."

Alwines Gedanken rasten. Er kann uns doch nicht die Autos wegnehmen! Dafür haben wir hart gearbeitet. „Das kann ich nicht, sie sind unsere Existenz." Tränen traten in ihre Augen. In ihrem Kopf lief ein Film ab. „Das hätten Sie sich vorher überlegen sollen, bevor Sie einen Krieg anfangen", erwiderte er knapp. „Sie sind nun unser Eigentum. Die Schlüssel, Kljutsch, dawai", sagte er nun mit Nachdruck. Alwine nahm sie aus der Tasche und hielt sie ihm widerwillig hin. „Kommen Sie übermorgen Mittag in die Kommandantur ins Rathaus", sagte der Offizier, „und fragen Sie nach mir."

Alwine sank in sich zusammen und brach in Tränen aus. Sie waren zwar fürs Erste gerettet, aber niemand wusste, wie lange. War das der Anfang oder das Ende dieses Albtraums?, dachte sie bei sich. Wenn Otto zurückkommt, ist alles weg, wofür er gearbeitet hat. Zwei der Frauen nahmen Alwine in den Arm. „Oh mein Gott, was für Albtraum!" flüsterte die eine. „Wenigstens sind wir unversehrt", meinte die andere.

Einen Tag später ging Alwine aufs Rathaus, was jetzt die Kommandantur war. Sie fragte nach Major Miruschkin. Er saß über irgendwelchen Akten.

„Nehmen Sie Platz", bot er ihr einen Stuhl an. „Sind Sie verheiratet?" „Ja", sagte sie knapp. „Und wo ist Ihr Mann?" „Das Letzte, was ich gehört habe, da war er in Norditalien. Jetzt hat mich schon eine Weile keine Post mehr erreicht." „Was können Sie denn sonst außer Auto fahren?" Er schaute sie jetzt recht freundlich und interessiert an.

Warum hat er gerade mich herbestellt?, dachte sie. Die Gedanken wirbelten durch ihren Kopf. Einerseits machte er einen kultivierten Eindruck, nicht so wie die Soldaten, die sie auf der Straße gesehen hatten. Andererseits musste er etwas wollen, schließlich waren sie der besiegte und verhasste Feind.

„Ich habe vorher in einem bekannten Atelier am Berliner Kurfürstendamm gearbeitet. Ich bin Schneiderin und ich glaube, eine sehr gute." „So, so. Auch wir Russen haben durchaus Sinn für schöne Dinge. Sie können für mich und meine Familie nähen. Ich sorge im Gegenzug für Ihre Sicherheit und dass Sie nicht verhungern. Mehr kann ich nicht für Sie tun."

Alwine erkannte, dass das mehr war, als die meisten bekommen würden. Sie nickte.

„Dann melden Sie sich morgen bei meiner Frau. Das große Haus am Camps. Doswidanija."

Sie verließ den Raum. Das große Haus am Camps. Das wunderschöne Haus gehörte einem Rechtsanwalt und dessen Frau. Sie hatten zwei Töchter. Wo waren sie hin? Was war ihnen geschehen? Mit diesen Gedanken machte sie sich auf den Heimweg.

Ihre Tochter hatte sich im Verschlag im Keller eingerichtet, so lange Alwine weg war.

„Evchen, du kannst rauskommen. Uns wird nichts mehr passieren." Eva krabbelte aus dem Verschlag und fiel ihrer Mutter in die Arme. „Wirklich? Sind wir jetzt sicher?", fragte sie ungläubig. „Ja, wir haben jetzt jemanden, der uns beschützt. Ein russischer Offizier." „Mutti, ich hatte solche Angst!", sagte Eva. „Wir hatten auch alle Angst, aber nun brauchen wir keine mehr zu haben."

Dann machten sie sich auf den Weg zu Alwines Eltern. Auch ihnen war nichts passiert. Alwine berichtete ihren Eltern, was geschehen war. Paul und Margarethe fiel ein Stein vom Herzen und so lagen sie sich glücklich in den Armen.

80

Hannah, Rudi und seine Mutter hörten die Fahrzeuge der sowjetischen Besatzer schon von Weitem in der Ferne dröhnen. Ängstlich saßen die beiden Frauen in der Küche am Tisch. Hört die Angst denn nie auf?, dachte Hannah. Nun endlich brauchte sie keine Angst mehr vor den Nazis zu haben, aber auch die Sowjets kamen nicht als Freunde. Das ganze Leid und das Elend, die ständige Angst und Verfolgung der letzten Jahre hatten die Menschen verändert.

Rudi trat hinter Hannah und legte eine Hand auf ihre Schulter, als zwei Sowjetsoldaten die Tür aufstießen. „Vstav na koleni!", schrie der eine. „Runter, auf die Knie!", der andere. Dann stießen sie Rudi von Hannah weg und hielten ihm das Gewehr vor die Brust.

„Ich bin Jüdin!", schrie Hannah. „Lasst ihn los, er hat mir das Leben gerettet. Bitte." „Du bist Jüdin? Wie hast du überlebt, es sind doch alle in diese Lager deportiert worden?", fragte der andere, der deutsch gesprochen hatte, ungläubig und skeptisch. Er musterte Hannah skeptisch. „Das kann ja jeder behaupten." „Ich war in Berlin, musste dann aber fliehen, da ich sonst auch deportiert worden wäre. Eine Freundin, Hilde Korff, hat mich hier untergebracht. Rudi und seine Mutter haben mich fast zwei Jahre versteckt. Sie haben mir ein Dach über dem Kopf und zu essen gegeben. Es sind gute Menschen." „Warum ist er kein Soldat?", fragte der Russe weiter und schaute Rudi aggressiv an. „Rudi sieht nur wenig, er ist halb blind", beantwortete Hannah seine Frage. „Hm", der Deutsch Sprechende dachte wahrscheinlich nach, ob er Hannah glauben sollte. „Kannst du beweisen, dass du Jüdin bist? Das kann ja jeder sagen. Außerdem sind die meisten Juden in Polen vergast worden. Wenn du wirklich Jüdin bist, dann sprich das Kaddisch!"

Hannah hatte als Kind das Kaddisch von ihrer Großmutter gelernt. Manchmal hatten sie es in der jüdischen Gemeinde gesprochen, in Berlin. Eigentlich hatte sie in zwei Welten gelebt. Nun war sie froh, dass sie es kannte.

Hannah nickte und sah den Soldaten an. Dann erhob sie ihre Stimme, erst stockend und dann immer flüssiger.

„Jitgadal vejitkadasch sch'mei rabah, B'allma di v'ra chir'usei v'jamlich malchusei, b'chjeichon, uv'jomeichon, uv'chjei dechol beit Jisroel, ba'agal u'vizman kariv, v'imru: Amein."

Die Augen des Soldaten fingen an zu strahlen. „Ich bin auch Jude", sagte er. Dann ging er auf sie zu und nahm sie in den Arm. Hannah traten Tränen in die Augen.

Danach berichtete sie die Einzelheiten, wie sie die Naziherrschaft überlebt hatte. Auch Rudi gegenüber waren sie nun freundlicher. Rudis Mutter tischte etwas zu essen auf. Die beiden Soldaten bekamen zu essen und blieben noch eine Weile bei ihnen. Sie kamen als Feinde und gingen fast als Freunde.

Hannah spülte das Geschirr und räumte es zurück in den Schrank. Rudi trat zu ihr in die Küche. „Was wirst du jetzt machen, Hannah?" Diese Frage schwebte schon lange über ihnen. „Ich muss herausfinden, was mit meiner Familie passiert ist. Hilde Korff wird es wissen, wenn sie die Bombenangriffe und den Einmarsch überlebt hat. Auch sie muss ich finden. Außerdem habe ich eine Cousine in Stralsund. Ich weiß nicht, was aus ihr geworden ist. Ich muss mir eine Unterkunft und eine Arbeit suchen. Ich bin ja momentan mittellos und ihr habt schon viel zu lange für mich gesorgt." Sie sah ihn mit ihren dunklen Augen an.

Ihr dunkles Haar hatte mittlerweile ein paar graue Strähnen, aber ihr Gesicht sah gelöst aus. Die Schwermut, die Hannah sonst umgab, war von ihr abgefallen.

„Wenn du möchtest, kann ich dir dabei helfen. Außerdem möchte ich, dass du bei uns bleibst. Entweder als unsere Freundin oder als meine Frau, wenn du Ja sagst."

Hannah liebte Rudi und hatte schon oft gedacht, wie schmerzlich sie ihn vermissen würde. Auch seine Mutter mochte sie sehr. Sie war die Mutter, die sie nie hatte.

„Ja, Rudi. Ich möchte bei dir bleiben, als deine Freundin und als deine Frau."

Dann lagen sie sich in den Armen und beiden liefen die Tränen vor Glück übers Gesicht.

Die Nacht verbrachte Hannah in Rudis Zimmer. Sie hatte in der Jugend zweimal mit einem Jungen geschlafen, aber das war schon viele Jahre her. Rudi war zärtlich, aber auch ungeschickt. Hannah half ihm, ihrer beider Körper zu erkunden, und führte seine Hände an die Stellen, die ihr und ihm Lust brachten. Als er in sie eindrang, spürte sie einen heftigen Schmerz, aber auch eine große Befreiung. Sie drückten ihre Körper eng aneinander, gerade so, als wollten sie sicher sein, dass der andere nicht weggeht. Als Hannah am Morgen erwachte, fühlte sie glücklich und frei wie selten in ihrem Leben.

Ihr Leben mit Mathilde und den Kindern war schön, aber oft auch schwierig. Sie war immer für die anderen da gewesen. Nun fühlte sie zum ersten Mal, dass sie gleich viel zurückbekam.

Liebevoll schaute sie Rudi an, ihren Rudi, der ihr Leben in jeglicher Hinsicht gerettet hatte.

Am nächsten Morgen sagte Rudi seiner Mutter, dass er und Hannah heiraten würden. Der alten Frau traten Tränen in die Augen. Sie hatte nicht mehr daran geglaubt, dass ihr Rudi noch eine passende Frau finden würde. So viel Leid war über die Familie gekommen und nun, endlich, hatte sie etwas Glück geschenkt bekommen. Rudis Mutter hatte zwei Söhne an der Ostfront verloren. Nun aber hatte ihr das Schicksal eine Tochter geschenkt.

***

Hannah und Rudi saßen in der Küche und Hannah hatte eine Näharbeit auf dem Schoß, als es an der Tür klopfte. Rudi stand auf und öffnete die Tür. „Hilde", rief er freudig und die Besucherin fiel ihm in die Arme. Dann stürmte sie überglücklich ins Haus.

Hilde Korff hatte sich auf den beschwerlichen Weg gemacht. Sie wohnte nun im französischen Sektor von Berlin. „Hast du etwas von Mathilde und Antonia gehört?", wollte Hannah wissen, nachdem sich Hilde zu ihnen gesetzt hatte. „Antonia geht es gut. Sie hat mir geschrieben und ist jetzt nach Havelberg evakuiert worden. Sie will von dort aber so schnell wie möglich nach Jarmen und ihren Sohn abholen, der ja immer noch bei seiner Großmutter ist. Von Mathilde gibt es leider traurige Nachrichten. Sie ist verstorben." „Oh mein Gott, wie ist das passiert?" Hannah war tief getroffen und hatte sichtlich mit den Tränen zu kämpfen. „Sie ist friedlich in ihrem Bett eingeschlafen. Ihr müdes Herz hatte in der Nacht einfach aufgehört zu schlagen", sagte Hilde. „Sie hat nicht leiden müssen." „Weiß es Antonia?", wollte Hannah wissen. „Ja, sie war zur Beerdigung in Berlin. Das Geschäft ist bei den Bombenangriffen zerstört worden und das Haus auch. Es gab nichts mehr, was Antonia retten und mitnehmen konnte." „Wie schrecklich", kommentierte Rudi die Informationen. Wenn er die beiden Frauen auch nicht kannte, so hatte Hannah immer viel von ihnen erzählt. Hilde versprach, sich zu erkundigen, wo man Nachforschungen zu Sarah anstellen konnte.

Nachdem die traurigen Nachrichten etwas gesackt waren, überbrachte Rudi die frohe Botschaft, dass er und Hannah heiraten würden. Hilde freute sich aufrichtig mit den beiden. Sie hatte Hannah nicht nur geholfen zu überleben, sondern indirekt auch noch dafür gesorgt, dass sie ein spätes Glück gefunden hatte.

Zwei Monate später, im Juli, wurden sie getraut. Hannah trug ein geblümtes Sommerkleid und strahlte mit der Sommersonne um die Wette. Ihr dunkles Haar hatte sie im Nacken zusammengesteckt und mit einer Blüte dekoriert. Dazu trug sie Perlenohrringe, die sie von Rudis Mutter geschenkt bekommen hatte, eines der wenigen Schmuckstücke, die sie besaß. Rudi trug die besten Hosen, die er im Schrank hatte, und Hannah hatte sein einziges weißes Hemd gewaschen und gebügelt.

Der Trauung in Brandenburg wohnten Rudis Mutter, Hilde Korff und Antonia bei. Hilde berichtete, wie sie die Bombardierungen überlebt hatte und auch den Einmarsch der Russen. Sie kehrte am Nachmittag nach Berlin zurück, versprach aber, bald wiederzukommen. Antonia wollte von dort nach Jarmen weiterreisen und ihren Sohn holen.

Das frisch getraute Paar saß noch lange draußen im Garten, hielt sich an den Händen und schaute der untergehenden Sommersonne zu. Hoffentlich würden nun endlich bessere Zeiten anbrechen.

81

Lange Flüchtlingstrecks zogen quer durch Deutschland. Menschen, die vor der Roten Armee flohen, welche, die ausgebombt waren, oder solche, die ihre Heimat verloren hatten.

Auch auf den Straßen rund um Havelberg waren die Flüchtenden und Heimatlosenn zu sehen. Allzu oft passte ihre verbliebene Habe auf einen einzigen Handwagen. Hunger und Elend zeichneten ihre ausgemergelten Gesichter. Es waren Frauen, Kinder und alte Männer. Wie schrecklich musste es sein, alles verloren zu haben.

Auch Alwine hatte Teile ihres Wohlstandes verloren, aber ihr war das Haus geblieben. Ihr Mann war in Gefangenschaft, aber er lebte und sie hoffte, dass die Briten ihn in Italien gut behandelten und er bald nach Hause kommen würde.

Der Mittag war schon vorüber und das Gewitter in der letzten Nacht hatte die Schwüle und den Staub vertrieben.

Eva wollte zu ihren Großeltern und hatte das Haus nach dem Frühstück verlassen. Alwine hatte ihre Näharbeit beiseitegelegt und trat vor die Haustür. Sie richtete die Blumen vor dem Haus wieder auf, die durch das Gewitter niedergedrückt worden waren, als eine Frau auf ihr Haus zutrat. „Sind Sie Frau Landsberg?", fragte sie freundlich. „Ja, die bin ich. Wie kann ich Ihnen helfen?" „Mein Name ist Lucie Jaenicke. Ich komme aus Berlin und bin ausgebombt worden. Ich habe eine Zuweisung für eine Einquartierung bei Ihnen."

Alwine betrachtete die Frau neugierig. Sie war von kräftiger Statur und sah sehr gepflegt aus. Ihr Auftreten war selbstbewusst, aber nicht arrogant. Alwine mochte sie auf Anhieb.

„Kommen Sie herein", bat sie Frau Jaenicke in ihr Haus. „Möchten Sie eine Tasse Tee?", fragte Alwine ihre neue Mitbewohnerin. „Gerne, aber nur, wenn es Ihnen keine Umstände macht." „Nein, tut es nicht."

Frau Jaenicke hatte nur einen Koffer dabei.

Sie setzten sich in die Küche. „Es wird nicht für lange sein. Ich will und muss so bald wie möglich nach Berlin zurück." „Das Haus ist groß genug. Ich lebe zurzeit mit meiner Tochter allein darin", nahm Alwine das Gespräch auf. Alwine zeigte Frau Jaenicke das Haus und lud sie dann auf ein Stück Kuchen ein.

Lucie Jaenicke war eine angenehme Gesprächspartnerin und es stellte sich recht bald eine Vertrautheit ein. „Was haben Sie in

Berlin gemacht und wo haben Sie gewohnt?", wollte Alwine wissen. „Ich kenne die Stadt ganz gut, denn ich habe dort auch einige Jahre gewohnt." „Ich habe in Tempelhof gewohnt, aber das Haus steht nicht mehr. Ich habe beim Ullstein-Verlag in Tempelhof gearbeitet. Die Ullstein-Brüder sind ja wie viele jüdische Familien 1934 ausgewandert." „Das ist ja interessant. Davon müssen Sie mir bei Gelegenheit mehr erzählen", sagte Alwine. „Sie können das große Zimmer im Dachgeschoss haben. Dort steht meine Nähmaschine und da sind meine Nähsachen. Die hole ich dann raus. Im Haus wohnt derzeit nur noch meine elfjährige Tochter. Mein Mann ist noch in Gefangenschaft. „Oh, hoffentlich nicht in Russland?", sagte Frau Jaenicke und hielt sich die Hand vor den Mund. „Nein, zum Glück nicht. Er ist in Italien." „Da geht es ihm sicher besser, nach allem, was man so hört." „Jetzt machen wir erst das Zimmer für Sie zurecht und dann sehen wir weiter."

Lucie Jaenicke stieg mit Alwine die Treppe hinauf und war froh, es so gut getroffen zu haben.

„Sie haben ein sehr schönes Haus." „Ja, aber mittlerweile müssten einige Reparaturen gemacht werden. Außerdem haben die Russen vieles mitgenommen. Wir müssen jedoch froh sein, wir sind unversehrt und es sind nur materielle Dinge."

Am Nachmittag kam Eva zurück. „Eva, das ist Frau Jaenicke. Sie wird eine Weile bei uns wohnen. Ihr Haus in Berlin wurde zerbombt." „Oh, schlimm", kommentierte Eva das Gesagte. „Na dann, willkommen." „Wo wohnt denn Frau Jaenicke? Muss ich mein Zimmer räumen?" „Nein", beruhigte ihre Mutter sie. „Frau Jaenicke bekommt das Zimmer im Dachgeschoss."

Lucie Jaenicke fasste überall mit an und half, wo sie konnte und gebraucht wurde. Die beiden Frauen freundeten sich schnell miteinander an und Alwine genoss ihre Gespräche und die Tatsache, nun noch jemanden im Haus zu haben.

Im Oktober ging Lucie zurück nach Berlin. „Sobald ich eine neue Bleibe gefunden habe, melde ich mich. Und du musst mich dann unbedingt besuchen kommen", sagte Lucie beim Abschied. „Mache ich. Wenn du etwas brauchst, melde dich, Lucie. Und wenn dir Berlin nicht mehr gefällt, dann komm einfach wieder."

Die beiden Frauen nahmen sich in den Arm und dann machte sich Lucie auf den Weg. Sie hatte eine Mitfahrgelegenheit gefunden.

Alwine und Eva waren wieder allein.

Alwine drohte in eine Art Trübsinnigkeit zu verfallen. Sie hatte lange nichts von Otto gehört und hoffte, dass es ihm gut ging und er nicht krank war. Er fehlte ihr so sehr. Wie sehr würde der Krieg ihn verändert haben? Würden sie wieder eine unbeschwerte Ehe führen können? Nachts im Bett grübelte Alwine vor sich hin. Endlich brachte der Briefträger den ersehnten Brief von Otto. Mit zitternden Fingern und bebendem Herzen öffnete sie ihn. Tränen traten in ihre Augen, als sie die geliebte Schrift sah.

Mein liebes Winchen,
nun kann ich Dir endlich schreiben. Das ist schon mal gut, aber ich bin froh, wenn Du erst wieder bei mir bist. Wie einst im Mai. Mir geht es gut, die Verpflegung ist ausreichend. Hoffentlich bekomme ich bald Post von Dir, denn das ist ja besonders wichtig in unserer Lage.
Ich bin noch in Italien, aber nicht mehr im Norden, sondern weit unten im Süden. Der Golf von Tarent ist in unmittelbarer Nähe.
Wie geht es Deinen Eltern? Sind sie gesund?
Wie geht es Euch? Kommst Du über die Runden?
Grüße und drücke unsere Tochter von mir.
Dein Otto

Wie lange würde es noch dauern, bis sie sich wiedersahen? Diese dringendste aller Fragen konnte ihr niemand beantworten.

***

Eva machte sich langsam Sorgen. Ihre Freundin Illy war nicht zu erreichen. Mehrere Male schon war sie vergeblich zum Haus der Kolbergs gegangen und hatte geklingelt, aber nie hatte jemand geöffnet. Fast schien es, als sei niemand da. Merkwürdig!, dachte Eva bei sich. Keinen Rat wissend, machte sie sich auf den Weg zu Lene.

„Ich habe schon ein paar Tage nichts von Illy gehört. Es ist ganz komisch. Es scheint, als ob bei denen niemand zu Hause ist", sah Eva ihre Freundin fragend an. „Ich habe sie auch nicht gesehen", antwortete Lene. „Hm, was machen wir denn da?", schaute Eva ihre Freundin ratlos an. Da es zwischen den Freundinnen keine Geheimnisse gab, konnte nur irgendetwas passiert sein.

Am Abend erzählte sie ihrer Mutter von ihren Bedenken. Alwine schaute ihre Tochter traurig an. „Sie wird nicht wiederkommen, Evchen. Die Kolbergs sind in den Westen gegangen. Das hat man mir erzählt." „Aber warum hat Illy nichts gesagt?" „So etwas erzählt man nicht. Das ist zu gefährlich." „Kommen sie denn nicht wieder?", bohrte Eva weiter. „Vermutlich nicht", antwortete ihre Mutter. „Und gehen wir auch in den Westen?", wollte Eva wissen. „Nein, wir bleiben hier. Sonst kann uns doch der Vati nicht finden, wenn er wiederkommt." „Ja, das stimmt." Das leuchtete Eva ein. Alwine konnte ihrer Tochter die schreckliche Wahrheit nicht sagen.

Die alte Haushälterin der Kolbergs war bei Margarethe und hatte von dem furchtbaren Verbrechen berichtet. Russische Soldaten waren in das Haus der Kolbergs eingedrungen und hatten die ganze Familie bedroht. Illy hatten sie auf dem Dachboden versteckt und ihr war nichts passiert. Aber Illys Mutter und ihre schöne Schwester, Anne, hatten die Soldaten brutal vergewaltigt. Nicht einer hatte sich über Anne hergemacht, sondern es waren gleich zwei, später sogar drei. Man hatte ihre Schreie noch zwei Häuser weiter hören können. Die alte Haushälterin musste das bestialische Treiben, gefesselt und geknebelt, auch noch mit ansehen. Anne sprach seitdem kein Wort mehr. Der Arzt hatte ihre Verletzungen versorgt, aber ihre Seele konnte er nicht heilen.

Das Erlebte traumatisierte die gesamte Familie. Es wurde für sie unerträglich, in dieser Umgebung weiterzuleben. Sie betteten Anne auf die Rückbank des Wagens, luden ein paar Sachen ein und fuhren eines Nachts davon. Es hieß, Illys Mutter habe Verwandtschaft in der Nähe von Hannover. Möglichweise waren sie dorthin gefahren.

Dies war nicht der einzige schlimme Fall, von dem Alwine gehört hatte. Die Familie des Rechtsanwalts am Camps hatte es ebenfalls hart getroffen. Seine beiden bildhübschen jungen Mädchen waren auch auf schlimmste Weise missbraucht worden. Die Jüngere war drei Tage später an ihren Verletzungen gestorben. Die Ältere hatte ebenfalls psychische Schäden davongetragen und saß seit der Vergewaltigung nur noch weinend in der Ecke. Auch der Rechtsanwalt hatte mit seiner Frau und der verbliebenen Tochter die Stadt verlassen.

Alwine war froh, dass ihnen bisher so etwas erspart geblieben war, und sie wollte nicht, dass Eva davon erfuhr. Die Zeiten waren schwer genug und niemand wusste, was noch kommen würde.

Eva hoffte immer, dass Illy mal schreiben würde, aber es kam nie ein Brief oder eine Karte von ihr. Illys Verschwinden schweißte Eva und Lene noch enger zusammen. Es war geradezu so, dass man nun umso mehr aufeinander aufpasste.

Die Bäume waren schon eine Weile kahl und es wurde jetzt bereits zeitig kalt. Es gab immer weniger zu essen und auch wenig Brennmaterial. Auf dem Lande verschwanden die Menschen immer öfter in den Wäldern und suchten sich Holz zum Heizen, aber in der Stadt blieben die Wohnungen kalt.

Das Weihnachtsfest war ein trauriges, denn Otto wurde immer noch in Italien gefangen gehalten. So rückte Alwines Familie in der einzig geheizten Stube eng zusammen. Aus den letzten Resten hatte Margarethe einen kleinen Kuchen gebacken und Paul hatte ein Huhn geschlachtet. Damit ging es ihnen besser als den allermeisten.

Als das neue Jahr einzog, hatte Alwine nur den einen Wunsch: dass Otto endlich nach Hause kommen möge! Margarethe zündete im Dom eine Kerze an und betete für Ottos gesunde Heimkehr.

82

Antonia hatte sich im Keller des Hauses, in dem sie einquartiert war, verschanzt. Sie hörte die Geräusche der Straße, das Brüllen von Befehlen, das Rattern von Fahrzeugen und das Schreien von Frauen. Irgendwann wurde die Tür des Kellers aufgetreten und sowjetische Soldaten stürmten herein.

Antonia schaute in zum Teil verschmutzte und asiatisch aussehende Gesichter. Unter ihnen war auch ein hochgewachsener Soldat, der europäisches Aussehen hatte. Er hatte mehr Schulterstücke auf seiner Uniformjacke als seine Kameraden. Antonia trat direkt auf ihn zu und schaute ihm unerschrocken ins Gesicht. Wie sich herausstellte, sprach er sogar leidlich Deutsch, da er deutsche Verwandtschaft hatte.

Sie musste sich die Situation irgendwie zunutze machen, wenn sie sie schon nicht ändern konnte, dachte sie. „Komm", sagte er zu ihr und hieß sie, voranzugehen.

Sie führte ihn in ihre Dachkammer, wo er direkt über sie herfiel. Er drang gewaltsam in sie ein und gab ein Grunzen von sich. Dabei drückte er auf ihre Brust, dass es schmerzte.

Sie merkte, dass ein Druck auf ihm lastete, den er mit Gewalt loszuwerden versuchte. Als er fertig war, sprach sie ihn an. „Wenn du Essen bringst, gebe ich dir mehr", schnurrte sie ihn an. „Ich brauche dir kein Essen zu bringen, ich kann mir so nehmen, was ich will", konterte er. „Natürlich kannst du das, aber ich kann dafür sorgen, dass es besonders schön ist." Er brummte und schaute sie an. Schnell zog er seine Hosen an und verschwand.

Als er weg war, wusch Antonia sich in einer Schüssel seinen Samen aus ihrer Scheide. Sie wollte auf keinen Fall von so jemandem schwanger werden.

Am nächsten Tag kam er wieder. Er erzählte ihr, dass sein Name Michail war und dass er aus Nowgorod, unweit von Moskau, stammte. Er beschrieb seine Heimat und berichtete von seiner Familie. Sie konnte spüren, dass er Heimweh hatte. Wahrscheinlich fühlte er sich noch viel einsamer als sie. Er war gut gewachsen und hatte ein attraktives Gesicht. Zum Abschied ließ er kleines Päckchen da. Als sie es öffnete, fand sie darin Brot und Butter.

Sie teilte ihre neuen Vorräte mit ihren Wirtsleuten und gierig verschlangen die beiden Frauen das Brot. „Ich besorge mehr", versprach Antonia.

Am nächsten Abend kam er wieder. Ungestüm schmiss er sie aufs Bett und drang wieder gewaltsam in sie ein. Es schien, dass er nie zuvor mit einer Frau zärtlich beieinandergelegen hatte. Dieses Mal blieb er länger und nahm sie in der Nacht auch noch ein zweites Mal. Antonia ließ es geschehen. Immerhin war er nicht schmutzig und nicht unangenehm. Er schien gebildet und aus einer der besseren Familien zu stammen.

Als er weg war, hatte sie auf den Brüsten blaue Flecken und ihr Unterleib brannte wie Feuer. Wieder musste sie ihrem geschundenen Unterleib die Qual antun und ihn auswaschen. Sie fand ein kleines Päckchen mit Wurst auf dem Tisch und versteckte das meiste ihres neuen Schatzes. Zum Glück blieb er zwei Tage fern und ihre Blessuren heilten schnell ab.

Antonia war immer noch sehr attraktiv, vielleicht sogar noch schöner als früher, denn mit Roberts Geburt hatte ihr Körper Rundungen bekommen, die ihr ein frauliches Aussehen verliehen. Sie hatte lange, schlanke Beine und war für eine Frau ziemlich groß. Ihr langes, dunkles Haar hatte sie meistens im Nacken zusammengebunden, doch wenn es offen war, fiel die Flut ihrer Haare längs den Rücken hinunter und hatte manchmal einen kupferfarbenen Schimmer, wenn die Sonne darauffiel.

Antonia schaute durch das kleine Fenster ihres Zimmers auf die Straße. Sie hatte ein Zimmer im Dachgeschoss mit einem kleinen gusseisernen Ofen in der Ecke. Außerdem gab es einen Kleiderschrank und ein schmales Bett, einen kleinen Tisch und einen Stuhl.

Sie überlegte und war sich schnell im Klaren, sie musste in Zukunft die Treffen dominieren, wenn sie sie heil überstehen wollte. Außerdem musste sie zu ihrem Sohn, und das, so schnell wie möglich.

Als Michail wiederkam, übernahm Antonia sofort die Regie und dirigierte ihn aufs Bett. Sie nahm seine Hände und führte sie über ihren Körper. Sie nahm sein Glied und massierte es. Sein Erguss kam so schnell, dass er dieses Mal nicht in sie eindrang. Wenn Michail Antonia aufsuchte, gelang es ihr jetzt immer besser, Michail zu dominieren. Sie merkte, dass er sie verehrte, und das musste sie sich zunutze machen, wollte sie ihren Sohn wiedersehen.

„Michail", sprach sie ihn an, „ich muss nach Jarmen, meinen Sohn holen. Kannst du mir einen Passierschein besorgen?" Er schaute sie an. Nach einer Weile antwortete er ihr: „Komm morgen auf die Kommandantur. Dann sehe ich, was ich für dich tun kann."

Am nächsten Tag marschierte Antonia in die Kommandantur und fragte nach Michail. Er nahm sie am Eingang in Empfang und brachte sie in ein Zimmer, in dem ein etwas älterer Soldat, vermutlich auch Offizier, saß. Er sah sehr gut und gepflegt aus und hatte erste graue Haare in seinem sonst dunklen Haar. Und auch er sprach Deutsch.

„Was wollen Sie?", fragte er, ohne aufgesehen zu haben. „Ich möchte einen Passierschein. Mein Sohn ist in Jarmen bei seiner Großmutter. Ich möchte ihn zu mir nehmen."

Er hörte ihre schöne Stimme und sah von seinem Papier auf und ihr ins Gesicht. Vor ihm stand eine wunderschöne, selbstbewusste, junge Frau. Er kam nicht umhin, ihr einen bewundernden Blick zuzuwerfen.

„Warum wurden Sie denn von Ihrem Sohn getrennt?", fragte er weiter. Sie erzählte ihm ihre Geschichte. Dass der Vater ein hoher Wehrmachtsoffizier war, verschwieg sie ihm. „Ich muss nächste Woche nach Berlin. Bis dahin nehme ich Sie mit dem Auto mit. Von Berlin sollten wieder Züge fahren. Seien Sie am Dienstag um 8.00 Uhr morgens hier." „Danke", hauchte sie und verabschiedete sich mit den wenigen Worten Russisch, die sie schon gelernt hatte.

Michail kam von da an nicht mehr zu ihr. Wahrscheinlich hatte er Angst, seinem Chef in die Quere zu kommen.

Antonia dachte über die Begegnung mit dem Offizier nach und kam zu dem Entschluss, dass die Bekanntschaft mit dem höheren Offizier sicher vorteilhaft wäre. Damit konnte sie vielleicht weiteren Vergewaltigungen entgehen und möglicherweise war er auch der Schlüssel zu einer etwas größeren Behausung, wenn ihr Sohn wieder bei ihr war.

Pünktlich um 8.00 Uhr stand sie vor dem Rathaus und wartete, als ein großer schwarzer Wagen davor hielt. Ein junger Diensthabender trat an sie heran und bat sie einzusteigen. „Major Ruskow erwartet Sie." Er hielt ihr die Tür auf und ließ sie einsteigen. Unterwegs erfuhr sie, dass er verheiratet war und zwei Kinder hatte. Seine Familie lebte in Leningrad.

Als sie in Berlin ankamen, setzte Major Ruskow Antonia am Lehrter Bahnhof ab. „Wenn Sie zurück sind und ich etwas für Sie tun kann, lassen Sie es mich wissen." Dann fuhr er davon.

Antonia brauchte lange, bis sie in Jarmen ankam. Zum Glück hatte sie nur einen kleinen Koffer dabei. Der Ort war noch so, wie sie ihn beim letzten Mal vorgefunden hatte. Sie ging die kleine, staubige Straße zum Haus von Georgs Mutter hinunter. Als sie klingelte, öffnete ihr eine Frau, die um Jahre gealtert schien. Die Augen von Georgs Mutter schienen müde und lagen in tiefen Höhlen. Robert kam herbeigerannt und stürzte seiner Mutter in die Arme. „Mutti, Mutti, endlich du bist wieder da!", schmiegte sich Robert an sie.

„Hast du Nachricht von deinen Söhnen?", wollte Antonia wissen, als sie in der kleinen Küche saßen. „Georg ist tot, erschossen in Russland." Tränen traten in ihre Augen. „Und Gerhard?" „Von Gerhard habe ich keine Nachricht. Seit Monaten nicht. Ich weiß nicht, ob er noch lebt. Zwei Söhne habe ich großgezogen und nun bin ich allein, ohne Familie, wenn du und Robert auch noch gehen."

Antonia tat die alte Frau unendlich leid. Sie nahm sie tröstend in den Arm. „Möchtet ihr nicht hierbleiben?", fragte sie, die Antwort wohl schon ahnend. „Nein, wir müssen zurück." Antonia konnte sich beim besten Willen nicht vorstellen, in diesem kleinen Ort zu bleiben. Außerdem war es sicher nicht einfach, denn die Söhne waren bei der Wehrmacht und hochdekorierte Offiziere. Damit wollte sie auf keinen Fall in Verbindung gebracht werden. Der alten Frau würde man sicher nichts mehr tun, aber wenn man sie mit ihrem Sohn in Verbindung brachte, konnte das schwierig werden. Da Georg die Vaterschaft offiziell nicht anerkannt hatte, konnte woanders niemand eine Verbindung herstellen.

Sobald sich die Situation weiter entspannt hatte, wollte Antonia wieder zurück nach Berlin. Bis dahin würde sie in Havelberg bleiben. Dort hatte sie sich so weit eingerichtet. Sie hatte eine Stellung im Hotel „Concordia" und verdiente Geld. Sie war sich sicher, auch bald eine größere Behausung zu finden.

Sie blieb noch ein paar Tage in Jarmen, verabschiedete sich herzlich von Georgs Mutter und versprach, sich zu melden. Dann machte sie sich mit Robert auf den Weg zurück nach Hause.

Ein freundlicher Mann nahm sie mit bis Neustrelitz. Von dort aus konnten sie bei zwei Bauern, Vater und Sohn, bis Pritzwalk mitreisen.

Antonia sah sich um, sie musste irgendwie zum Bahnhof kommen. An einer Kreuzung hielt ein Lieferwagen neben ihr. Sie klopfte ans Fenster und ein Mann, etwa in ihrem Alter, kurbelte die Scheibe herunter. „Können Sie mir sagen, wo es hier zum Bahnhof geht?", fragte sie ihn. „Wo müssen Se denn hin?", fragte er zurück, ohne ihre Frage zu beantworten. „Ich muss mit meinem Sohn nach Havelberg. Hoffentlich fährt da irgendetwas hin." „Da haben Sie Glück. Ick fahre nach Havelberg. Wenn Sie wollen, können Sie mitfahren." „Das wäre furchtbar nett", antwortete sie erleichtert. Sie stiegen ein und Antonia war froh, nicht mehr herumirren zu müssen.

Unterwegs erfuhr sie, dass er Werner Wiegand hieß und ein Malergeschäft hatte. Aufgrund einer früheren Verletzung war er als wehrdienstuntauglich eingestuft worden. Das hatte ihm den Einsatz an der Front erspart. Er sah recht attraktiv aus, war unterhaltsam und sie genoss die Fahrt nach Hause.

„Ich habe Sie in Havelberg noch nie gesehen", sprach er sie an. „Ich bin noch nicht lange da. Ich komme aus Berlin, aber unser

Haus steht nicht mehr. Es ist den amerikanischen Bombern zum Opfer gefallen. Ich wurde evakuiert." Robert schlummerte auf dem Rücksitz. „Was ist mit Ihrer Familie?", wollte er wissen. „Meine Mutter ist kurz vor Ende des Krieges gestorben, nachdem unser Geschäft und damit die Existenz in Schutt und Asche aufgegangen ist." „Und der Vater von Robert?", fragte Werner Wiegand weiter. „Er hat keinen Vater." Die Art, wie sie diesen Satz aussprach, ließ keine weiteren Fragen zu diesem Thema zu. „Dann sind Sie mit Ihrem Sohn allein", sagte er mehr zu sich selbst. Antonia erwiderte nichts.

Nachdem sie eine Weile geschwiegen hatten, brach Antonia das Schweigen. „Ich werde schon bald nach Berlin zurückgehen." „Schade, vielleicht kann ich Sie ja davon abhalten und bitten zu bleiben." Antonia schüttelte verneinend den Kopf. „Sind Sie verheiratet?", fragte Antonia abrupt. „Ich bin Witwer, meine Frau ist vorletztes Jahr an Krebs gestorben." „Das tut mir leid, das mit Ihrer Frau", sagte Antonia mitfühlend. „Es war eine sehr schwere Zeit", setzte er traurig hinzu.

Es war schon dunkel, als sie am Ziel ankamen. Er half ihnen aus dem Wagen und trug ihnen das wenige Gepäck nach oben. Antonia wollte gerade Danke sagen, als er ihre Hand nahm. „Ich melde wieder", sagte er zum Abschied und stieg die Treppe hinab. Ihr Gefühl sagte ihr, dass sich in ihrem Leben etwas ändern würde.

Am nächsten Tag kam er am späten Nachmittag und brachte ein Päckchen mit Lebensmitteln. Am übernächsten Tag war es Seife. Eine Woche später holte er sie am Sonnabend ab und sie liefen zu dritt durch den Herbstwald und versuchten Pilze zu finden. Robert fasste Vertrauen zu Werner Wiegand. Werner Wiegand, der keine eigenen Kinder hatte, mochte den aufgeweckten Jungen.

Noch vor Weihnachten konnte Antonia eine kleine Zweizimmerwohnung in der Pritzwalker Straße beziehen. Selbstverständlich übernahm Werner, wie sie ihn schon seit geraumer Zeit nannte, die Renovierung. Er besorgte ein größeres Bett für Robert und ein gebrauchtes Sofa für Antonia. Sie zog in die kleine Wohnung und blieb.

Die Vergewaltigungen hatten aufgehört und seit Werner ständig bei ihr zu Gast war, blieb sie unbehelligt.

Werner besaß ein Haus in der Wilsnacker Straße. Das Haus hatte einen großen Garten und durch die großen Fenster strömte viel Licht in die Zimmer. Die Einrichtung war ein bisschen in die Jahre gekommen, aber die beiden Badezimmer gefielen ihr außerordentlich.

Eines Abends lud er Antonia zu sich ein. Nach einer Flasche Wein fasste er Mut, sie zu fragen. „Antonia, kannst du dir vorstellen, mich zu heiraten? Ich weiß, es ist nicht die Liebe wie mit achtzehn, aber ich liebe und verehre dich und kann dir und deinem Sohn ein komfortables und sorgenfreies Leben bieten." „Lass mich darüber nachdenken", sagte sie und ging.

Antonia mochte Werner und sie fühlte sich beschützt. Sie wollte auch keinen kriegstraumatisierten Mann haben. Robert brauchte ein Zuhause und ein Mann im Hause tat ihm sicher gut. Zwei Tage später sagte sie ihm Ja.

Ein Vierteljahr später heirateten sie, denn Antonia war wieder schwanger. Es war eine kleine schlichte Hochzeit im Rathaus. Antonia trug ein dunkelblaues, zweiteiliges Kleid, welches ein weißer Kragen schmückte. Werner hatte einen doppelreihigen Anzug an.

Es war nicht die brennende Lust, die sie empfand, als sie Georg traf, aber sie fühlte sich geborgen und behütet, ein Gefühl, das sie lange nicht gekannt hatte und das ihr auch irgendwie gefiel.

83

Eva wollte gerade zu ihrer Freundin Lene radeln. Der Schnee war jetzt im April 1947 nach einem langen und harten Winter endlich weggetaut. Wie oft hatte sie mit ihrer Mutter im Kalten gesessen und sich die Decken enger um den Körper gezogen. Oft gab es nur eine Suppe. Damit ging es ihnen noch besser als vielen anderen. Immerhin hatten sie ein solides und intaktes Haus und man konnte immer noch Holz in den umliegenden Wäldern sammeln.

Endlich war es Frühling und die Sonne wärmte schon ein wenig, wenn man eine geschützte Ecke fand. Evas Mutter sagte immer, dass der März schon drei Sommertage brächte. Die Tage wurden bereits deutlich heller und das Zwitschern der Vögel am Morgen kündigte die wärmere Jahreszeit an. In den Vorgärten konnte man die ersten Schneeglöckchen entdecken und die Sonne brach schon heller durch die noch kahlen Zweige der Bäume. Eva hatte heute jedoch keinen Sinn für die erwachende Natur. Sie und Lene wollten kleine Sachen für das Osterfest basteln.

Sie schaute nach rechts, als sie aus dem Haus trat. Von Weitem sah sie einen Mann die Straße herunterkommen, dessen Gang ihr so vertraut vorkam. Ist er es?, schoss es ihr durch den Kopf. Ja, er musste es sein. Sie ließ ihr Rad fallen und rannte dem Mann entgegen. „Vati, Vati! Endlich!"

Otto sah eine schmale, hochgewachsene Gestalt auf sich zurennen und sein Herz machte einen Luftsprung. Eva! Seine kleine Eva. Sie rannte in seine Arme und Otto umschloss seine Tochter. Eva vergrub ihr Gesicht in seiner Schulter. Beiden rannten Tränen des Glücks übers Gesicht. Wie groß Eva geworden war! Er hatte ein Kind verlassen und fand nun eine junge Dame vor. Einzig die hellgrauen Augen und das leuchtend rote Haar waren noch genauso wie früher.

Schon vor der Haustüre brüllte Eva: „Mutti, Mutti, Vati ist wieder da! Er ist zurückgekommen!" Alwine ließ alles stehen und liegen und eilte vor die Tür. Da stand er, ihr geliebter Otto! Er hatte eine grün-braune Jacke und eine Hose in gleicher Farbe an. Wahrscheinlich war das eine Uniform, aber ohne jegliche Abzeichen. Die Kleidung schlackerte um seinen mageren Körper. Alwine konnte sehen, dass er viel Gewicht verloren haben musste. Auch sein Gesicht war schmal und sein einst dichtes, welliges Haar war nun schütter. Sein Gesicht war voller Bartstoppeln und seine Augen lagen müde in ihren Höhlen. Sie fielen sich alle drei in die Arme und hielten sich eine gefühlte Ewigkeit fest.

Sie gingen schnell ins Haus. „Setz dich erst einmal. Ich mache dir schnell einen Tee. Und möchtest du etwas essen? Ich habe noch Graupensuppe vom Mittag da." „Ja, das wäre schön, aber nicht so viel. Ich bin es nicht mehr gewöhnt, viel zu essen." „Ich sehe es. Ganz dünn bist du geworden." „Beim letzten Wiegen hatte ich 58 Kilo auf der Waage." „Das werden wir schnellstens ändern", sagte Alwine. Sie hat nichts von ihrem Optimismus verloren, mein geliebtes Winchen, dachte Otto. „Und ich möchte gerne baden. Geht das?" „Natürlich geht das. Ich heize gleich den Ofen an."

Otto aß langsam die Suppe, die Alwine ihm serviert hatte. Seit Langem hatte er nicht mehr so etwas Köstliches gegessen. Alwine sah ihren Mann an. Kurze Stoppeln hatte er auf dem Kopf, die in der Mitte schon sehr ausgedünnt waren. Die Wangen waren eingefallen und sein Gesicht war fahl. Was musste ihm alles widerfahren sein?, dachte sie bei sich. Das Unbeschwerte hatte er im Krieg gelassen.

Nachdem Otto ein Bad genommen, sich rasiert hatte und frische Wäsche anhatte, sah er schon etwas besser aus. „Deine alten Sachen werde ich morgen verbrennen", sagte sie.

„Wie ist es euch ergangen?", fragte er nach einer ganzen Weile. „Im Vergleich zu vielen anderen gut. Wir haben keine körperlichen Schäden. Allerdings sind unsere Autos weg. Beschlagnahmt von den Russen. Sie haben alles mitgenommen, was nicht niet- und nagelfest war. Ich konnte nichts tun. Immerhin haben sie uns nicht belästigt und im Haus gelassen. Ich nähe jetzt für die Familien der Offiziere, um uns über Wasser zu halten. Wir haben uns arrangiert." „Ich habe die Flüchtlingsströme unterwegs gesehen. Diesen Menschen ist nichts mehr geblieben, nur noch ihr Leben. Das ist der Preis, den wir für diesen Krieg bezahlen", sagte er mehr zu sich selbst. „Vati, du bist so dünn", sagte Eva zu ihrem Vater. „Haben sie dir nichts zu essen gegeben?" „Doch das haben sie, aber es war zu wenig und nicht nahrhaft genug."

Am Abend, als Eva schon im Bett war, berichtete Alwine auch über Dinge, die Eva nicht hören sollte. Er traute sich nicht zu fragen, tat es dann aber doch. „Die Russen, haben sie? … Man hört so vieles." Er musste es wissen. „Uns haben sie nichts getan und ich wurde auch nicht vergewaltigt. Aber solche Dinge sind hier natürlich auch passiert. Die älteste Tochter von Kolbergs haben sie schwer missbraucht. Daraufhin ist die gesamte Familie bei Nacht und Nebel weggegangen. Wir haben nichts mehr von ihnen gehört. Die beiden Töchter des Rechtsanwalts am Camps haben sie auch brutal vergewaltigt. Eine ist danach gestorben. Diese Familie ist auch weggegangen. Ich glaube, die Erinnerungen sind dann zu schlimm, um zu bleiben. Ich habe recht schnell unter dem Schutz eines Offiziers gestanden und nähe für seine Familie. Deshalb hat uns niemand angegriffen. Nun kehrt langsam Normalität ein, oder zumindest das, was man heutzutage so nennt." „Hast du was von Emil gehört?", fragte Otto. „Ja, es ist ganz traurig. Emil ist 1944 in Russland gefallen." Das hätte mir auch passieren können, dachte Otto bei sich, wenn er dort eingesetzt worden wäre.

Die ganze Nacht lagen sie dicht beieinander und hielten sich fest. Nach fast sieben Jahre konnte Otto endlich die Wärme seiner geliebten Frau spüren. Dieser Moment, den er so lange herbeigesehnt hatte, war nun endlich da. Er hoffte, dass sie sich nun nie mehr trennen müssten. Übermorgen würde er aufs Rathaus gehen und sich nach einer Arbeit umschauen. Jetzt würde alles wieder gut werden.

Alwine erwachte, denn sie hörte Otto leise stöhnen. Sachte stupste sie ihn an und er drehte sich auf die andere Seite. Sie ahnte, dass er in seinen Träumen noch im Krieg war. Es würde sicher dauern, bis er wieder seinen inneren Frieden fand.

Otto besuchte zuerst Margarethe und Paul. Beide waren sehr gealtert und Margarethe konnte schlecht laufen. Sie nahm immer einen Stock zur Hand und hatte sich dadurch eine gebückte Haltung angewöhnt, was sie noch älter und kleiner aussehen ließ.

Paul war jetzt fünfundsechzig Jahre alt und hatte alle Haare verloren. Überglücklich nahm Paul seinen Schwiegersohn in die

Arme. „Wir sind so froh, dass du wieder da bist! Was für Ängste haben wir ausgestanden, als wir monatelang nichts von dir gehört haben! Was willst du jetzt machen, Otto?", fragte Paul seinen Schwiegersohn. „Ich schaue mal, was die alte Werkstatt macht, und dann sehe ich weiter." „Ein Jammer, dass die schönen Autos weg sind. Scheißrussen", meldete sich Margarethe zu Wort. „Pst, nicht so laut, und immerhin hat ja dieser Hitler damit angefangen. Das sollten wir mal nicht vergessen", ermahnte sie Paul. Schmollend setzte sie sich auf einen Stuhl.

Am Nachmittag suchte Otto die alte Werkstatt auf. Sein alter Meister war vor einem Jahr an einem Herzinfarkt verstorben. Danach hatte jemand anders die Werkstatt übernommen. Da Fachkräftemangel herrschte und nicht alle aus dem Krieg zurückgekommen waren, fragte Otto einfach nach einer Anstellung. „Braucht ihr hier noch jemanden?", fragte er den neuen Chef. „Was kannst du denn? Was hast du denn vor dem Krieg gemacht?", wollte der wissen. „Ich habe hier gelernt und dann ein Taxiunternehmen aufgemacht. Leider hat man unsere Autos konfisziert, sodass ich mein altes Geschäft nicht mehr betreiben kann." „Ach, Sie sind das? Davon habe ich gehört. Ja, wir können in der Tat jemanden brauchen. Ich bin der Franz", sagte der Betreiber der Werkstatt und reichte Otto die Hand. „Ich bin Otto", erwiderte dieser und nahm Franz' Hand. „Wann kannst du anfangen?", fragte er Otto. Der dachte kurz nach. „Nächste Woche." „Prima, abgemacht. Alles andere regeln wir dann."

Das ist immerhin ein Anfang, dachte Otto bei sich. Die verlorenen sieben Jahre konnte ihm sowieso niemand mehr wiedergeben.

Am nächsten Tag machte er sein altes Fahrrad zurecht. Er wollte damit nach Sandau fahren und dann weiter zum Brunnenhof, um das Grab seines Vaters zu besuchen. Alwine hatte ihm erzählt, dass Emma eine kleine Wohnung in Sandau bezogen habe. Von Emma hatte Alwine erfahren, dass die Familie von Luckenberg enteignet worden war und in den Westen geflohen war.

Aus dem Herrenhaus hatte man ein Sanatorium gemacht und die Ländereien waren im Zuge der Bodenreform 1946 aufgeteilt worden. Da war für Emma kein Platz mehr nach all den Jahren auf dem Brunnenhof. Nun wohnte sie in Sandau in einer kleinen Mansardenwohnung unter dem Dach und blickte auf ein kleines Wäldchen.

Das Leben hatte sich für sie alle grundlegend geändert.

84

Deutschland hatte 1946/47 einen langen und harten Winter hinter sich, der später als „Hungerwinter" Eingang in die Geschichtsbücher finden sollte.

Alles war knapp: Benzin, Holz und Kohle, Lebensmittel, Seife und vieles mehr. Der Schwarzmarkthandel blühte, und das nicht nur in großen Städten. Die Menschen versetzten ihre letzten Wertsachen, die den Krieg überlebt hatten, um den Ofen zu heizen oder etwas zum Essen zu bekommen. Die Preise waren oft hundertfach überhöht und ohne den Schwarzmarkt hätten viele nicht überlebt. Auch der Tauschhandel blühte, denn die Regale in den Geschäften waren leer. Die Menschen hungerten und viele waren unterernährt.

Doch im Juli änderte sich die Situation schlagartig. Die drei westlichen Besatzungsmächte erließen eine Währungsreform und führten in den westlichen Besatzungszonen und in Westberlin die D-Mark ein. Die Menschen trauten ihren Augen nicht, denn über Nacht waren die Regale voll und es gab wieder alles zu kaufen.

Das Glück in Berlin war jedoch nur von kurzer Dauer, denn die Reaktion der Sowjets kam fast umgehend. Da dieses Vorgehen mit den Sowjets nicht abgestimmt war und de facto zu einer wirtschaftlichen Teilung führte, erließen sie vier Tage später eine Blockade über die Westsektoren von Berlin. Da die Versorgung Westberlins nun akut gefährdet war, errichteten die

Alliierten am 26. Juni eine Luftbrücke zur Versorgung der Stadt, welche die Berliner fast ein Jahr mit allem Notwendigen versorgte. Die Alliierten schafften in dieser Zeit 1.583.686 Tonnen Hilfsgüter und 160.000 Tonnen Baustoffe per Flugzeug in die geteilte Stadt.

Mit der Währungsreform in den westlichen Besatzungszonen und Westberlin gerieten die Sowjets massiv unter Druck, sodass sie vom 24. bis 26.06.1948 ebenfalls eine Währungsreform in der sowjetischen Besatzungszone einführten. Mangels Vorbereitung wurden auf alte Banknoten neue Wertzeichen geklebt.

Die Teilung Deutschlands wurde weiter vorangetrieben, denn in der Londoner Sechsmächtekonferenz trafen sich zwischen Februar und Juni 1948 die Außenminister der westlichen Besatzer sowie die der Beneluxstaaten, um die Gründung eines demokratischen und föderalistischen Staates vorzubereiten, der sich in die westliche Völkergemeinschaft integrieren sollte.

Die entstandenen Dokumente, auch „Frankfurter Dokumente" genannt, wurden den Militärgouverneuren zugestellt, in denen diese zur Einberufung einer verfassunggebenden Versammlung ermächtigt wurden und welche die Rahmenbedingungen einer Staatskonstituierung festlegten.

Daraufhin begann am 10. August mit dem Verfassungskonvent auf Herrenchiemsee die Arbeit am Grundgesetz für die Bundesrepublik Deutschland. In der sowjetischen Besatzungszone schloss am 22. Oktober der Ausschuss des Deutschen Volksrats seine Arbeit an der Verfassung einer Deutschen Demokratischen Republik ab, die auf einem entsprechenden Entwurf der SED von 1946 fußte. Diese wurde am 19. März des folgenden Jahres vom Deutschen Volksrat angenommen.

***

Im Hause der Familie Landsberg herrschte Festtagsstimmung. Der Frühling hatte Einzug gehalten und die Bäume und Sträucher zeigten ein frisches Grün. In den Vorgärten der Häuser standen die Hyazinthen, Magnolien und Maiglöckchen. Es versprach ein sonniger Tag zu werden, dieser besondere Tag für Eva. Es war der Tag ihrer Konfirmation. Rasch schwang sie die Beine aus dem Bett und lief zum Fenster. Die Vögel zwitschern in den Bäumen und die Sonne blinzelte durch das Laubwerk der Bäume. Sie hörte ihre Mutter in der Küche hantieren und eilte die Treppe hinunter.

Der Tisch im Esszimmer war bereits für das Frühstück gedeckt. Vor ihrem Platz stand ein Kästchen. „Ist das für mich?", fragte Eva und sah erst ihre Mutter und dann ihren Vater an. „Ja, das ist für dich", beantwortete ihr Vater die Frage.

Sie öffnete das Kästchen und fand darin ein wunderschönes Collier. Es war golden und die Glieder waren verschnörkelt. In der Mitte jedes Gliedes war ein kleiner dunkelblauer Stein. So etwas Schönes hatte Eva noch nie gesehen. „Das ist so wunderschön!", sagte sie voller Rührung und fiel ihren Eltern um den Hals.

Nach dem Frühstück machten sie sich auf zum Gottesdienst. Alle hatten sich herausgeputzt. Evas Mutter hatte ihr ein wunderschönes schwarzes Taftkleid genäht, welches Kurbelstickereien verzierten. Mit kleinen weißen Sträußen aus Maiglöckchen schritten Eva und Lene leise kichernd nebeneinander den Gang des Domes entlang. Auf der rechten Seite des Ganges saßen ihre Eltern und Großeltern. Auch Emma war aus Sandau angereist.

Die neuen Stahlglocken des Domes läuteten wunderbar und die Konfirmanden und die Gemeinde lauschten den Worten des Pfarrers, der den neuen Abschnitt im Leben beschrieb. Otto war mächtig stolz auf seine Tochter, die mit ihren rotblonden Haaren überall aus der Menge herausstach.

Nach dem Gottesdienst gab es ein üppiges Festmahl im Hause Landsberg. Es gab Rinderbraten und Bohnen und zum Nachtisch einen Pudding.

Nach dem Essen saß die Familie noch lange beisammen. Man sprach über die Zeit, die hinter ihnen lag, und philosophierte über die Zeit, die kommen würde. Otto war den neuen Machthabern gegenüber sehr kritisch eingestellt und fragte sich insgeheim, ob sie dableiben oder besser woandershin gehen sollten. Alwine wollte von solchen Gedanken nichts wissen. Sie war überglücklich, dass alle wieder zusammen waren und es langsam aufwärtsging.

Mit Sorge sah sie, wie ihre Eltern gebrechlicher wurden und immer mehr ihrer Hilfe bedurften. Aber heute würde nichts diesen schönen Tag trüben. Ihre Tochter hatte ihre Kindheit jetzt hinter sich gelassen und war in einen neuen Lebensabschnitt eingetreten. Bald würde sie das Haus verlassen.

***

Der Frühherbst hielt Einzug im Havelland, aber noch war die ganze Stadt auf den Beinen, denn Havelberg hatte Grund zum Feiern. Nachdem es im letzten Jahr endlich wieder einen „Großen Markt" gegeben hatte, sollte dieses Fest alles übertreffen. Die Menschen dürstete es nach Abwechslung und Freude.

Zum Auftakt der Tausendjahrfeier gab es Ende August einen Bootskorso. Die Havel war bevölkert von kleinen und größeren Booten, die alle festlich und mit Lichtern und Lampions geschmückt waren. Die bunten Boote fuhren von der Zickeninsel bis zum Winterhafen. Die Menschen bestaunten die Boote und besuchten die Stände in der Stadt, die kleine Köstlichkeiten und Getränke anboten. Der Große Markt hatte nun doppelt so viele Besucher wie im Vorjahr. Kleine Karussells, Losbuden und Schießbuden sorgten für Unterhaltung von Groß und Klein.

Zum Abschluss der Festlichkeiten weihte der Bürgermeister die neue Schmalspurbahn von Havelberg nach Glöwen ein. Die alten Bahngleise waren als Reparationsleistungen abmontiert und in die Sowjetunion abtransportiert worden.

„Mutti, können wir jetzt bald wieder nach Berlin fahren?", fragte Eva ihre Mutter, als sie am Bahnhof den ersten Zug auf der neuen Strecke abfahren sahen. „Ja, bald. Dann fahren wir zu Tante Metha." „Und Tante Lucie, besuchen wir die auch?", bohrte Eva weiter. „Nein, die lebt ja in Westberlin. Da können wir im Moment nicht so einfach hinfahren. Da brauchen wir einen Passierschein." „Schade", maulte Eva. „Ich mag Tante Lucie eigentlich lieber. Sie ist immer so chic und so lustig." „Vielleicht geht das ja bald wieder, und vielleicht können wir so einen Schein bekommen. Dann besuchen wir sie", beruhigte ihre Mutter sie.

85

In der sowjetischen Besatzungszone beschloss die Parteikonferenz im Januar 1949 die Ausrichtung der SED im Stile der sowjetischen KPdSU, der ein Politbüro nach sowjetischem Vorbild vorstand.

Als nächste einschneidende Maßnahme wurden die Kommissariate und Dezernate K5 aus der Kriminalpolizei herausgelöst und in das neu gebildete Ministerium für Staatssicherheit eingegliedert, das für den Schutz der Volkswirtschaft zuständig war. Es würde in den kommenden Jahrzehnten die Aufgaben des Geheimdienstes und der Geheimen Staatspolizei wahrnehmen und das Leben vieler Menschen maßgeblich beeinflussen.

Am 12. Mai 1949 hoben die sowjetischen Besatzer die Blockade Westberlins nach fast elf Monaten endlich auf, da die USA und Großbritannien eine unbegrenzte Aufrechterhaltung der Luftbrücke in Aussicht stellten. Elf Tage später wurde das vom Parlamentarischen Rat beschlossene Grundgesetz verkündet und damit wurde auf dem Boden der westlichen Besatzungszonen die Bundesrepublik Deutschland gegründet – ein demokratischer und föderalistischer Staat. Konrad Adenauer wurde am 15. September 1949 von dem am 14. September gewählten Bundestag zum ersten Bundeskanzler der Bundesrepublik Deutschland gewählt.

Die endgültige Teilung Deutschlands vollzog sich am 7. Oktober 1949, nachdem die provisorische Volkskammer die Verfassung der DDR in Kraft gesetzt hatte und damit die Deutsche Demokratische Republik gründete – ein kommunistischer Staat nach sowjetischem Vorbild.

***

Otto beobachtete die Entwicklungen 1948/49 mit zunehmender Besorgnis. Er sah, wie Menschen enteignet, verfolgt und verschleppt wurden, wenn sie nicht in das Weltbild oder in die Pläne der neuen Regierenden passten. Unter den Herrschenden würde er keine Gelegenheit finden, sich ein neues Geschäft aufzubauen.

Das Gerede vom Volkseigentum verursachte bei ihm Brech-
reiz, aber er musste vorsichtig sein, wollte er nicht in ernsthafte
Schwierigkeiten geraten. Er konnte sich niemandem anvertrau-
en. Der einst fröhliche Mann war durch die Ereignisse ein ernst-
hafter und zurückhaltender Mensch geworden.

„Winchen", sagte er eines Abends zu ihr. „Könntest du dir
vorstellen, dass wir auch in den Westen fliehen? Noch geht es,
wenn wir über Westberlin gehen." Sie sah ihn besorgt an. „Du
weißt, dass es nicht geht. Wir können meine Eltern nicht zu-
rücklassen. Sie sind zu alt, um sie zu verpflanzen. Ich kann sie
nicht im Stich lassen, jetzt, wo sie mich brauchen. Und Eva geht
ja auch noch zur Schule." „Um Eva mache ich mir keine Sorgen. Sie könnte das letzte Schuljahr woanders machen. Die jungen Menschen sind anpassungsfähig." „So schlimm wird es schon
nicht werden, Otto. Dieses Land wird wieder aufgebaut werden.
Hauptsache die Nazis sind weg und der Krieg ist zu Ende. Wir
kriegen das hin." Otto wusste, dass es momentan keinen Zweck
hatte, mit Alwine dieses Thema weiter zu besprechen. Aber er
machte sich Sorgen um die Zukunft.

Er musste das Haus reparieren, denn über zehn Jahre war nichts
daran gemacht worden und erste Mängel traten auf. Es gab kein
Material, denn viele Sachen waren in die Sowjetunion als Repa-
rationen abtransportiert worden. Das, was noch da war, wurde
dringend für den Aufbau der Betriebe und Fabriken gebraucht.

Alwine tat das, was sie am besten konnte: Sie schneiderte,
und zwar alles, was gebraucht wurde.

***

Zu Beginn des neuen Jahres, im Januar 1950, saß die Familie zusammen beim Frühstück.

„Eva", sprach Otto seine Tochter an. „Hast du dir schon überlegt, was du nach der Schule machen willst?" „Hm, ja, habe ich.
Ich dachte mir, ich mache eine Banklehre. Das ist gut angesehen
und die sind immer schick gekleidet." „Nun ja, das mit der Banklehre, finde ich, ist eine gute Idee. Dann mach dir einen Termin

in der Bank und erkundige dich nach den Aufnahmebedingungen", schlug ihr Vater ihr vor. „Warum sollten die mich denn nicht nehmen? Meine Noten sind ganz ordentlich." „Es gibt vielleicht noch andere Bewerber, deren Noten noch besser sind. Du kannst nicht davon ausgehen, dass du die einzige Bewerberin bist."

Zwei Wochen später begrub Eva ihren Plan. Schmollend kam sie zur Tür herein. „Was ist denn, Kind?", schaute ihre Mutter sie fragend an. „Wenn ich eine Banklehre machen will, muss ich zuvor ein Jahr in der Landwirtschaft arbeiten. Das mache ich nicht! Ich gehe nicht zwölf Monate auf einen Acker. Ich bin noch nie gern auf den Brunnenhof gefahren." „Aber zwölf Monate gehen schnell rum, und wenn es dein Wunschberuf ist, solltest du es nicht daran scheitern lassen", versuchte ihre Mutter die Dramatik der Vorbedingung zu entschärfen. „Nein, das mache ich nicht!", antwortete Eva trotzig. Alwine fragte sich, wo Eva manchmal ihren Hochmut hernahm. „Nun, und was willst du jetzt machen?" „Ich werde Krankenschwester. Eine Schulkameradin von mir wird auch Krankenschwester und die hat gesagt, Krankenschwestern werden immer gebraucht." Damit war die Diskussion beendet und Alwine wusste, dass es keinen Sinn ergab, Eva umstimmen zu wollen.

Eva genoss ihren letzten Sommer in Havelberg. Fast jeden Tag war sie auf dem Tennisplatz in Mühlenholz oder radelte mit ihrer Freundin Lene durch die schöne Umgebung. Manchmal verbrachten sie die heißen Sommertage an der Havel und sprangen ins kühle Nass oder liehen sich ein Boot.

Eva war zu einer hübschen jungen Dame herangewachsen. Ihr rotblondes, welliges, schulterlanges Haar glänzte in der Sonne. Sie war schlank und hatte wohlgeformte Beine. So mancher junge Mann pfiff ihr schon hinterher, aber sie hatte daran kein Interesse. Hofieren ja; verabreden, nein.

Der Sommer hätte noch ewig so weitergehen können, aber die ersten gelben Blätter kündigten den Herbst und den neuen Lebensabschnitt an.

Am 1. September hieß es für Eva, die Koffer zu packen. Sie legte ihre Lieblingssachen in einen Koffer sowie Bücher und ein

Foto ihrer Eltern und Großeltern. Sie verabschiedete sich tränenreich von ihren Großeltern und versprach, so oft wie möglich nach Hause zu kommen, Luckenwalde sei ja nicht aus der Welt. Drei Jahre würde sie in Luckenwalde bleiben, denn so lange dauerte die Ausbildung. Ihre Eltern packten ihr alles ein, was für die Reise nötig war. Auf dem Bahnhof umarmte sie ihre Mutter und ihren Vater und versprach, bald zu schreiben. Als der Zug den kleinen Bahnhof verließ, trat eine ungeahnte Leere in das Leben von Alwine und Otto.

Alwine, die kaum einen Tag von ihrer Tochter getrennt war, wischte sich mit einem Taschentuch die Tränen aus dem Gesicht und auch Otto hatte Schwierigkeiten beim Schlucken. Sie sahen den Zug immer kleiner werden und dann hinter einer Kurve verschwinden. Nur der Rauch von der Lok hing noch über dem Bahnsteig. Eingehakt gingen Otto und Alwine langsam nach Hause. „Hoffentlich hat es Evchen gut dort", sagte Alwine mehr zu sich selbst. „Wird sie schon, Winchen."

Als sie das Haus betraten, fühlte es sich leer und viel zu groß an.

86

Robert hasste den dicken Manfred. Immer wieder ärgerte er ihn damit, dass er keinen Vater hatte. Es war allgemein bekannt, dass Werner nicht sein richtiger Vater war. „Bastard", rief Manfred ihn dann, wenn er schlechte Laune hatte. Robert versuchte, sich zu verteidigen und Manfred den Mund zu stopfen, aber oft verlor er diesen Kampf.

Mit aufgeschürften Händen und blauen Flecken kam er dann nach Hause. Seine Mutter verband seine Wunden. „Irgendwann wird es auch für dich besser", sagte sie immer. Sie versuchte, Robert viel Aufmerksamkeit zu schenken, aber der jüngere Bruder ließ ihr nur wenig Zeit dafür. Auch Werner versuchte die Lücke zu füllen, aber es gelang ihm nur teilweise. Immerhin kamen beide gut miteinander aus und Robert lernte neue Dinge von seinem Stiefvater.

Antonia hatte sich in ihrer neuen Ehe eingerichtet. Werner vergötterte sie und versuchte ihre Wünsche zu erfüllen, soweit es der finanzielle Rahmen zuließ. Ihr kleiner Sohn war jetzt schon vier Jahre alt. Sie hatten ihn Rainer genannt. Robert liebte seinen kleinen Bruder und ging manchmal mit ihm spielen, aber er fühlte sich mehr als Onkel denn als Bruder.

Zu Georgs Mutter hatte Antonia immer noch guten Kontakt. Von ihr hatte sie erfahren, dass Gerhard auf einer Zugfahrt von Salzburg nach München verschwunden war. Da man auch nach intensiver Suche bis heute keinen Leichnam gefunden hatte, ging sie davon aus, dass er sich ins sichere Ausland abgesetzt hatte. Als hochdekorierter Offizier der Wehrmacht konnte Gerhard nicht sicher sein, ungeschoren davonzukommen.

Robert hatte gerade seinen vierzehnten Geburtstag gefeiert und war mächtig in die Höhe geschossen. Seine Mutter musste alle Säume aus den Hosen rauslassen, aber sie fürchtete, dass das nicht mehr lange helfen würde. Er hatte dunkles, volles Haar, wie es sein leiblicher Vater auch gehabt hatte. Sein schlanker und athletischer Körper ließ ihn oftmals schneller als andere rennen.

In den Sommerferien durfte er immer seine Großmutter in Jarmen besuchen, dann ging er angeln, fuhr in einem kleinen Holzboot auf der Peene oder mit dem Fahrrad seiner Großmutter bis Anklam. Dann fühlte sich Robert frei und glücklich. Er konnte die großen Sommerferien jedes Jahr kaum erwarten. Noch zwei Sommer und dann würde er die Schule verlassen.

Sein Traum war es, irgendwann zur See zu fahren und andere Länder und Städte kennenzulernen. Er konnte sich nichts Schöneres vorstellen, als dem Klang der Wellen bei Sonne und Wind zu lauschen. Er würde Havelberg verlassen und in die große, weite Welt ziehen. Auf der anderen Seite sehnte er sich nach einer richtigen Familie, einer Familie, wie er sie nie gehabt hatte.

Vielleicht könnte er ja erst zur See fahren und dann eine Familie gründen, er hatte ja alle Zeit der Welt. So hing er seinen Gedanken nach und diese gefielen ihm.

87

Eva war nun schon drei Jahre in Luckenwalde. Sie wohnte im Schwesternheim und teilte sich das Zimmer mit Annedore. Am Anfang fiel Eva die Umstellung sehr schwer. Zu Hause hatte sie ein eigenes Zimmer mit schönen weißen Möbeln, feinen Vorhängen und einem Schrank voller Kleider. Hier gab es nur Metallbetten, mit einfacher Bettwäsche. Die Ausstattung des Zimmers war zweckmäßig und einfach und die Wände weiß und kahl. Sie musste sich um alles selbst kümmern und niemand hofierte sie.

Ihr letztes Lehrjahr würde in wenigen Wochen zu Ende sein. Dann konnte sie als examinierte Krankenschwester überall arbeiten. Am liebsten würde sie nach Berlin gehen, aber da hatte sie keine Stelle bekommen. Selbst Tante Metha konnte nichts für sie tun, obwohl die immerhin Oberschwester war. Außerdem wohnte Tante Metha im sowjetischen Sektor. Dann eben Brandenburg an der Havel. Das war immerhin schon in der Nähe und Westberlin war nicht weit. Sie saß im Schwesternzimmer und hatte ein paar Bücher vor sich, denn sie musste für sie Abschlussprüfung übernächste Woche lernen.

Annedore kam ins Zimmer gestürmt. „Eva, kommst du mit ein Eis essen?" Sie schaute Annedore ein wenig genervt an. Annedore nahm die Dinge einfacher als sie. „Ich muss für die Prüfung lernen, die ist ja schon übernächste Woche und ich will nächste Woche nach Hause fahren." „Ich weiß", antwortete Annedore. „Ich muss ja auch lernen, aber das Wetter ist so schön und lernen können wir später immer noch." „Hast recht", antwortete

Eva, klappte das Buch zu und hakte Annedore unter. Zu gern ließ sie sich von Dingen ablenken, die sie nicht gern machte. Und schließlich hatte sie ja noch ein paar Tage Zeit.

Sie schlenderten Richtung Marktplatz und genossen den Frühsommer. In wenigen Wochen würde Annedore ihre Stelle in Nauen antreten und Eva ihre in Brandenburg. Dann würden sich die unzertrennlichen Freundinnen nicht mehr so oft sehen können. Annedore stammte vom Land in der Nähe von Nauen. Aber genau wie Eva konnte sie sich keine Arbeit in der Landwirtschaft vorstellen. Sie wollte schon lange Menschen helfen und die schicke weiße Schwesterntracht gefiel ihr auch.

Sie saßen auf einer Bank am Marktplatz. Der warme Sommerwind streifte um ihre nackten Beine. Ein paar junge Männer kamen vorbei und schauten die jungen Damen interessiert an. Eva mit ihrem rotblonden Haar fiel sowieso überall auf. „Ich komme dich dann in Nauen besuchen, sobald ich freihabe, vielleicht können wir ja mal rüber nach Westberlin", sagte Eva. „Gute Idee, da soll es ja jetzt das Feinste vom Feinsten geben." „Ja, das habe ich auch gehört", bestätigte Eva Annedores Aussage.

Annedore war Evas Banknachbarin vom ersten Tag der Lehrausbildung und sie hatten sich schnell angefreundet. In den drei Jahren waren sie fast unzertrennlich, aber nun mussten sie bald getrennte Wege gehen.

„Wann fährst du noch mal nach Hause?", fragte Annedore ihre Freundin. „Am 17., am Mittwoch, da hat mein Vater Geburtstag", antwortete Eva. „Und wie lange bleibst du in Havelberg?" „Nur bis Sonntag, denn die Woche drauf ist ja schon die Prüfung. Hoffentlich falle ich nicht durch", scherzte Eva, glaubte sie ja selbst nicht ans Scheitern.

Die Tage vergingen und Eva saß viel über den Büchern, wenn sie keinen Dienst hatte. Eva hatte noch die Morgenschicht und wollte am Nachmittag nach Hause fahren. Nach einer Tasse schwarzem Kaffee und einem Stück Brot machte sie sich auf den Weg zum Bahnhof.

Sie verließ das Krankenhaus im nordöstlichen Teil der Stadt und musste Richtung Innenstadt laufen, um zum Bahnhof zu

gelangen. Schon von Weitem hörte sie von irgendwo her Sprechchöre. Als sie sich der Innenstadt näherte, sah sie Uniformierte
in deutschen und russischen Uniformen, die Aufständische zu-
rückdrängten und auf sie einschlugen. Die Aufständischen hielten Transparente hoch mit den Aufschriften „Freie und geheime
Wahlen für Deutschland!" und „Nieder mit der Regierung!".

Eva stand fassungslos am Straßenrand. Was sollte sie tun? Sie
machte kehrt und nahm kleine und ruhigere Straßen, bis sie endlich
den Bahnhof erreichte. Sie wollte gerade die Bahnhofshalle betreten, als jemand in Uniform auf sie zutrat und sie anherrschte: „Wo
wollen Sie hin?" „Ich will nach Hause fahren, nach Havelberg",
antwortete Eva mit klopfendem Herzen. „Sie fahren nirgendwohin.
Der Ausnahmezustand ist verhängt worden, es gehen keine Züge
mehr. Wo wohnen Sie?" „Im Schwesternwohnheim." „Krankenschwester?", fragte er brüsk. Eva nickte. „Dann gehen Sie schnell
dahin zurück. Sie werden heute sicher noch Arbeit bekommen."
Mit klopfendem Herzen trat sie den Rückweg an, denselben, den sie
gekommen war. Was hat das alles zu bedeuten?, dachte sie bei sich.

Erst nach und nach erfuhr Eva von den Arbeiteraufständen
in der Republik. Die schlechte Versorgungslage, die zunehmen-
den Einschränkungen durch die Partei und Staatsführung und
letztendlich der Druck auf die Arbeiter, immer mehr zu leisten,
hatten das Fass zum Überlaufen gebracht. Die Normen, die den
Arbeitern auferlegt wurden, waren unmöglich zu erfüllen, und
so blieb ihnen an Ende der Woche fast nichts im Portemonnaie.
Zudem waren viele Bauern im Zuge der Kollektivierung ge-
flüchtet, sodass die Versorgungslage immer schlechter wurde.
Der Schrei nach Freiheit wurde immer lauter und ließ sich am
17. Juni 1953 nicht mehr unterdrücken.

Eva hörte von Verhaftungen. Am selben Abend wurden die
ersten Verletzten ins Krankenhaus eingeliefert. Immer mehr kamen auf die Station. Sie behandelten Brüche, Platz- und Schnitt-
wunden und andere Verletzungen. Was für ein Albtraum!, dachte Eva, wagte aber nicht, es auszusprechen. Todmüde sank sie
nach vielen Stunden Extraschicht in ihr Bett und fiel in einen
traumlosen Schlaf.

Als sie am nächsten Morgen mit schweren Knochen erwachte, fiel ihr ein, dass sie noch nicht einmal Zeit gefunden hatte, ihren Eltern Bescheid zu geben und ihrem Vater zum Geburtstag zu gratulieren. Sie suchte am Abend das nächste Telefon und rief zu Hause an.

Ihre Eltern klangen sehr besorgt. „Evchen, ist bei dir alles in Ordnung?", fragte ihr Vater. „Ja Vati, aber ich hatte gestern eine lange Schicht." Er brummte nur ins Telefon, sagte aber nichts. Man musste vorsichtig sein. „Wann kommst du denn nach Hause?", wollte er nach Sekunden des Schweigens wissen. „Vati, ich weiß es nicht. Nächste Woche ist doch die Prüfung, davor auf keinen Fall. Ich melde mich wieder." Dann legte sie auf.

Wenigstens geht es meinen Eltern gut, dachte sie, aber nie würde sie die Bilder dieses Tages aus ihrem Kopf bekommen. Für Politik hatte sich Eva bisher nicht interessiert. Von nun an würde dieser 17. Juni noch eine andere Bedeutung haben.

***

Der Volksaufstand vom 17. Juni vollzog sich nicht nur in Berlin, sondern in allen größeren, aber auch kleineren Städten in der gesamten DDR.

Schon mit der Frühschicht traten die Belegschaften in den größeren Betrieben in den Streik und formierten sich zu Demonstrationszügen. Die Arbeiter forderten nicht nur eine Reformierung der Normen und eine gerechte Bezahlung, sondern es wurde auch der Ruf nach freien Wahlen und nach einer Verbesserung der Versorgungslage laut.

Sowjetische Panzer wurden postiert und fuhren gegen die Demonstranten an. Als sich diese nicht einschüchtern ließen, gab es Schießbefehle. Die sowjetischen Behörden verhängten in 167 Kreisen den Ausnahmezustand und schlugen den Aufstand mit Gewalt nieder. Mindestens 55 Menschen ließen ihr Leben.

Eine Woche später legte Eva ihre Abschlussprüfung erfolgreich ab. Danach, Ende Juni, konnte sie endlich nach Hause fahren.

„Freust du dich auf deine Stelle in Brandenburg?", fragte ihre Mutter. „Ich wäre viel lieber nach Berlin gegangen, aber da konnte ich ja keine Stelle kriegen. Blöd. Aber vielleicht kann ich ja irgendwann wechseln." „Manchmal muss man Umwege gehen, um zum Ziel zu kommen", sagte ihre Mutter. „Es funktioniert nicht immer alles so, wie man es sich wünscht." Eva blieb noch zwei Tage in Havelberg und ließ sich von ihren Eltern verwöhnen. Sie besuchte ihre Großeltern und Lene, ging auf vertrauten Wegen und machte sich dann auf den Weg nach Brandenburg.

Brandenburg war ein hübsches Städtchen direkt an der Havel gelegen, mit einem beeindruckenden Dom, der Katharinenkirche, hübschen Häusern und den idyllischen Plätzen zum Verweilen am Wasser.

Das Krankenhaus war ein großes imposantes Gebäude aus rotem Backstein. Von der großen Halle in der Mitte des Gebäudes gingen über ein Treppenhaus die einzelnen Stationen ab.

Eva bekam eine Stelle auf der Inneren und war die Neue. Die Stationsschwester, Schwester Ingeborg, führte ein strenges Regiment. Aber sie mochte Eva und auch bei den Patienten war Eva beliebt. Obwohl Eva eher ein Einzelgänger war, dauerte es nur wenige Wochen, bis sie sich mit Erika, einer nur zwei Jahre älteren Kollegin, angefreundet hatte. Erika kam aus Neuruppin und war schon zwei Jahre in Brandenburg. Sie wohnte wie Eva im Schwesternwohnheim. Wann immer beider Zeit es zuließ, gingen sie bummeln oder Rad fahren. Ingeborg war eine lebenslustige Brünette, die immer einen Scherz auf den Lippen hatte. Der eher introvertierten Eva tat dieser Umgang gut und sie fühlte sich in Brandenburg sehr wohl. Die Zeit verflog. Die Weihnachtstage musste Eva arbeiten, denn die Jüngeren mussten zum Dienst, damit die Älteren bei ihren Kindern sein konnten.

Silvester hatten Eva und Erika frei. Sie wollten ausgehen und in das neue Jahr tanzen. Eva zog ihr schönstes Kleid an, dunkelgrüner Taft und dazu passende Schuhe. Dieses Kleid hatte ihre Mutter geschneidert und es brachte ihre schlanke Figur perfekt zur Geltung. Das herrliche Grün passte perfekt zu ihrem rotblonden Haar, das sie nackenlang trug. Eva war der uneingeschränkte

Star des Abends und zog bewundernde Blicke auf sich, sie konnte sich vor Verehrern kaum retten. Dennoch gab es niemanden, den sie noch einmal wiedersehen wollte.

„Du hast dich ja prächtig amüsiert", sagte sie am nächsten Tag zu Erika. „Ja, Harald heißt er, und er möchte mich unbedingt wiedersehen", schwärmte sie. „Und du, bist du auch verabredet?" „Nein, keiner, den ich Lust hätte, noch mal zu treffen", antwortete Eva kurz. „Aber der Große, der sah doch sehr gut aus", bohrte Erika weiter. „Du hast ihn aber nicht reden gehört. Der hat so was von angegeben. Da habe ich keine Lust drauf." „Dann musst du halt weitersuchen, Evchen", bemerkte Erika abschließend und wechselte das Thema.

88

Otto war seit einem halben Jahr auf der Werft beschäftigt, die nun „VEB Schiffsreparaturwerft" hieß. Die Werkstatt lief eher schlecht als recht und Otto wollte auf keinen Fall ohne Lohn dastehen. Also hatte er sich kurzerhand auf der Werft beworben und wurde genommen. Es war nicht das Gelbe vom Ei, aber er musste zufrieden sein.

Den Traum eines eigenen Geschäfts hatte er schon lange begraben, standen doch die Zeichen auf Kollektivierung und Volkseigentum. In den letzten zwei Jahren, seit 1952, waren etliche Unternehmen in volkseigene Betriebe oder Produktionsgenossenschaften umgewandelt worden. Er musste das Beste aus seiner Situation machen. Parolen wie „Die Stärke der Partei liegt in ihrer unlösbaren Verbundenheit mit den Massen" hingen auf dem Werksgelände. Otto fand das absurd, war die Wirklichkeit doch anders. Immerhin hatte sich die Versorgungslage verbessert. Der „große Bruder aus Moskau" half aus. Heute beging er seinen siebenundvierzigsten Geburtstag. In drei Jahren würde er schon fünfzig sein. Sieben Jahre hatte man ihm gestohlen. Sieben Jahre, die sein ganzes Leben veränderten und das seiner Familie.

„Sag mal, Otto", rief Gerhard ihm von Weitem zu. „Gibst du einen aus? Du hattest doch vor zwei Wochen, am 17. Juni, Geburtstag." „Es gibt ja keinen 17. Juni, sagt die Partei, und deswegen gebe ich auch keinen aus", antwortete er frei von der Leber weg. Der 17. Juni wurde in den DDR-Medien als eine Provokation des Westens dargestellt. Jegliche Eigenverantwortung wurde abgestritten. Gerhard hatte ihn provoziert und durch seinen Frust hatte er sich zu so einer Bemerkung hinreißen lassen. Er musste in Zukunft wachsamer sein, aber diese Erkenntnis kam zu spät.

Zwei Tage später klingelte es am Sonnabend an Ottos Haustür. Alwine war bei einer Kundin. Otto wollte sich gerade eine Tasse Kaffee machen. Er stellte die Kaffeebüchse zurück und ging zur Tür. Zwei Beamte in Zivil bauten sich im Türrahmen auf und baten ihn mitzukommen. Otto wusste sofort, um wen es sich handelte. Staatssicherheit. Widerstand hatte keinen Zweck, also ging er mit. Man brachte ihn in ein Gebäude der Staatssicherheit, in ein karg möbliertes Zimmer, und wies ihn an, sich zu setzen. Otto hatte keine Uhr an, aber dem Gefühl nach musste er schon über eine Stunde gewartet haben, als plötzlich die Tür aufgerissen wurde. Ein Offizier setzte sich auf die andere Seite des Schreibtisches und drehte die Lampe so, dass sie Otto blendete. „Machen Sie die Beine zusammen und legen Sie die Hände unter die Oberschenkel." Dann verließ der Offizier das Zimmer und ein anderer kam herein.

Mit einer Fistelstimme sprach er ihn an: „Herr Landsberg, Sie diffamieren unser sozialistisches Vaterland und spielen damit den Provokateuren aus dem Westen in die Hände", wurde er beschuldigt. „Das ist nicht wahr", antwortete Otto. „Es gibt Zeugen, die das bestätigen." „Was wird mir denn genau zur Last gelegt?" Bloß nichts zugeben!, dachte Otto bei sich. Der Offizier blätterte in den Unterlagen, obwohl er die Antwort genau kannte. „Sie haben also keine Ahnung? Wir geben Ihnen jetzt Zeit, über Ihre Ansichten nachzudenken, Herr Landsberg." Der

Offizier blickte ihn kalt an. Dann drückte er einen Knopf an seinem Telefon, woraufhin sofort ein Untergebener erschien. „Führen Sie Herrn Landsberg ab."

Der Untergebene riss Otto grob am Arm und führte ihn im Untergeschoss in eine Zelle. Die Tür flog krachend ins Schloss. Otto setzte sich auf die Pritsche. Wo bin ich bloß hineingeraten, wenn man auf eine lapidare Bemerkung gleich abgeführt wird? Beginnt jetzt etwa der nächste Albtraum? Ein Zittern erschütterte seinen Körper. Und das nennt sich demokratische Republik! Nein, das würde nie sein Land werden, wo er offensichtlich nicht seine freie Meinung äußern konnte. Irgendwann fiel er in einen unruhigen Schlaf, aus dem er aufschreckte, als plötzlich das Licht anging.

Er setzte sich auf und lief in der Zelle hin und her, als das Licht plötzlich wieder ausging. Dies wiederholte sich die Nacht nochmals. Man gab ihm Wasser, aber nichts zu essen. Ihm knurrte der Magen, denn er hatte seit dem Frühstück am Vortag nichts mehr gegessen. Am nächsten Tag bekam er eine karge Suppe. Das Wechseln des Lichts wiederholte sich immer und immer wieder. Am dritten Tag holte man ihn aus der Zelle. Er wurde wieder zu dem Offizier gebracht, der ihn vernommen hatte.

„Sie können gehen. Ich hoffe, wir können in Zukunft beim Aufbau unseres sozialistischen Vaterlandes auf Sie zählen. Kein Wort über Ihren Aufenthalt hier, sonst sehen wir uns wieder." Dann öffnete sich die Tür und er war frei.

Er lief mehr, als dass er ging. Er hatte sich zwei Tage nicht gewaschen und sein sonst glattes Gesicht zierten teils graue Stoppeln.

Alwine sah ihn kommen, öffnete die Tür und fiel ihm um den Hals. „Otto, Liebling." Sie gingen ins Haus. „Die Nachbarin hat mir erzählt, dass zwei Männer hier waren, die dich mitgenommen haben. Wo warst du?" Sie sah ihn fragend und verstört an. „Ein vertraulicher Auftrag. Darüber kann ich nicht reden." Sie drang nicht weiter in ihn, wusste sie doch, dass er nichts sagen würde. So wie er aussah, musste etwas Unangenehmes passiert sein. Vielleicht würde er später darüber reden.

Seine Gedanken kreisten ständig darum, dieses unfreie Land zu verlassen. Über Westberlin könnten sie es wagen. Am Abend wollte er mit Alwine nochmals darüber sprechen, aber daraus wurde nichts. Margarethe erlitt am Nachmittag einen mittelschweren Schlaganfall.

89

Endlich konnte sein Leben anfangen.

Es war ein sonniger Sommertag, als Robert die Kaserne verlassen konnte. Drei verpflichtende Jahre bei der Nationalen Volksarmee lagen hinter ihm. Nun endlich war er frei und konnte mit zweiundzwanzig Jahren sein neues Leben beginnen.

Nachdem er die Schule mit recht guten Noten verlassen hatte, konnte er eine dreijährige Elektrikerlehre beginnen, die er erfolgreich absolvierte. Da Robert sich für alles Technische interessierte, lag es für ihn nahe, etwas in dieser Richtung zu machen.

Die Marine hatte ihn nicht genommen und somit war sein Traum, zur See zu fahren, erst einmal geplatzt. Bevor er sich auf den Heimweg nach Havelberg machte, wollte er unbedingt noch seinen Freund Lothar in Brandenburg besuchen, der ein Jahr älter und schon vor ihm aus der Armee entlassen worden war. Lothar hatte ihn direkt als junger Rekrut unter seine Fittiche genommen und in vieles eingewiesen. So blieb ihm manches Fettnäpfchen erspart. Beschwingt und zufrieden machte er sich auf den Weg zum Bahnhof. Robert nahm den Zug von Pasewalk nach Berlin-Lichtenberg und von da aus ging es weiter mit dem D-Zug nach Brandenburg.

Er hatte es nicht eilig und wollte mindestens noch drei Tage bei seinem Freund Lothar bleiben. Außerdem hatte Lothar ein Motorrad. Vielleicht konnten sie damit eine Spritztour machen, denn das Wetter war bestens.

Ein eigenes Motorrad war sein Traum. Darauf würde Robert sparen, wenn er jetzt anfing, Geld zu verdienen. Vielleicht konnte er ja ein gebrauchtes kaufen, sobald er genug Geld zusammenhatte. Dann würde er als Erstes zu seiner Großmutter nach Jarmen fahren.

„Komm rein, Junge", sagte Lothar strahlend, als er Robert die Tür öffnete. Lothar wohnte in einem kleinen Siedlungshaus. Die Eltern bewohnten das Erdgeschoss und Lothar hatte sich im Dachgeschoss eingerichtet.

Es roch nach Lauchsuppe, als Robert den engen kleinen Flur betrat. Die beiden jungen Männer stiegen die schmale Treppe hinauf ins Dachgeschoss. Hier war Lothars Reich. Auf dem Boden lagen viele Bücher und in der Ecke stand eine Gitarre. „Ich habe eine Luftmatratze für dich und Daunen bist du ja seit drei Jahren nicht mehr gewöhnt", sagte Lothar und grinste, als Robert sich nach einer weiteren Schlafgelegenheit umgesehen hatte.

In der Küche fanden sie etwas Essbares und dann machten sie sich auf den Weg. Lothar zeigte Robert am Nachmittag seine Heimatstadt und am Abend zogen sie um die Häuser. „Toll hier, mir gefällt es", sagte Robert, als sie beim Bier saßen. „Vielleicht können wir ja einen Tag mit dem Boot rausfahren. Dann können wir auch ein bisschen angeln gehen", meinte Lothar. „Das wäre klasse." Die Idee fand sofort Roberts Zustimmung. „Angelzeug habe ich für uns beide da und wo die Fische sind, weiß ich auch." Geangelt habe ich auch schon lange nicht mehr, dachte Robert. Am liebsten hatte er immer in Jarmen geangelt. Was ich alles nachholen muss!

Als sie in der Kneipe saßen, schauten sich einige junge Damen interessiert nach Robert um. Er war der auffallend bestaussehende junge Mann im Lokal. Sein kurzes dunkles Haar stand frech ab. Er hatte diesen Teint, der ihn nie blass aussehen ließ, und wenn er lachte, zeigten sich zwei Reihen ebenmäßiger weißer Zähne. Seine athletische Figur ließ sich selbst unter der leichten Jacke erahnen. Irgendwann nach Mitternacht schlenderten die beiden Freunde fröhlich nach Hause.

Gegen Morgen, es war noch dunkel, weckte Robert Lothar unsanft auf. „Lothar, mir geht es so schlecht. Ich musste mich mehrmals erbrechen, mir ist speiübel und mein ganzer Bauch tut weh. Ich kann kaum aufstehen." Lothar sprang aus dem Bett. „Das hört sich nicht gut an. Seit wenn hast du das?" „Schon eine ganze Weile und es wird immer schlimmer", antwortete Robert mit schmerzverzerrtem Gesicht. „Wir müssen ins Krankenhaus."

Lothar sprang in seine Hosen und streifte sich eine Jacke über. Robert zog sich unter großen Anstrengungen etwas über. Lothar stützte ihn, als er sich die Treppe hinunterquälte. Vor dem Haus stand ein alter Horch, der Lothars Vater gehörte. Lothar schnappte sich den Schlüssel und sie stiegen in das Fahrzeug ein. Er fuhr Robert so schnell es ging zum Krankenhaus. Die Notaufnahme war zum Glück leer und Robert wurde nach wenigen Minuten von einem Arzt untersucht.

„Es ist der Blinddarm. Wir werden Sie operieren." Dann ging alles ganz schnell. Er wurde für die Operation vorbereitet und eine Stunde später lag er auf dem OP-Tisch. Das Letzte, was er sah, bevor er wegdämmerte, war das Ufer der Peene im Sonnenschein.

Robert versuchte seine schweren Lider zu öffnen. Wo bin ich?, war sein erster Gedanke. Dann erinnerte er sich, dass Lothar ihn ins Krankenhaus gebracht hatte und dass er operiert werden sollte. Der Bauch tat ihm weh, aber anders. Also bin ich sicher schon operiert worden, dachte er. Er versuchte im Bett seine Position zu ändern, aber das ging nicht. Eine Welle des Schmerzes durchfuhr ihn und hielt ihn von seinem Vorhaben ab.

Robert musste eine Weile vor sich hin gedöst haben, vielleicht war er auch eingeschlafen, als jemand ins Zimmer kam. Er drehte den Kopf und sah eine Fee. Eine junge Frau mit Alabasterhaut und rotblondem Haar unter einer weißen Haube trat an sein Bett. Sie war nicht sehr groß, aber schlank, und hatte für ihn das schönste Lächeln der Welt. „Schwester Eva" las er auf dem Kittel.

„Wie geht es Ihnen? Brauchen Sie etwas gegen die Schmerzen oder eine Pfanne?", fragte sie freundlich. „Nein, nichts. Aber danke." Die Pfanne, nein. Nie und nimmer würde er vor diesem Engel auf die Pfanne gehen. Er schüttelte den Kopf. Sie maß Fieber und notierte den Wert. Dann rückte sie sein Oberbett gerade und verschwand. War es eine Fata Morgana? Nein, sie existierte.

Erst nach Schichtwechsel ließ er sich von einer älteren Schwester die Pfanne geben. Erschöpft und müde schlief er ein. Morgen würde Schwester Eva wiederkommen.

Am nächsten Morgen wartete er schon sehnsüchtig auf sie. „Wie geht es Ihnen heute?", fragte sie und lächelte ihn an. „Schon etwas besser als gestern." Eva schaute ihn an. „Die OP hat Sie geschwächt, aber das ist normal. Es wird schon bald viel besser sein", versuchte sie ihn aufzumuntern. Dann maß sie Fieber, schüttelte sein Bett auf und verschwand wieder. „Bis morgen", war das Letzte, was er hörte, bevor die Tür hinter ihr zuging.

Jeden Tag wartete er schon, dass sie kam. Sie war zu allen Patienten freundlich, aber er hatte den Eindruck, dass sie zu ihm noch ein bisschen freundlicher war. „Sind Sie aus Brandenburg?", fragte er sie eines Tages. „Nein, ich komme ursprünglich aus Havelberg." „Das gibt es doch nicht! Da bin ich auch gelandet, nachdem wir aus Berlin evakuiert wurden." „Was machen Sie denn da?", wollte sie wissen. „Ich bin Elektriker. Ich war gerade drei Jahre bei der Armee, aber nun gehe ich erst einmal dahin zurück, wenn ich hier entlassen werde. Aber irgendwann, schon bald, werde ich mir woanders etwas Neues suchen", beantwortete er ihre Frage. „Wo wollen Sie denn hin?", wollte sie wissen. „Na, da, wo es schön ist." Jeden Tag redeten sie ein bisschen mehr und länger.

Am Vortag seiner Entlassung fasste sich Robert ein Herz. „Würden Sie mit mir ausgehen, wenn ich entlassen werde? Dann bleibe ich noch einen Tag länger." Eva schmunzelte ihn an. „Aber nur wenn wir dahin gehen, wo wir sitzen können. Für alles andere sind Sie noch zu wackelig auf den Beinen." „Ich bin doch schon wieder ganz fit", wollte Robert seinen angeschlagenen Zustand herunterspielen. „Glauben Sie mir, ich weiß es besser, Herr Ohme." „Robert, bitte. Nennen Sie mich Robert." „Gerne. Ich heiße Eva." „Ich weiß, es steht auf Ihrer Kleidung." Beide fingen heftig an zu lachen. Robert fand, dass sie lachend noch schöner aussah. „Dann morgen um 16.00 Uhr an der Katharinenkirche? Das ist neben dem Dom eines der wenigen Gebäude, die ich mir gemerkt habe." „Ja, bis morgen an der Katharinenkirche." Dann verschwand sie und Robert fühlte sich viel, viel besser.

Robert war schon früh am vereinbarten Ort. Und dann kam sie. Ihr rotblondes Haar leuchtete schon von Weitem. Sie trug ein gestreiftes Sommerkleid und weiße Sandalen. Sie sah umwerfend aus! Sie sah ihn auf dem Platz vor der Kirche stehen. Langsam ging sie auf ihn zu.

„Hallo Eva, schön, dass es mit dem Treffen geklappt hat. Hast du Lust auf ein Eis?" „Eis geht bei mir immer", sagte sie und lachte ihn an. Sie fand, dass er an der frischen Luft und außerhalb der weißen Laken noch viel besser aussah.

Sie steuerten die nächste Eisdiele an und schlenderten dann ein wenig durch die Stadt. Da Robert noch ein wenig wackelig auf den Beinen war, setzten sie sich bald auf eine Bank am Ufer der Havel. Sie schauten aufs Wasser und plauderten, bis sie merkten, dass es schon Abend wurde. Dann zogen sie in ein Lokal um. Robert erzählte von seiner Kindheit in Berlin und von Jarmen. Er sprach über seine Mutter, seine Großmutter Mathilde, seine Tante Hannah und seinen Stiefvater. Eva erfuhr, dass Robert offiziell keinen Vater hatte, aber eine Zeit bei seiner anderen Großmutter in Jarmen verbracht hatte. „Das ist ja wirklich tragisch", sagte Eva, „was du alles aushalten musstest."

Robert sprach viel von seiner Mutter, die auch schon als Kleinkind als Halbwaise aufwuchs. Er berichtete von Hannah, die in der Zeit der Judenverfolgung untergetaucht war. „Und habt ihr etwas von ihr gehört?", wollte Eva wissen. „Ja, haben wir. Sie hat die Naziherrschaft überlebt und hat sich auf einem Bauernhof verstecken können. Nach dem Ende des Krieges hat sie den Sohn der Bauersleute geheiratet. Das ist mal ein wirklich gutes Ende. Meine Mutter hat wieder Kontakt mit ihr." „Das ist ja mal eine Geschichte, die gut ausgegangen ist", pflichtete Eva ihm bei. „Ja, das ist sie, aber es sind auch viele verstorben. Hannahs Cousine Sarah ist nach Auschwitz deportiert und umgebracht worden. Mein Onkel Arthur ist im Krieg an der Ostfront gefallen."

Er erzählte Eva von dem Stoffgeschäft, das seine Mutter in Berlin hatte, und dass er am Nachmittag oft dort gewesen war, um seine Hausaufgaben zu machen. „Und das ist jetzt alles weg?", wollte Eva wissen. „Ja, das Haus wurde zerbombt und unser Wohnhaus auch."

Als Robert seine Geschichte beendet hatte, entfuhr Eva ein leises „Puh, das ist ja schrecklich!". So viel Tragik hatte sie schon lange nicht mehr gehört. Dagegen war es bei ihr vergleichsweise harmlos zugegangen. „Und was willst du jetzt machen?", fragte sie neugierig. „Na, Geld verdienen, dann ein Motorrad kaufen und mir etwas aufbauen." „Klingt gut", sagte sie. „Und was hast du noch vor?", stellte er die Gegenfrage. „Ich weiß es nicht. Mir gefällt es hier. Eigentlich wollte ich immer mal nach Berlin gehen, und das mache ich bestimmt irgendwann, aber für den Anfang fühle ich mich hier wohl. Ich habe nette Kollegen und die Arbeit gefällt mir." Dann schwieg sie, aber er sah, dass ihr noch etwas auf der Zunge lag. „Hast du eigentlich eine Freundin?", fragte sie dann geradeheraus. „Nein, bisher nicht." „Und du, hast du einen Freund?", stellte er schnell die Gegenfrage. „Nein, bisher habe ich noch nicht den Richtigen gefunden." „Dann haben wir ja beide Glück", sagte er und beide lachten.

Eva erzählte Robert von ihrer Familie, von ihren Großeltern und von ihrer Jugend in Havelberg, ihrer Zeit in Luckenwalde und wie sie nach Brandenburg gekommen war. Es war schon später Abend, als sie langsam zum Schwesternwohnheim zurückschlenderten. Eva wunderte sich, dass so ein gut aussehender Mann so schüchtern war. Als sie sich verabschiedeten, nahm Robert Evas Hand, drückte sie und hielt sie eine ganze Weile fest in der seinen. „Darf ich dich wiedersehen?", fragte er zum Abschied. „Ich muss morgen abreisen." Eva hatte insgeheim gehofft, dass er sie das fragen würde, und antwortete recht schnell. „Ich würde mich freuen", erwiderte sie und schaute ihm dabei in die Augen. Sie tauschten die Adressen und Eva gab Robert auch noch die Telefonnummer der Station. Dann drückte ihm Eva spontan einen Kuss auf die Wange und verschwand in der Tür des Wohnheims.

Robert ging schnellen Schrittes davon, aber als er sich schon ein Stück entfernt hatte, drehte er sich noch mal um. Eva schaute noch einmal aus der Tür und hob die Hand. In diesem Augenblick wusste sie, dass sie ihn getroffen hatte. Robert war der Mann, den sie heiraten würde.

***

Robert war endlich glücklich. Eva war die Frau, nach der er sich gesehnt hatte. Wenn sie zusammen waren, verging die Zeit wie im Fluge. Sie konnten sich stundenlang unterhalten oder einfach die Nähe des andern genießen.

Robert wohnte wieder im Haus seines Stiefvaters und seiner Mutter. Er hatte ein kleines Zimmer im Dachgeschoss. Es war ein gemütliches Zimmer, aber er war selten daheim, sondern meistens unterwegs.

Robert kam bei dem Volkseigenen Baubetrieb, VEB (K) Bau, unter und arbeitete hier als Elektriker. Das Geld verdiente er allerdings nach Feierabend. Überall, wo Elektroarbeiten gefragt waren, bot er sich an. Manche Aufträge vermittelte ihm auch sein Stiefvater.

Ein Mal im Monat fuhr er nach Brandenburg. Er legte es immer so, wenn auch Eva ein freies Wochenende hatte. In der ersten Zeit fuhr er noch mit der Bahn nach Brandenburg, aber Bahnfahrten waren lang und mühselig. Manchmal bekam der das Auto seines Stiefvaters. Seinen Führerschein hatte Robert bei der Nationalen Volksarmee machen können. Wenn er das Auto hatte, konnte er mit Eva auch Ausflüge in die Umgebung oder nach Potsdam unternehmen, oder sie fuhren einfach raus an einen ruhigen Platz an der Havel.

Jetzt hatte sich für Robert noch eine andere Möglichkeit aufgetan. Sein Arbeitskollege, mit dem er gut zurechtkam, Ernst Jost, hatte eine Freundin in Potsdam und er hatte ein Motorrad. Da Ernst Jost fast jedes Wochenende nach Potsdam fuhr, nahm er Robert immer mit, wenn er nach Brandenburg wollte. Aber Robert wollte und brauchte ein eigenes Fahrzeug.

Nach acht Monaten hatte er das Geld für ein gebrauchtes Motorrad zusammen, eine schwarze Jawa Pionyr 555. Nach Feierabend schraubte und polierte er und nach vier Wochen betrachtete er voller Stolz das hergerichtete Gefährt. Sein Stiefvater Werner hatte sogar das Geld für eine neue Sitzbank gestiftet. Robert war unendlich stolz. Nun war er mobil und konnte jederzeit nach Brandenburg fahren. Besonders im Sommer genoss er die Fahrt dahin. Eva wohnte noch immer im Schwesternheim und Robert übernachtete bei seinem Freund Lothar, wenn er in Brandenburg war. Es war jetzt schon über ein Jahr her, dass er im Krankenhaus lag und Eva kennengelernt hatte.

Robert wartete unweit des Krankenhauses. Es war einer der heißen Junitage. Der Sommer hatte Einzug gehalten und alles blühte an den Wegesrändern, auf den Feldern und in den Gärten. Er lehnte an seinem Motorrad, als Eva ihm entgegenkam.

Sie sah in ihrem schwarz-weiß getupften Sommerkleid umwerfend aus. Sie war immer sehr geschmackvoll gekleidet, gerade so, als käme sie aus einem Modesalon. „Sollen wir ins Grüne fahren, vielleicht an einen See?", fragte er Eva. „Das wäre schön", sagte sie. Sie wollte nicht mit Robert unter all den Menschen sein, sondern lieber die traute Zweisamkeit genießen.

Sie fuhren an einen der kleinen Havelseen und suchten sich eine lauschige, schattige Bucht.

„Möchtest du schwimmen gehen, Eva?" „Ich habe keine Badesachen dabei, ich dachte, wir gehen nur spazieren", sagte sie und schaute ihn fragend an. „Ich auch nicht, dann gehen wir halt ohne." „Ohne?", schaute sie ihn fragend an und Robert nickte. „Ich zuerst", bat Eva. „Und du dreh dich um." Robert tat wie geheißen und drehte sich um, obwohl er sehr neugierig war. Sie sah schon mit Kleidung umwerfend aus, wie musste sie erst ohne aussehen!, dachte er. Schnell streifte sie ihre Sachen ab und stieg ins kühle Nass. „Du kannst jetzt kommen!", rief sie und schwamm Richtung Seemitte. Er stieg nun auch ins Wasser und schwamm ihr hinterher. Als er dicht an sie herangeschwommen war, spritzte sie Robert Wasser ins Gesicht und versuchte schnell wegzuschwimmen. Aber Robert war ein guter Schwimmer und holte sie rasch ein.

Zuerst berührten sich ihre Hände, dann ihre Lippen und schließlich auch ihre Körper. Robert konnte nicht aufhören, Evas schönen Körper zu berühren und zu streicheln. „Ich liebe dich, Robert", hauchte sie ihm ins Ohr. „Ich dich auch, Eva." Sie spürte seine Erektion und führte ihn ans Ufer. Ihre Lippen nicht voneinander lassend, tastete er ihren Körper ab und liebkoste ihren Körper. Als beide ihre Lust nicht mehr zügeln konnten, drang er in sie ein. Der Himmel explodierte über ihnen. Ermattet sanken sie ins Gras. Sie blieben eine Weile liegen und küssten sich immer wieder. Ihre Hände fanden zueinander.

Wann immer es ging, fuhr Robert nun nach Brandenburg. Er liebte Eva und sie ihn. An Weihnachten stellte Eva Robert das erste Mal ihren Eltern vor. Otto und Alwine gefiel der junge Mann. Robert erzählte von seiner Mutter und Großmutter, von Berlin und Jarmen, und Evas Eltern waren beeindruckt, unter welchen Umständen der junge Mann seine Entwicklung gemeistert hatte. Otto bot Robert an, sie gerne zu besuchen, auch wenn Eva in Brandenburg war.

***

Bei einem seiner Besuche in Brandenburg plante Robert auf dem Rückweg auch ein Treffen mit Lothar ein.

„Wie geht's, alter Junge?", begrüßte Lothar Robert herzlich und schüttelte fest seine Hand. „Ganz gut", antwortete Robert und grinste. „Willste 'nen Kaffee oder lieber ein Bier?", fragte Lothar. „Bier klingt gut." Lothar gab Robert ein Bier und nahm sich auch eines. „Was macht die Liebe? Du siehst ja prächtig aus!", befand Lothar. „Ja, mir geht es gut und auch mit Eva läuft es gut. Sie ist die Frau meines Lebens. Ich werde sie heiraten, aber sie weiß es noch nicht", sagte Robert und lachte. Dann setzten sich die beiden Männer einander gegenüber und redeten über dies und das.

„Und du, hast du mittlerweile auch jemanden gefunden?", wollte Robert wissen. „Ja, mehrere, aber keine zum Heiraten!", beantwortete Lothar die Frage und grinste. „Außerdem möchte ich mich hier nicht binden.

„Ich werde von hier weggehen", sagte Lothar auf einmal. „Nur, dass du es schon mal weißt." „Wie, weg? Wohin?", schaute Robert ihn fragend an. „Ich gehe nach Westberlin oder vielleicht später auch nach Westdeutschland. Ich komme mit diesem System nicht mehr klar. Diese Parolen, diese Phrasen, die Partei und der ganze Scheiß. Regimegegner werden niedergeknüppelt. Nein, in dem Land will ich nicht die nächsten fünfzig Jahre leben oder wer weiß wie lange." „Das kann ich gut verstehen. Darüber habe ich auch schon nachgedacht. Vielleicht nicht so intensiv wie du, aber grundsätzlich schon. Welche Möglichkeiten haben wir hier schon? Man kann sich noch nicht einmal selbstständig machen, da alles verstaatlicht wird." „Und wenn es nicht so klappt, dann marschieren die Russen ein", fügte Lothar noch hinzu. „Ja, das haben wir ja auch schon erlebt." „Wann willst du denn weg?", fragte Robert neugierig. „Schon recht bald. Ich habe bereits alles geklärt und gehe nach Westberlin zu AEG. Als Werkzeugmechaniker habe ich dort gute Chancen und die nehmen mich auch. Westberlin entwickelt sich toll und ich kann mir gut vorstellen, da zu leben."

Diese Neuigkeiten musste Robert erst einmal verdauen. Lothar, Westberlin ... Je länger er darüber nachdachte, umso mehr interessierte ihn das Thema. Nach einer Weile kam er wieder darauf zurück.

„Das hört sich wirklich gut an. Meinst du, ich als Elektriker hätte dort auch gute Chancen?" So manches Mal hatte er überlegt, wie es wohl als selbstständiger Elektriker wäre. „Ganz bestimmt. Solche Berufe suchen die bestimmt", war Lothars klare Meinung.

Jetzt, wo Lothar den Anstoß gegeben hatte, musste er gründlich darüber nachdenken und dann auch mit Eva darüber sprechen. Er wusste, dass auch sie immer nach Berlin wollte, und warum nicht nach Westberlin? Krankenschwestern würden da sicherlich auch gebraucht. Innerlich aufgewühlt, brach er am nächsten Tag nach Hause auf.

***

Der Besuch bei Lothar hatte Robert derart aufgepeitscht, dass er keine Ruhe mehr fand. Antonia bemerkte die Veränderung ihres Sohnes. „Robert, hast du etwas? Du bist seit einiger Zeit so verändert. Hat es mit deiner neuen Freundin zu tun?" „Nein, es ist nichts", antwortete er. Mit seiner Mutter konnte er über dieses Thema nicht reden. Sie war in ihrer neuen Ehe zufrieden und hatte ja noch den kleinen Rainer. Er wollte sie weder beunruhigen noch in Schwierigkeiten bringen. Er sah sein Umfeld jetzt mit noch kritischeren Augen. Die leeren Phrasen auf den Plakaten, die verordnete Solidarität, die Heuchelei der heilen Welt und des Fortschritts, das alles ödete ihn an.

Auf der anderen Seite waren da Eva und ihre reizenden Eltern und Großeltern. Er mochte sowohl Evas Vater, der den Krieg überlebt hatte, aber nun wieder bei null anfangen musste, als auch ihre mutige, couragierte und herzensgute Mutter. Dann dachte er wiederum an Lothar und an seine Möglichkeiten im Westen. Westberlin klang jetzt verlockend in seinen Ohren. Er musste mit Eva sprechen, sie war vielleicht die Einzige, die ihn verstand.

✱✱✱

Zu ihrem Geburtstag kam Eva nach Hause. Es war ein unglaublich heißer Augusttag. Eva trug ein hellgelbes Sommerkleid, welches weiße Blenden schmückten. Sie sah zauberhaft aus! Stürmisch stürzte sie in Roberts Arme, als er an der Haustür der Landsbergs klingelte.

Robert hatte für Eva einen großen Blumenstrauß gekauft. Jetzt im Sommer war das einfach, aber in den Wintermonaten gab es fast keine Blumen. Es gab sowieso nicht immer alles. Eva sah glücklich aus und ihr Gesicht leuchtete. Sie feierten ein bisschen zu Hause. Alwine hatte einen Frankfurter Kranz gebacken, einen Kuchen, den sie besonders gut backen konnte. Zum Abend gab es einen Braten, den sie sich mit einem Glas Wein schmecken ließen. Otto machte noch eine Flasche Wein auf und sie saßen gemütlich im Garten, denn der Abend war noch warm.

Sie sprachen über die Arbeit und die Vergangenheit und irgendwann gingen Evas Eltern ins Bett. Dann kuschelte sich Eva an Robert und sie küssten sich in der Dunkelheit.

Eva hätte sich von Robert etwas zum Geburtstag gewünscht, was nicht so vergänglich war, aber vielleicht musste er ja sparen, dachte sie insgeheim.

„Wie lange kannst du bleiben, Eva?", fragte Robert. „Nur bis übermorgen, dann muss ich zurück." „Schade." „Na, dann müssen wir die Zeit halt nutzen", sagte Eva und küsste Robert auf die Wange. An ihrem Geburtstag konnte er sein Thema nicht anbringen, er wollte ihr ihren Tag nicht mit solchen Themen verderben. Am nächsten Tag fuhren sie mit einem gemieteten Boot auf der Havel. Es war ein wunderschöner Sommertag und sie hatten etwas zu essen und eine Flasche Wein eingepackt.

An einer besonders schönen Stelle machte Robert das Boot fest und sie gingen an Land. Sie breiteten eine Decke aus und Eva packte den Proviant aus.

Nachdem sie sich geliebt hatten, setzte Robert sich zu ihr auf die Decke. „Eva, könntest du dir vorstellen, in den Westen zu gehen?", fragte er geradeheraus. Sie sah ihn erstaunt an. „Wieso fragst du so was?", wollte sie wissen. „Die Zustände machen mir mehr und mehr zu schaffen. Die Reglementierungen und Vorschriften, die mangelnde Freiheit, das ist nicht das, was ich mir auf Dauer vorstellen kann." „Aber ich habe meine Eltern und Großeltern hier. Die kann ich doch nicht allein lassen." „Ich weiß", sagte Robert.

Eva dachte über Roberts Worte nach. Wie würde ihr Vater darüber denken, oder ihre Mutter? Beide waren auch freiheitliche Denker, die Umstände zwangen sie jedoch zu ihrem Leben. Aber was würden sie tun, wenn sie frei von Verpflichtungen wären? Sie würde das mit ihrem Vater bereden.

Eva hatte sowohl Weihnachten als auch Neujahr Dienst und so verbrachte Robert die Feiertage bei seiner Familie.

Im Februar hatte Eva ein paar Tage frei und Robert versprach ihr, dann ein paar Tage nach Brandenburg zu kommen. Das Pendeln zwischen Havelberg und Brandenburg war in den

Wintermonaten anstrengend, aber er wollte nicht längere Zeit von Eva getrennt sein.

Mitte Februar fuhr Robert wieder nach Brandenburg. Er hatte jetzt eine kleine günstige Pension gefunden, wo er mit Eva übernachten konnte. Er holte Eva ab und sie fuhren raus nach Schloss Gollwitz. Das Schloss, der Park, die Kirche und das ganze Gelände waren in ein zauberhaftes Weiß gehüllt. Der Schnee glitzerte in der Sonne und ihr Atem kringelte sich in Wölkchen in der kalten Luft.

Robert nahm Eva bei der Hand und sie schlenderten zunächst zum Schloss und dann hinüber zur Kirche. Eva wollte sich gerade auf der Bank vor der Kirche niederlassen, als Robert vor ihr auf die Knie fiel. „Was tust du?", fragte sie ihn, als ihr klar wurde, was er vorhatte. „Meine liebste Eva", sagte er mit stockender Stimme. „Als ich das erste Mal gesehen habe, wusste ich, dass du die Frau bist, mit der ich für den Rest meines Lebens zusammenbleiben möchte. Willst du meine Frau werden?" Er holte einen goldenen Ring mit einem grünen Stein aus der Tasche und hielt ihn ihr hin. „Ja", sagte sie strahlend und ließ sich in seine Arme fallen. Der Ring passte wie angegossen und sie konnte kaum den Blick davon lassen. Sie und Robert würden für immer zusammenbleiben.

Als sie zurück nach Brandenburg fuhren, sagte sie ihm, dass sie über ihr Gespräch von vor ein paar Monaten nachgedacht hatte. „Ich kann es mir vorstellen, mit dir in den Westen zu gehen, und meine Eltern können wir vielleicht trotzdem sehen. Die werden schon nicht alles abriegeln. Daher wäre mir Westberlin am liebsten." „Ich bin so froh, dass du das sagst, Evchen, mein Schatz. Da haben wir das Jahr einiges vor." Dann küssten sie sich innig.

Epilog

Die Hochzeit von Eva und Robert war auf den 17. August 1961 festgesetzt. Alwine ließ es sich nicht nehmen, Evas Hochzeitskleid zu schneidern. Eva hatte gerade die letzte Anprobe hinter sich und es sah perfekt aus. Der durchsichtige weiße Stoff war über und über mit kleinen weißen Blüten bestickt. Das Kleid war wadenlang und hatte einen hübschen U-Boot-Ausschnitt sowie geschlitzte, angeschnittene Ärmel. Alwines Freundin Lucie hatte aus Westberlin einen hübschen Schleier mit einem passenden Brautkranz geschickt.

Morgen früh würde Eva wieder nach Brandenburg fahren, denn sie musste noch bis zum 13. August arbeiten. Dann hatte sie noch ein, zwei Tage vor der Hochzeit frei, die sie für die Vorbereitung nutzen konnte. Aber wie sie ihre Mutter kannte, würde alles perfekt vorbereitet sein.

Nach der Hochzeit würden sie und Robert dann mit dem Motorrad nach Jarmen zu Roberts Großmutter fahren und dann einen Abstecher nach Usedom machen. Sie freute sich auf die gemeinsamen Tage.

Im Herbst wollten sie sich in Westberlin nach einer Arbeit umsehen. Krankenschwestern und Elektriker würden ja schließlich überall gebraucht.

Antonia hatte angeboten, bei den Vorbereitungen für die Hochzeit zu helfen und zu backen. Sie hatte vor ein paar Wochen mit Robert den Hochzeitsanzug gekauft.

Antonia mochte Eva und war mit der Wahl ihres Sohnes mehr als zufrieden. Für Margarethe und Paul war es das Ereignis des Jahres. Sie freuten sich, dass sie es noch erleben durften.

Robert wollte unbedingt noch ein Armband für Eva besorgen. In Havelberg und auch in Brandenburg hatte er jedoch nichts Passendes gefunden. In der DDR war das Warenangebot im Vergleich zum Westen immer noch viel schlechter, auch wenn das bestritten wurde. Also würde er nach Westberlin fahren.

Am Morgen des 12. August setzte sich Robert auf sein Motorrad und fuhr zu seinem Freund Lothar, der mittlerweile in Westberlin lebte. Lothar hatte die Stelle bei AEG angetreten, arbeitete in der Brunnenstraße und wohnte auch in der Nähe seiner Arbeit. Robert fuhr zu Lothars neuer Adresse und Lothar freute sich riesig, seinen Freund Robert zu sehen.

„Junge, wie lange kannst du bleiben?", wollte Lothar wissen. „Morgen Abend muss ich zurückfahren, ich heirate doch in fünf Tagen. Außerdem möchte ich noch ein Armband für Eva zur Hochzeit kaufen." „Du machst es also wirklich wahr!", sagte Lothar und schmunzelte. „Lothar", sagte Robert auf einmal sehr ernst, „wir wollen auch in den Westen abhauen." „Was? Wirklich? Das ist eine großartige Idee! Du mit deiner Ausbildung findest hier locker was und Eva auch. Du wirst sehen, das Leben ist hier ganz anders, viel freier. Glaub mir, ich habe diesen ganzen Mist noch keinen Tag vermisst." „Und deine Eltern?", fragte Robert. „Sie wollen dortbleiben. Ich kann sie nicht zwingen, sie mich aber auch nicht, in diesem System zu leben. Das nächste Mal kannst du vielleicht gleich mal in der Personalabteilung bei AEG vorsprechen, wenn du willst." „Das ist eine gute Idee. Ja, das mache ich." „Dann bring nächstes Mal auch gleich deine Zeugnisse mit, die wollen sie mit Sicherheit sehen." „Ja, sicher." „Ich schlage vor, wir gehen erst etwas essen und dann habe ich noch einige Flaschen Wein zu Hause. Was meinst du, Robert?" „Hört sich gut an. Und morgen gehe ich dann das Armband kaufen." „Dann feiern wir heute Abend meinen Abschied vom Junggesellenleben."

Sie suchten sich eine gemütliche Kneipe, aßen Berliner Leber mit Kartoffelpüree und tranken auf ihr Wiedersehen, auf die Freundschaft, auf die Liebe und auf eine rosige Zukunft. Dann zogen sie sich in Lothars Wohnung zurück und leerten noch zwei Flaschen Wein und tranken den einen oder anderen Schnaps. Vom Alkohol benebelt und in Weinseligkeit eingebettet, fielen sie volltrunken auf ihre Bettlager. Als sie am nächsten Morgen erwachten, standen sie in einer anderen Welt auf.

In der Nacht vom 12. zum 13. August versperrten Volkspolizei, Betriebskampfgruppen und die Nationale Volksarmee die durch Berlin verlaufende Sektorengrenze mit Stacheldrahtverhauen und Steinwällen. Als Lothar morgens das Radio anschaltete, glaubte er zunächst an eine Satire, aber schon nach wenigen Sekunden wurde ihnen klar, dass Westberlin abgeriegelt worden war.

Als Robert an den Grenzübergang Bernauer Straße kam, sah er Stacheldraht und Barrikaden. Die Grenzsoldaten in Ostberlin bewachten die provisorische Grenze mit vorgehaltenen Waffen. Auf der anderen Seite sah er schreiende und verzweifelte Menschen. Es gab kein Durchkommen mehr. Er sah, wie Betonpfeiler eingelassen worden waren und Stacheldraht gezogen wurde. Er machte kehrt und versuchte an zwei weiteren Grenzübergängen, zurück in die DDR zu gelangen. Auch hier gab es kein Durchkommen mehr.

In seiner Verzweiflung machte er kehrt und fuhr zurück zu Lothar. „Was willste nun machen?", fragte der ihn. „Ich weiß es nicht, ich könnte auf meine Rückreise pochen, aber dann kann ich nie mehr zurück." „Ja, das ist wahr. Du musst dich jetzt entscheiden, ob du ein Leben mit Eva willst oder ein Leben in Freiheit."

Noch nie hatte sich Robert so elendig gefühlt. Wenn er nicht nach Westberlin gefahren wäre, hätte er diese Entscheidung nicht treffen müssen. Robert saß in der Stadt seiner Sehnsucht und Eva in einer anderen Welt. Er war verzweifelt. Vielleicht gab es ja einen Weg, sie nachzuholen. Er musste nachdenken.

Am Abend rief er bei Eva auf der Station an. Es dauerte eine Weile, bis sie ans Telefon kam. „Wo bist du?", fragte sie, ohne ihn zu Wort kommen zu lassen. „In Westberlin." Schweigen. „Eva, ich habe versucht zurückzukommen, aber es war schon alles zu. Um ganz Berlin war Stacheldraht gezogen. Hör zu, ich kann nicht zurückkommen, denn dann ist der Weg in den Westen für uns beide zu. Aber ich werde einen Weg finden, dich da rauszuholen." Er hörte noch ihr Schluchzen. Dann legte sie auf.

Ende

Stammbaum der Familien Landsberg, Siebert, Ohme

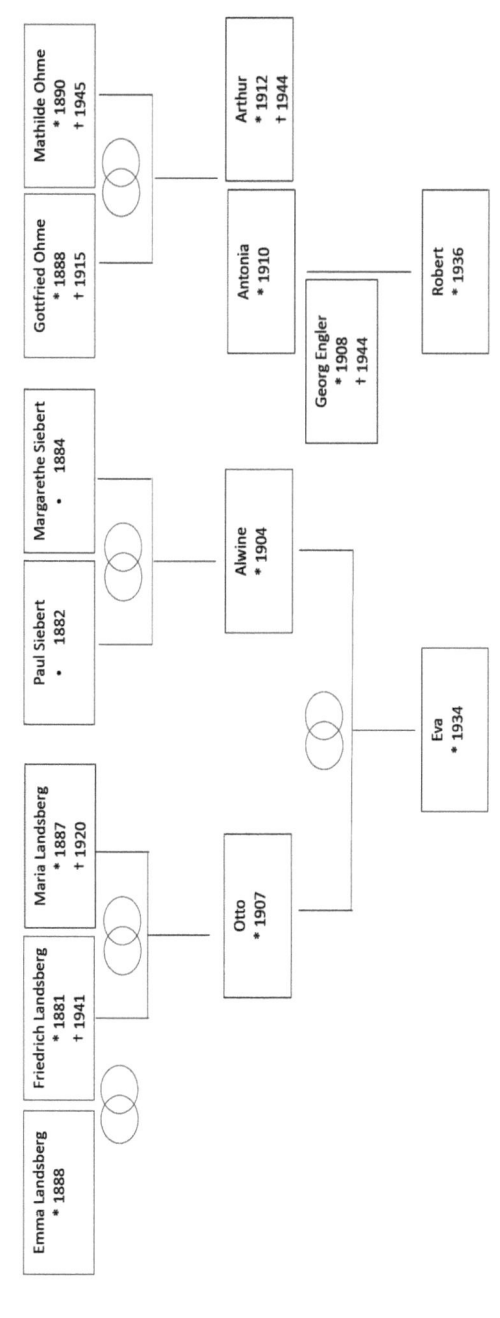

Nachwort und Danksagung

Eigentlich wollte ich ein Buch schreiben, welches mit dem Bau der Berliner Mauer beginnt.

Bei den Überlegungen zur Geschichte des Buches bin ich dann zu dem Schluss gekommen, dass die Schicksale der Menschen nach dem Zweiten Weltkrieg maßgeblich durch die Geschichte seit der Jahrhundertwende geprägt waren. Bei meinen Recherchen war ich dann von dieser Zeitepoche, welche sich vom Kaiserreich über den Ersten Weltkrieg, die Weimarer Republik, das Dritte Reich mit dem Zweiten Weltkrieg und die Nachkriegszeit erstreckt, so fasziniert, dass ich meine ursprüngliche Idee verworfen und stattdessen ein Buch über die Schicksale dreier Familien von der Jahrhundertwende bis zum Mauerbau geschrieben habe. Wichtig war mir, über das Leben der „normalen" Menschen zu schreiben, die in den Strudel der Geschichte gerieten.

Ich hoffe, ich kann die Leser und Leserinnen des Buches in diese bewegte Zeit entführen.

Ich möchte mich an dieser Stelle beim Novum Verlag bedanken, der mir die Möglichkeit bietet, mein erstes Buch zu publizieren. Mein besonderer Dank gilt hier Tanja Ferscha, die mit mir die ersten Schritte getan hat, sowie Christina Renner, die mich in der finalen Phase des Buches betreut hat.

Mein ganz besonderer Dank gilt meiner Schwester, Karin Lemberger, die mich mit kritischen Anmerkungen immer wieder angespornt hat, dieses Buch so zu schreiben. Sie war gerade in der ersten Zeit eine große Hilfe und wichtige Stütze.

Natürlich möchte ich mich auch bei meinem Mann Norbert bedanken, an den ich mich während meiner Schreibphase mit allen Höhen und Tiefen vertrauensvoll wenden konnte. Nicht vergessen möchte ich auch meine Tochter Catharina, die an mein literarisches Talent geglaubt hat.

Dank an alle meine Freunde, die mich bei diesem Projekt unterstützt haben.

FÜR AUTOREN A HEART FOR AUTHORS À L'ÉCOUTE DES AUTEURS MIA KAPΔIA ΓIA ΣΥΓΓΡΑΦ
FÖR FÖRFATTARE UN CORAZÓN POR LOS AUTORES YAZARLARIMIZA GÖNÜL VERELIM SZÍVÜ
PER AUTORI ET HJERTE FOR FORFATTERE EEN HART VOOR SCHRIJVERS TEMOS OS AUTORE
ZOINKERT SERCE DLA AUTORÓW EIN HERZ FÜR AUTOREN A HEART FOR AUTHORS À L'ÉCOUTE
ÃO BCЕЙ ДУШОЙ K ABTOPAM ETT HJÄRTA FÖR FÖRFATTARE À LA ESCUCHA DE LOS AUTORES
MIA ΓΙΑ ΣΥΓΓΡΑΦΕΙΣ UN CUORE PER AUTORI ET HJERTE FOR FORFATTERE EEN HAI
ZOINKERT SERCE DLA AUTORÓW EIN HERZ FÜR A
ÃO BCЕЙ ДУШОЙ K ABTOPAM ETT HJÄRTA FÖR F

Die Autorin

Antje Donkels wurde 1960 in Havelberg, in der ehemaligen DDR, geboren. Nach der Schulausbildung absolviert sie eine Schneiderlehre – die Voraussetzung für ein Designstudium. Ihr Berufswunsch scheitert allerdings, als sie sich weigert, in die SED einzutreten. Daraufhin macht sie das Abitur, um Rechtswissenschaften zu studieren, was jedoch ebenfalls aufgrund ihrer Einstellung zum System scheitert. Ihren Abschluss erlangt Sie nach dem Studium der Volkswirtschaftslehre an der Hochschule für Ökonomie in Berlin. Danach arbeitet sie einige Jahre für eine Handelsfirma in Leipzig. Nach dem Mauerfall zieht sie ins Rheinland und arbeitet bis 2020 in leitender Funktion in einem deutschen Konzern.

Antje Donkels hat zwei erwachsene Kinder und lebt mit ihrem Mann in Düsseldorf. Ihre Hobbys sind Geschichte, Literatur, Reisen und die Ölmalerei.

Der Verlag

Wer aufhört
besser zu werden,
hat aufgehört
gut zu sein!

Basierend auf diesem Motto ist es dem novum Verlag
ein Anliegen, neue Manuskripte aufzuspüren, zu ver-
öffentlichen und deren Autoren langfristig zu fördern.
Mittlerweile gilt der 1997 gegründete und mehrfach
prämierte Verlag als Spezialist für Neuautoren in
Deutschland, Österreich und der Schweiz.

Für jedes neue Manuskript wird innerhalb
weniger Wochen eine kostenfreie, unverbind-
liche Lektorats-Prüfung erstellt.

Weitere Informationen zum Verlag und
seinen Büchern finden Sie im Internet unter:

www.novumverlag.com